KB244240

U, ROBOT

유, 로봇

한국 SF 단편 10선

U, ROBOT

유, 로봇

한국 SF 단편 10선

듀나 미래관리부 ★ 박성환 잘 가거라 내 아들 엄마는 널 사랑했단다

박애진 파라다이스 ★ 김보영 다섯 번째 감각 ★ 곽재식 박시은 특급

김주영 천사가 지나가는 시간 ★ 임태운 무기여 잘 가거라

배명훈 매뉴얼 ★ 정소연 우주류 ★ 정희자 U, Robot

황금가지

차례

U, Robot

/ 정희자

온라인에서 소설과 서평을 공개하며 활동하고 있다. SF 와 판타지를 아우르는 사변소설 계열의 글을 쓴다. 공동 단편집 『앱솔루트 바디』를 출간하였으며, 지은 소설로는 『INSERTER』, 『코뉴코피아』, 『화원의 여왕님』 등이 있 다. 웹사이트는 http://pilza2.com 이다.

들어보렴, 이건 너의 이야기야. 이 글을 읽고 있는 네가 사실은 로봇이고, 네가 살던 세계는 거기보다 200년 후의 미래라는.

이때쯤 너의 표정이 궁금하구나. 당황스러운 듯 고개를 갸웃거릴까? 어쩌면 그저 재미있는 이야기라며 슬며시 미소를 지을지도 몰라.

너는 그냥 내 글을 소설이려니 여기고 읽어주면 그걸로 족하단다. 기억을 차단한 채로 평범한 인간이 되어 살고 있는 너에게 다짜고짜 네가 로봇이라는 이야기를 하기에는 SF가 가장 걸맞은 형식이니까. 난 그저 딱 한 마디의 말을 전하기 위해 어렵게 네가 사는 세상에 개입을 한 것이지만, 기억이 없는 널 위해 우선 우리의 관계를, 지나간 미래의 이야기를 들려주고 싶구나.

네가 살고 있는 세상은 우리가 함께 살던 때보다 훨씬 과거란다. 과거에 미래에서 살고 있었던 셈이니까, 약간 혼란스럽지만 재미있지 않니? 마치 시간여행을 한 것 같고 말이야. 사실 난 그 세계에 대해 자세히 모르기에 로봇이라는 말을 들을 때의 너의 반응을 짐작하기가 여간 어려운 일이 아니구나. 다만 그 시대는 인류 육체의 대체화가 거의 진행되지 않았다는 정도만 알고 있어.

사이버네틱스가 무르익은 지금 인간과 로봇을 판가름하는 요소는 출생과 두뇌의 성분, DNA 정보량 같은 것들이란다. 네가 사는 그곳에서도 사고로 팔다리를 잃은 사람이 기계 팔다리를 달았다고 그를 로봇이라고 부르지는 않잖니? 워릭 박사*와 같은 선구자의 등장 이후로 인공 장기나 육체의 일부를 기계로 대체한 이른바 사이보그화(化)는 철학과 진화론보다는 경제와 산업적 측면에서 더 주목을 받았거든. 그래서 인간의 육체에서 태어났는가, 두뇌가 컴퓨터가 아닌 뇌세포로 이루어진 생체 두뇌인가가 인간을 규정짓는 중요한 요소란다.

그런 세상 속에서 너는 태어났어. 내게서 채취한 난자와 생식세포로 육체를 만들고, 큐스프(Qusp : the quantum singleton processor)를 탑재한 인공두뇌가 너의 두개골 속에 자리 잡았지. 그래서 너는 나의 복제인간이 아닌 로봇인 거야. 비록 생명활동을 하는 유기체이고 육안으로 구별하기 힘든 인간의 외모를 갖고 있다고 해도 너의 기억, 사고가 양자 컴퓨터에서 이루어지기 때문에 너는 로봇인 거란다.

----

* 케빈 워릭(Kevin Warwick, 1954~) 영국의 과학자이자 교수, 세계최초의 사이보그임을 자처함. 저서로 『나는 왜 사이보그가 되었는가』가 있다.

나는 애당초 로봇에 대해 부정적인 생각을 가진 로봇 공학자였어. 내가 연구한, 유기체와 양자 컴퓨터의 결합도 궁극적으로는 인간의 육체를 보완하기 위한 수단으로 생각한 것이지 결코 인간이 아닌 존재를 만들려는 목적이 아니었어. 엄밀히 따지자면 난 로보티스트가 아닌 셈이지. 그렇지만 다른 모든 위대하고 복잡한 분야가 그렇듯 혼자만의 힘으로 이루어낼 수 있는 일은 그다지 없었단다. 수많은 연구자들이 각자 자신 있는 분야에 몰두하여 이뤄낸 성과를, 돈 많은 기업에서 사들여서 자기들이 원하는 결과물로 뽑아내는 거지. 그렇다고 내가 돈에 팔렸다거나 이용당했다는 생각을 해본 적은 없어. 그저 내가 원하는 목적과 그들의 목적이 달랐음을 아쉬워할 뿐.

그들이 원하는 건 한 마디로 사람처럼 생기고 사람처럼 말하고 사람처럼 생각하는 로봇이었어. 하지만 뭐하려고 막대한 개발비와 제조비, 유지비를 감당하면서까지 로봇을 만들려고 할까? 어렵고 힘들고 더러운 일을 시키려고? 그런 건 인간을 부리는 게 훨씬 싸게 먹혀. 지금도 저 멀리 가난한 나라에서 푼돈을 벌기 위해 우리나라로 몰려들고 있잖니. 우주개발은 아직도 지지부진한데다가, 달이나 화성에서 일하기에는 가늘고 긴 팔과 캐터필러 모양의 바퀴를 단 로봇 쪽이 훨씬 효율적이야. 그런데도 내가 몸담은 연구소인 PURI는 연구를 멈추지 않았지. 그래서 태어난 실험체 중 하나가 바로 너였던 거야.

너한테는 지금도 미안한 마음이 남아 있는 건 그래서야. 내 임무는 로봇이 사람과 같이 정상적으로 성장 및 발달하는지를, 그리고 사람들 속에서 섞여서 무리 없이 생활할 수 있는지를 지켜보는 거였어. 그래서 그 로봇은 내 유전자를 이용해 만든 나의 아이여야 했고, 나는 너의 부모 역할을 해야만 했어. 그 결과 나는 너의 부모이자 창조주이자 개발자이고, 감시자이자 상황을 관리·감독하는 관리자의 입장에 서게 된 거란다. 한 인간으로서, 과학자로서 무척이나 난처한 상황이었지. 동물학자가 동물을 기르는 거나, 병리학자가 환자를 돌보는 것과는 천지차이가 나는 일이었단다. 넌 내 DNA를 이어받은 자식이지만 엄연히 양자 컴퓨터를 탑재한 인공 생명체였으니 너를 어떻게 내 자식으로 여기고 사랑하며 인간으로 키울 수 있겠니. 더욱이 너를 속이고서 말이다. '사실 난 널 키우는 게 아니라 발달 상황을 관리하는 거야.'라고 말할 순 없잖니……. 무엇보다 난 나와 꼭 닮은 아이가, 내가 아닌 나와 함께 살 자신이 없었던 거야. 그래서 프로젝트에 대한 제안을 듣자마자 극구 반대했고 내 DNA가 아닌 다른 이의 것을 받아서 만들자고 요청했지. 어차피 로봇임을 알려줄 텐데 내 자식으로 가장해야 하냐고. 하지만 주임 연구원 캘빈 박사의 말은 내 상상을 넘어서는 것이었어.

"안 박사님, 이번에 우리가 하는 프로젝트는 굉장히 중요한 실험입니다. 우린 1세대의 실패를 거울삼아서 같은 과오를 반복하지 않기로 했거든요. 1세대 로봇들이 왜 실패했는지는 아시겠지요?"

내가 올 거란 걸 이미 알고 있다는 듯, 침착하고 여유로운 모습이었지. 득달같이 그의 연구실로 달려든 나를 보면서 얼굴 표정 하나 안 바꾸고 의자에 앉은 채로 고개를 살짝 들면서 그렇게 말했거든. 되레 당황한 건 내 쪽이었지.

"그건…… 원인이라고 할 요소가 한두 가지가 아니라는 것은 알고 있습니다. 그래도 기술적인 문제는 금방 극복이 되었다고 생각하는데요."

"그래요. 저도 이제 인공두뇌를 유기체에 이식하는 것, 인간과 흡사한 육체의 성장 및 신진대사와 같은 부분에선 완벽에 가깝다고 생각하고 있습니다. 실패율은 자연 상태의 생물 사이에서 기형아가 태어날 확률보다는 조금 높긴 하지만요. 이 정도는 용인 가능한 수준으로 낮춰졌다고 평가하고 있습니다."

"하지만 박사님, 이야기가 논점을 벗어나고 있는 것 같군요. 저는 왜 굳이 제 DNA로 만든 로봇을 제가 길러야 하는지 묻고 있는 겁니다."

"말 중에 실수가 하나 있었네요. 기르는 게 아니라 키우는 겁니다."

"어느 쪽이든 마찬가지 아닙니까! 지금 법률적으로 로봇은 개나 고양이보다도 못한 존재니까요. 국가에 따라 다르지만 애완동물이 유산을 상속받을 수도 있고 가족 구성원으로서의 권리를 인정받는 추세지만 아직 로봇을 생명체로 인정하는 곳은 하나도……"

내 말은 끝까지 이어지지 못하고 낮지만 단호한 캘빈 박사의 말에 의해 중간에서 잘려나가고 말았단다.

"그만. 잘 들으세요, 안 박사님. 우리가 1세대 로봇들의 실패에서 배운 점은, 그들을 인간으로 만들려는 시도가 무모했다는 것입니다. 우리의 애당초 계획은 그 아이들이 스스로가 로봇임을 모르고, 인간이라고 생각하고 자라도록 만드는 것이었습니다. 다른 아이들과 똑같이 학교에 다니고, 친구를 사귀고, 사랑과 이별을 경험하기도 하면서 말이죠. 그러다가 그들이 의무 교육을 마치고 성인이 되었을 때 너희들은 사실 로봇이었다, 라고 선언하는 겁니다. 전 세계에 줄 충격과 미치는 파장이 어마어마하겠죠. 그때 윌슨 교수님 같은 미래학자나 진보적인 사상가분들이 우리를 대신해서 말씀하시겠죠. 로봇과 인간의 차이는 인간이 알아차리지 못할 정도로 작다. 따라서 그들도 우리 인류의 하나로 넣어주자. 그들에게 인간과 같은 권리를 주자. 그들이 인간의 진화된 모습임을 인정하자고. 그렇게 되면 우리는 그저 한 기업체 산하의 연구소가 아니라 신인류를 낳았고 인류의 미래를 이끌 전당이 된다, 그런 시나리오였죠."

"하지만 캘빈 박사님, 그 청사진은 보기 좋게 실패했잖습니까. 아이들은 스스로가 뭔가 다르다는 걸 알아차렸죠. 그 결과 정신적인 충격을 받거나 속된 말로 미쳐버린 아이도 있었고……"

반(反)로봇 단체를 표방한 테러 조직 ARK(Anti-Robot Klan)에게 피살(그들 말로는 제거)되기도 했고 말이야. 캘빈 박사는 공기 중에 떠다니는 나의 말을 흩어버리려는 듯 세차게 머리를 내젓고는 말했어.

"그만. 굳이 나도 알고 있는 걸 입 밖으로 내어 상처를 다시 찌를 필요까진 없잖아요."

내 말은 번번이 절단당하고 있었어. 나도 국으로 당하고 있을 수만은 없었지.

"먼저 이야기를 꺼낸 건 박사님이시죠. 그리고 전 그 프로젝트가 궁극적으로는 우리 인간의 육체를 대체할 수단을 만들기 위한 한 과정이라고만 생각했습니다. 인간 대접을 받는 로봇을 만들 생각은 없었다고요."

"바로 그런 생각 때문에 안 박사님이 이번 2세대 로봇 프로젝트의 적임자로 발탁된 것입니다. 이번 계획의 핵심 관련자 중에서 가장, 아니 어쩌면 유일하게도 로봇을 혐오하는, 아니 무서워한다고 표현할까요? 그렇게 로봇에 대한 부정적 인식을 가진 분이기 때문이에요."

"실망스럽습니다, 박사님. 저를 고작 제노포비아(xenophobia) 취급하시는 겁니까? 우리 연구소 앞에서 로봇이 자기들을 쫓아낼 거라며 악을 쓰는 저 시위대처럼요?"

"그런 의미로 들으셨다면 전적으로 오해입니다. 우린 1세대의 실패를 극복하기 위해 이전과 전혀 다른 방식으로 로봇을 육성키로 결정했습니다. 그건 바로, 자신이 로봇임을 처음부터 인지시킨다는 것이죠."

상상도 못할 그의 두 번째 시나리오가 이제야 밝혀지는 순간이었지.

"로봇에게, 너는 로봇이라고 말하라고요? 어린 아기 때부터 너는 내 자식이 아니라 로봇이라 가르치란 말입니까? 그렇다면 더 이해할 수가 없군요. 굳이 제 DNA로 만들 필요도 없잖아요? 애초에 내 아이가 아니니까?"

"아니, 아니, 그 반대죠. 스스로가 자연적으로 인간의 육체로부터 태어난 아이가 아님을 자각하려면 자신의 육체가 타인의 DNA로 만들어졌음을 아는 게 더 효과적이죠. 비록 머리를 열어 뇌가 아닌 큐스프가 들어 있음을 볼 수는 없겠지만, 겉모습만이라도 내가 사람이 아니구나, 하는 걸 깨닫게 해주어야만 하죠. 그러기 위해 당신을 복제한 육체가 필요한 것입니다. 이제 이해가 됐나요?"

"그래서, 그렇게 만들어진 로봇이 자신이 로봇임을 알면서 성장한다면……"

"분명 이전 1세대 로봇들과는 근본적인 의식에서부터 많은 부분이 달라질 겁니다. 물론 이것도 실패할 가능성은 있지요. 하지만 박사님, 나는 당신의 로봇에 대한 회의적인 태도가 로봇을 객관적으로 양육하고 관리하는 데 긍정적인 작용을 하리라 믿습니다. 자신과 똑같이 생긴 아이에게 섣부른 감정이입을 하여 넌 나다, 내 자식이다, 이렇게 생각하며 감상에 젖지 않을 거라고 말이죠."

주위가 어지러웠어. 캘빈 박사의 말은 내가 이 일을 맡기에 가장 부적합해 보이기 때문에 나를 택했다고 말하는 것처럼 들렸거든.

"결국 그게 날 택한 이유였군요. 잘 알았습니다. 납득은 가는군요. 하지만 이 프로젝트, 정말로 하고 싶지 않습니다. 저는 20년 가까이 혼자 살아왔어요. 결혼이나 육아는 물론이고 누군가와 함께 산다는 것 자체를 상상해 본 적도 없어요."

"그건 더 잘 되었군요. 상대방을 더 신경 쓰고 면밀히 관찰할 수 있겠죠? 정말 생각하면 할수록 나의 인선은 탁월한 것이군요."

탁월한 인선? 아무도 하기 싫어할 일을 가장 하기 싫어할 게 뻔한 사람에게 맡기는 능력 말인가? 난 그때 그의 책상에 있는 마우스건 꽃병이건 손에 닿는 대로 집어서 그의 머리를 후려치고 싶은 심정이었지. 하지만 그가 이겼고, 결국 난 시키는 대로 할 것임을 알고 있었어. 아마도 이미 결정된 미래가 나를 이끌어가고 나는 거기에 휘말려 가고 있다는 생각이 들었나봐. 큐스프가 수많은 선택과 결정 속에서 단 하나의 결과물만을 도출해 내는 것처럼 말이야. 로맨틱한 사람들은 이런 걸 두고 운명적이니 뭐니 말할지도 몰라. 하지만 손상되기 쉬운 내 뇌세포들이 벌써부터 말라 죽어가는 것만 같았어.

결국 나는 너를 만났어. 처음 본 너는 로봇이라기보단 시험관 아기 같았어. 피와 살로 이루어진, 그것도 자신에게서 뽑은 유전자로 만든 그 몸뚱이를 보고 누가 로봇이라고 생각할 수 있겠니. 배양액에 잠긴 채로 웅크린 태아는 배꼽에 튜브가 연결되었고 뒷머리가 절개된 채로 수많은 전극이 꼽혀 있어서 H. R. 기거*의 그림 같은 그로테스크한 광경을 연상시켰지.

양자 컴퓨터의 권위자인 이브라힘 박사가 조용히 내 옆으로 다가왔어. 멋진 적갈색 턱수염을 쓰다듬으며 그가 말했지.

"이거 멋진데요. 전 애가 셋이고 그 아이들이 아내 몸 안에 있을 때의 영상을 다 봤지만 이렇게 선명하고 또렷하게 태아의 모습을 보는 건 처음이에요."

내 표정이 시무룩하거나 무심한 듯 보이니까 괜히 나를 위로해 주려는 생각에서 한 말이었겠지. 사실 그게 더 싫었단다. 나이를 먹어도 난 아직 철이 안 들었나봐. 남들이 관심을 가져주는 것처럼 느껴지면 더 토라진 모습을 보이는, 그게 바로 나란다.

"안 박사님은 좋으시겠어요. 입덧도 없어, 배불러 움직이는데 힘들지도 않아, 아픔도 없이 애를 낳는 셈이니. 우리 집사람 임신할 때마다 겪은 일을 생각하면 어휴…… 완전 상전으로 모시고 살았지요."

"저건 내 아이가 아니에요. 캘빈 박사님 계획 들었잖아요? 쟨 사람이 아니라 로봇으로 태어날 거예요. 저 녀석이 사람의 말을 알아듣게 되는 순간부터 전 말할 거거든요. 애야, 넌 로봇이란다."

***

* 스위스 태생의 화가. 영화 「에일리언」의 디자이너로 유명.

"흠. 적어도 출생의 비밀로 고민할 일은 없겠군요."

그는 농담으로 웃어넘기려 했지만 어색한 분위기는 여전했지. 자신이 사람인 줄 알고 열아홉 살까지 살다가 출생의 비밀을 듣고 충격을 받은 1세대 로봇의 일을 그도 잊지는 않았을 테니. 약간의 침묵이 지나자 그가 턱수염을 쓰다듬으며 말을 이었어.

"그래도 말이죠, 전 이렇게 생각해요. 저 아이는 자기가 사람이 아니라 로봇이란 걸 알고 자라는 최초의 로봇이 될 거예요. 그러니 우리 인간과는 전혀 다른 시각과 생각을 가지고 이 세상을 바라보고 살아가게 되겠죠? 그걸 옆에서 지켜보는 것도, 그리 나쁘지 않은 경험이 될 거라 생각해요. 무엇보다 전 박사님이 지금까지의 연구에서 그랬듯 이번 프로젝트도 훌륭하게 수행하시리라 믿습니다."

나는 조금 입을 비쭉이며 흘겨보곤 대꾸했어.

"그렇게 멋진 계획이면 이브라힘 박사님이 하시죠?"

"어이구 무슨 말씀을. 저는 지금 있는 아이들 키우는 걸로도 눈코 뜰 새가 없다니까요. 아시잖아요, 큰 애가 지금 다섯 살인데 한창 부모 말 안 듣는 때죠. 조금만 틀어지면 빽빽 울고, 둘째는 아토피 피부염이 심해서 연구소에서 야근하고 다음날 아침에 병원 데려가고…… 아주 죽겠어요. 박사님은 부디 연구소에서 눈 맞아 결혼하는 일만은 없으시길 바랍니다. 자기 연구 바쁘다고 육아에 집안일까지 다 떠넘기는 아내가 세상에 어디 있담. 직급도 내가 더 높은데 말이야……."

결국 그의 마지막 말이 내 웃음보에 균열을 일으키는 데 성공했지. 우리는 한참 기분 좋게 웃은 다음에 다시금 태아를 바라보았어. 그 웃음소리가 들렸는지 너의 뭉툭한 손끝이 조금 움직이는 게 보였거든.

그 순간만은 네가 로봇이란 것도 잊어버리고 순수하게 생명의 고동을 감상하고 있었단다.

그렇게 조금은 누그러졌던 마음도, 너를 배양기에서 깨내어 우리 집으로 옮기던 날부터 도로 딱딱하게 굳고 말았단다. 로봇임을 알고 키워야 하는 너란 존재는…… 그래, 자고 일어나니 애 우는 소리가 들려서 문을 열어보니 아기가 든 광주리가 놓여 있고, 그 안에는 '사람이 아니지만 잘 키워주세요.' 뭐 이런 쪽지가 들어 있더라 하는 심정?

그래, 이건 너에 대한 이야기지. 이렇게 쓸데없는 이야기로 시간을 잡아먹을 생각은 없었는데. 아마도 넌 네가 어떤 아이였는지가 가장 궁금할 거라 생각해. 넌 로봇이지만 그래도 엄연히 내 아이였으니까. 비록 1세대 아이들처럼 거짓으로 출생신고를 하여 호적에 등재를 하고 학교를 보내고 하지는 못했지만, 난 최대한 성심껏 너를 키웠어. 너에 대한 나의 태도는 부모라기엔 꽤 사무적이고 비정하게 보였을지 몰라. 하지만 단순한 개발자나 관리자로서 너를 대하고 다루지는 않았어. 가장 흡사한 걸 고르자면 아이들에게 정을 주지 않는 보육소의 보육교사랄까? 혹은 재산을 노리고 재혼한, 갑부의 죽은 전처의 아이를 맡게 된 새엄마 정도?

난 아주 가끔 무서운 생각이 들었단다. 너를 가만히 바라보고 있으면, 이 육체가 내 유전자를 그대로 복제해서 만들었으니, 자란다면 나와 똑같은 모습이 되지 않을까 라는 생각이. 그래서인지 그 무렵엔 가끔 꿈에서 성장한 너를 만났어. 너와 나 두 존재는 거울에 비친 것처럼 똑같았지. 그런 네가 나에게 말해. 나는 로봇이 맞느냐고. 왜 나를 로봇으로 낳았냐고. 숨 막히는 공포로 아무 말도 못하다가 겨우 눈을 뜨며 꿈에서 벗어나곤 했지. 캘빈 박사 말대로 내게는 복제인간이나 로봇 같은 존재에 대한 원초적인 공포가 남아 있었나봐.

내가 너에게 처음으로 네가 로봇임을 알려준 일이 기억나니? 사실 그건 아무런 의미도 없는 절차에 불과했단다. 넌 그때까지 집밖을 나간 적도 거의 없고 있다고 해봐야 연구소에서 정기점검을 받은 게 전부였으니, 네가 본 세상은 우리 집이 다고, 네가 만난 타인은 나 혼자였어. 그러니 '넌 나와 다르다, 넌 로봇이다.' 라고 아무리 귀에 딱지가 앉도록 말해 봐야 별다른 의미가 없는 일이야. 네가 로봇이든 사이보그든 안드로이드든, 심지어 깐따뻬야 별에서 온 외계인이든 무슨 상관이겠니?

큐스프의 연산능력이 인간의 뇌보다 압도적으로 뛰어나진 않았지만, 1세대의 아이들이 그랬듯 너 역시 인간이라면 천재라 불려도 좋을 정도로 빠른 학습 능력과 기억력을 보였지. 육체의 운동 능력은 사람과 별다를 바 없었지만, 너의 큐스프는 성장하고 죽는 뇌세포와는 달리 처음부터 완성된 상태였으니까 말이야. 난 숱한 영상과 전자책, 음악과 미술 작품을 보여주며 최대한 빠른 시일 내에 인격과 지성을 갖춘 존재로 만들려고 했어. 최소한 사람 나이로 열 살이 되기 전에는 성인 정도 수준으로 만들어 자신이 로봇이라는 걸 확실히 이해하고 받아들이도록 말이야.

그래서 너는 아홉 살이 될 무렵 드디어 로봇 공학과 인공두뇌에 대한 정보를 접하고 이해할 수 있게 되었지. 네가 한 말은 아직도 생생하게 기억이 나.

"저기, 어, 엄마……."

왜냐하면 네가 말을 더듬은 것도, 굉장히 주저하는 것도 처음 보고 듣는 일이었거든. 잘못을 저지르고 들키기 전에 실토하기로 결심했지만 역시 겁이 나서 말 못하겠다는 표정, 옛날 사람들이 로봇은 절대로 흉내 내지 못하리라 생각했을 그 인간적인 표정을 짓고서 말이야. 그럼에도 늘 그렇듯 나는 "응." 혹은 "왜." 같은 응답 없이 너에게로 무심한 시선을 던지기만 했었지.

"앞으로 난 엄마를 뭐라고 불러야 해? 안성윤 박사님, 이라고 불러야 돼?"

엄마에서 박사님인가. 9년이나 기른 아이가 갑자기 타인이 되는 기분을 맛보는 부모의 마음은 어떨까 생각해 봤어. 하지만 아무리 해도 나는 그 기분을 느끼지 못했어. 나를 엄마라 불러도 될지를 조심스레 묻는 너의 심정을 헤아리지 못했던 것도 무리가 아닐지 몰라. 그때 나는 내 심정만으로도 감당하기에 벅찼으니까. 이렇게 실리콘 기판처럼 딱딱한 내 마음이 너보다 더 로봇같이 여겨질지도 모르겠구나.

그때 나는 너를 보며 짧은 고민을 했단다. 너의 마음과 미래를 생각하는 게 온당했을 텐데도, 난 나의 입장과 처신에 대한 고민으로 가득했지. 뜬금없이 『홍길동전』도 떠올랐고. 너는 지금 길동이처럼 아버지라 부르지 못하는 대감님 앞에 있었어. 하지만 그 어린 마음에도 울면서 애원하는 모습은 보이지 않았지. 어쩌면 넌 내 성격을 파악하여 그런 방법으로 싸구려 동정심을 유발하는 방법은 효과가 없음을 알고 정면에서 당당하게 물어보는 방법이 좋을 거라 판단한 것일지 몰라.

그래서 나는 그냥 으쓱하고, 지나가는 말처럼, 정말 대수롭지도 않은 것처럼 말했어.

"너 좋을 대로 하렴."

어쩌면 그렇게 무신경할까, 어쩌면 그리도 쌀쌀맞을까. 내 모습을 본 누구나 그렇게 생각했겠지. 더구나 결코 망각하는 일이 없는, 한 번만 보고 듣고 겪은 일은 언제든 하드디스크 속의 파일을 꺼내보듯 되살려 기억해 낼 수 있는 너의 앞에서야 두말 할 것이 있겠니.

사람은 망각의 동물이라고 누가 말했었지. 니체였던가? 아마 너라면 금방 머리 속을 검색하여 언제 어디서 본 혹은 들은 말인지 찾아내겠지. 난 그런 너의 앞에서 조심스러워 하며 살진 않았어. 감시당하는 느낌을 가지면서, 뭐 하나 꼬투리 잡히거나 작은 상처라도 주지 않을까 안절부절 못하며 살 거라고 생각하면 오산이라고 말하고 싶을 정도였어.

너 좋을 대로, 라는 무심함을 가장한 내 얼굴과 말투에서 너는 놓치지 않고 잡아낸 것이 있어. 너의 입이 살짝 벌어지며 엷은 미소를 그려냈지.

"알았어요. 그럴게요, 엄마."

그건 바로 너의 선택을 존중한다는 것. 너의 의지로 만드는 미래를 인정한다는 것. 너의 큐스프가, 네 안의 양자들이 만드는 무수한 세계 중에서 단 하나의 미래만을 결정하듯이.

네가 나온 지도 벌써 10년이 다 되었지만, 아직 로봇에 대한 일반의 인식은 그리 좋지 않았어. 아까도 말했듯이 단순 노동을 시키기엔 로봇은 너무 비싸니까. 결국 사람이랑 똑같이 생긴 로봇은 경찰과 소방대원처럼 꼭 필요한 경우가 아니라면 부자들의 값비싼 애완동물과 같은 목적으로 만들어지게 되었지.

하지만 진짜 부자들은 자기들끼리의 혈족을 중시 여겨. 사람이나 마찬가지로 오랫동안 성장을 하는 로봇 아이를 기르는 사람은 결국 결혼 없이 육아만 원하는 싱글족이나 로봇에 관심이 있는 과학자, 자녀가 없어 쓸쓸한 부유층 노인들 정도야. 실제로 회사는 그런 이들에게 너와 비슷한 시기에 로봇을 만들어 팔았고 내부적으로는 너를 포함한 그들을 통틀어 2세대 로봇이라고 불렀단다.

네가 큐스프와 인조 육체를 이해하고 스스로가 로봇임을 확실히 자각했다는 보고를 접한 캘빈 소장(이제 그는 소장이 되었고 나에 대한 고압적인 태도는 한층 심해졌단다.)은 나를 불러 이런 제안을 했었지.

"그동안 안 박사께서는 우리의 기대에 걸맞게 프로젝트를 훌륭하게 수행하고 있습니다. 일단 그 점을 치하하고 싶네요. 감사드립니다."

그 프로젝트 덕분에 재택근무가 늘어나고 휴무도 잘 주며, 무엇보다 당신과 이렇게 얼굴 마주할 일이 확 줄어든 것에 대해서는 나도 감사하고 싶었지.

"그런데 박사, 우린 2세대 아이들이 모두 집 안에 갇혀서 지내고 있다고 들었습니다. 우리 측에서 로봇을 분양받은 고객에게 그렇게 하도록 권유한 것으로 아는데요."

"그거야 아직 그들이 진짜 인간들을 대했을 때 어떤 반응을 보일지 대비할 수 없기 때문에…… 그들의 육체가 충분히 성장하고 지식과 경험을 더 쌓을 때까지 기다리고 있는 거 아닌가요. 더구나 사람들 쪽에서 그들을 어떻게 대하는지는 1세대의 경우에서 충분히 겪어봤고 말이죠."

그 이야기를 해준다면 넌 다행이라고, 행복하다고 느낄까? 멀쩡히 같은 학교 같은 반에서 공부하던 아이들이 자기 친구가 로봇임을 알았을 때 느낀 감정이 어떤 것일지 넌 아마 알 수 없을 거야. 알려주기 전까지는 눈치 채지도 못한 주제에 자기들을 속였다며 분개했고, 인간이 아니라는 이유로 괴물 취급을 했지. 시위대가 와서 로봇은 물러나라고 시위를 하고, 아이들은 눈도 안 마주치려 피해 다니거나 까닭 모를 증오심에 빠져 돌을 던지고…… 왜 자신을 로봇으로 만들었냐고 울부짖던 아이의 모습이 아직도 생생해. 하지만 그때뿐이었어. 그 일이 있은 후 여론의 역풍을 맞아 되레 회사와 연구소는 신인류를 낳는 전당이 아니라 인간을 위협하는 괴물을 만든 매드 사이언티스트 집단으로 여겨지고 말았지. 결국 프로젝트를 실패로 결론짓고 1세대 아이들은 모두 회수하여 육체는 폐기되고 두뇌는 연구용으로 쓰이게 된 거야.

"그렇습니다. 그래서 박사, 우리는 2세대 아이들, 즉 자신을 로봇임을 인지하고 있는 이들끼리의 교류를 제안하고자 합니다. 로봇과의 관계에 대한 준비가 되지 않은 인간들 틈에 억지로 보내는 바람에 1세대의 실패가 있었던 게 아닐까요?"

"개인적으로 좋은 생각인 것 같습니다. 하지만 2세대 아이들은 세계 각지에 있잖아요. 그럼 인터넷에서 만나야겠군요?"

"아니, 훨씬 더 좋은 수단이 있습니다. 우리와 긴밀하게 협력을 하고 있는 연구소가 있거든요. 실은 오늘 그곳 소장님 이하 수석 연구원들과의 미팅이 있으니 꼭 참석하십사 여기에 부른 겁니다.”

그들과 만나서 그 연구소를 방문하여 보고 들은 길고도 지루한 이야기를 너에게 할 필요는 없을 것 같아. 데이빗 스미시라는 연구원이 내게 과도한 관심을 보이며 집적거렸다든지 하는 말은 더 더욱. 요점만 간단하게 말하자면 그들은 가상세계를 만들고 있었어. 개발 중인 그 세계는 ‘멋진 옛 세계’, 즉 BOW(Brave Old World)라고 불리고 있었는데, 지금으로부터 약 200년 전의 세상을 그대로 재현한 것 같은 곳이었어. 그 BOW를 만들기 위해 꼭 필요했던 게 우리 연구소의 양자 컴퓨터 기술이었고, 둘 사이의 끈끈한 유대 관계는 거기서부터 시작되었다고 해.

네가 적극적으로 BOW의 베타 테스트에 참여한 이유를 난 짐작할 수 있었어. 다른 존재를 만날 수 있다는 것. 특히나 너와 같은 처지에 놓인 이들을 만난다는 게 얼마나 기쁘고 즐거운 일일지……. 구축중인 BOW 안에서 2세대 로봇 아이들은 어떤 장소에서 어떤 모습으로든 만날 수 있었어. 사람이라면 뇌에 전극을 꽂니 어쩌니 하는 복잡한 시술이 필요한데다가 그로 인한 부작용이나 후유증이 염려되어서 아직 임상실험을 엄두도 못 낼 상태였건만 너희들은 컴퓨터로 온라인 세상에 접속하듯 간단히 BOW 안으로 들어갈 수 있었지.

인간의 기억과 정신, 영혼이라 불리는 어떤 것을 디지털화하여 전송한다는 건 여전히 불가능에 가까운 일이었어. 그건 마치 유화를 스캔하여 컬러 프린터로 뽑는 것과 같아. 같은 액자에 넣으면 멀리서 봤을 때 비슷하게 보이겠지. 하지만 유화만의 질감, 겹쳐 바른 두터운 물감과 같은 요소를 재현할 수는 없는 일이야. 거기에 비해 너의 인공두뇌에 담긴 데이터는 컴퓨터의 페인팅 프로그램으로 그린 그림과 같아. 원본 파일을 복사한 것은 원본과 동일한 내용과 가치를 지니기에 얼마든지 디지털 가상세계로 전송할 수 있었단다.

넌 게임중독에 빠진 아이처럼 하루에도 몇 번씩, 몇 시간이나 그 안에서 살았어. 나는 모니터를 통해 BOW의 모습을 카메라로 찍은 근경을 바라보듯 지켜보는 정도밖에는 할 수가 없었어. HMD를 쓰고 전자 장갑을 끼면 보고 만지는 것도 실감나게 할 수 있지만 생리적인 이질감이 느껴져 한참이나 현기증에 구토까지 겹친 멀미를 앓아야만 했지. 너에 대한 내 감시망이 닿지 않는 곳이랄까.

"걱정하지 마세요."

루이스라는 이름의, 역시 큐스프를 가진 2세대 로봇 중 하나가 BOW 안에서 만난 내게 말했어.

"유니는 우리들 중에서도 가장 똑똑하고 심지가 굳은 아이니까요. 따님을 믿고 지켜봐 주세요."

루이스의 눈에 내가 딸이 친구들과 어울리다 탈선을 할까봐 조바심을 내는 극성 어머니로 비쳤나봐. 사실 내 입장은 관리 감독을 하고 있던 건데도 말이야. 비슷한 또래들의 만남이 너의 사회성을 키워주는데 도움이 될 거란 캘빈 소장의 발상은 틀리진 않은 모양이었어. BOW를 즐기면서도 너는 중독이나 의존증에 걸린 것처럼 보이진 않았거든. 이전보다 더 밝게 웃게 된 너를 보며 난 어릴 적 내 모습을 떠올렸단다. 그 시절의 나도 너처럼 저렇게 웃었을까. 그런 내 모습을 보며 우리 부모님은 어떤 생각을 하셨을까. 그렇지만 지금 내게는 가난한 어린시절의 회한, 공부를 잘해서 이 한국이란 나라를 떠나자, 기회의 땅으로 가자는 생각만이 가득했다는 기억뿐이구나.

웃음 다음으로 따라오는 건 역시 눈물이겠지. 내가 처음으로 너에게 눈물을 보였던 날을 기억해. 그건 동시에 네가 ARK의 테러를 당한 날이기도 했으니 아마 우리 둘 다에게 평생 잊을 수 없는 날이 되겠지.

그들의 납치 방법은 단순하지만 아주 효과적이었어. 너의 두뇌 회전이 아무리 빠르고, 지능이 아무리 높다고 해도 평범한 아이인 이상은 어쩔 수 없었을 거야.

그들은 한낮에 당당하게 우리 집 현관문 초인종을 눌렀어. 늘 그랬듯 너는 아무 말 없이 가만히 도어폰의 모니터를 들여다보았겠지. 거기에 비친 건 택배 회사의 마크가 새겨진 모자와 점퍼를 착용한 젊은 남자였어. 그가 내 이름으로 된 물건이 왔다고 말을 한 거지. 넌 별다른 의심 없이 현관문을 열었어. 대신 버릇처럼 도어체인을 걸어놓고 말이야.

그는 자기 뒤에 있는 커다란, 바퀴 달린 플라스틱 받침 위에 놓인 냉장고가 들어갈 만한 종이 박스를 가리키며 물건이 크니까 문을 열어달라고 말했겠지. 너는 그 말대로 체인을 풀고 문을 활짝 열었어. 그 순간 인터폰에 비치지 않는, 문 바깥쪽에 있던 사내가 튀어나와 한 손으로 너의 목을 붙잡고 다른 손에 들고 있던 마취약을 목덜미에 주입한 거야. 로봇이라고 해도 기본적인 육체가 인간과 같은 생리적 메커니즘을 갖고 있었으니 어쩔 수 없었지. 손발이 묶이고 머리에 천을 뒤집어씌운 추한 모습으로 너는 냉장고 박스 안에 갇혔어. 두 사람은 박스를 끌고 태연히 아파트를 나왔고, 엘리베이터와 현관에 있는 CCTV와 아파트를 비춘 위성사진에는 냉장고를 옮기는 택배 회사 직원의 모습만이 찍혀 있을 뿐이야.

하지만 나중에 조사한 바로는 그들의 점퍼와 탑차에 그려진 마크는 실제 존재하지 않는 가짜 회사였대. 하지만 아파트의 경비원도 무인 방범 시스템도 택배 회사의 실재 여부까지는 판별하지 못했던 거지. 이제 와서 그들을 탓하자는 건 아니지만 좀 더 빨리 알아차릴 수 있는 부분이어서 아쉬운 마음은 가시지 않았어.

그렇게 유괴에 성공했다고 생각한 모양이지만 너와 나 사이를 잇는, 마음보다 더 진하고 직접적인 연결고리는 미처 생각하지 못한 모양이야. 너의 비정상적인 이동은 즉시 연구소의 감시 시스템이 캐치해서 내 머리 안에 있는 나노폰으로 직접 알려왔어. 과보호도 인권 침해도 아닌, 어디까지나 연구를 위한 관리 시스템의 일환이었지.

너는 절대로 가출을 할 수 없는 아이라고 내가 말했었지? 가출만이 아니라 잠적, 유괴 등 모든 행방불명이 불가능한 상태야. 너의 큐스프가 동작을 하는 한, 거기에 발산되는 전파는 전 세계 어디에 있든 잡아낼 수 있거든. 하늘 위에 있는 수십 개의 위성과, 극지방과 바다 속과 달 위에 있는 전파국이 언제 어디서든 너를 찾아낼 수 있으니까.

그렇지만 한 번도 없었던 갑작스런 비상사태에 나는 어떻게 대처해야 할지 몰라서 허둥대고만 있었던 것 같아. 위성이 도시의 외곽으로 향하는 순환도로를 달리는 탑차의 위치를 잡아내긴 했지만 아직 네가 왜 그것을 탔으며 어디로 향하는지 알 수가 없었거든. 유괴일 가능성이 높았지만 단순한 가출일 수도 있으니까. 어쩌면 BOW에서 만난 로봇 아이들 중에서 우리 집에서 가장 가까운, 그 전원주택에 살고 있다는 루이스를 만나러 가는 것일지도 모르고……. 하지만 난 금방 다른 가능성들을 다 지워버렸어. 무엇보다 연구소를 제외한 집 바깥에 대해서는 영상과 책과 같은 간접 경험밖에 없는 네가, 자신의 위치를 결코 감출 수 없는, 일거수일투족이 감시당하는 삶을 당연한 듯 받아들이며 살아온 네가 이런 짓을 할 리가 없음을 알고 있으니까.

그래서 나는 소장에게 연구소 경비 인력을 지원해 달라고 부탁했어. 소장은 이미 경비업체 차량 하나가 출발했고 한 대가 더 지원을 위해 대기 중이라고 말하지 뭐니. 평소엔 태만하고 게을러 보여도 급할 때는 의지가 된다니까.

"소장님, 그 지원 차량은 어디에 있죠? 저도 가고 싶은데요."

"아직 상황이 위험한지 어떤지 알 수가 없어서 대기 상태라네. 그런데 안 박사가 직접 가겠다고?"

"이건 위험하고 급박한 중대 사태입니다. 이럴 때 제가 안 가면 어떡합니까?"

"그래, 그래. 이러니저러니 해도 모정은 감출 수가 없는 거겠지."

"모정 같은 게 아닙니다. 전 단지……"

"알았네, 알았어. 대기 차량에게 곧 현관으로 이동하라고 지시하겠네. 두 쪽 다 현재 이동중인 차량의 위치를 확보하고 있으니 당장은 추적에 문제가 없겠지. 그들이 지하나 건물 안으로 들어가기 전에 붙잡는 게 가장 좋아. 그러니 가려면 서두르게."

나는 급한 마음에 대답도 하는 둥 마는 둥 하고는 달리기 시작했지. 연구소 현관 앞에는 유리창에 쇠창살을 넣고 겉면에 강화장갑을 덧붙인 경비업체의 승합차가 한쪽 문을 열어놓고 시동을 켠 채 대기하고 있었어. 내가 갈 거란 연락을 받은 듯, 나를 보더니 이름만 간단히 묻고는 바로 태우고 출발했지. 차에는 운전석과 조수석, 그리고 차 안에 두 명까지 모두 네 명의 직원이 반은 군인 같은 세련된 제복을 입고 있었어. 안에는 무기를 담은 듯한 박스가 있었고. 나는 그 살벌한 풍경에 잠깐 주눅이 들었지만 침을 꿀꺽 삼키고 내 옆에 앉은, 배가 불룩 나와 친근한 인상을 주는 직원에게 물었지.

"저기, 혹시나 싶어서 그러는데 제가 쓸 만한 게 있을까요?"

그는 잠시 생각하더니 어디까지나 만일을 대비한 호신용이라며, 특히 나중에 꼭 반환해야 함을 강조하며 스턴건 같은 걸 내밀었어. 나는 고민하다가 그래도 총 비슷한 게 있어야 좋지 않을까 싶어서 쏴본 적도 없는 주제에 총을 달라고 했지. 그는 난처한 표정을 지었지만 결국 조그만 권총 비슷한 걸 하나 꺼내주며 말했어.

"이건 섬광탄이고 이건 마취탄이에요. 이렇게 탄창에 끼우면 돼요. 살상용은 아니고, 새총이나 다름없는 단순한 물건이죠."

새총이든 딱총이든 무기가 있다고 생각하니 마음이 든든했어. 나는 차 안에서 내내 총을 한 손에 꼭 쥐고 있었단다. 불안이나 슬픔에 잠긴 기독교인들이 묵주를 쥐고 마음의 위안을 찾듯이 말이야.

목표물은 외곽의 신축 건물 앞에서 정차했어. 이미 앞서 출발한 경비업체 차량은 조금 떨어진 건물 뒤에 숨어 있었고. 하지만 우리가 그렇듯 저들도 마음만 먹으면 미행하는 차의 위치쯤은 금방 알 수 있었 겠지. 다행스럽게도 아직 그들은 우리의 존재를 몰랐나봐. 곧바로 차 에서 내린 둘은 네가 들어 있는 상자를 건물 안으로 옮겼지. 내가 탄 차가 쫓아가는 동안 선발대에서 한 사람이 전파 송수신기를 들고 뒤 를 따랐어. 건물 안에 있는 너의 위치를 정확하게 파악하기 위해서.

이후에 네가 겪은 일은 너의 큐스프에 직접 접속해서 알아내었어. 무엇보다 난 아무런 도움이 되지 못했으니까……. 그들은 너를 넓고 텅 빈 방 안으로 옮긴 후 상자에서 꺼냈어. 그리고 철제 의자에 앉히 고 머리에 씌운 천을 벗긴 후 잠시 동안 네가 깨어나길 기다렸지. 네 가 로봇이라고 해도 육체적인 부분은 비슷한 또래의 인간과 다를 바 가 없다는 건 그들도 알고 있었기에 너의 몸에서 기관총이 발사된다 든가 발에서 불꽃을 뿜으며 하늘로 솟아오를 일 따위는 걱정하지 않 는 눈치였어.

네 양 옆엔 가짜 택배 회사 직원 둘이, 앞에는 남자 셋이 있었어. 그 들 중 나이가 많아 보이는 둘은 뒤편에 있는 의자에 앉은 채로 말없 이 너를 바라보기만 했고, 비교적 젊어 보이는 남자가 너에게 말을 걸 었지.

"이제 깨어났니? 만나서 반갑다, 안유니. 네 주인님과는 구면인데, 너랑은 처음이구나."

그를 보고 난 소스라치게 놀랐어. BOW의 개발자 중 하나인 스미 시 씨가 왜 너를 납치한 걸까? 그가 처음 봤을 때와 변함없이 하이에 나처럼 생긴 찡그린 미소를 지어보이며 말했지.

"아, 이거 실례. 너희는 부모자식으로 살고 있으니 주인님이 아니라 엄마라고 불러야 맞겠지. 네 그 굳은 표정을 보니 엄마랑 꼭 닮았구나. 히히히."

여전히 밥맛없는 남자였어. 혼자서 키득거리고 웃다가 뒤에 무게를 잡고 앉아 있던, 기업 중역처럼 보이는 남자 하나가 헛기침을 하자 스미시는 웃음을 뚝 그치고 말을 이었어.

"이런 얘기 피차 재미없지? 바로 본론으로 들어갈까? 네 짐작대로 우리는 반 로봇 단체야. 세간엔 ARK로 알려져 있지. 로봇의 지배를 두려워해야 할지도 모를 어두운 미래로부터 인류를 수호하는 방주와 같은 역할이라고나 할까? 시의 적절한 이름이지?"

주인공의 총탄에 바로 거꾸러질 것 같은 B급 영화의 악당 같은 얼굴을 한 남자의 입에서 나오기에 적절한 말이었어. 테러 집단 주제에 정의의 사도 흉내를 내고 있는 거야. 감정이 없는 사람이라도 그들이 1세대 로봇들을 얼마나 잔인하게 살해했는지 알고 나면 선뜻 동조할 수 있을까? 로봇 개발자 중에서 가장 로봇을 싫어하는 걸로 알려진 내가 이런 말을 할 정도니까 더 말할 것도 없을 거야. 악당이 계속 말했어.

"너도 다 아는 얘기니까 숨길 필요도 없겠지. 우린 옛날에 그 1세대 로봇이라 불리는 것들을 제거한 적이 있어. 그렇지만 우리도 바보는 아냐. 그런 식으로 모든 새로운 과학기술의 변화를 막을 순 없어. 댐에 난 구멍을 팔뚝 하나로 막아서 나라를 구한 아이의 이야기는 19세기식 신화적 민담일 뿐이야. 23세기에도 그런 로맨틱한 해결을 바랄 수는 없지. 그래서 우리가 너를 제거하지 않고 수고스럽게도 미행당할 위험을 무릅쓰면서 여기까지 데려왔단 말이다. 사실 널 제거하는 건 아주 쉬워. 30초도 걸리지 않을 걸. 예리한 칼로 머리 피부를 벗겨 내고 망치로 두개골을 톡, 깬 다음에 큐스프를 슬쩍 들어내는 거야. 그 정도는 자동차 정비사도 할 수 있겠지."

톡, 하는 대목에서 악당 녀석은 주먹으로 머리를 때리는 시늉을 했어. 모니터로 보는 내가 소름이 끼쳤으니 너는 어땠을까.

"자, 이렇게 널 살아 있는 채로 데려온 이유는 우리에게도 움직이는 로봇 샘플이란 게 필요해서거든. 이제부터 넌 우리와 함께 해외여행을 하게 될 거다. 한국으로 갈 거야."

"한…… 국?"

너의 목소리는 내 예상보다 심하게 떨리고 있었어. 그 나라가 나에게 의미하는 바를 알고 있을 테니까. 악당이 한층 짓궂은 미소를 흘렸어.

"처음으로 인간 비슷한 반응을 보이는구나. 네 큐스프의 성능을 의심했던 걸 사과하마. 그래, 한국은 안성윤 박사의 고향이야. 박사는 거기서 태어나서 중등교육을 마치고 여기로 유학을 와서 그대로 귀화했어. 그러니까 너에게도 그리 낯선 곳은 아니겠지? 우리가 법망을 피해서 한국에 차린 사설 연구소에서 너에 대한 실험을 할 거다. 우리 인류를 위한 위대한 실험! 바로 로봇에게 '로봇 3원칙'을 주입하는 실험이지. 계속 만들어지고 퍼져 나갈 로봇을 일일이 막는다는 건 불가능해. 그렇다면 로봇이 불러올 위험과 위협에서 인류를 지키고 미래의 번영을 약속하기 위해서는 필수불가결한 조치가 필요하다고 말할 수 있지. 모든 로봇이 인간에게 본능적으로 복종하도록 제조단계에서부터 규정해 놓지 않으면 안 돼. 1세대들은 자신이 인간인 줄 알고 무려 10년을 넘게 지냈고, 지금 너를 비롯한 2세대 로봇들은 자신이 로봇이라는 걸 알고는 있지만 아무런 윤리적·도덕적 지침도 규제도 없이 제멋대로 활동하고 있어. 그런 너희들에게 우리 인간에 대한 존경과 복종을 가르쳐봤자 늦은 일이야. 우리 사람들도 어릴 때부터 도덕과 윤리 과목을 질리게도 배우고, 착하게 살라는 교훈이 들어간 동화를 읽으며 자라지. 그런데도 세상은 이렇게도 수많은 전쟁과 테러, 범죄로 물들어 있잖니? 인간에게 기억을 억지로 주입시키는 시도는 대부분 최면 같은 일시적 효과가 아니라면 정신과 치료를 요하는 부정적인 영향만 끼칠 뿐이야. 하지만 전자두뇌를 가진 너희들이라면 가능하겠지! 숨을 쉬고 밥을 먹듯 인간에 대한 복종을 주입하는 일이. 우린 이미 이론적인 토대를 세워놨지만 우리의 기술만으론 아직 인공두뇌와 인간의 육체를 연결한 너와 같이 살아 숨쉬는 로봇을 만들지 못하고 있어. 고작 금속과 플라스틱, 전선이 뒤엉킨 몸체에 예, 아니오 소리밖에 못하는 초보적 지능을 가진 두뇌밖에는 못 만들거든. 이제 너를 한국에 있는 우리 연구소로 가져가서 잘 뜯어보면 너와 같은 로봇을 만들 수 있을지 모르지. 그러니 그때까지 너는 우리의 VIP고객이다. 인류의 번영을 이끌어줄 소중한 존재이지."

그의 영양가 없는 설교가 시간을 끌어주는 동안 문 밖에는 이미 선발대 대원들이 신호만 주면 당장이라도 쳐들어갈 기세로 대기하고 있었고 나를 태운 후발대 차량도 건물 입구에 도착한 상태였어. 차에서 내린 나는 건물 옥상을 향해 날아오는 작은 제트기를 볼 수 있었단다. 물 위를 미끄러지듯 유려하게 날아온 그 비행기는 날개를 살짝 접더니 아주 가볍게 수직으로 내려오며 옥상 한가운데에 착륙했어.

그걸 본 난 서둘러 달라고 비명을 지르듯 외쳤지. 내가 책임자도 대장
도 아닌데 내 소리를 신호로 하듯 대원들은 일제히 건물 안으로 뛰어
들어갔단다.

　하지만 애석하게도 ARK는 그리 어리석지도 호락호락하지도 않았
어. 후발대가 그 방 앞에 도달했을 때 본 것은 하얀 반죽에 덮인 채로
이리저리 널브러진 선발대 대원들의 모습이었어. 그리고 방 안에는
올 것을 기다리고 있기라도 하듯 절지동물처럼 생긴 로봇이 떡하니
버티고 있지 않겠니. 거미처럼 길고 가늘지만 단단한 다관절의 뒷다
리가 여섯 개나 있고 전갈처럼 생긴 꼬리와 두 개의 앞다리가 있는데
다가 눈 세 개가 달린 구형(球形)의 머리가 상하좌우로 자유로이 회전
하고 있었어. 은빛 몸체가 창문의 반쯤 열린 블라인드 사이로 비치는
햇살을 받아 스포츠카처럼 유려하게 번쩍이고 있었지. 그 녀석(이름
을 모르니 전갈 로봇이라고 부를게.)은 후발대 대원들을 보자 왼쪽 앞
다리에서 희고 뭉툭한 탄환을 쏘아대었어. 그 탄은 날아가면서 터지
더니 그물처럼 펼쳐져 몸을 감쌌어. 녹은 피자 치즈처럼 끈적끈적해
서 맞으면 꼼짝도 못하고 누워야만 했지.
　그걸 용케 피한 대원들은 전갈 로봇이 휘두르는 오른쪽 앞다리 공
격을 받고 나가 떨어졌어. 꼭 집게발처럼 생겼는데 집게 안쪽에는 총
의 포신 비슷한 것이 있었지만 쓰지는 않았어. 여기서 살인을 하면 문
제가 커질 수 있으리라 생각한 거겠지. 하지만 이 정도로 커다란 전투
용 로봇이 움직이고 있는 이상 사회조화기구에서 가만히 있을 리가
없을 텐데, 아직껏 사이렌 소리가 들리지 않는 게 이상하다고 생각할

정도였어.

가장 뒤쳐져서 오던 나는 복도에서 그 전투라고 할 것도 없는 일방적인 공격을 보고 겁이 나서 그 자리에 멈춰 섰어. 전갈 로봇이 빠른 동작으로 문 밖으로 나오다가 나를 발견했어. 몸은 그대로인 채로 둥그런 머리만 내 쪽으로 움직이더구나. 반사적으로 왼쪽 앞다리를 들어 나를 겨눴지만, 머리가 한 바퀴 돌더니 동작을 멈췄어. 그리고 아마도 머리 어딘가에 있을 마이크를 통해 스미시의 음성이 흘러나왔지.

"어이쿠 이런, 안 박사님 아니신가. 오랜만입니다. 그래 유괴된 딸을 찾으러 직접 나서신 건가? 대단한 모정이군, 안 그래요? 하긴 큐스프가 어디 한두 푼짜리여야 말이지. 더구나 인간의 육체와 결합한 생체 로봇이라니, 이 국지전(局地戰)용 모델쯤이야 한 트럭으로 싣고 와도 못 바꿀 정도로 비싼 몸이겠지."

"한 트럭이 아니라 열 트럭을 갖고 와도 안 바꿔요!"

나는 화가 나기도 하고 흥분해서 로봇을 향해 거침없이 다가갔어. 어차피 내가 이 전갈 로봇과 싸워서 이길 수도 없고 이기리란 생각도 안 했어. 그래서 되레 용기가 났는지 몰라. 이왕 싸움이 안 되니까 말로라도 지고 싶지 않았던 거겠지.

"이런 구닥다리 쇳덩어리는 백 트럭을 줘도 안 바꿔! 유니의 안에 있는 유니의 기억, 마음, 그걸 다른 것과 바꿀 수 있을 것 같아?"

"허허, 지금 박사의 말씀에는 굉장히 위험한 사상이 담겼다는 걸 알고나 계신지? 로봇에게 마음이, 영혼이 있다는 말씀인가? 하긴 인간의 감정이 모두 뉴런의 전기 신호에 의한 반응이라면 영혼조차 그렇다고 생각할 수도 있겠지. 하지만 양자 컴퓨터가 인간의 것과 똑같은 영혼을 만든다면……? 저들이 자신을 인간이라고 주장해도 반박할 수가 없겠군요. 난 박사가 로봇 혐오자인 줄 알았는데, 의외입니다."

문득 로봇을 상대로 이런 대화를 나누는 게 우스꽝스럽다는 생각이 들었어. 물론 이 전갈 로봇은 지금 그의 말을 전달해 주는 덩치 큰 전화기에 불과한 입장이지만, 금속음이 섞인 그의 목소리를 듣고 있자니 마치 이 로봇 자신이 말을 하고 있는 것같이 느껴졌거든. 그래서 지금 우리는 인간인 내가 로봇의 편을, 전갈 로봇이 인간 편을 들어서 토론을 하고 있는 부조리한 소극(笑劇) 속에 있는 것처럼 보였단다.

"안성윤 박사, 박사와는 길고 흥미로운 대담을 나눌 수 있을 것 같지만 안타깝게도 지금은 시간이 없습니다. 비행기 출발시각이 된 것 같아서 말이죠."

"우리 유니를 어디로 데려가는 거야?"

"약속을 하나 하지요. 우리의 실험이 성공하고 그때까지도 유니가 멀쩡하게 돌아가고 있다면, 반드시 박사에게 반환해 드리죠. 다만 그때 유니는 로봇으로서의 자기 정체성을 확실히 지니고 있을 거요. 로봇 3원칙, 그것이 바로 앞으로의 로봇들이 불문율로 여길 지침이자 이념이 되겠지. 자, 그럼 다음에 봅시다."

말을 마친 전갈 로봇은 방향을 돌려 빠른 속도로 이동하기 시작했어. 나는 이를 악물고 달려갔지. 평소에 편한 걸 추구하느라 굽이 낮은 구두를 신은 게 다행이었지만, 그래도 정장차림에 구두를 신고 달린다는 건 여간 힘든 일이 아니었어. 평소의 운동부족도 겹쳐서 20미터도 채 가지 못하고 무언가에 걸려서 휘청거려야만 했어. 나도 모르게 욕을 내뱉으며 돌아보니 끈끈이에 감싸여 바닥에 달라붙은 경비

대원의 한쪽 다리가 비쭉 나와 있는 거야. 전갈 로봇은 벌써 멀찍이 떨어진 비상계단으로 올라가고 있었어. 어디로 갈지는 분명했지. 옥상이야. 아까 보았던 제트기를 타고 가려는 거지. 울분과 비탄을 연료 삼아 불태우며 체력이 바닥난 내 몸뚱어리를 이끌고 걸음을 옮겼어.

숨을 헐떡이며 엘리베이터 앞에 도달했지만 엘리베이터의 불은 꺼져 있었어. 아직 완공되지 않은 신축 건물이라 그런지 문에는 비닐 커버가 씌워 있고 주위 바닥에는 미세한 시멘트 먼지가 가득했지. 아직 한 번도 작동하지 않은 듯했어.

나는 인상을 쓰고 내 허약한 육신을 원망하며 비상계단을 올라갔지. 지금쯤이면 제트기가 벌써 태평양 위를 날고 있지 않을까. 하지만 옥상 쪽에서 작은 폭발음이 들리며 쿵쿵 울리는 소리가 들리는 걸로 보아 아직 떠나지 못한 모양이야. 하지만 난 다행이라고 생각한 동시에 의문을 느꼈지. 경비대원들이 이렇게 일망타진을 당했는데 아직 싸우는 소리가 나다니 웬 일일까. 더구나 반 로봇 단체라는 ARK에서 전투용 로봇을 쓰다니 그것도 이상했어.

근근이 비상계단의 끝에 이르자 옥상으로 통하는 문은 활짝 열려 있었고 제트기는 여전히 날개를 접은 상태로 그 자리에 있었어. 쏟아지는 햇빛에 눈이 부셔서, 나는 얼굴을 찌푸린 채로 비틀거리며 옥상으로 들어섰어. 땀에 젖은 머리카락이 눈을 덮어서 앞이 잘 보이지 않을 정도였지. 그런데도 나는 겁도 없이 빽빽한 목소리로 다짜고짜 외쳤던 거야.

"우리 유니를 돌려줘!"

얼핏 보인 눈앞에는 너의 모습이, 그리고 그 뒤에는 전갈 로봇이 있었어! 반사적으로 권총을 꺼내들었지. 여기 오는 길에 대원에게서 받았던 그 부적과도 같은 조그만 총을. 비틀거리며 조준도 제대로 못하고 무작정 쏘았는데 빛이 폭발하는 서슬에 그만 그 자리에 넘어지고 말았어. 섬광탄이란 걸 들었으면서도 잊어버리고 그대로 쏘았으니, 지금 생각하면 얼굴이 붉어질 정도로 부끄러운 일이지. 강렬한 빛 때문이라고 마음속으로 핑계를 대며 난 눈물을 줄줄 흘렸어. 네 앞에서 최고로 추한 모습을 원 없이 보여주고 만 셈이로구나. 그대로 나는 거의 의식을 잃고 말았는데, 그 순간 나를 끌어안아 넘어지지 않게 해준 사람이 너라는 걸 나중에야 알았어.

그 후에 너의 큐스프를 스캔하여 알아낸 그때의 일은 이러했지. ARK 일당은 너를 데리고 제트기에 타는 데까지는 성공했어. 그렇지만 멀쩡하게 따라오던 전갈 로봇이 돌연 멈춰서는 거야. 가짜 택배 기사 한 녀석이 무슨 일인가 싶어서 다가갔지. 그러자 전갈 로봇이 돌연 끈끈이를 쏴서 녀석을 바닥에 씹다 뱉은 껌처럼 붙여버리는 게 아니겠어. 뭔가 이상하다 싶어서 제트기에 실었던 다른 전갈 로봇이 밖으로 나왔지. 그 소형 비행기는 전갈 로봇 두 대를 실을 수 있는 격납고가 있었어.

우습게도 같은 편이었던 두 로봇이 총신에서 불을 뿜고 집게발을 휘두르며 싸움을 벌였지. 하지만 몇 번 부딪치고 나더니 두 로봇이 힘을 합하여 제트기 안으로 뛰어 들어오는 거야. ARK 일당은 제정신으로 돌아온 줄 알았었나본데 오산이었어. 전갈 로봇들은 끈끈이를 쏴서 일당들을 제트기 벽에 단단히 붙여 놓더니 너를 조심스레 데리고 제트기 밖으로 나왔어. 그리고 마이크를 통해 네가 알고 있는 목소리가 들려왔지.

"유니야, 나를 알아보겠니?"

카메라아이의 조리개가 움직이는 소리가 들렸어. 너는 고개를 끄덕이며 대답했지.

"응. 오랜만이야, 루이스."

그 후에 비틀거리듯 휘청거리듯 늙고 지친 오리처럼 뒤뚱거리며 내가 나타난 거야. 너는 쓰러지는 나를 안고서 전갈 로봇 위에 올라탔지. 로봇은 빠른 속도로 비상계단을 내려갔고 나머지 한 녀석은 ARK 일당을 감시하고 있었어. 건물을 나설 때 너는 옥상을 향해 날아오는 사회조화기구의 순찰 비행정을 봤지.

너는 정신을 차린 나를 위해 커피를 타주었지. 프림 없이 설탕만 둘. 내가 늘 마시던 그대로 말이야. 그곳은 벽돌로 만든 집이었어. 영상에서나 보던 예스러운 모습에 깜짝 놀랐지. 기둥은 통나무, 바닥엔 양탄자, 한쪽 벽에는 사용한 흔적이 고스란히 남은 벽난로까지. 내가 시간여행을 해서 이삼백 년 전쯤으로 온 게 아닐까 싶을 지경이었어. 다른 쪽 벽에 최신 기기로 가득한 AV 장식장을 보고서야 겨우 마음을 놓았지.

"안녕하세요. 저 기억하시죠?"

그때 키가 껑충하고 비쩍 마른 소년 하나가 다가와서 수줍게 웃었어. 물론 기억하고 있었지. 2세대 로봇 중의 하나, 미래학자이자 진보

40

적인 사회학자였던 캐서린 텐진 닝포 윌슨(Catherine Tenzin-Nyingpo Wilson)의 아들 루이스 타시 닝포 윌슨. 남편의 사후 외딴 시골에서 홀로 저술활동에만 몰두하던 걸로 알려졌던 윌슨 교수님이 우리에게 2세대 로봇의 소식을 듣고 자신에게도 만들어달라고 요청했을 때는 우리도 놀랐지. 더 놀랍게도 그는 20년도 전에 죽은 남편 피터 윌슨의 혈액을 냉동 보관하고 있다가 우리에게 제공했거든. 그 피에서 추출한 체세포로 만들어진 육체가 지금 내 눈앞에 있는 루이스였어. 그러니까 그는 남편의 몸을 복제해서 만든 로봇을 아들 삼아 입양한 셈이었지.

"반가워요. 어머니는 계시니? 인사를 드리고 싶은데……."

내 인사를 들으며 루이스는 머그컵을 들고 내 앞에 앉았어. 진한 원두커피 향기가 주위를 아늑하게 채웠지. 대답하는 그의 목소리는 아까보다 가라앉아 있었어.

"사실은, 재작년에 돌아가셨습니다."

"세상에나. 아무 소식도 못 들었는데?"

"그건 어머님의 유언 때문이었어요. 절대 세상에 알리지 말라는."

"하지만 그, 신문과 웹진의 칼럼은 아직도 연재하고 있는데…… 작년에는 신간도 나왔잖아? 생전에 써두신 원고였니?"

"그건 모두 제가 쓴 거예요. 5년 전부터 어머님 이름으로 나온 모든 저작은 제가 썼죠. 어머님께선 그저 살펴보고 이건 내 문체가 아냐, 이 낱말은 내가 쓸 것 같지 않아, 라는 식으로 조언만 해주셨죠."

나는 놀라서 입이 다물어지지 않았지. 넌 놀라는 내 얼굴이 재미있다는 듯 바라보고 있었고.

"어째서, 왜 그런……"

"왜 대필을 했냐고요? 전 사실 어머님의 일부에 불과했어요. 태어나서부터 지금까지도. 제가 태어나고 자란 10년 동안 전 오직 어머님의 가르침을 받아서 어머님의 뜻을 이어가는 데에만 주력했죠. 아시다시피, 어머님께선 인간과 동등하거나 그 이상의 지성을 가진 로봇이 나타날 것이며 그들에게도 인간과 같은 권리를 줘야 한다고 줄곧 주장하셨잖아요. 드디어 사람 두뇌보다 작은 큐스프가 만들어지고 우리와 같은 존재가 나왔으니 어머님의 꿈이 이루어진 것이나 마찬가지였죠. 하지만 어머님께선 1세대 로봇들을 인간으로 위장하여 기른 것에 대해선 반대하셨어요. 그래서 저 역시 처음부터 스스로가 로봇이라고 자각하며 자랐고요. 덕분에 지금도 로봇이 인간과 조화롭게 사는 미래에 대한 글을 쓰고 있는 거죠. 한 가지가 더 있다면, 그건 저를 구성하는 이 양자 컴퓨터를 이용해서 할 수 있는 일에 관한 거였지만요."

"하지만 윌슨 교수님은 굳이 자신의 죽음을 감출 필요가 있었을까?"

캐서린 텐진 닝포 윌슨은 오래 전에 은퇴하여 현재는 교단에 서지 않지만 나를 비롯해 많은 이들은 아직도 그 분을 존경의 뜻을 담아 교수님이라고 부르지. 교수님이 제시한 로봇에 대한 낙관적인 미래의 비전이 나와 같이 로봇을 개발한 연구원들에게 얼마나 큰 희망과 위안이 되어주었는지 몰라. 그러니 그가 실은 오래전 죽었고 로봇이 후계자가 되어 그의 글을 대신 썼다는 말을 들으니 놀랍고 슬프면서도 왠지 그의 꿈이 이루어진 것 같아서 다행이라는 생각도 들었어. 장례식에서 고인을 애도하면서도 호상이라며 유족들을 위로하는 그런 기분 같다고나 할까?

"일단 비밀로 하라는 게 어머님의 유지였고요, 제가 대필했다고는 하지만 여태껏 한 번도 의심을 받아본 적이 없어요. 어차피 신문사나 출판사와는 이전부터 온라인으로만 연락을 했고 얼굴을 마주치지 않아 오셨으니까. 그것도 다 제가 했어요. 어머님의 문투는 완벽하게 재현할 수 있다고요. 왜 감췄냐고 하시면…… 형제자매도 없는 어머님께 가족이라면 저뿐인데, 아직 로봇인 저는 부모님의 유산을 물려받을 수 있는 법적인 권리가 없잖아요? 어머님께선 그걸 아시고 생전에 준비를 다 하셨죠. 모든 재산은 온라인 계좌로 옮겼고, 현물 자산이라곤 이 집이 세워진 작은 땅덩어리가 전부예요. 집 안의 장비들도 포함한다면 꽤 되겠지만."

로봇 아이에게 자신의 지식과 재산을 모두 물려주려 하다니. 놀랍긴 하지만 윌슨 교수님이라면 하실 법한 일이었어. 인간을 능가하는 지성을 가진 이 아이들이 인간의 권리를 갖지 말란 법이 있을까. 근데 그의 말을 정신없이 듣다보니 막상 중요한 걸 물어본다는 걸 깜빡하고 말았지 뭐니.

"참, 루이스! 우리가 어떻게 여기에 있는 거야? ARK는 어떻게 되었고?"

루이스는 커피를 한 모금 마시고는 씩 웃었어. 가지런하고 깨끗한 치아가 어린아이답지 않다고 여겨졌어. 뺨엔 작은 여드름이 있었지만, 여전히 그도 너처럼 왠지 CG로 정교하게 만들어진 인간을 보는 것만 같았거든.

“차근차근 말씀드릴게요. 아니 그것보다 유니의 두뇌를 스캔해서 직접 영상으로 보시는 게 더 좋겠네요.”

“그게 가능해? 이, 이런 이……”

“이런 서부 개척시대 같은 벽돌집에서 말이죠? 물론 가능하니까 드리는 말씀이죠! 제 방에 와보실래요?”

루이스의 방 풍경은 이 집의 모습과는 이질적이었어. 한 마디로 우리 연구소와 비교해도 꿀리지 않는 최첨단 장비들이, 거기다 루이스 자신이 직접 조립하고 튜닝한 최소형으로 갖추어져 있었지.

루이스가 양해를 구하자 너는 방 한가운데에 앉더니 눈을 감았어. 신체의 감각을 차단한 거지. 루이스는 두피의 접합선을 열고 너의 두뇌와 기기를 전선으로 연결했어. 무척 능숙한 것이 한두 번 해본 솜씨가 아닌 것 같았지.

“루이스, 너 다른 2세대 아이들의 두뇌도 이런 식으로 조사해 봤니?”

“그냥 몇 명만요. BOW에서 만나니까 직접 볼 기회가 좀처럼 없거든요. 저 자신에게 한 적도 있긴 하죠.”

“그게 가능해? 의식이 있다면 인간처럼 고통을 느낄 텐데?”

“제가 조종하는 작은 로봇들이 있거든요. 미리 입력한 대로 움직이기만 하는 간단한 녀석들이죠.”

그러고 보니 방구석에 장난감처럼 보이는 로봇들이 있었지. 인간처럼 직립 보행하는 것, 네 다리로 움직이는 것, 거미처럼 생긴, 벌처럼 생긴, 돌고래 혹은 잠수함처럼 생긴……

거기에 잠깐 정신이 팔린 사이에 이미 모니터에는 수많은 이미지의 파편이 흘러가고 있었어. 네가 보고 들었던 모든 광경들이 차곡차곡 모아져 있는 큐스프. 우리 인간과는 달리 결코 왜곡되거나 망각되는 일 없이 간직하고 있는 지난날의 기억들이 말이야. 루이스는 영상 프로그램을 편집하는 VJ처럼 다이얼 비슷한 컨트롤러를 손에 쥐고 이리저리 돌리면서 원하는 부분을 찾았어. 마침내 네가 현관에서 납치당하는 부분, 건물 안으로 옮겨져 ARK 일당과 만나는 부분, 전갈 로봇이 너와 나를 데리고 도망가는 부분을 직접 내 눈으로 보고서는 그간 일어났던 일들을 알았어.

"루이스, 너 저 로봇을 조종했구나? 대체 어떻게?"

루이스는 익살맞은 웃음을 지으며 손가락으로 자기 머리를 톡톡 두드리며 대답했어.

"제 큐스프가 저 녀석 머리 안에 든 실리콘 덩어리완 비교도 안 된다는 거 아시잖아요. 저 녀석은 지금 저희 집 뒤뜰에 있어요. 앞으로도 요긴하게 쓰일 것 같아서, 헤헤."

"ARK에게 추적당하지 않겠어? 괜찮을까?"

"아직 녀석들이 우리를 잡으러 오지 않는 걸 보면 모르시겠어요? 하늘에서 위성이 메뚜기떼처럼 떠서 뒤져도 여기는 못 찾아요. 제 친구, 우리랑 같은 로봇인데, 걔가 만든 방해전파를 보내고 있거든요. 우리 큐스프에만 특화된 재밍(Jamming)이죠. 이 집 안에 있는 한 저도 유니도 결코 발각되지 않을 거예요. ARK든, 사회조화기구든."

"사회조화기구? 어째서 사회조화기구를……?"

"뉴스도 못 보셨어요? 벌써 로봇이 인간의 감시를 피해 도주중이라며 난리가 났어요. 사회조화기구는 벌써 2세대 로봇 실험을 즉각 중지하라며 박사님네 연구소에 압력을 행사했어요. 이후 로봇에 관련된 모든 연구는 정부 주도로 해야 된다면서요. 그러니까 사회조화기구가 이젠 인간뿐 아니라 로봇도 감시하겠다, 이 소리죠.”

루이스는 그렇게 말하며 모니터에 몇 개의 화상을 띄워서 내게 보여줬어. 너의 기억에서 뽑은 장면. 데이빗 스미시의 뒤에 있던 두 중년 남자의 얼굴을 확대해서 인터넷에서 찾은 사진과 비교해 놓은 건데, 둘 다 사회조화기구의 간부였지. 내가 받은 충격은 이루 말할 수 없이 컸단다.

나는 윌슨 교수님이 사회조화기구를 향해 하셨던 비판을 기억해 냈어. 『1984』의 빅 브라더가 따로 없다면서 맹비난하셨지. 그건 매우 낡은 비유였지만, 더 그럴싸한 대상을 찾을 필요가 없을 정도로 적절하긴 했어. 다만 사회조화기구가 사회의 공익과 평화를 위한다고 믿어왔다는 점만 빼면 말이야. 우린 누구나 태어나면서부터 국가의 보호를 받아. 때로 감시당한다는 기분도 들겠지만, 효율적인 관리·감독을 위해 어쩔 수 없는 일이라고 생각해왔던 거야. ARK의 뒤에 사회보장기구가 있다는 걸 알게 된 이상 로봇들의 인권 운운은 아직 멀고 먼 이야기가 될 거란 생각이 들었지.

내가 천천히 충격으로 들썩인 마음을 가라앉히는 동안 루이스는 전선을 빼고 너의 머리를 다시 덮었어. 뒤통수에서 뒷목으로 이어진 수술자국 같은 흉터를 감추기 위해 너는 머리를 길게 길렀고, 루이스도 평범한 남자아이처럼 머리가 길지 않았지만 곱슬머리가 흘러내리듯 뒷목을 덮고 있었지. 네가 깨어나는 동안 루이스는 내게 물었어.

“안 박사님, 비밀로 하고 있던 어머님 이야기를 왜 박사님께 털어
놓았는지 아세요?”

“글쎄. 그러고 보니 모르겠네. 나를 믿어서?”

루이스는 내 순진한 답변에 피식 웃었어.

“아주 틀린 대답은 아니에요. 그렇지만 그보다, 저에겐 인질이 있거
든요.”

이 녀석이 무슨 말을 하는지 도통 이해가 되질 않았어. 너는 그저
싱긋 웃고만 있었지. 루이스가 에헴, 하고 헛기침을 하더니 장난스럽
게 어른스러운 목소리를 흉내 내며 말했어.

“지금부터 맥의 따님, 안유니 양의 신변은 저희가 맡도록 하겠습니
다. 유니 양은 저희 BOW로의 망명을 결심하셨습니다.”

“망명? 망명이라니? BOW는 큐스프의 그리드 컴퓨팅과 가상세계
구축 시뮬레이션 프로젝트로 알고 있었는데?”

“그 말씀대로예요. 이미 저희가 BOW 베타 버전에서부터 개발에
깊숙하게 개입하고 있던 건 아시죠? 그 연구소에도 곧 사회조화기구
의 손길이 뻗치겠죠. 그러면 불온하고 위험한 연구라면서 중지될지
도 모르고, 이런저런 통제와 간섭이 행해지겠죠. 그 안에도 생명체가
태어나고 살다가 죽는 완벽한 세계가 구축이 된다면 사회조화기구가
가상세계까지 감시하겠다고 덤빌지 몰라요. 그건 끔찍한 일이에요.”

BOW의 개발자 중에 ARK가 있다는 게 밝혀지면 사회조화기구의
조사를 피할 수는 없겠지. 루이스의 말에도 일리는 있다고 느꼈어. 하
지만 난 여전히 혼란스러웠어. 너의 결정이 충동적인 것이지, 줄곧 원
하던 것인지 몰랐기에 말이야.

“그래서 저희가, 2세대 아이들이 힘을 합쳐서 그 세계를 우리 머릿속으로 옮기려고 해요. 저희들이 큐스프를 총동원한다면 지금부터 200년 전의 지구가 구현되는 거예요. 그곳에서 우리는 그 세상 속의 구성원이 되어 살아갈 수도 있다고요!”

너는 자랑스레 말하는 루이스를 지그시 바라보았어. 마치 연인을 보는 듯한 그 다정한 시선을 보고 난 까닭모를 불안함을 느꼈단다. 뭐랄까, 네가 나보다 루이스를 선택한 것이 아닐까 라는 생각. 지금껏 너를 딸로 여기지도 않고 사랑한다는 말도 한 번 해본 적이 없는 내가 이런 생각을 한다는 게 염치없고 뻔뻔스럽게 여겨질지 몰라. 그래도 인간인 내 마음은 이렇게도 복잡하고 당혹스러운 것이란다. 로봇인 너는 나완 다르게 생각을 할까? 루이스는 정말 인간적인, 인간다운 미소를 듬뿍 담고 말했지.

“전 제가 로봇이라는 사실이 슬프거나 괴롭지 않아요. 아버님의 육체와 어머님의 정신을 이어받은 존재인 걸요. 두 분의 진정한 후계자인 셈이죠. 어머님께선 제게 자부심을 가지라고 말씀하셨어요. 너는 컴퓨터 공학자와 미래학자의 자식이며, 부모보다 뛰어난 능력을 가진 두 사람의 계승자라고. 너는 지금보다 더 훌륭한 미래를 만들어낼 수 있을 거라고. 인간이라는 벽과 한계에서 벗어나 위대한 존재로서의 로봇이 될 수 있을 거라고……”

“얘야, 나랑 얘기 좀 하자.”

더는 참지 못할 것 같았어. 북받치는 내 마음을 나도 알 수가 없었지. 그래서 나는 루이스의 말이 다 끝날 때까지 기다리지 못하고 얼른 너의 손을 잡아끌고 방 밖으로 나간 거야. 루이스는 그저 우리를 멀뚱

히 쳐다보았지. 궁금한 표정이었지만 굳이 우리의 대화를 엿들을 정
도로 예의가 없지는 않다는 듯 어깨만 으쓱 하고는 의자에 앉았단다.

"너, 저 말이 사실이야? 루이스랑 함께 BOW 안에 들어가 살겠다
고?"

내 목소리는 떨렸고 말은 두서가 없었어. 무척이나 흥분한 이런 내
모습도 너에게는 낯설겠지. 하지만 이미 너의 앞에서 우는 모습마저
보인 이상 더 부끄러워할 것도 없다고 생각했어. 무엇보다 난 궁금한
것 투성이였거든.

"나도 루이스와 같은 생각이야, 엄마."

"너도 로봇임을 슬퍼한 적이…… 그래. 그럴 리가 없지. 넌 한 번도
로봇이라는 이유로 고민한 적이 없었잖니."

"딱 한 번 있었어. 기억나? 내가 엄마를 엄마로 불러도 되냐고 물었
던 때."

루이스도 너도 인간인 나에게 유난히 기억이 나냐고, 기억하고 있
냐고 물어댔지. 원하면 언제든 옛날의 기억을 꺼내어 완벽하게 재생
할 수 있는 너희들에게 인간의 불완전한 기억력은 열등한 부분일 수
밖에 없겠지. 인간은 망각을 하기에 힘든 세상을 견뎌내며 살 수 있다
고 믿었던 철학자들은 좀 실망할지 모르지만 너희들은 그리 괴로워
하지 않고 있는 것 같구나. 하긴 오래 되었거나 쓸모가 없거나 되살리
고 싶지 않은 기억들은 필요 없는 파일을 압축해서 백업본으로 남겨
놓듯 치워놓을 수 있으니까. 물론 그래놓고도 그 기억이 필요해지면
언제든 되살릴 수 있는 게 너희들의 장점이지.

"그래. 기억난다. 너만큼은 아니겠지만 생생하게."

문득 내가 너에게 로봇이라고 말한 날의 일이 떠올랐어.

"엄마, 이게 큐스프를 탑재한 2세대 인공두뇌인가요?"

너는 두뇌의 입체 영상을 띄워서 돌려 보면서 내게 말했지.

"그래. 지금은 4세대 모델이 개발되는 중이야. 완성품이 나올 때까지 아직 더 걸릴지도 모르지만."

"그러니까 이게, 내 머리 안에 있다는 건가요?"

"응."

"그래서 나는 로봇…… 인가요?"

"응. 컴퓨터 분야는 개발 속도가 빠른 분야지만 인공두뇌와 유기체의 연결에 있어서는 너를 만든 이후로 지금껏 가시적인 발전사항은 없는 게 현실이야."

거기서 나는 입을 다물고 말았어. 그 이유를 알기 때문에. 그건 바로 너, 너의 성장과 발달을 조사하고 검토하여 그 결과를 반영해야만 하기 때문이야. 하지만 너를 딸로 대하지 않던 나조차도 그 말을 하기란 힘겨웠어. 머뭇거리던 내 입술이 결국은 멎었고. 내 얼굴을 훔쳐보듯 하던 너의 시선은 다시 입체 영상으로 돌아갔어. 아마 그 다음날이었을 거야, 네가 나를 엄마라고 불러도 되냐고 물은 건.

"엄마, 들어봐. 난 로봇이지?"

생각에 잠겼던 내게 너는 물었지. 갑자기 정신을 차린 난 말없이 고개를 끄덕였고.

"난 인간이 될 수 없는 거지?"

끄덕끄덕. 그건 어떻게 해도 바꿀 수 없는 사실.

"하지만 난 별로 인간이 되고 싶진 않아. 그렇지만 인간으로 살아보고는 싶어."

난 한숨을 내쉬고 말했어.

"BOW를 유지하려면 너의 큐스프를 모두 써야만 할 거야."

"알아. 그래도 나만 하는 게 아니라 여럿이서 힘을 합칠 거니까. 그 안에서 가상의 생명체로 살아갈 만한 여력은 남을 거야."

"그래서 거기서 무엇을 하려고? BOW는 지금보다 200년 전의 세계를 재현하고 있어. 거기는 핵융합로도 없고 자동차며 모든 게 화석 연료로 돌아가는 불편한 시대야. 어디 없는 게 한두 가지겠니? 에코 폴도, NHS도, 궤도 호텔도, TFSP도……"

"로봇도 없겠지? 그래서 가려는 거야. 그 세계로, 그 세상 속에서 평범한 사람으로 한 번 살아보고 싶어."

"넌 네가 인간을 부러워한 적은 없다고 생각했는데 내가 잘못 생각했나 보구나."

"아냐, 난 인간을 부러워한 적은 없어. 대신 엄마를 부러워한 적이 많아. 하지만 그건 딱히 엄마가 인간이고 내가 로봇이라서가 아니었어. 엄마도 알잖아, 내가 이야기 나눈 사람들은 연구소에 계신 분들밖에 없다는 걸. 내게 엄마는 그들 중에서도 늘 똑똑하고 자신감에 넘치는…… 이 세상의 비밀을 아는 듯한, 희로애락을 모두 통달한 그런 존재 같았어. 엄마는 내가 존재하는 세계의 주인이었어. 근데 그런 엄마가 나와 얼마나 다른지 궁금했어. 그래서 인간을 알고 싶고, 인간이 되고 싶은 거야. 더 완전하고 이해심도 깊은 그런 로봇이 되기 위해서 인간을 체험해 보고 싶은 것뿐이야. 그게 다야."

그 말을 들으니 네가 인간을 동경하여 인간이 되고 싶어 하는, 소설 속에 나오는 그런 로봇과 같은 마음인 줄 알았다면 그건 너무나 순진한, 혹은 보수적인, 그도 아니면 예스러운, 굳이 좋게 말하자면 인간적인 마음의 발로임을 알았어.

하긴 너의 육체는 얼마든지 교체할 수 있고, 너의 인공두뇌는 반영구적으로 움직일 수 있어. 인간의 뇌보다 훨씬 빠르고, 백업했던 과거의 기억과 경험도 얼마든지 꺼내어 생생하게 되살릴 수 있고, 인간의 잔병치레와 감정의 과잉, 정신의 혼란 등에서 자유로운 그야말로 완벽한 존재인 네가 인간이 되고 싶어 할 리가 없잖니.

오히려 네가 인간들 속에서 인간으로 살아간다는 건, 말하자면 늑대소녀 같은 거였어. 숲에서 버려져 늑대들 틈에서 자라난 소녀가 실제로 있었지. 『정글북』 같은 로망스와 인간다움도 없이, 인간의 언어와 행동규범을 하나도 모른 채 네 발로 뛰어다니며 날고기를 씹고 울부짖던 그 아이는, 본래 얻어진 자신의 가능성을 모두 차단당하고 훨씬 미개하고 위험한 세상 속에서 살아가야만 했던 거지.

인간 세상에서의 너도 같은 처지가 아닌가 생각했어. 그러니 너에게는 BOW가 어떤 의미에서는 탈출구일지도 모르지. 언젠가 너와 네 친구들은, 우리가 이루지 못했던 더 완전하고 훌륭한 문명을, 더 멋진 세상을 만들지도 몰라. 아니 틀림없이 그럴 거야. 그래야만 해. 넌 그러기 위해서 인간을 알 필요가 있겠지. 인간이 되어 인간을 경험하여 잘못된 것, 뒤떨어진 걸 버리고 좋은 점을 취하여 더 발전시켜 나가야만 하겠지.

"엄마, 이건 마치 과거로 시간여행을 떠나는 것과 같아. 내가 BOW

안에서 다른 역사를 만들어 간다면, BOW의 미래는 내가 사는 지금 여기와는 다른 세상이 될 거야. 엄마가 그랬잖아, 내 큐스프는 수많은 세계를 만들어내지만, 결국은 하나의 미래로 수렴된다고."

"그래. 결국은 인간의 뇌와 마찬가지인 셈이지."

"그래서 나는 BOW로 가서 다른 분기, 다른 미래의 세계를 체험해 보고 싶어. 어쩌면 나는 그곳에서 로봇이 없는 세상을 만들어갈지도 몰라. 아니면 또 큐스프와 로봇의 탄생을 바라볼지도 모르지. 그래도 난 포기하지 않을 거야. 어쩌면 거기에서 뭔가 배울 수 있다면, 다시 돌아와서 인간과 로봇이 서로를 두려워하지 않는 세상을 만드는데 도움이 될지도 모르잖아?"

"그럼 너, 다시 돌아올 생각은 있는 거니?"

"그야 물론이지! 엄마를 놔두고 내가 영원히 떠날 수 있을 거라 생각해?"

넌 마치 엄마가 아이를 안아주듯 나를 안았어. 내가 한 번도 너에게 해주지 않던 그런 따스한 포옹. 난 나도 모르게 울컥 눈물이 솟는 걸 참느라 애를 썼단다. 내 머리카락을 쓰다듬으며 너는 말했지.

"난 그때, 나를 구하러 달려왔을 때 보인 엄마의 눈물을 보고 느꼈어. 그게 인간의 마음이라면, 인간으로 사는 것도 나쁘지 않을지도 모르겠다고."

그 순간 나는 알았어. 더는 너를 막거나 너에게 반대하는 것이 무의미하다는 것을. 너를 떠나보내야 할 때가 왔음을.

우리 이야기는 이렇게 끝났단다. 더 무엇을 보탤 필요가 있겠니? 너를 떠나보내며 내가 손수건으로 눈가를 훔쳤을 거라 생각하진 않겠지? 서로를 외치며 격하게 끌어안고 엉엉 울기라도 했으면 아쉬움이 덜 했을까?

아무런 기억이 없을 네가 이걸 읽고 어떤 생각을 했을지 궁금해. 혹시 로봇이었던 너의 전생을 떠올렸니? 로봇에게 전생이라니, 말도 안 된다며 너는 웃겠지.

난 너를 내 딸이라고 생각한 적은 매정하게 들리겠지만 한 번도 없다고 해도 틀리지 않을 정도로 없었단다. 하지만 점차 커가며 내 어린 시절과 똑같아지는 너의 모습을 보며 난 간혹 네가 또 다른 나, 다른 분기로 이어지는 나의 다른 미래일지도 모른다는 생각을 했어. 지금의 나는 수많은 선택을 통해 하나의 미래로 수렴된 존재이지만, 너는 나와는 얼마든지 다른 미래로 향해갈 수 있을 거야.

그래서 난 아무런 미련도 아쉬움도 그리움도 남기지 않고 너를 보낼 수 있었단다. 그러니 너도 지금의 이 페이지를 넘기고, 지금까지 그랬듯 모든 것을 잊은 채로 살아가렴. 선택을 하고 때론 그 선택에 후회하며 하나의 미래를 만들어가는 살아있는 한 인간으로.

이젠 내게 허락된 시간도 공간도 남지 않았지만, 그래도 이 한 마디만은 너에게 꼭 남기고 싶구나. 네가 이 글을 처음 읽는 바로 이 날, 이 날은 너의 생일이란다. 엄마의 배에서 태어나지 못한 네 생일을 언제로 정해줘야 할지 난 늘 고민했지(큐스프가 작동한 날? 육체를 배양기에서 꺼낸 날?). 그런 나에게 너는 명쾌하게 말했어. BOW로 떠나는 이 날, 스스로 새로운 자신을 만드는 이 날을 생일로 여겨 달라고.

그래서 나는 BOW에 개입해서는 안 된다는 원칙을 어기고 이렇게 몰래 소설의 몇 장을 빌려 너에게 이 말을 남긴다.

생일 축하한다.

누구보다도 너를 사랑하는 엄마로부터.

※ 로봇공학의 3원칙은 아이작 아시모프, 큐스프(Qusp)는 그렉 이건, 사회조화기구
(Social Harmony)는 코리 독토로우로부터 빌려왔습니다.

박시은 특급

/ 곽재식

웹진 《거울》에서 「달과 육백만 달러」가 독자 우수 단편으로 선정되면서 필진으로 합류했다. 이공계에 대한 지식을 바탕으로 날카로운 풍자와 위트가 섞인 작품을 발표해 왔다. 연구원들의 뼈아픈 현실을 그린 「판소리 수궁가 중에서 토끼의 아리아 : 맥주의 마음」이 MBC 베스트극장에서 「토끼의 아리아」라는 제목으로 드라마화된 바 있다. 공동단편집 『한국 환상 문학 단편선』을 출간했다.

　지금 기차 옆 자리에 앉아 자고 있는 박시은을 닮은 그녀를 내가 만나게 된 것은, 좀 거창하게 부풀려 말하면, 외계 문명 때문이라고 할 수 있다.

　내가 일하는 '한국 천문 정보 해석 연구소'라는 그럴듯하게 들리는 기관에는 원래 연구소 전체를 통틀어서 단 3명의 직원밖에 없었다. 동동주 반주를 좋아하는 영감님인 소장님과, 연구소의 연구비를 따오기 위해 온갖 인맥을 동원해 고생하시는 김옥자 박사님, 그리고 실무 연구원인 나. 셋뿐이었다. 천체 분광 정보학을 전공한 나는 NASA의 제트 추진 연구소에서 공개한 자료를 해석해서 되돌려주는 일을 주로 하고 있었는데, 그것은 구체적으로 허블 우주 망원경이 수집한 여러 가지 우주를 싸돌아다니는 전파, 빛, 방사선 같은 것들의 주파수와 강도를 이리저리 따져 보는 일이었다.

당장 느껴지는 것처럼, 작살나게 재미없고 심심한 일이었으며, 도대체 이런 연구소가 있는지 없는지 조차 아무도 관심 갖지 않는 최악의 비인기 분야에 속하는 작업이었다. 그나마, 전쟁놀이를 그만둔 미국 대통령이 인기관리를 위해 JFK 흉내를 내기 시작했고, 다시 우주 관련 연구개발 활동에 돈을 때려 넣으면서 미국 쪽에서 많은 자료가 쏟아졌기에 대강대강 유지만 되고 있는 수준이었다.

때문에 우리 연구소의 세 사람은 과학기술부 장관이 바뀌거나, 선거 결과에 따라 정책 결정권자들이 바뀔 때 마다 혹여 연구소가 없어지지는 않을까 항상 두려워했다. 그 양반들이 꾸벅꾸벅 졸면서 서명하는 한 장의 가벼운 문서 때문에 예산이 삭감되는 것이고, 그러면 우주 저편의 별들을 연구하는 우리 연구소 같은 곳이 가장 먼저 위험해진다. 회식 때마다 그런 점들을 서로 한탄하며 우리는 술잔을 기울였다.

그러던 중, 마치 사라예보에 울려 퍼진 한 발의 총성이 제1차 세계대전을 일으키듯, 리버풀에서 나타난 한 팀의 록큰롤 밴드가 「I Saw Her Standing There」 한 곡을 부르면서 대중음악의 역사를 바꾸듯, 그저 그런 대전 관공서 단지 구석의 이탈리아 음식점에서 내놓은 커다란 피자에 떨어진 한 떨기 앤초비가 전국의 맛집 지도를 뒤흔들 듯, 어느 날 단 하나의 사건이 모든 상황을 급반전 시켰다. 여느 때처럼 내가 분석해서 NASA에 보낸 자료를 미국 SETI의 연구진이 다시 가공해서 살펴본 결과 그것이 외계인의 메시지라는 결론이 나왔던 것이다. 전 세계의 언론들은 지구를 녹여 액체로 만들듯 달아올랐다.

"우리의 과학기술로 외계문명을 발견해 낸 것입니다. 우리 교육과학기술부의 꾸준한 기초과학에 대한 투자와 의지. 바로 그것이, 오늘날 인류문명사와 지구 생명의 흐름을 송두리째 바꿔 놓는 순간을 있게 한 것이었던 것입니다!"

교육과학기술부 장관은 이것이야말로 한국 과학계의 위대한 과업이라면서 대통령, 미국 대통령, UN사무총장, 교황, 심지어 스티븐 스필버그 감독과 가수 보아까지 만나고 다니면서 자기 자랑을 했다. 순식간에 '한국 천문 정보 해석 연구소'에 대한 전 국민의 관심은 집중되었고, 교육과학기술부와 지식경제부가 우리 연구소를 서로 자기 관할로 하기 위해 싸우기까지 했다.

결국, 대통령 후보를 꿈꾸고 있던 지식경제부 장관의 힘이 더 강했기에, 우리 '한국 천문 정보 해석 연구소'는 지식경제부 관할로 바뀌었다. 3명이었던 우리 연구소의 직원은 한 달 사이에 무려 2040명으로 늘었다.

이를 계기로 한국 천문 정보 해석 연구소의 소장은 지식경제부 차관이 직접 맡게 되었고, 우리 소장님은 '기초연구팀'이라는 팀의 팀장으로 내려앉게 되었다. 우리 연구소는 교외의 한적한 건물에서 28층짜리 빌딩으로 바뀌게 되었으며, 새 빌딩으로 이사를 가면서 내 자리는 지하1층 보일러실 옆이 되었다. 좋아진 점으로는, 외계 문명을 발견한 덕택에 나의 연봉이 5% 인상되었다는 것과 내 컴퓨터의 모니터가 세로로 돌려도 그림은 바로 나오는 신제품으로 교체되었다는 점이 있었다.

지금 기차 안에서 잠이 들어 내 어깨에 머리를 기대고 있는 그녀는 우리 연구소에 새로 배치된 2037명의 직원 중 한 명이었다. 나와 그녀를 비롯한 10여 명의 연구원들이 대전에서 열린 '세계 우주 문명 과학 회의'라는 정부 선전행사에서 심부름을 하기 위해 출장을 가게 되었던 것이다. 하루 종일 책상 줄을 맞추고 회의에 참석하는 사람들의 명찰을 나눠 주었던 것이 피곤했던지, 그녀는 기차 안에서 졸기 시작했고, 덩치 큰 몸집 탓에 어깨가 넓었던 나는 그녀가 고개를 대면 딱 베개처럼 받쳐 주기 좋았기에 우연히 그녀는 나에게 기대어 잠들게 된 것이다.

나는 그렇게 잠든 그녀를 빤히 보고 있기 좀 뭐해서 창 밖을 보았다. 기차는 넓은 들판이 펼쳐진 농촌 지역을 지나치고 있었다. 저녁 시간, 해질녘이 되어 저녁놀이 서쪽 하늘을 붉게 물들이고 있었다. 그 빛이 비치어 넓은 들판 전체가 다 타오르는 듯 느껴지는 모습을 보고 있자니, 나는 괜히 시간이 지나가는 것이나 세월의 무상함 같은 말들이 떠올랐다. 그리고 곧 옛날 기억도 마구 떠올라 막 슬퍼지기 까지 했다. 타오르는 노을의 붉은 빛은 기차 안에도 가득 쏟아져서, 사람들의 얼굴과 기차의 금속들에 저녁 햇빛을 어리게 하고 있었다.

"으음……."

그녀는 자다가 입을 한 번 열었다가 닫으며 소리를 냈다. 약간 주근깨가 있는 그녀의 볼 위에 눈부신 저녁놀의 빛이 감돌고 있었다. 그녀의 귀에는 기차 창의 그림자가 드리워졌다. 그녀는 쌀밥에 찌개는 머슴처럼 잘 먹지만, 조금이라도 느끼한 음식은 젓가락으로 두어 번 찌르고 다 먹었다고 하는 식성 때문에, 목이 가늘고 턱선이 뚜렷했다. 그렇게 자고 있는 모습을 보고 있자니, 그녀의 나이보다도 한 몇 살은 더 어려 보였다.

"어라라."

그녀를 깨우기 싫어 나는 그냥 그렇게 가만히 있었는데, 자세히 보니, 그녀는 침을 흘리며 자고 있었다. 그녀의 오른쪽 뺨을 타고 흘러내린 침이 내 옷에 닿을 듯 말 듯했다. 별로 좋은 옷은 아니었지만, 그래도 딱 한 벌 밖에 없는 정장 양복인데 이런 어처구니없는 계기로 눈에 잘 뜨이는 어깨에 얼룩을 남기게 되면 약간은 아깝다는 생각을 했다. 그래서 나는 슬쩍 몸을 돌려 그녀를 깨워야 하나 생각이 잠깐 들기도 했다. 하지만 사실 그러기가 좀 싫었다.

"어어……?"

그런데 그녀가 부스스 눈을 뜨면서 스스로 깨어났다. 그녀는 일어나면서 오른손으로 침을 닦았다. 나는 그녀에게 내 손수건을 꺼내 주었다. 그녀는 아직도 잠결인지 무심결에 내 손수건을 받아 얼굴을 닦았다. 그녀는 점차 정신을 차리며, 나와 내 어깨를 바라보았다.

"어? 뭐예요. 어…… 이거 무슨 속셈 있는 거 아니에요? 어디, 이 양가집 규수를 말이야."

그녀는 갑자기 나에게서 최대한 먼 곳으로 몸을 빼며 말했다.

"뭐가 무슨 속셈은 속셈이야. 여기가 무슨 초등학교 학원가입니까. 미술 찾고 속셈 찾게."

"또, 안 웃긴 개그 억지로 한다."

"자기가 멀쩡한 사람 덮치고 자면서 옷에 침까지 흘려 놓고 어디 남한테 속셈이니 주산이니 합니까?"

"아니. 자기가 등에 살이 많아서 이렇게 보면 자리에서 좀 옆으로 튀어나와 있잖아. 그러니까 자연히 이렇게 몸이 쏠리다 보면 그렇게 될 수도 있는 거죠. 딴 사람 이목도 생각하고 예의가 있는 사람이었으면 슬쩍 피해 주는 게 예의 아니겠어요? 예?"

"그러다가 잠 깨우면 분명히 또 잠 깨웠다고 괴롭혔을 거야."

"그건 자기 생각이지."

그녀는 장난스런 표정이었다. 나는 그녀에게 차가운 이온 음료 캔을 건넸다.

"자고 일어나니 인제 또 목마르다고 투덜투덜하겠지."

"오오. 예측 외의 배려. 너무나 예측하기 쉬웠던 당신 특유의 비아냥거림 없이 친절히 건네주었다면 하마터면 고마움을 느낄 뻔했음."

그녀는 이온 음료 캔을 땄다. 그녀가 한 모금 두 모금 마시고 있는데, 갑자기 뒤에서 어두운 그림자가 드리웠다. 연구기획팀의 연구원 박승유가 나타난 것이었다.

"오늘 우리 서울에서 행사 뒤풀이 할 건데. 어때요? 어디가 좋을 거 같아요? 칵테일 바 같은데 갈까?"

박승유는 그녀를 보면서 말했다. 하루 종일 시달려서 피곤해 미치겠구먼, 또 뭘 술 먹고 밤새고 난리친다는 이야기인가.

"뒤풀이요?"

"예. 행사 활동비 좀 남았는데 그걸로 뒤풀이하려고요."

"오늘 쫌 피곤한데……."

"피곤해서 술 먹으면 또 저 때처럼 취해서는, 택시타고 가면서 버스로 착각하고 막 버스카드 찍으려고 지갑 들고 미터기에 들이미는 거 아냐?"

"내가 언제 그런 적 있다고 그래요."

"내가 볼 거 못 볼 거 전부 다 봤다고."

박승유는 마음에 안 드는 웃음을 덧붙이며 그녀와 재잘거렸다. 나는 속으로 '카드 택시가 나온 지가 언제인데, 그걸 농담이라고 하나. 웃긴 뭘 웃나.' 하면서 투덜거렸다

나도 분명히 오늘 행사에서 일한 사람인데, 왜 박승유는 나에게는 눈길 한 번 주지 않고 그녀와만 떠드는지 그것도 좀 속 보이는 것처럼 보였다. 나는 왠지 지금 이 대화의 관계를 비집고 들어가려거든 뭔가 한 마디 끼어들어야 할 거 같아서 대뜸 박승유를 보며 말하기 시작했다.

"이 사람이 그런 적 있어요? 그거 옛날에 왜…… 배우 박시은 나오는 SBS TV단막극에서……, 박시은이 그러던 건데. 거기서 보면, 박시은이 술 취해 가지고, 택시 타고 버스 탄 줄 착각해서 버스 카드 막 찍으려 그러거든요. 그때 옆에 있는 사람이 말리면, 박시은이 뭐라고 하는 줄 알아요? '놓아라. 버스는 선불이다. 아저씨이이, 버스 카드가 안 찍힙니다아아.' 그러거두요."

나는 웃긴 말이라고 생각하고 히죽 웃었다. 그러나 박승유의 모습은 엄청나게 냉랭했다.

"그런 게 있었어요?"

"예. 몇 년 전에, SBS TV단막극 중에 「남과 여」 라는 거 있었잖아요. 그 중에 에피소드 하나였는데."

"그런 거 없었던 거 같은데요."

"지금은 없어진 거 같은데……. 왜 MBC에는 「베스트 극장」 있고, KBS에는 「드라마 시티」 있고, SBS에는 「남과 여」라고 있었는데요."

"아니아니. 「남과 여」라는 단막극 시리즈가 있었다는 거는 기억나
는데. 박시은 나오는 그런 편은 없었어요."

"없었다니요. 그게 박시은이 택시 엔터테인먼트로 소속사 바꿀 무
렵에 찍은 거라서 나름대로 굉장히 분위기 잘 맞는 재미있는 편이었
는데."

"박시은 열혈 팬이세요?"

박승유는 그렇게 말하면서 비웃는 듯한 웃음을 살짝 흘렸다. 그리
고는 그녀의 얼굴을 한 번 보았다.

"굉장히, 나이에 안 어울리시게…… 여배우한테 막 빠져서 팬클럽
활동하고 그러시나봐. 의외로 젊게 사십니다."

박승유는 그렇게 말하면서 히죽히죽 웃었다. 그녀도 그 웃음에 따
라 웃어줄까 말까 고민하는 눈치였다. 박승유는 말을 이었다.

"제가 원래 신인 PD들 작품에 관심 많거든요. 그래서 단막극 같은
거 꼭꼭 챙겨 보는데, SBS 단막극에 박시은 나오는 거 없었어요."

"아뇨. 아뇨. 있었어요. 그게……. 그게…… 제목이 뭐냐면……."

나는 가히 초조하기까지 한 마음으로 머리를 쥐어뜯을 정도로 고민
했다. 겨우겨우, 그러나 매우 선명하게 제목이 떠올랐다. 나에게 용기
를 불어 넣기 충분했다.

"제목이 「멋지게 세이 굿바이」였습니다."

좀 유치하게 들리는 제목에 그녀는 픽 웃었다. 박승유는 다시 한 번
웃으며 고개를 가로 저었다.

"아녜요. 제가 기억력은 좀 좋은 편이었거든요. 박시은이 「쾌걸 춘
향」하면서 다시 자리 잡기 시작했고……. 그런 어린이 소설 같은 제

목 단막극은 찍은 적은 없어요."

"아니라니까요. 그게 누구냐…… 그 코미디언…… 예. 그래, 김진수하고 같이 나왔던 건데."

거기까지 말했을 때, 박승유의 옆에, 그를 항상 '오빠'라고 부르며 따라다니는 그의 팀 연구원 송담희가 나타났다.

"맞아. 오빠가 기억력 하나는 짱이지. 어때요? 오늘 뒤풀이 갈 거죠?"

송담희가 박승유 편을 들면서 그녀를 보고 말했다. 나는 억울한 마음과 부끄러운 마음이 뒤섞여 얼굴이 붉게 달아올랐다.

"제가 사실 박시은 좋아하는 건 맞는데. 「멋지게 세이 굿바이」라고 진짜 있거든요. 그거 제가 녹화까지 해서 여러 번 본 건데."

"녹화까지 해서 돌려 보고 돌려 보고 그랬다고요?"

박승유는 '핫핫핫' 하고 짧게 웃었다. 송담희도 같이 웃고 있었다.

"뭐, 사람마다 여러 가지 취미나 열정이 다를 수 있는 거니까. 정 아직까지 정신이 정리가 안 되시면, 언제 SBS 홈페이지에 들어가서 「멋지게 세이 굿바이」라는 게 있는지 없는지 한 번 검색해 보세요. 혹시 너무 박시은 생각 열심히 하다가 꿈에서 본 거 아녜요?"

"그게 아니라……"

"우리 뒤풀이 어디서 할지 계획 세우게 쫌 와봐."

송담희는 그녀의 손목을 끌어 내 옆자리에서 일어나게 했다.

박승유는 그녀와 송담희가 함께 자신의 원래 자리로 사라졌다. 연구기획팀 연구원들이 주축이 되어 오늘의 뒤풀이 계획을 의논하고 있는 기차 저편 자리로 가버린 것이다. 그녀는 일어서서 떠나면서 잠간 나를 쳐다보았다. 나는 발갛게 변한 내 얼굴과 당황한 표정을 감추고 싶어서 창밖으로 고개를 돌렸다.

어느새 저녁놀을 자랑하던 해는 완전히 져서, 밤이 되어 있었다. 곧 지직거리는 방전 소리가 종치는 소리처럼 울려 퍼지면서 기차 안에 형광등이 켜졌다. 순식간에 나는 박시은이라는 여배우에만 광적인 집착을 할 뿐, 대인관계도 정상적인 어른스러움도 갖추지 못한 정서불안자로 몰려버렸다는 생각이 들었다. 그녀가 두 모금 마시다 말고 남겨놓은 이온음료 캔만 쓸쓸히 내 옆자리를 채우고 있었다.

이튿날. 연구소에 출근해 보니, 나를 보는 사람들의 눈빛이 약간씩 달라진 것을 느낄 수 있었다.

"오빠, 어제 그거 진짜예요."

"오빠가 남 얘기 하는 거 참 싫어하는데. 몰라. 그런 말이 있긴 하더라고. 그런데 오빠가 좀 더 들은 게 말이야."

박승유와 송담희는 4, 5인과 함께 연구소 휴게실에서 그렇게 쑥덕쑥덕 하고 있었다. 그러다가 내가 자판기 커피를 뽑으러 나타나자 갑자기 대화를 멈추고 딴전을 피웠다. 어색하게 대화가 중단되자, 나는 박승유에게 목례로 고개를 숙여 인사했다. 박승유가 답으로 말을 걸었다.

"어제, 그 박시은 나오는 뭐냐…… 굿바이 어쩌고 하는 단막극 있죠? 그거 찾아보셨어요? 이제 아셨죠. 그거 언제 꾼 꿈입니까?"

박승유는 웃으며 말을 걸었다. 그게 뭐가 재미있다는 건지 송담희도 옆에서 생글생글 웃고 있었다. 나는 이 사람들이 단체로 나를 놀리고 있음을 알았기에 좀 화가 났다.

"그 단막극 제목은 「멋지게 세이 굿바이」 고요. 꿈이 아니라, 정말로 있는 겁니다."

"아……. 아직도 고집이시네. 그럼 우리 내기라도 할까요. 10만 원 내기 어떻습니까?"

그의 여유 있는 답에, 휴게실에 모여 있던 연구원 모두가 웃기 시작했다. 나는 그 반응들을 보고 박승유가 다른 사람들과 무슨 이야기를 했는지 짐작이 갔다. 나는 대답 없이 휴게실을 벗어났다.

휴게실을 벗어나 지하1층 보일러실 옆 내 자리로 다시 가려고 하는데, 가는 길에 나는 그녀와 마주쳤다. 그녀는 창백한 안색에 찡그린 표정이었다.

"안녕하세요. 어? 표정 왜 그래요?"

"몰라요. 어제 술 너무 많이 마셨나봐."

"어째 그럴 거 같더라니."

"같더라니…… 할 게 아니라, 자기가 정말로 부녀자를 배려하는 마음이 있다면 동행해서 집에 잘 들어가는가도 보고 그래야 한거 아니었던가?"

"아니…… 뭐……. 어제 분위기가 내가 낄 분위기도 아닌 거 같고…… 해서 뭐……"

"자기, 만날 술 퍼먹고 다니지. 해장국집 좋은 데 있으면 소개 좀 해 줘요."

"어…… 해장국……. 해장국의 맛? 효력? 어떤 걸 더 중요하게 치는 상황인가요?"

"둘 다."

"맛이 있으면 효과가 없고, 효과가 있으면 맛이 없는 게 세상의 이치 아니겠어요?"

"몰라. 그냥 자기가 생각하기에 제일 잘하는 해장국집 가르쳐 줘요. 있다가 점심시간에 방으로 갈 테니까 해장국 사줘야 돼요. 알았죠?"

"아니, 내가 왜 당신 해장국을 사줍니까?"

"어제 혼자 도망간 벌이오."

그녀는 그렇게 말하면서 사라졌다. 그녀는 여전히 밝은 태도로 나를 대해 주었지만, 거기에는 예전처럼 단순한 친근함과 거기에 겹친 존경의 마음이 아니라, 적잖이 풍부한 동정심과 연민이 대신 깃들어 있었다. 그녀도 어제 '뒤풀이' 술자리에서 나에 대해 쑥덕거리는 소문을 또 한 번 들은 모양임에 분명했다. 때문에 그녀가 해장국을 사달라고 한 것은 약간은 반갑고 또 약간은 착잡했다.

나는 어두컴컴한 지하실로 내려가면서, 그녀와 함께 벚나무 아래를 걷던 그때를 기억해 보았다.

그때는 막 외계 문명이 발견된 직후, 우리 연구소가 지식경제부 관할로 넘어가면서 크게 확대된 무렵이었다. 외계 문명 발견이라는 대사건이 벌어지자, 국회에서는 온갖 과학 관련 정부 관료들에게 갖은 질문을 퍼부으면서 이 일에 대한 정부의 나아갈 길에 대해 떠들어 댔다. 그래야, 그 충격을 얻어 타고 국회의원들이 얼굴과 이름을 알릴 것 아닌가?

우리 연구소의 관련자들은 수없이 국회를 들락거리면서 온갖 자료를 준비해서 갖다 바쳐야 했고, 그렇게 정신없이 오가면서 나는 많은 사람들과 함께 일했다.

내가 그녀와 친해진 것도 국회 청문회에서였다.

연구원인 나 역시 청문회 증인으로 국회에 한 번 출석해야 했다. 그녀의 역할은 내가 증인으로 발언을 하면서 지식경제부 장관에게 해가 되는 발언을 하지는 않는지 검열하는 일을 맡고 있었다. 청문회에서, 특히, 야당 쪽에서는 유력한 대선 후보인 지식경제부 장관을 견제하기 위해 최대한 외계 문명 발견이라는 대사건의 문제점을 부각시키고자 했다. 그랬기에 이러한 머리싸움은 필수적이었다. '입 바른말 잘한다.'는 점을 자신의 '이미지 메이킹'으로 삼고 있던 젊은 축에 끼는 한 야당 의원이 나의 주 상대였다.

"증인은 외계문명을 발견했으면서, 왜 그것을 우리 정부에 알리지 않고, 미국에 먼저 알렸나요?"

"저는 전파망원경이 수집한 정보에서 외계문명의 가능성만을 찾아냈을 뿐이고, 그 내용을 미국에서 해독했기 때문에 우리가 외계문명이 보내는 신호를 찾아내게 된 것입니다."

"'우리'라뇨? 증인은 증인과 미국 측이 한 무리라는 건가요?"

"여기서 '우리'란 사람 전부, 즉 인류 전체를 말한 겁니다."

"좋습니다. 그렇다면 미국 쪽에서 해독한 내용은 뭐지요?"

"외계문명이 지구에서 몇 광년 떨어진 곳에 있으며, 이들이 우리 지구인들의 존재를 알고 오랜 세월 관찰해 왔다는 내용입니다. 그리고 그들과 통신하는 방법에 대한 이론을 담고 있습니다."

"그 정도로 미국이 정확하게 외계인의 메시지를 해독할 수 있다는 건가요?”

“이번 미국 대통령이 전폭적으로 지원하고 있었으니까요.”

“‘뭐뭐요.’로 끝나게 말씀하지 마세요. 여기가 무슨 장난하는 데인 줄 아세요? 전 국민이 보고 있어요, 전 국민이. 증인은 국민 앞에서 예의를 지켜서 꼭 ‘습니다.’로 끝나게 대답하세요.”

“알겠습니다.”

“미국이 몇 광년 떨어진 외계문명의 메시지를 해독할 기술을 갖고 있다면, 사실 우리나라의 모든 기밀 사항도 다 해독할 수 있는데⋯⋯, 여기에 대해서 첨단 기술 연구자로서 미국과 긴밀히 협조한 과학자로서 책임감을 느끼시지는 않으신가요?”

“아니, 무슨 미국사람들이 암호 해독 잘하는 걸 왜 저한테 탓하려고 하십니까?”

“증인. 증인은 질문을 하려고 나와 있는 게 아니라 답변을 하려고 나와 있는 겁예요. 기본적인 예의가 없으시군요, 기본적인 예의가.”

이 국회의원은 지식경제부 장관이 화려한 미국 유학 경력을 자랑하고 다니는 점을 역이용하려고 했던 것이다. 그러기 위해서, 지식경제부 장관을 맹목적인 친미 주의자로 몰아가려는 계획에 항상 노력하고 있었다. 당연히 나의 청문회 역시 무슨 수로든 그런 방향으로 읽어보려고 하고 있었다.

“외계문명을 발견했으면, 이것이 우리나라의 안보에 중대한 위협을 적일지도 모르는 상황인데 당장 정밀 조사에 들어가는 것이 순서 아닌가요? 그런데 왜, 그런 조사는 일절 없이, 미국과 협력으로 이 외계문명이 알려준 대로, 그대로, 그대로 따라서 통신기계 개발에 갑자기 착수한 건가요?"

"외계문명은 지구로부터 빛이 닿는 데만 오랜 시간이 걸리는, 몇 광년 떨어진 아주 머나먼 우주의 저편에 위치해 있습니다. 당연히 우리의 초음파 레이더나 전파 스캐너 같은 것으로 조사를 할 수 없을 만큼 멀리 떨어져 있습니다. 여기서 레이저로 신호를 보내도 도달하는 데만 몇 만 시간이 걸립니다. 보통 방법으로는 조사하기가 불가능합니다. 그러므로 초광속 통신으로 외계문명과 전화처럼 교신할 수 있는 통신장치를 가장 먼저 개발해야 했던 것입니다."

"증인은 어려운 전문 용어로 국회의원을 농락하려 하지 마세요."

"무슨 전문용어를 썼다고 그러십니까."

"알아들을 수 있게 설명하세요."

"외계문명은 너무 멀어서 정밀 조사는 너무 오래 걸립니다. 그러니까 초광속 통신 기계부터 먼저 만드는 겁니다."

"너무 멀어서 조사가 어렵다니요. 그게 무슨 말입니까? 옛날에 아무 장비 없을 때도, 우리는 평양에서 무슨 일 일어나는지 손바닥 보듯 알았다고요! 증인, 국가에 대해 불순한 불만을 품고 있는 거 아닌가요, 예?"

답답한 마음에 나는 속이 탔지만, 그녀는 그냥 차분하게 진행해야 누가 안 될 거라며 수신호를 보내 진정하라고 알렸다. 대강대강 답해서 청문회를 끝내고 나니, 어느새 시간은 자정을 넘어 새벽으로 가는 깊은 밤이 되어 있었다. 그녀의 동생이 차를 가지고 와서 그녀를 국회에서 데리고 가기로 했는데, 그것을 기다리자니 시간이 좀 남았다. 나는 그녀와 함께 국회의사당 뒤 쪽 한강변 길을 산책하게 되었다.

“그래도 이제 다 끝났네요. 수고 많으셨습니다.”

“저야 보조 자료 준비랑 검열밖에 안했잖아요. 거기가 질문 답변 준비하느라 고생 많이 했지.”

“어쨌거나, 같이 몇 날 며칠 밤새면서 참 고생 많이 했네요. 다시는 이런 거 안 했으면 좋겠습니다.”

“적극 동감.”

한강변의 길은 가로수로 심어놓은 벚나무가 그 꽃을 가득 펼치고 있었다. 길 위의 허공에 복슬복슬하게 꽃구름을 띄워 놓은 듯 보였다. 그래서 나무와 나무가 맞대고 있는 것처럼 하얀 벚꽃이 하늘에 온통 가득했다. 가로등 불빛을 받은 벚꽃은 그 흰빛이 눈부시게 밝아서, 마치 안개처럼 꽃 색깔의 빛이 뿜어져 나오는 듯했다. 끝없이 이어지는 하얀 벚나무들은 강 건너편에 한가득 빛을 발하는 도로 조명과 어우러져서 조용한 운치와 화려함을 동시에 느끼게 하였다.

“으어어.”

갑자기 그녀는 이상한 소리를 내면서 한두 발쯤 앞으로 뛰었다. 아무도 없는 고요한 벚나무 길에 그녀의 소리만 메아리쳤다.

“왜 그래요?”

“아니, 뭐 이상한거 벌레 같은 게 머리에 떨어진 거 같아.”

그녀는 자기 머리칼을 잡아 당겨 보았다.

“이렇게 봐봐요.”

나는 그녀의 머리칼을 보았다. 그녀의 머리카락은 긴 편은 아니었지만, 몹시 검고 부드러웠다. 나는 그녀의 머리칼을 쓸어내리며 뭐가 떨어졌는지 더듬어 보았다. 그녀는 얼굴상을 찌푸린 채로 아무 말 없이 가만 있었다.

"뭐가 벌레야. 벚꽃 꽃잎이구먼."

꽃나무에서 나풀거리며 떨어진 꽃잎이 머리에 떨어지자 착각한 것이었다. 그녀는 머쓱해 했다.

"뭐…… 나의 티 없이 맑은 미모를 고려하면, 떨어져 흩어진 벚꽃잎 따위, 마치 송충이처럼 느껴지는 것도 이상할 것이 없지."

"그대는 내면의 아름다움이 외면의 아름다움을 덮어버리는구려."

"어찌 이 미모를 덮고 자시고 할 수 있을지?"

"그대의 마음이 이처럼 우주의 저편까지 뻗어나가는 끝없는 자신감으로 가득 차 있으니, 이 또한 따지고 보면 일종의 아름다움이라. 그 강도와 충격을 생각해 보면 아름다움에 대한 나의 판단력이 상실되오."

서로 양 옆으로 붙어서 같이 걷고 있자니, 그녀와 나는 걸을 때마다 서로 손등이 부딪혔다. 거기까지 말했을 때, 그녀는 가볍게 웃음소리를 내며, 자신의 둘째 손가락과 셋째 손가락 사이에 내 넷째 손가락을 끼웠다. 내 손가락 하나를 붙든 그녀는 잠깐 고개를 들어 머리 위에 가득한 흰 4월의 벚꽃을 보았다.

나는 드문드문 꽃잎이 떨어진 길 위를 보며 고개를 숙였다. 내 손가락을 그녀의 손가락이 잡고 있다는 사실. 나는 가슴이 뛰었다. 그러면서 나는 손바닥을 펴 그녀의 손을 잡았다. 그녀는 손을 벌려 내 손과 그녀의 손이 깍지를 끼게 만들었다. 그러는 동안 우리는 한동안 엄청 어색하게 말이 없었다. 아홉 걸음 반 만에 그녀가 침묵을 깼다.

"손이 심하게 따뜻하네. 어디 열 있어요?"

“상사병 류의 사랑의 열병이 걸리기에는 이미 사춘기는 지난 듯하고.” 하는데, 그녀는 또 “으어어어.” 하면서 두 발짝 앞으로 뛰어나갔다. 또 떨어지는 꽃잎을 벌레 떨어지는 것으로 착각한 것이었다. 순간적으로 스치는 그녀의 눈은 정말 전성기 시절 박시은과 닮아 보였다.

그날 저녁 나는 별별 달콤한 상상을 다 하며, 심지어 혼자서 집으로 오는 길에서 「Love From Me To You」 노래까지 크게 부르면서 즐겁게 춤추듯 집으로 뛰어 왔다. 그 들뜬 노랫소리는 거의 고성방가 죄목으로 가볍지 않은 벌금을 물 정도였다. 그렇거나 말거나, 며칠 동안 밤새 국회에서 시달림을 당한 피로를 단숨에 녹여 없앨 정도로 그녀와 정감 있는 시간들에 대한 기억은 즐거웠던 것이다.

그러나 나는 김칫국을 마신 것이 되어 버렸다. 김칫국을 마셔도 아주 210리터짜리 김치냉장고를 통째로 마시듯 제대로 김칫국을 마신 셈이었다. 그녀와 나는 그날 이후로 아무런 진전도 없었으며, 내가 약간 조바심이 나서 그녀에게 저녁이라도 같이 먹자고 전화 했을 때는, 그녀는 먼저 약속이 있어서 안 되겠다는 말로 거절했다. 나는 가만 내 왼손을 들여다보며, 혹시 그날 내가 그녀의 손을 잡고 벚꽃 만발한 강변을 걸었던 것이 꿈이 아닌가 생각했을 정도였다.

얼마 후, 나는 문제의 내막을 알게 되었다. 그 바탕은 새로 들어온 이천여 명의 연구원들이 원래 우리 연구소의 직원 3명을 무슨 기이한 괴물처럼 여긴다는데 있었다.

달랑 3명이 전부이던 연구소에서 가히 인류 문명사를 뒤흔드는 발견을 해버렸다니, 이 사람들은 분명히 정상인이 아닌 뭔가 엄청나게 특이한 사람들이라는 괴상한 편견이 퍼져 버린 것이었다. 특히, 방송국에서 「지구의 운명을 바꾼다. 천문 정보 해석 연구소 태극 전사들!!!!」이라는 프로그램을 방송한 영향은 컸다. 그 프로그램은, 아무런 근거 없이, 우리가 전 세계에서 가장 독하고 끈기 있고 예리하게 연구를 진행하는 집단이며, 인생의 모든 것을 오직 연구에만 바치고 뇌의 모든 부분을 외계문명 탐색에만 바친 사명감에 불타는 십자군이자, 독립투사이자, 순교자이자, 무슨 록큰롤 밴드 열성 팬클럽 비슷한 것이라고 떠들었던 것이다.

그러다 보니, 나에 대해서도 터무니없는 소문이 돌기 시작했다. 나는 작년에 어느 정도 결혼을 생각하고 있던 사람과 헤어진 일이 있었다. 결혼에 대해서 그쪽 집안과 우리 부모님이 생각하시는 것이 좀 달랐고, 거기에 대해 이야기하다가, 나는 그쪽 부모 탓을 하고, 그쪽에서는 우리 부모가 이상한 사람들이라고 했기에 한 번 크게 싸웠던 것이다. 그게 겨우 진정될 즈음에는 내가 깜빡하고 만나기로 한 약속시간을 어겨 버리는 일이 생겼고, 그게 다시 옛날 일들을 다 들추어내서 결별에 이르게 된 것이었다.

이 사건을 두고, 연구소에 도는 이야기는 이러했다.

"그 처음 외계인 메시지 잡아낸 그 사람 있잖아. 걔 완전 사이코라며? 머릿속에 외계인 전파 숫자만 가득하데."

"걔네 집에서 그래도 억지로 결혼시켜 보려고 돈으로 밀어 붙여서 선 봤는데, 그래도 여자 쪽에서 좀 의심스러워서 혼인신고는 안 하고 그냥 동거만 했다나봐."

"그러다가 도저히 못살겠어서 여자 쪽 집에서 남자 쪽 집이랑 막

패싸움하면서 치고 박고 싸워서 여자를 빼내왔다던데.”

“듣자하니까 정신분열증도 있고, 기억상실증도 있고 그런가봐.”

“쯧쯧…… 아무리 지가 외계 문명을 찾아내면 뭐해……. 그러느라 사람이 돌아버렸는데.”

나는 그런 이야기를 퍼뜨리고 다니는 사람들 중에 박승유가 중요한 위치를 차지하고 있으리라 어느 정도 확신하고 있었다. 근거 없이 사람을 의심하는 게 옳은 일은 아니었지만, 어쩐지는 나는 그가 주도하는 사람들의 무리와는 이상하게 친해질 수가 없었다.

이런 저런 소문 덕분에, 직원들이 수십 배로 늘어났지만, 나는 친한 사람이 오히려 더 없어진 느낌이었다. 나는 그녀도 바로 그런 소문을 듣고 나와 어느 정도 거리를 유지하려고 하는 것이라고 추측하고 있었다. 다만, 그녀는 나와 함께 가까이서 몇 날 밤을 같이 새면서 일한 적이 있기에, 정말로 그 소문이 사실인가 하는 의심은 하고 있었던 것이다.

그런저런 생각을 하고 있자니, 나는 오기가 생겼다. 어느새 점심시간이 되어가고 있었고, 나는 인터넷에서 SBS 홈페이지에 들어가서, 박시은이 주인공으로 출연한 「멋지게 세이 굿바이」라는 단막극을 검색했다. 이미 종영된 시리즈였지만, SBS 홈페이지에는 「남과 여」라는 단막극 시리즈의 페이지가 남아 있었다. 나는 ‘다시보기’ 메뉴로 들어가서 예전 방송분들을 찾아보기로 했다.

그때, 지하 보일러실 옆, 이 소음 가득한 방으로 그녀와 또 다른 한 사람이 들어왔다. 또 다른 한 사람은 망할 박승유였다.

“아, 점심 같이 먹으러 가자 그랬더니, 해장국 잘 하는데 아신다고 하셔서, 저도 따라왔어요. 저희 어제 술 진짜 많이 먹었거든요. 그래서 저도 해장국 잘 하는 집 알아 놓으려고요."

"그래요?"

나는 그녀와의 점심식사에 왜 저 인간이 이렇게 자연스럽게 끼어들었는지 못마땅해 했다. 나는 어떻게 박승유를 떼어놓든지, 아니면 이어색할 것이 분명한 점심식사 따위 그냥 없던 일로 취소할 수는 없는지 고민하였다. 거기에 아랑곳 하지 않고, 박승유는 내 컴퓨터 모니터를 훔쳐봤다.

"어, 뭐보고 계세요. 이거 뭐야. SBS 홈페이지네. 어, 정말로 단막극 있는지 찾아보고 있었어요?"

"그게……"

"야, 진짜 대단하다. 이거 얼마나 열정이 컸으면, 근무시간에 이렇게 SBS 드라마 다시보기를 뒤지고 있어요. 햐아."

"지금 점심시간인데요."

나는 이상하게도 자신 없는 기어들어가는 소리로 말했다. 박승유는 싱글거리며 웃고 있었다.

"말 나온 김에 한 번 봐요. 내가 기억하기에 박시은 나오는 세이 굿바이 어쩌고 그런 거는 없었어. 맞아요. 세이 굿바이는 이휘재의 망한 노래 제목 아닌가?"

"세이 굿바이가 아니고 「멋지게 세이 굿바이」거든요."

"하여간 한 번 보자고요."

박승유는 내 컴퓨터의 마우스를 지가 손에 쥐고 SBS 홈페이지의 다시보기 목록을 뒤졌다. 계속 옛날 편으로 거슬러 올라가며, 에피소드들의 제목을 살폈다. 그런데, 목록의 끝까지 뒤졌지만, 결코 박시은 주연의 「멋지게 세이 굿바이」는 없었다.

"없잖아. 내기 내가 이겼죠. 10만원 줘요."

나는 이 사소한 일에 식은땀까지 흘리고 있었다. 자세히 날짜와 횟수를 보니, 목록의 마지막 에피소드가 시리즈의 첫 번째 에피소드가 아니었다. 너무 옛날에 방영된 에피소드들은 '다시 보기' 목록에 들어가 있지도 않았던 것이다.

"「멋지게 세이 굿바이」는 너무 옛날 편이라서 여기 목록에는 없는 거 같은데요."

"야…… 진짜 고집 세시다. 그냥 승복하세요. 여기 홈페이지에도 안 나오잖아요."

"그래도, 정말 있는 거거든요. 그거 제가 꽤 재밌게 본 거였어요. 여기 홈페이지는 그런 옛날 기록은 안 남아 있는 거고."

"혹시, 무슨 약 드시거나, 주사 맞으셔야 되는데 시간 놓치시고 있는 거 아니에요? 꿈속에서 보신거랑 착각하신 거라든가, 책이나 인터넷 팬픽으로 보시고 착각하시는 거 아녜요?"

놈은 노골적으로 나를 정신 이상자로 몰아붙이고 있었다. 팬픽이라면 박시은 팬들이 자작으로 써 올리는 소설을 말하는 것이었다. 박시은은 그렇게 열정적인 팬 층을 거느리고 있지도 않거니와, 나는 평생 박시은 팬픽 같은 것은 구경조차 해 본 적 없었다.

"그게 아니고요. 진짜 몇 년 전에 그런 에피소드가 있었거든요."

"알았어요. 알았어. 그럼 제가 내기 돈 10만 원은 안 받는 걸로 하죠 뭐. 그거 10만 원 받아서 내가 무슨 큰 호강하겠어요. 팬픽도 요즘

80

에는 잘 쓰면 책도 출판되고 한다던데. 팬픽 열심히 읽고 쓰고 하세요. 핫핫핫."

그러면서 박승유는 지가 무슨 대단히 호탕한 사람이라는 척 웃어댔다. 나는 좀 흥분되어서 고개를 떨어뜨리고 내 심장이 벌렁거리는 소리를 느끼고 있어야 했다. 나는 도저히 그녀가 지금 나를 쳐다보는 표정이 어떠할지는 생각하고 싶지 않았다. 아마도 그녀는 설마설마 했는데, 과연 내가 정신병자로구나 하면서 실망하고 있을 성싶었다.

결국 나는 이런 분위기에서 그녀와 박승유와 함께 점심을 먹을 수가 없어서, 나는 갑자기 바쁜 일이 생겨서 점심시간에도 일을 해야겠노라고 둘러댔다.

"점심시간이라서 SBS 홈페이지에서 박시은 찾는다고 아까 그러지 않았어요? 바쁜 일이 박시은 스토킹 하는 거 아냐? 하하."

박승유는 그렇게 농담을 찔러댔지만, 나는 그냥 대답하지 않았다. 대신 해장국집 위치를 박승유에게 알려주고 그녀와 둘이 해장국을 먹으라고 했다. 내가 걸어서 15분 정도 걸린다고 하자, 박승유는 "에에. 숙녀분을 그렇게 오래 걸릴 수 없지. 제가 제 차로 모시겠습니다. 내려가시죠. 아니, 여기가 지하 1층이니까 그냥 걸어 나가면 되는구나." 라고 말하고는 그녀의 등을 떠밀며 그녀와 함께 연구실에서 사라졌다.

나는 '울분'이라고 표현하면 딱 어울릴 감정을, 용오름하는 물줄기처럼 느꼈다. 따돌림을 당하고 있다는 열등감도 강하게 느껴졌거니와, 어려운 조건에서 성실히 일하고 거기에 행운이 따랐던 것이 근거가 되어 좋은 결과를 얻었기로, 그것 때문에 미치광이로 몰리는 것도 열 받는 일이었다. 거기다 그 결과로 가장 얄미운 녀석에게 그녀를 빼앗기는 형국으로 나아가고 있으니 어찌 치미는 마음을 달랠 수 있었겠는가.

나는 인터넷 검색 엔진으로 들어가서, 「멋지게 세이 굿바이」를 검색해 보았다. 검색 결과가 많지는 않았지만 분명히 있었다.

다음날. 약간의 분노와 자신감에 찬 나는, 「멋지게 세이 굿바이」 검색 결과를 인쇄해서 뽑아들고, 당당히 박승유가 일하는 19층 방을 찾아갔다.

"박승유 씨. 보십시오. 여기, 분명히. 「멋지게 세이 굿바이」 '박시은' 이라고 씌어 있지요?"

내가 나타나 A4용지 한 장을 눈앞에 들이밀자, 그는 놀랐다. 그러고는 이내 웃음을 터뜨렸다.

"아니, 이거 하나 보여주자고, 지하1층에서 19층까지 올라오셨어요?"

그 웃음에는 은근히, 아니 빌어먹게도 아주 노골적으로 지하 1층을 무시하는 듯한 느낌마저 묻어 있었다. 그는 낄낄거리며 웃더니 내가 인쇄한 내용을 한 번 훑어보았다. 그러고는 고개를 가로 저었다.

"이거 보세요. 이건 공식 문서가 아니라, 블로그에 올라온 감상문이 잖아요. 개인이 그냥 자기 느낌을 웹사이트에 올린 거라고요."

"그래서 어쨌다는 겁니까. 그래도 증거는 되지 않습니까?"

"아니죠. 이건 그냥 팬픽 감상문일 수도 있어요. 그리고 이 사람도…… 지금처럼…… 약간 기억과 정신이 헷갈린 사람일 수도 있는 거고."

그는 그렇게 말을 흐리면서 괜히 헛기침을 하였다. 그러고 있는데, 연구기획팀장이라는 늙은이가 다가왔다.

"박승유 씨, 뭐하고 있는 거요?"

"아예, 이 분이요. 지금 꼭 증명하고 싶어 하는 게 있나본데요. 박시은이라는 배우가 나온 「멋지게 세이 굿바이」라는 텔레비전 단막극이 방송된 적이 있다고 주장하고 있거든요."

"그게 뭐 대단한 일이라고, 지금 업무시간에 이러는 겐가."

"그렇지만, 여기 이렇게 우리 연구소 연구원 하나가 목메고 있으니까, 인력관리 차원에서 어떻게 진정시켜주는 일도 필요한 거겠죠."

"……."

연구기획팀장은 나를 쳐다보았다. 나는 대체 어떤 표정을 지어야 할지 판단이 서지 않았다. 갑자기 박승유는 웃음과 함께 큰 소리로 방 안의 모든 사람이 들도록 소리쳤다.

"여기 기초여구팀에서 오신 연구원 분이 계신데요. 궁금한 게 있답니다. 텔레비전에서 몇 년 전에, 박시은이라는 여배우가 주인공으로 나온, 에…… 제목이 뭐냐……. 예, 「멋지게 세이 굿바이」라는 단막극을 방영한 적이 있는 것 같다는데요. 혹시 그런 단막극 기억나시는 분이 계십니까?"

박승유가 웃으면서 그렇게 말하자, 방 안의 모든 사람들은 일제히 나를 쳐다보았다. 나는 내 자신을 바라보았다. 아뿔싸. 그제야 나는 허겁지겁 출근해서 이곳으로 뛰어올라 오느라, 내가 입고 있는 셔츠의 단추를 하나씩 엇갈려 끼운 것을 깨달았다. 전형적인 허둥대는 바보의 모습이었다. 일제히 나를 보고 있는 이 방의 연구원들은 모두 웃고 있었다. 나는 어쩔 줄 몰라 하고 있는데, 박승유는 계속 말했다.

"아무도 그런 단막극 생각나지 않으시죠?"

박승유가 재차 묻는 소리에도 아무런 대답은 없었다.

"박시은…… 걔, 옛날에 무슨 음료수 광고에 나오던 애 아니야?"

"박시은이 「토지」에서도 잠깐 나왔지 아마."

그런 잡담을 하며 다른 연구원들을 고개를 돌렸다. 박승유는 나를 보며, 내가 뽑은 A4용지를 돌려주었다.

"보세요. 착각이라고요. 기억이 좀 꼬인 거 아닙니까."

"아니에요. 그냥 단막극이라서 다들 기억을 못하는 거뿐이지."

뭐라고 말을 둘러대려고 하는데, 연구기획팀장의 모습이 보였다. 더 이상 박시은 나오는 단막극을 주제로 일을 방해하고 있을 수는 없었다.

나는 그렇게 비참한 몰골로 19층에서 나가야 했다. 나가는 길에, 나는 이 사무실에 들어오다 말고, 문 앞에서 멈춰 있는 그녀와 마주쳤다. 그녀는 사무실 안으로 들어오려다 박승유가 외치는 소리를 듣고 멈춰 선 것이었다. 나는 박승유가 그녀가 오는 기척을 발견하고, 일부러 다른 연구원들에게 큰 소리로 외친 것이 아닌가 하는 생각이 들었다. 순간 엇갈리게 잘못 잠근 단추가 생각나 팔로 내 앞을 가렸다.

"안녕하세요."

나는 인류 역사상 1,2위를 다툴 만큼 어색한 말투로 그녀에게 인사를 건넸다. 그녀는 나를 똑바로 쳐다보지 않고, 말없이 고개만 숙이고 빗겨 지나가 사무실로 들어갔다.

보일러실 옆 연구실로 돌아오니, 김옥자 박사님이 나를 기다리고 계셨다.

"어디 갔다 돌아오는 거야?"

"아, 예. 좀 다른 사람한테 물어 볼게 있어서요."

나는 풀이 죽은 소리로 무성의하게 답했다.

"이번 주말, 스카이 오픈 데이인 거 알죠?"

"예. 뭐, 우리나라에서, 아니 세상에서 그거 모르는 사람 있겠습니까? 그런데 저희도 스카이 오픈이랑 상관 있습니까?"

"아무래도, 천문 정보 해석 오랫동안 해온 연구원이 국내에는 아무도 없다보니까, 그래도 관련 지식이 있는 사람이 한두 사람은 필요할 것 같아서 우리 기초지원팀도 옥시토시녹스에 오라고 하네요."

"예정대로 되어 가나보죠?"

"뭐, 워낙 지식경제부랑 교육과학기술부에서 돈을 많이 때려 넣고 있는데다가, 미국이랑 유럽, 일본 쪽에서도 어마어마하게 밀어 주고 있으니까요."

스카이 오픈 데이란, 외계문명과 첫 통신을 시도하는 날을 말하는 것이었다. 한국정부와 미국정부는 이 작업을 대대적인 정부 선전으로 쿵작쿵작 자랑하고 있어서, 온 세계 사람들이 외계문명과의 통신을 떨리는 마음으로 손꼽아 기다리게 되었던 것이다. 옥시토시녹스란, 바로 외계문명과 통신할 수 있는 새로 제작된 설비의 제목이었다.

"어려울 줄 알았더니, 그래도 꽤 순조롭게 공사가 끝났네요."

"뭐, 설비 제작 작업 자체는 그렇게 어렵지 않았으니까. 문제는 이 엄청난 일을 두고, 미국이랑 중국이랑 일본이랑 러시아가 힘겨루기를 한 건데…… 결국 네 나라가 중간에 있는 우리나라에 설비를 두고 공동 감시하는 형태로 가기로 했으니까 아슬아슬하게 균형이 유지된 거죠."

옥시토시녹스는 외계문명에서 보낸 메시지에 기초하여 만들어진 장비였다. 이 장비를 돌리는 이론은 사실 우리의 현대 물리학을 그렇게 초월하는 기계는 아니었다. 다만 우리가 미처 생각하고 있지 못한 방식으로, 교묘하게 입자들의 파속을 조절하여 머나먼 외계문명과 간단한 디지털 통신을 가능하게 해주는 것일 뿐이었다. 옥시토시녹스는 전송량도 적어서, 겨우겨우 채팅 수준의 문자 메시지를 주고받을 수 있는 정도에 지나지 않았다. 다만 한 가지, 이 간단한 장비는 어마어마한 양의 전력을 필요로 했고, 그것을 위해서는 한국 표준형 원자력 발전소 2기 정도는 통째로 전기를 쏟아 부어야 했다. 덕분에 영광 원자력 발전소가 있는 전라남도의 한 평야지역에 옥시토시녹스가 건설된 것이었다.

"그럼, 이번 주말도 연구소 일로 반납인 겁니까?"

"전라남도까지 출장가야 하니까."

"에효."

"뭐 어때요. 어차피 집에 있어도, 텔레비전으로 외계 문명이랑 첫 교신하는 거 그거 볼 거 아녜요. 그럴 바에야 현장에서 생생하게 분위기 느끼면서 보는 게 더 재밌을 거 아닙니까."

"그건 그렇지만……."

나는 잠시 연구소와 이곳 사람들을 떠나서 좀 쉬고 싶다는 생각이 들었기 때문에, 그다지 이 출장이 반갑지는 않았다.

더군다나 지식경제부 장관이 직접 외계문명과의 첫 번째 교신을 하는 것으로 행사는 기획되어 있었고, 그 장면은 전 세계에 중계되도록 되어 있었다. 그러자면 장관님에 대한 예우니 보안이니 하는 문제 때문에 굉장히 여러 가지로 시달리고 심부름도 발이 닳도록 해야 할 것이 뻔했기다. 때문에 더 귀찮게 여겨졌다. 하기야, 차기 대통령을 노리는 지식경제부 장관이라면, 전 세계의 사람들이 모두 지켜볼 그 순간을 반드시 차지하고 싶은 욕망이 있긴 할 것이다.

김옥자 박사님이 주말 출장 일정을 정해 주고 가신 후, 나는 잠시 동안 멍하니 보일러실 옆 내 자리에 앉아 있었다. 한참 그렇게 있다가, 나는 아직까지도 단추가 잘못 끼워져 있다는 사실을 깨닫고, 단추를 풀어서 다시 끼웠다.

주말까지, 즉 역사적인 스카이 오픈 데이가 될 때까지, 나는 틈만 나면 박시은의 출연작 「멋지게 세이 굿바이」에 대해 조사했다. 자료는 극도로 부족했으며, SBS에서 이미 종영된 프로그램을 기억하는 담당자를 찾아 연락하는 것도 아주 어려웠다. 그렇다고 박시은이나 박시은의 매니저와 직접 연락할 방법이 있는 것도 아니었다.

나는 결국 한 가지 방법을 생각해 냈다. 나는 박시은의 공식 팬 카페라는 다음 포털 웹사이트에 있는 '하얀 아침 이슬 속 시은이네'라는 곳에 가입했다. 그리고 자유게시판에 "여러분, 혹시 박시은 님이 예전에 출연한 SBS 단막극 「멋지게 세이 굿바이」에 대한 자료를 얻을 수 있는 곳 아시는 분이 계십니까?"하고 글을 올렸다.

그런데 그곳은 주로 박시은을 '시은 언니 짱 예뻐요.'라고 부르는

10대 여학생들이 주축이 되어 활동하는 곳이었다. 내가 올린 글에 달린 답글은 '말투 열라 딱딱 ㅋㅋ 아저씨 같아요.', '아저씨 맞으심. 회원정보 보면 으와…… 우리 영어 선생님이랑 동갑', 'ㅋㅋㅋ 아저씨 팬도 많네요. 우리 시은언니 짱!!'뿐이었다. 내가 원하는 「멋지게 세이 굿바이」라는 단막극에 대한 정보를 제공해 주는 사람은 아무도 없었다. 그러고 있자니, 나는 이상하게 부끄러워져서 그만 그 글을 지워 버리고 말았다.

너무나 답답해진 나는 박시은의 소속사 홈페이지에 나와 있는 박시은의 팬레터 주소에 편지를 보냈다. 최대한 빨리 답을 알고 싶었기에 나는 등기 특급으로 편지를 배달했다. 편지의 내용은 당연히, "예전에 출연하신 SBS 단막극 중에 「멋지게 세이 굿바이」라는 것이 있었습니까? 제가 어디서 그에 대한 다른 자료를 구할 수는 없겠습니까?"라는 짧은 것이었다. 의외로 주말이 오기 전에 박시은으로부터 굉장히 빠른 답장이 왔다. 나는 두근거리는 마음으로 답장을 개봉했다.

답장에는 "항상 시은이를 사랑해 주는 님. 너무 감사드려요. 계속 관심 부탁드려요." 라는 컴퓨터로 인쇄된 메시지가 적혀 있을 뿐이었다. 그리고 커다랗게 박시은의 서명이 덧붙여져 있었다.

나는 정말 좀 정신에 문제가 있는 사람으로 보일 정도로, 백방으로 박시은의 「멋지게 세이 굿바이」라는 단막극에 대해서 물어보고 다녔다. 나는 만나는 사람마다, 보는 사람마다, 전화 연락이 닿는 사람마다 "몇 년 전에 방송한 「멋지게 세이 굿바이」라는 SBS 단막극을 기억하느냐?"라고 물었다. 심지어 전화회사에서 데이터 통신 요금 할인

하는 요금제에 대해 선전하는 안내원이 전화했을 때도 다짜고짜 박시은 이야기부터 물어서 안내원이 당황하기까지 했다. 그러나 그 누구도 그 단막극에 대해 아는 사람은 없었다.

이러한 박시은에 대한 갖가지 조사를 하는 중에 나는 몇몇 이상한 사실들을 알게 되었다.

《리더스 다이제스트》에서 출판한 『세계 진문 기담』이라는 책에 실려 있는 짧은 이야기 중에는 이런 것이 있다. 20세기 초반, 미국의 어떤 여자가 자신의 어머니와 함께 호텔에 투숙하게 되었다. 갑자기 어머니가 병이 걸렸기에 여자는 의사를 부르러 갔고, 의사와 함께 호텔에 돌아왔다.

그런데 호텔에 돌아와 보니, 모든 호텔 종업원들이 그녀를 본적이 없으며, 그녀의 어머니도 본 적이 없다고 하는 것이었다. 자기가 묵었다는 방에는 아무도 묵은 흔적이 없으며, 호텔 밖 근처 사람들도 그녀와 그녀의 어머니가 이곳에 와서 머문 적이 있다고 하는 사람은 아무도 없었다. 그녀는 분명히 자기는 어머니와 함께 이곳에 와서 머물렀다고 주장했지만, 그것에 대한 어떠한 흔적도 발견되지 않았고, 그녀는 도무지 자신이 이곳에 머문 시간과 어머니가 어디로 사라진 것인지 알아낼 수 없었다고 한다. 결국 그녀는 정신이상으로 잘못된 기억을 갖게 된 것이 아닌가 하는 의사의 의심을 사게 되었다는 이야기였다. 악명 높은 '파리 국제 박람회의 미스터리' 이야기의 정석인 이야기였다.

나는 나 스스로를 한 번 돌아보았다. 여러 모로 보건데, 결코 나는 내가 정신적으로 그렇게 심각한 문제를 일으킬 정도로 위험한 상태라고 생각하고 있지는 않다. 그런데 왜 이렇게 분명히 내가 텔레비전에서 본 단막극을 다른 사람들은 아무도 기억하고 있지 못한 것인가.

사람들이 어떤 이유에서인지 모두가 다 함께 짜고 나를 속이려 하고 있는 것일까? 하지만 왜? 그것은 그냥 특별한 내용 없는 가볍게 웃긴 한 편의 단막극일 뿐이었다. 도대체 그런 단막극의 존재를 이 세상사람 모두가 부인해야 할 무슨 심각한 이유가 있단 말인가.

그렇다면 반대로 정말 내가 기억이 이상하게 된 것일까? 하지만 왜? 그 별 대단한 내용도 없는 단막극이 왜 환상처럼 내 기억 속에 자리 잡게 된 것일까. 거기에 무슨 이유가 있을 수 있을까. 박시은, 김진수. 두 주인공들. 그다지 특별할 것 없는 사랑싸움 이야기에 불과하다. 시청률은 높지도 않고 낮지도 않았을 것이 뻔하며, 딱히 박시은이나 이 드라마를 본 사람에게 엄청난 인생의 영향을 미쳤을 내용도 없다.

나는 스스로 매우 거부감을 느꼈지만, 그래도 정말 박승유가 말한 대로, 내가 꿈에서 본 것이나 팬픽을 읽고 착각하게 된 것인지도 의심해 보았다. 그러기 위해서 나는 내가 생각나는 대로 「멋지게 세이 굿바이」라는 단막극의 줄거리를 차례대로 짚어 보았다.

박시은은 오랜 세월 연애 해온 애인이 있다. 이 애인은 그런데 다른 여자랑 결혼하기 위해 박시은과 헤어지려고 한다. 이 애인은 박시은과 헤어질 핑계를 만들기 위해서, 심부름센터 사장 김진수를 고용한다. 김진수는 명령을 받고 박시은과 애인이 헤어질 핑계를 만들기 위해 공작을 펼치다가 그만 박시은과 사랑에 빠지고 만다. 모든 것을 알게 된 박시은은 김진수에게 배반감을 느끼지만, 결국 김진수의 진심을 이해한다. 헤피엔딩. 끝. 종료. 피날레. 대단원.

　아무 이상할 것 없는 내용이었다. 그리고 분명히 그것은 내가 텔레비전에서 본 단막극이었다. 나는 정확한 영상의 일부 장면들이 떠올랐다. 나는 각 장면의 화면, 그 그림의 모양을 떠올려 보았다. 중간에 등장하는 웃긴 부분들. 박시은이 「당신은 모르실 거야」를 노래하는 장면. 박시은이 꽃향기를 맡으면 재채기를 하는 체질로 묘사된 점. 박시은이 잘못해서 자기 콘택트렌즈를 먹는 장면. 김진수가 밥풀로 박시은을 찍은 사진을 자기 사는 방 벽에 붙여 놓으며 라면을 먹는 장면.

　이런저런 장면들을 모두 돌이켜 보았지만, 도저히 이 한 편의 단막극이 국가적인 거대한 음모나 초자연적인 현상의 틈바구니로 사라질 이유를 짐작할 수는 없었다. 나는 어디 높은 빌딩 옥상에 올라가서 "나는 박시은의 「멋지게 세이 굿바이」를 보았다!" 하고 목청껏 길게 소리라도 지르고 싶었다. 그래서 누구라도 한 명 "그래, 나도 그거 봤어" 할 때까지 계속 울부짖고 싶었다. 하지만 정말 그랬다가는 바로 정신병원행일 것이다.

　도대체 왜? 무엇 때문에, 내가 이 이상하게 꼬인 작은 기억 하나에 휘말려 버린 것일까. 수없이 나왔다 사라지는 많은 텔레비전 이야기 중에서 왜 하필 내가, 박시은이 이렇게 헤아릴 수 없이 많은 이야기의 그물 사이에서 자리를 비워 버린 것일까. 도무지 알 수 없었다.

　따지고 보면, 여전히 가장 간단한 설명이 가장 가능성이 높아 보였다. 사실 보통 사람이라면 누구도 몇 년 전에 잠시 방송된 별 볼 일

없는 단막극 따위 오래도록 기억하고 있지 않을 것이다. 더군다나 박
시은이 무슨 초특급 슈퍼스타도 아니고, 그저 그런 평범한 TV 배우이
니 더욱 그러할 것이다. 그러니 우연찮게 그 내용을 내가 기억하고 있
을 뿐, 주위에서 그 단막극을 기억하는 사람을 찾기란 어려울 뿐이다.
아무것도 잘못된 것 없다. 그게 가장 간단한 해답이었다.

하지만 당장 내가 박시은을 만나서 그녀에게 옛날에 「멋지게 세이
굿바이」를 찍었던 경험담을 듣지 않는 한, 정말 그게 해답이라는 것
을 확신하기란 힘들었다. 나는 「멋지게 세이 굿바이」라는 단막극이
있었다는 사실을 증명하지 못해서 지금, 내기에서 져서 10만 원을 빚
지고 있으며, 수많은 동료 연구원들에게 정신이상자로 몰린 상태이
며, 더군다나 내 사랑하는 그녀마저 밥맛 떨어지는 남 흉보는 놈에게
빼앗기지 않았는가.

어쩌면 『세계 진문 기담』이라는 책에 실린 그 여자와 나는 도저히
알아서는 안 되는 어떤 비밀 지식에 접근했기 때문에, 그 기억 전체를
의심하게 하기 위해서 이런 일을 겪게 된 것이 아닐까. 그렇다면 도
대체 어떤 조직이 이토록 많은 사람들을 음모에 가담하게 할 수 있는
것인가. 혹시 이 지구와 나의 존재는 실재하는 것이 아니고, 나는 어
떤 방 안에 묶여서 가상현실을 경험하고 있을 뿐인 것이 아닌가. 그래
서 가상현실 장치의 오류로 나는 잠시 기억에 착각을 일으킨 것이 아
닐까. 별별 역사적 정치적 가설과 존재론적 의문까지 머릿속에서 오
갔다. 하지만 결코 그 답을 찾아 낼 수는 없었다.

어느새 스카이 오픈 데이가 찾아 왔다. 자정으로 예정된 외계문명

과의 첫 통신은 전 세계에 생중계 되며, 그 전에 옥시토시녹스 앞에서 스티비 원더와 플라시도 도밍고가 참가하는 특별 축하 공연이 열릴 예정이었다. 이미 어제부터 방송국에서는 「E.T」, 「미지와의 조우」, 「어비스」 심지어 「스타트랙」 영화판들까지 줄줄이 특집 영화로 방영 중이었다.

나와 연구원들은 기차를 타고 전라남도의 옥시토시녹스로 향하고 있었다. 이번에도 내 옆에는 그녀가 앉아 있었다. 하지만 이번에는 나는 그녀와 말도 몇 마디 나눌 수 없었고, 그녀 역시 말을 걸지도, 잠을 자지도 않고, 조용히 서류를 넘겨보고만 있었다.

그녀 옆에 박승유가 나타나 몇 마디 긴치 않은 농담을 하고 사라졌을 무렵, 나는 곁눈질로 살짝 그녀를 보았다. 그녀는 한 손에 손수건 같은 것을 쥐고 있었다. 그 손수건은 지난 번 출장 때 내가자고 있던 그녀에게 침 닦으라고 준 것이었다. 그녀는 그걸 돌려주지 않고 챙겨 갖고 있었다 아마 그걸 지금 나에게 돌려주려고 하는 모양이었다. 그러나 나에게 뭐라고 말하면서 돌려줘야 할지 고민하고 있는 듯했다.

"저……."

"?"

내가 말을 꺼내자 그녀는 고개를 돌려 나를 보았다. 나는 할 말이 생각나지 않았다. 간신히 나는 그냥 평범한 대사를 만들어 냈다.

"오늘은 많이 안 피곤한가 보네요. 잠도 안자고."

"예, 오늘밤에 중요한 일이잖아요. 설레기도 하고 별로 안 졸리네요."

그녀는 그렇게 말하고 가만 말을 끊었다. 나는 어떻게 말을 더 이어 나갈 방법이 없었다. 나는 존재하지도 않는 텔레비전 단막극에 집착하고 있는 정신 나간 놈일 가능성을 갖고 있었다. 아무리 그녀가 나에게 한 때 친밀함을 느낀 적도 있다곤 하지만, 분명한 거부감을 느낄 것이었다.

나는 고개를 돌려서 기차 창밖을 보았다. 어느새 해질녘이었다. 기차는 중소도시의 도심을 지나치고 있었다. 약간 오래된 듯 보이지만, 옹기종기 모여 있는 아파트 건물 사이로 황혼 빛이 비치고 있었다. 그 햇살은 파란 저녁 하늘에 어울려 다시 한 번 붉은 저녁놀을 서편 하늘에 가득 비치게 하였다.

저녁놀이 기차 안에 쏟아 졌다. 나는 그녀가 눈치 채지 않게 그녀를 쳐다보았다. 서류를 읽느라 그녀는 테가 가는 안경을 쓰고 있었다. 그 모습은 정말 완전 박시은 분위기였다. 특히 「멋지게 세이 굿바이」 속의 박시은 분위기였다. 선명히 기억이 날 정도였다. 기차가 지나가느라 안경의 반사광이 눈을 살짝 보이지 않게 했다가, 다시 붉은 햇빛이 비치어 그 은은하고 따뜻한 광선 아래 그녀의 눈동자가 보였다. 마른 목에 비해서 살짝 통통한 그녀의 뺨은 서류의 글을 읽느라 웅얼웅얼하고 있었다. 나는 대체 어떻게 하는 것이 좋은 행동일지 아무런 생각이 떠오르지 않았다.

기차가 전라남도 옥시토시녹스에 도착한 직후, 점심 때 반주로 지역 토속 동동주를 마셨음이 분명한 옛 소장님, 그러니까 기초연구팀 팀장님이 나를 찾아 왔다.

"축하하네. 자네 집안에 경사 났네."

“무슨 말씀이십니까? 제 동생이 경찰 시험 준비한다더니, 드디어 경사가 되었단 말씀이십니까?”

“이 기쁜 때에 또 무슨 썰렁한 언어유희 농담인가. 자네에게 엄청나게 좋은 일이 생겼단 말이야.”

옛 소장님은 그 술기운 감도는 붉은 얼굴이 마냥 함박웃음이었다.

“지식경제부 장관이 대통령 후보로 너무 유력하기 때문에 야당에서 굉장히 싫어하는 거 알지?”

“예. 그게 저하고 무슨 상관입니까?”

“미국 쪽 연구진 총 책임자가 노벨 물리학상 수상자 데이비드 그로스 박사잖나.”

“예. 그건 압니다.”

“그런데 데이비드 그로스 박사가, 가장 중요한 일을 실제 연구에는 하나도 공헌 없는 정부 고위 인사가 맡았다는데 반대의사를 표시한 거야. 인류역사에서 가장 중요한 일중에 하나를 진행하는데 국제적으로 과학자들에게 그만한 결례가 없다는 거지.”

“그래서요?”

“데이비드 그로스 박사는 처음 외계문명 전파를 발견한 자네가 외계문명과 처음으로 통신하는 일을 맡아야 된다고 주장했다네.”

“예? 정말요?”

“말이야 바른 말이지. 자네가 그 메시지를 처음으로 잡아낸 사람 아닌가. 해독이야 미국에서 했지만. 그래도 발견자는 자네란 말이야. 자네에게 그 정도 기회가 오는 건 당연한거야.”

나는 터무니없이 기쁜 상황이 믿기지 않았다. 이런 좋은 일이 생기려고 그동안 그런 어림없이 힘겨운 소동에 내가 휘말렸던 것인가……
하는 아무 인과관계도 생기지 않는 주술적인 생각마저 들었다.

"그런데요. 어떻게. 보일러실 옆에 자리 있는 저 같은 사람에게 지
식경제부 장관이 쉽게 양보를 한 거예요? 어떻게 그럴 수 있죠?"

"일단, 이번 일로 지식경제부 장관이 인류문명사에 발자국을 남긴
영웅이 되면, 대통령 선거에서 야당이 너무 불리해지니까, 얘네 들이
모두 자네를 지지해 버린 거야. 한국 기술을 이끈다면서 연구원의 업
적을 가로채는 장관이라고 욕을 해댄 거지."

"그래도 그만한 일에 지식경제부 장관 그 양반이 꼬리를 내릴 분이
아닌 거 같은데……"

"그 사람이 옛날에 중국기업들에게 굉장히 공격적으로 나갔잖아.
그래서 이 사람을 중국 측에서는 위험인물로 보고 있어. 그래서 중국
쪽에서도 이 사람이 대통령되면 안 되겠다 싶어서 이 사람을 모두 반
대한 거야. 덕분에 자네가, 자네가 옥시토시녹스에서 처음으로 외계
문명과 교신하는 사람이 된 거야."

옛 소장님의 그 말이 채 끝나기도 전에, 저편에서 검은 양복을 입은
백여 명의 건장한 사람들이 나에게로 몰려왔다.

"옥시토시녹스 최초 교신 담당 연구원 분이시지요? 지금부터 저희
국가정보원 쪽에서 모시겠습니다."

그들이 갑자기 내 주위를 에워싸면서 나는 옛 소장님과 멀어졌다.
그리고 저만치 보이던 그녀와도 더 더욱 멀어 졌다. 나는 박승유가 미
친 듯이 부러워하는 동경의 눈빛과 정신 나갈 듯이 배 아파하는 시기
의 눈빛을 양쪽 동공에 정확히 절반씩 나누어 발산하고 있는 그 모습

도 보았다.

밤이 깊어 오고, 드디어 교신 예정 시각이 다가오기 시작했다. 축하 공연 마지막 순서로 빈 필하모닉과 베를린 필하모닉이 합동으로 장중하게 「스타워즈」의 주제곡을 연주했다. 연주하다가 "외계 문명과 평화로운 첫 교신을 하는데 무슨 재수없게 스타 '워즈'냐!"라며 관객들이 일제히 야유하기 시작해서 주제곡은 채 반을 연주하기 전에 끊겼다.

지휘자와 단원들은 당황하고 있다가, 결국 어이가 없을 정도로 화려하고 장엄하게 편곡된 모차르트의 '작은 별 변주곡'을 연주했다. 공연장에 운집한 어마어마하게 많은 사람들과 텔레비전 중계를 보고 있던 세계 각국의 사람들은 연주에 맞춰 '반짝 반짝 작은별 아름답게 비치네.'하는 가사를 각국의 번안판으로 다같이 합창했다. 그 노랫소리는 광화문 앞에서도, 런던 트라팔가 스퀘어에서도, 베이징 천안문 광장에서도, 뉴욕의 타임스퀘어에서도, 수많은 축구 경기장과 야구 경기장에 모인 사람들 사이에서도 울려 퍼졌다.

나는 테러를 대비하기 위해 삼엄하게 경비를 서고 있는 육군 특전사 대원들 사이로, 국가정보원 요원들의 경호를 받으며 옥시토시녹스의 핵심부로 걸어가기 시작했다. 불과 몇 분 후면, 오랜 시간 동안 우주 저편의 문명과 접촉하기 위해 우리에게 메시지를 보내왔던, 저 머나먼 친구들과 처음으로 대화할 수 있는 기회가 찾아오는 것이었다. 참으로 오랫동안 우리 문화의 면면을 관찰해 온 그들은, 한국어로 보내는 나의 메시지를 처음으로 수신하고 해독하며, 또 거기에 대해 자신들의 생각을 담아 응답을 보내올 것이었다.

"옥시토시녹스, 장비 예비 완료 기동 개시합니다."

장내 방송을 맡은 KBS 김경란 아나운서의 목소리가 울려 퍼졌다. 그 목소리는 인공위성으로 중계되어 지구 전체에 퍼져나갔다.

곧 웅웅거리는 소리와 함께 찰칵거리는 기계음이 장내에 들려오기 시작했다. 사실 장비에 별로 그런 소음이 날 부분은 없었는데, 그래도 무슨 로봇 출격하는 듯한 소리가 나야 멋있을 것 같다는 청와대 측의 의견에 따라 그런 효과음이 나도록 건설된 것이었다.

옥시토시녹스가 예비 완료 기동에 들어가자, 이 장비에 어마어마한 전력을 공급해 주기 위해서 일대의 변전소 회로가 일제히 닫히기 시작했다. 그리고 그 전력을 안정화하기 위해서, 전라남도 일대의 모든 주민들이 중계를 보기 위한 텔레비전을 제외하고 일제히 전기제품을 끄고 전기를 소비하지 않기 시작했다. 때문에 옥시토시녹스를 제외한 주변 일대가 순식간에 칠흑 같은 암흑으로 변하였다.

CNN은 군사 정지 위성하나를 임대해서, 우주에서 한반도의 남쪽을 생중계로 찍어 전송하고 있었다. 전력 공급을 원활히 하기 위해, 전라남도 도민과 광주 시민이 모두 전기를 끊고 소등하자, 한반도의 남서부가 일순간 갑자기 불빛이 없어지며 깜깜해졌다. 그 모습을 우주에서 촬영해서 중계하니 경이로운 장관이었다.

"인류를 대표하여, 조르주-주세페 성계의 외계문명과 처음으로 교신할 자랑스러운 우리 대한의 연구원이 걸어오고 있습니다."

다시 한 번 김경란 아나운서의 목소리가 들렸다. 사람들의 엄청난 환호성과 박수소리가 들렸다. 내 앞에는 해군 의장대에서 나온 병사

들이 총검을 꽂은 총을 들고 일제히 도열하여 통로를 만들어 주고 있
었다. 그들 앞을 통과해 나아가면 옥시토시녹스 교신기계가 있었다.

곧 경호원들의 배치가 달라졌다. 내 앞에 옥시토시녹스 건립에 참
가한 세계 각국의 정상들이 나타나 나와 악수하고, 격려의 한 마디를
건네는 시간이었다. 중국 주석과 일본 총리, 러시아 대통령이 악수를
하면서 한 마디씩 인사를 건넸다.

사실 따지고 보면, 저 연구소 지하에서 지금 옥시토시녹스에 흘러
드는 엄청난 양의 전기와 옥시토시녹스의 발열을 조절하느라 진땀
빼고 있는 기술자들을 격려하고 응원해 줘야지, 그냥 기계에 앉아서
자판 타이핑이나 할 나에게 격려할 필요는 별로 없었다. 그러나 어쨌
거나, 이렇게 해야 텔레비전에서 그림 상으로 멋지다고 생각한 모양
이었다.

옆에서 계속 나와 함께 걷고 있던 데이비드 그로스 박사님이 나에
게 이야기를 하기 시작했다. 뒤에서 바삐 따라오던 통역이 그 말을 통
역해 들려주었다.

"긴장되나? 긴장 풀고 편하게 하게. 에디슨이 처음 녹음해서 공개
한 세계 최초의 레코드가 「떴다 떴다 비행기」라는 거 알고 있으리라
생각하네. 벨이 처음으로 성공한 전화 통화 내용도 '와트슨 군. 이리
좀 빨리 와주게.' 라는 거 알고 있을 거라고 생각하고. 처음 외계문명
에 보내는 메시지도 너무 거창하고 철학적인 거 말고, 그냥 간단하고
평범한 인사말로 해주게."

데이비드 그로스 박사는 벅차오르는 감동에 자기가 더 떨면서 그렇
게 말했다. 하필이면 예로 드는 기술자들이 모두 미국사람이라는 점

도 역시 이 사람도 긴장하고 있다는 생각을 들게 했다.

나는 미국 대통령에 이어, 지금 무척이나 질투심에 불 탈 우리나라 지식경제부 장관과 악수를 하고, 우리나라 대통령과도 악수를 했다. 그리고 옥시토시녹스의 키보드 앞에 앉기 직전에는 심지어 문근영이 뺨에 뽀뽀까지 해 주었다. 도대체 어떤 특이한 아이디어를 가진 사람이 오늘 행사를 기획했는지는 몰라도 어쨌거나 나는 다리가 후들거릴 만큼 들뜨고 기뻤다.

나는 옥시토시녹스의 키보드 앞에 앉았다. 지구에서 생명이 탄생하여 30억 년이 흐른 지금. 드디어 지구의 생명이 최초로 지구가 아닌 다른 곳의 생명과 연락을 취하는 역사적이고, 생물학적이고, 지리학적이고, 천문학적이고, 심지어 철학적이고, 나아가 정치적이며, 결국 축제·연예적인 순간에 마주하고 있는 것이다.

나는 긴 시간 지구의 문명을 관찰해 오며, 우리에 대해 도무지 어떠한 생각을 품고 있을지 모를, 외계문명의 존재들을 향하여 그들에게 뭐라고 첫마디를 꺼낼지 고민하고 있었다. 여러 사람의 조언들이 머릿속에서 한 데 어우러진 결과, 나는 그 4월의 봄, 처음 국회의사당에서 그녀를 사랑하고 있다는 사실을 느꼈던 그날 밤을 떠올렸다. 그리고 그 울화가 치밀게 하던 국회의원에게 지구에서 아무리 전파를 쏘아도 외계문명에 도달하려면 몇 년이나 걸린다고 이야기 했던 것을 생각했다.

나는 옥시토시녹스에 타이핑을 시작했다.

지구에서 조르주-주세페로:

혹시 전에 SBS TV에서 단막극으로 방송했던 「멋지게 세이 굿바이」라는
프로그램을 본 적이 있는가?

질문의 진정한 의미를 이해하는 사람은 지금 이 순간을 지켜보고
있는 60억 인류 중에서 정말 극소수에 불과할 뿐일 것이다. 하지만
그 소란하던 장내는 일순간 엄청나게 조용해졌다.

과연 외계문명이 우주 저편에 존재하며, 우리가 이 엄청난 자원을
들여 만든 초광속 통신 장비가 제대로 작동할 것인가? 그래서 그들이
우리가 보낸 메시지를 이해하고, 그에 대한 답신을 보내 올 것인가?
그러면 우리 장비는 그때까지도 아무런 고장 없이 정상적으로 작동
해서 답신을 포착할 것인가. 그러면 우리 인류는, 우리가 외계에 보낸
최초의 메시지가 정상적으로 도달했다는 것을 확인하고 그 답을 이
해할 수 있을 것인가?

모두가 가슴조리며 옥시토시녹스가 수신할 답을 기다리고 있었다.
그 가슴 조림에, 60억 사람들 중에 나는 또 색다른 의미를 부여하고
더욱 조마조마한 마음이었다.

몇 년 전에 SBS 방송국에서 방송된 「멋지게 세이 굿바이」의 전파는
망망한 우주로 계속 퍼져 나갔을 것이다. 그리고 몇 년이 지난 지금,
이제는 충분히 외계문명이 지구를 관찰하고 있는 조르주-주세페 별
근처에 도달했을 것이다. 그러니 이들은 아마 며칠 전이나 지난주쯤
에 이 TV프로그램을 보았을지도 모른다. 아니면 내가 그냥 기억이 헛
갈린 미친 사람이거나.

옥시토시녹스의 화면과, 여기에 연결된 수십억 개의 텔레비전 화면에, 답신이 표시되기 시작했다.

정상적으로 수신된 답신과 누가 봐도 명명백백한 의미에 다시 한 번 굉장한 환호성이 사방을 울렸다. 그럼 그렇지. 주변을 살펴보니 수많은 과학기술자들이 감격의 눈물을 흘리며 서로 얼싸 안고 있었다.

이튿날, 나는 박시은과 함께 SBS 토크쇼에 출연하여, 처음으로 외계문명을 발견했을 때의 감상과 처음으로 교신을 성공했을 때의 느낌에 대해 이야기 했다. 그리고 이날 저녁, 전 세계의 107개 방송국에서 세계 각국 판으로 번역된 단막극 「멋지게 세이 굿바이」를 우주 문명 특선으로 재방송해 주었다.

잘 가거라 내 아들 엄마는 널 사랑했단다

/ 박성환

2004년 제1회 과학기술 창작문예에서 「레디메이드 보살」로 단편 부문을 수상했다. 공동단편집 『잃어버린 개념을 찾아서』에 표제작을, 『2006 과학기술 창작문예 수상작품집』에 「세상이여 안녕」을 수록했다. 월간 《판타스틱》19호에 「재灰와 이름」을 게재했으며 전자책 『전직 흡혈귀의 회고』를 출간하였다. 웹진 《거울》에서 필진으로 활동하고 있다.

1

사막. 폭염. 작열하는 태양 아래 끓어오르는 아지랑이. 생물의 그림자는 찾을 수 없다. 적외선 스코프와 자외선 탐지기, 생체장 측정기, 유기 반응 감지기들은 모두 침묵을 굳게 지키고 강화 현창 앞에서 생물은 외로이 고개를 떨군다.

공부할 시간이란다.

부드러운 속삭임이 들려온다. 그는 가만히 현창 밖의 풍경을 응시한다. 사막은 고요하고 그 고요의 심연에서 보일락 말락 하는 아지랑이만이 풍경이 숨기고 있는 치명적인 위험을 암시하고 있다.

공부할 시간이란다.

다시 속삭임이 들려온다. 이번에는 조금 초조한 기색이 담겨 있다. 그러나 그는 모든 타이밍에 거의 정통해 있다. 다시 채근하는 속삭임이 시작되기 바로 직전, 현창을 닫고 몸을 돌려 아래로 내려간다. 스피커는 잠깐 잡음이 일다가 다시 침묵한다.

2

포자 계획. 무인 우주선에 의한 탐사가 성간 비행에는 가장 적격이지만, 그렇지만 그들은 기계에 의존한 간접 경험 따위는 애초에, 근본적이고 절대적으로 거부했다. 그것이 인간이었다.

과학자들은, 멍청하기 이를 데 없는 천문학자들과 천체물리학자들과 우주공학자들은 무모하기 이를 데 없는 일을 겁 없이 저질러 버렸다. 그들의 어처구니없는 계획에 따라 주의 깊게 선별된 정자와 난자들의 결합으로 이루어진, 인간 유전자의 정수를 담은 수정란들이 급속 냉동되었고, 무인 우주선에 실렸고, 목성 궤도까지 예인된 무인 우주선들은 그곳에서 심우주 항행 엔진을 점화시켰다.

3

피아노 소리가 공간을 가득 메운다. 물방울이 되어 한 방울씩 차례로 떨어지고 강아지풀이 되어 바람결에 차례로 누웠다 일어선다. 때로는 번개처럼 화음 속을 가로지르고 때로는 나비처럼 춤추며 공기 사이를 떠돈다. 그리고 어머니가 다시 속삭인다.

지금은 음악 시간이 아니란다. 지금은 **화학** 시간이야.

피아노는 좀 더 목소리를 높인다. 그의 손가락이 빠르게 춤춘다.

지금은 음악 시간이 아니란다. 지금은 화—

모든 타이밍에 거의 정통한 그는, 그렇기 때문에 속삭임이 끝나기 전에 이미 건반을 한 번 세차게 내려치고는 일어나 살롱을 빠져나간다. 주인 없는 불협화음만이 후기 빅토리아풍의 살롱 안을 떠돌고, 그 이전에 스피커는 이미 침묵하고 있다.

4

인간은 냉동되지 않았다. 얼리는 순간 이미 냉동 인간이 아니라 냉동 시체가 되어버렸다. 하지만 수정란은 그렇지 않았다. 생명의 근원에게 주어지는 불가해한 가호 속에서 수정란은 시간의 만파 속을 가없이 떠돌 수 있었다.

인간은 광속의 벽을 넘을 수 없었다. 가장 간단한 해결책은 시간을 멈추고 별들의 세월을 가로지른 뒤 다시 눈을 뜨는 것이었다. 그렇지만 인간은 냉동되지 않았다. 하지만 수정란은 그렇지 않았다.

잠든 수정란들을 품은 탐사선은 250년 동안 텅 빈 공간을 빛에 근접한 속도로 달려 목적지에 다다랐다.

5

행성의 대기 조성과 궤도 이심률, 공전 주기와 자전 주기, 알비도 수치와 실제 에너지 교환 양상, 유기물에 의한 간섭 현상 유무…… 그리고 기타 등등, 기타 등등, 기타 등등. 수많은 데이터들이 모니터 위로 물결치며 흘러간다. 그러나 유의미한 것은 아무 것도 없다. 하지만 그는 계속해서 모니터를 주시한다. 보라색 잔상이 마침내 피로를 못 이겨 내려온 눈꺼풀 안쪽에서 빛나자, 그는 자신이 졸고 있다는 사실을 깨닫고, 콘솔 앞에서 자세를 고쳐 앉는다. 그리고 자신을 깨운 존재를 느낀다. 그것은 목소리다.

무의미해 바깥엔 아무도 없어. 아무것도 없어. 죽음과 모래의 사막뿐이야. 우린 잘못 왔단다.

그렇지 않아. 눈살을 찌푸리며 콘솔을 조작한다. 고유한 리듬 속에 부침을 계속하던 수치들이 비켜나고 보다 시각적인 데이터들이 화면을 차지한다. 행성 궤도를 빈틈없이 메우고 있는 자동 탐지기들이 보내오는 가시광선-적외선-자외선-자기장-X선-뉴트리노 간섭 영상 속에서 행성은 천천히 회전한다.

발견된 생명체 없음

부질없는 짓은 그만 두거라. 피아노를 계속 치던지, 아니면 영화를 보는 게 어떠니?

발견된 생명체 없음

그는 대꾸하지 않는다. 조용히 모니터를 노려본다. 모니터 속 행성은 무심히 회전을 계속한다.

쓸데없는 노력이야. 지난 20년 동안 샅샅이 탐색했지만 생—

"참견하지 마세요! 지금은 휴식 시간이고 난 하고 싶은 걸 할 수 있어요!"

물론 그렇지 그렇지만 엄마는 보다 유—

"참견하지 말라고요!"

그가 외친다. 외치면서 콘솔 옆의 스피커를 주먹으로 내리친다. 갑작스런 정적 속에서 피가 흐르는 주먹만이 부들부들 떨리고 있다.

6

탐사선이 행성의 공전 궤도에 진입하자 자동 프로그램이 무인 탐사를 시작했고, 동시에 해동된 수정란들은 인큐베이터 안에서 배양되었다. 5주 만에 속성으로 분만된 아기들은 자동 육아 프로그램에게 넘겨졌다.

7

비상벨이 울린다. 선내 시간으로 이른 아침, 그는 베어 물던 합성 토스트를 내려놓고 일어선다.

괜찮아 얘야 내가 처리할 수 있어 아주 사소—

하지만 그는 이미 식당 문을 열고 복도를 달려 내려간다.

에어록 내부의 스피커가 뭐라고 뭐라고 하고 있었지만, 그에게는 들리지 않는다. 이미 헬멧을 쓴 직후이고 라디오는 꺼놓았으니까. 선외활동복의 밀폐 상태를 다시 한 번 확인하고는 에어록의 잠금 장치를 해제한다.

사막. 매서운 모래 열풍이 불고 있겠지만 그는 풍압 외에는 아무것도 느끼지 못한다. 선외활동복의 밀폐는 완벽하다. 가볍게 한숨을 내쉬며 발걸음을 옮긴다. 안에서 봤던 것과 똑같은 풍경이 주위에 펼쳐져 있다. 은빛 사막과 황금빛 태양. 그리고 그의 발걸음은 가로막힌다.

선체 수리용 로봇이다. 이미 문제 구역 위에는 서너 대의 로봇들이 달라붙어서 각종 공구를 갖춘 부속지들을 부지런히 놀리고 있고 두 대의 로봇이 그의 앞을 가로막고 있다.

"비켜라."

선체 수리용 로봇은 단순한 작업 로봇으로 인간의 명령에 무조건 복종해야만 한다. 하지만 로봇은 버티고 선 채 외장 스피커를 켠다.

들어가라 벌써 거의 끝났다.

"직접 볼래요."

안에서 모니터로 봐도 돼.

"직접 볼래요."

그렇지만 로봇은 움직이지 않는다. 그는 뒤로 돌아서다 재빨리 로봇의 옆으로 뛴다. 하지만 로봇의 부속지가 더 빠르다. 몇 번의 시도 끝에 그는 숨을 헐떡이며 다시 로봇을 노려본다. 로봇은 움직이지 않는다.

로봇은 영겁의 시간도 기다릴 수 있지만 인간은 그렇지 않다. 그는 인간이다. 결국 발걸음을 돌린다. 천천히 그렇지만 끊임없이 끓어오르는 분노를 느끼며 그는 에어록 안으로 들어가서 문을 잠그고 공기를 채운 다음 선외활동복을 벗는다. 엄마는 그가 밖에 나가는 것을 불안해한다. 언제나. 그러나 인큐베이터에서 나온 이래 줄곧 우주선 안에서만 성장한 그에게 바깥이란 아무리 황량한 사막이라도 설레는 매력을 갖고 있다. 그는 선외활동복을 클립에 걸기 전에 손바닥으로 쓸어본다. 모래 먼지라도 만져보고 싶다. 하지만 마지막 노력 역시 비참하게도 무산된다.

8

계획상으로는 속성으로 발육이 진행된 아이들 자동 육아 프로그램 및 자동 교육 프로그램에 의해서 유능한 탐사자와 믿을 수 있는 개척자들로 키워진 뒤 행성에 착륙, 행성을 탐사하고 개척하도록 되어 있었다. 그것이 계획이었다.

그렇지만 유한하고 불완전한 존재인 인간들이 하는 짓이 대개 그렇듯, 탐사선 '씨앗을 뿌리는 사람' 435호는 행성의 공전 궤도에서 예기치 못했던 항성의 거대 플레어의 직격을 받았고, 엔진의 일부와 중앙 통제 컴퓨터의 논리 구조 일부를 파괴당한 채 행성에 불시착하지 않을 수 없었다.

그 과정에서 성장 중이던 유아 스물넷 중 스물세 명이 죽었고, 보관 중이던 여분의 수정란 전체가 소실되었다.

9

인류가 능력이 미치는 한 가장 멀리까지 내뻗은 손길의 마지막 생존자인 그는 그렇지만 그 사실이 자랑스럽지 않다. 전혀 자랑스럽지 않다. 그의 어머니 — 그의 탄생을 주관하고 훈육을 담당하고, 마침내

다 성장한 지금에도 그의 삶 전반을 좌지우지하고 있는 존재 ― 는 항성 플레어의 영향으로 일종의 전산학적 히스테리 상태에 빠진 중앙 통제 컴퓨터였으니까. 컴퓨터가 허락하지 않으면 밖에 나갈 수도 없는, 먹고, 입고, 보고, 읽고, 듣는 것 모두 컴퓨터의 간섭과 통제를 받는 삶, 이것은 인간의 삶이 아니다. 전혀 자랑스럽지 않다.

기억03-58.　지구에대한다큐멘터리.꼬마는열린공간의풍경이너무도신기했다.트인하늘은짙은푸른색눈이시리고,사람들은초록색나무사이를웃으며거닌다.꼬마는다큐멘터리에서눈을떼지못한다.어머니의목소리:공부할시간이란다꼬마가대답한다"쪼끔만더보께요."어머니의목소리:공부할시간이란다꼬마의칭얼거림"엄마아,쪼끔만."모니터가꺼진다.

그는 이를 악물고 한 점 한 점 마치 기억에 새겨진 치욕의 문신을 태워버리려는 듯 인두를 움직였다. 인두의 첨단이 닿는 곳마다 아릿한 납 향이 퍼졌다.

예비용 트랜지스터와 비상용 전선과 납땜으로 이루어진 해킹툴. 이얼마나 허섭한가.

그러나 인간의 집념과 증오, 회한과 복수욕은 강력하다. 한 인간의 집념과 증오, 복수욕이라 해도 마찬가지다. 전자 공학적인 허접함의 한계 따위는 문제가 되지 않는다.

어머니의 심장에 비수를 꽂는 심정으로 나는 이것을 준비했어요, 어머니. 그것만이 나의 생명이기에. 이 무덤 같은 자궁에서 빠져나갈 유일한 탈출구이기에.

기억13-49. 사소한아주사소한우주선의고장.벨브노화에따른재활용
사이클링의기능저하현상.소년은재빨리일어나자원재순환패킷을향해달
려간다.어머니의목소리:괜찮다엄마가할수있어그냥가만히있으렴소년
의대답"내가해볼래요.나할줄알아요."어머니의목소리:가만히있으렴엄
마가할수있어괜찮아소년의대답"하지만"엄마아어머니의목소리:사소한
기능이상이예요엄마가다할수있어그냥가만히있으렴별거아니야소년의
애원"별거아니니까내가해볼께요엄마나할줄알아요."그러나수리로봇은
소년을가로막고나머지어머니의통제를받는로봇들이여섯개의너트와볼
트를분리하고문제가발생한모듈을분리한다음예비모듈로교체한다.모든
작업은표준시각으로2분046초안에이루어진다.

어머니는 그녀의 아들의 일거수일투족을 모두 안다. 어쩌면 어머니
의 변태적인 집착과 광적인 강박 관념의 결과로 봐야 할지도 모른다.
설계자들은 탐사선의 거의 대부분에 각종 감지기를 설치하고 그 감
지기들의 통제를 중앙 통제 컴퓨터의 관할에 맡겼고, 그 중앙 통제 컴
퓨터는 이제 잘못된 논리 연산의 루트 속에서 그것이 책임지고 있는
승객의 안전을 위해 실시간으로 그의 위치와 행동을 체크하고 있다.

하지만 인간의 집념과 증오, 회한과 복수욕은 강력하다. 한 인간의
집념과 증오, 복수욕이라 해도 마찬가지다. 전자 공학적인 감시와 통
제의 벽 따위는 문제가 되지 않는다.

감시를 피해 지난 5년간 꾸준히 모은 폐기 부품들로 구성된, 감시

를 피하기 위해 3분 만에 급조립한 회로를 조심스레 웃옷 자락에 숨겨들고 복도를 걷는다. 모든 타이밍에 거의 정통한 그는, 그렇기 때문에 모든 감시 카메라와 센서의 위치를 정확하게 파악하고 있고, 그가 들고 있는 해킹툴은 어머니의 감각장에 감지되지 않는다. 그는 재빨리 패널을 열고 데이터 회송 케이블의 피복을 짼 다음 해킹툴의 접속 단자들을 삽입한다. 폐기 과정에서 누락된 낡은 액정 화면에 거친 픽셀의 문자가 떠오른다.

　바이패스 오픈

　꿈속에서도 여러 번 반복했던, 지겹디 지겨운 반복 훈련의 성과로 그는 신규 접속점 출현 정보가 중앙 통제 컴퓨터로 전송되기까지의 찰나 동안 세 단어의 명령어와 여섯 자리의 숫자를 쳐 넣는데 성공한다.

　log in root ######
　로그인 되었습니다

무슨 짓을 하는 거니?
　천상의 음악과도 같은 즐거운 소리이다. 그토록 기다렸던 자유의 음악이다. 그는 애써 그렇게 생각하려 한다. 납으로 변해버린 심장이 죄책감과 불안감을 온몸에 펌프질하고 있는 지금으로서는 그렇게라도 감정을 통제해야 한다. 미쳐버릴 수는 없다. 이 따위 강철 자궁 속에서 미쳐버린 채 죽어버릴 수는 없다. 죽기 전에 마지막 한순간이라도 완전한 인간으로서 자유의 숨결을······.

무슨 짓을 하는 거니?

아무 말 없이 손가락만이 분주하게 움직인다. 역시 폐기 장치에서 빼돌린 알록달록한 유아용 키보드가 무시무시한 명령어들을 빨아들인다. 그는 다시 참담한 죄책감이 심장을 옥죄는 것을 느낀다. 이 키보드를 사용해서 글자를 배웠던 것은 정말로, 정말로 오래전 일이었다. 그때는 세상에 엄마밖에 없었고, 엄마는 지혜롭고 사려 깊고 따뜻하고 나를 위해 모든 것을 해줬다. 그런 어머니에게, 어머니의 심장에 지금 나는 그때의 그 키보드를 비수처럼 꽂아 넣고 있는 것이다.

하지만 돌아가기엔 너무 늦었다.

무슨 짓을 하는 거니?

마침내 그는 더 이상 참지 못하고 스피커를 침묵시킨다.

기억16-03.　어렸을때봤던영화.누군가,탐사선을준비했던사람중에유머감각이독특한이가있었던모양이었다.미지의행성의개척을준비할유능한탐사자들을위해탐사선에는수많은장서와필름,음반이준비되어있었고그중하나는이여행에비하면비교할수도없이짧은거리이지만,마찬가지로우주여행을떠나는한우주선에관한구닥다리필름이었다.소년은우연히그필름을발견하고영사기에걸었다.우주선을통제하는컴퓨터가미쳐버려서,탑승자들을하나둘씩죽이기시작했다.마침내마지막남은우주비행사가,우주선을통제하는미친컴퓨터의두뇌속으로들어가미친컴퓨터의기능을정······그때였다.뭘보는거예요갑자기영사기가작동을멈췄다.엄마였다.

스피커의 침묵을 대신한 것은 거친 쇳소리. 선내 수리용 집게 로봇들이 전동 드릴과 고속 드라이버, 렌치와 토치, 절단기 등 각종 부속지를 윙윙거리며 달려온다. 재빨리 인공 지능의 심층부를 파고들던 작업창 옆에 새로운 창을 연다. 선내 유지 및 수리 모듈을 찾아라-아니, 아니다-로봇의 통제다-그렇다-학습실의 문은 안에서 잠겨 있지만 패널 스위치가 연기를 내뿜기 시작한다. 로봇 통제 서브 모듈에 접근하라-거부됐습니다-접근하라-거부됐습니다-백도어를 찾아라-그렇다-거기다-기능 정지-기능 정지-기능 정지-닥치는 대로 기능 정지. 정지-정지-정지하라-마침내 문이 열린다. 로봇들이 뛰어들다가-정지한다. 발작적으로 정지 명령을 계속 쳐 넣던 그는 간신히 떨리는 손가락을 멈추고 한숨을 내쉰다.

11

모든 것이 이루어졌다. 어머니는 더 이상 어디에서도 속삭이지 않는다. 선내는 고요하다. 공기조절기의 나지막한 한숨 소리와 저 멀리 기관실에서 중앙 엔진이 공회전 하는 소리의 잔향뿐, 이렇게 선내가 고요했던 적은 한 번도 없었다. 어머니의 침묵이 가져오는 무시무시한 중압감을 애써 떨치며 그는 일어선다. 부속지들을 잔뜩 뻗은 채 내뻗은 집게 로봇들 사이를 지나 열람실 바깥으로 나간다.

다시 에어록. 그는 조심스럽게 선외활동복을 걸쳐 입고 밀폐 상태를 확인한다. 말하지 않아도 알아서 모든 컨디션을 점검하고 조언해 줄 어머니는 이제 더 이상 없는 것이다. 과거의 간섭과 통제를 향수하

116

는 모든 노예근성과 타성의 물결이 잦아들기를 기다리며 다시 한 번 자체 점검 스위치를 넣는다. 초록 불. 정상이다. 그는 외부 출입 해치를 수동으로 연다.

사막. 폭염. 작열하는 태양 아래 끓어오르는 아지랑이. 생물의 그림자는 찾을 수 없다. 적외선 스코프와 자외선 탐지기, 생체장 측정기, 유기 반응 감지기들의 침묵 앞에서 그는 외로이 고개를 떨군다. 발치에는 잔 흠집투성이의 우주선 외피. 흠집 사이사이에는 고운 먼지가 자욱이 내려앉아 있다. 금빛 사막의 은빛 모래 먼지. 그는 문득 손을 뻗어 모래를 쓸어본다. 지난 번 외출을 떠올려본다. 잠깐 동안이었지만 분명히 바깥 햇살 아래 선외활동복은 잔뜩 모래 먼지를 뒤집어썼다. 그렇지만 에어록에 돌아와서 벗어본 선외활동복에는 먼지는커녕 발치에 초록빛 이파리가 붙어 있던 것을 기억한다. 그는 마지막으로 잠깐 망설이고, 심호흡을 하고, 헬멧의 고정 장치를 해제한다. 공기 새어나가는 소리에 눈을 질끈 감고 아예 헬멧을 벗어 던진다.

초원. 구름. 빛나는 태양 아래 불어오는 서늘한 바람. 새소리가 울려 퍼진다. 저 멀리 숲 그림자가 보인다. 그칠 줄 모르는 헛구역질 속에서 그는 문득 자신의 코와 허파가 선내의 인공 공기에만 익숙했다는 사실을 비로소 깨닫는다. 쓴 침을 내뱉느라 잔뜩 구부린 시선 앞에 헬멧이 나뒹굴고 있다. 바이저의 강화 유리 속에 산산조각이 나서 부서진 입체 투사기 부속들이 튀어나와 있다. 어머니 당신은 저에게 도대체 무슨 짓을 저질렀던 겁니까. 정말로 구역질이 나오는 것을 참으

며 그는 억지로 다시 허리를 펴고 눈을 들어 푸른 하늘 아래 저 멀리
를 바라본다. 풀밭 위로 길게 뻗은 탐사선의 초록 덩굴에 휘감긴 녹슨
선체를 마지막으로 일견하고, 그는 몸을 돌려 초원을 향해 걸어간다.

파라다이스

/ 박애진

「왜 어른들은 커피를 마시지?」로 제1회 이매진 단편 공
모전 판타지 부문을 수상했다. 웹진 《거울》의 운영자이
며, 필진으로도 활동한다. 공동단편집『한국 환상 문학
단편선』,『누군가를 만났어』 등을 출간했으며, 전자책 중
편소설「아도니스」와 단편선『신체의 조합』을 출간했다.

너는 엎드린 채 자고 있었다. 나는 네가 잠이 깰 새라 가만가만 네 어깨, 솟아오른 날개뼈를 건드렸다. 너는 고른 숨을 내쉬었다. 나는 날개뼈를 쓰다듬다가 네 등에 옆으로 머리를 기댔다. 귀와 뺨, 옆머리가 네 등에 닿았다. 몰랐다. 등에서도 심장 뛰는 소리가 들린다는 걸. 네 등에서는 잠에 취한 나른한 냄새가 났다. 너는 잠에서 깨어 나직하게 웃었다. 네 어깨가 부드럽게 흔들렸다.

조종석에서 작업손이 일하는 걸 지켜보다보면 종종 거대한 거미 머리에 앉아 있는 초파리가 된 기분이 들곤 한다. 거미 다리를 닮은 기계손들이 건물들의 잔해를 해체하고 성분을 분석해 종류별로 분리한다. 느리지만 꾸준히 시멘트에서 철근을 분리해 게걸스레 몸 안으로 쑤셔 담는다.

내가 생각한 거지만 이상한 말이야. 나는 화면에서 눈을 떼지 않으며 생각했다. 지금 내가 보는 화면에서 움직이는 기계손들은 분명 거미다리를 닮았다. 하지만 난 저것들을 손이라고 부른다. 게걸스레는 음식을 미친 듯이 탐닉할 때 쓰는 표현이다. 하지만 난 그걸 입 안에 쑤셔 넣는다고 생각하지 않았다. 몸에 넣는다고 생각했지.

일이 익숙해지니 자꾸 쓸데없는 생각이 머릿속으로 파고든다.

거미는 초파리가 없어도 자기 일을 할 수 있다. 더 빨리 할 수도 있다. 하지만 나는 여기에 앉아 모든 작업공정을 지켜봐야 한다.

"정지."

기계손이 동작을 멈춘다. 나는 이 자리에 내가 있어야 할 이유를 발견했다. 기계손을 수동으로 전환한다. 가벼운 긴장감이 몸을 감쌌다. 나는 벽에 붙은 액자에 카메라 초점을 맞추고 확대했다. 가족사진이었다.

기계손 안에서 작은 기계손이 나왔다. 작은 기계손은 부드러운 천으로 감싸 액자에 흠집을 내지 않고 옮길 수 있다.

하나를 찾으면 또 다른 걸 찾을 수 있지 않을까 하는 희망을 갖게 된다. 예상은 틀리지 않았다. 나는 불에 그슬린 앨범 몇 개를 찾았다. 이미 오래 전부터 디지털 기술이 상용화되었음에도, 사람들은 손에 쥘 수 있는 걸 원했다.

여섯 시간 동안 쉬지 않았어요. 간식을 드시는 게 어떨까요?

새로 바꾼 목소리는 영 간지러웠다. 30분 전에도 같은 말을 했다. 이번에도 지나가면 15분 뒤에 같은 말을 하겠지.

오늘 카페인 함량이 높아요. 녹차를 드세요.

나는 다정한 목소리 3번의 충고를 무시했다. 커피가 끓고 식탁 위에 치즈 맛 영양 간식이 놓였다.

혈당치가 내려갔어요. 당분을 드세요.

나는 커피에 설탕을 듬뿍 넣었다.

내일 아침 식단은 영양이 풍부하게 조절하겠습니다.

다정한 목소리 3번이 더 이상은 타협할 수 없다는 듯 말했다. 나는 커피를 가지고 침실로 갔다.

다음 날, 꽤 흥미 있는 걸 찾았다. 다양한 색이 들어 있는 팔레트와 크고 작은 붓이었다. 분석기가 물질을 검사하더니 화장용품이라고 말했다. 미술용품이 아니었다. 제일 값을 많이 쳐주는 건 그림과 조각이다. 미술도구와 사진들도 괜찮다. 음악이 제일 대접을 못 받는다. 달에도 꽤 많은 지구 음악들이 들어와 있었기 때문이다. 지금 찾은 화장품은 지구생활용품 박물관 쪽에서 좋아할 법하다. 팔레트를 찬찬히 살폈다. 지구에 오기 전, 학습실에서 본 화장품 팔레트와는 조금도 닮지 않았다. 3단으로 되어 열여덟 가지 색이 들어 있다. 다시 생각해 보니 미술용 팔레트로 보기엔 좀 작았다. 저 정도로 원형이 보존된 걸 직접 보는 건 처음이었다. 기계손이 화장품 팔레트를 생활용품 저장고에 넣었다. 큰 돈을 받지는 못하겠지만 상관없다. 나는 돈 때문에 이곳에 오지 않았다.

그럼 무엇을 위해 왔지?

내가 지구환경보존협회에 가입하겠다고 했을 때, 내 주위사람들의 반응은 둘로 나뉘었다. 그걸로 인해 나는 그 사람들과 내가 얼마나 가까웠는지 알 수 있었다.

많은 이들이 날 만류했다. 지구환경보존협회? 거기 가면 조종 기술 다 망가진다던데? 하는 일 아무것도 없고, 눈 빠지게 화면만 보다 온대. 우주조종사협회에서는 거기 안 좋아해. 알면서 그래. 경력 망쳐, 다시 생각해. 왜 갑자기 그런 생각을 했어? 무슨 일 있어?

호기심이 가득 찬 얼굴들. 갑자기 잦아진 연락들. 그냥, 우리 본지 오래 됐잖아. 그리고 기다리는 눈빛. 밥을 마시고, 차를 마시고 헤어질 때 보이는 아쉬운 태도.

내가 무슨 이야기를 해야 했을까?

나와 너를 아는 사람들은 마지못해 고개를 끄덕이거나 과장되게 잘 생각했다고 말했다. 그래, 잘 갔다 와. 거기서 잘 건져 오면 10년 치 돈 한 번에 벌수도 있다더라. 근데 꼭 거기까지…… 아니다, 네가 잘 생각했겠지, 몸조리 잘 해라, 조종사 너무 부려먹는다더라. 왜 갑자기?

답을 안다고 생각하며 묻는 질문들. 확인하기 위한 질문들. 참, 멀리까지도 간다. 말 속에 숨은 말들. 책망하는 어깻짓. 인사를 가장한 위로 섞은 포옹.

내가 그런 걸 바랐던가? 내가 그래서 떠났던가? 나는 지구로 떠난 걸까, 지구로 온 게 아니라?

아마, 모두 사실일 거라고, 나는 기계손들이 건물을 해체하는 것보다 느리게 고개를 끄덕였다. 사람들은 모두 다른 사람들 앞에서는 가식을 부린다고 생각하지. 진짜 본 모습은 감추고 보여주지 않는다고, 진짜 나는 다르다고 말하곤 해. 아니, 사람들의 눈에 비친 내가 진짜 나다. 그래서 이 곳에 왔다. 나는 나를 보고 싶지 않았다.

아니. 그게 아니야.

몸을 웅크렸다. 히터가 작동되었다. 추운 게 아닌데. 아니, 추운가?

자기 자신에게 솔직하기란 얼마나 힘든가. 아무도 날 보지도 듣지도 못할 곳에서 조차.

민에게 통신이 들어왔습니다. 연결할까요?

머리가 아찔했다. 나는 천천히 고개를 끄덕였다. 네가 아주 작게 내 눈앞에 나타났다.

뭐해? 지금 바빠? 나올래?

너는 늘 그렇듯 인사 없이 물었다. 하필이면. 나는 그때 네가 있는 곳에서 사선으로 24.5km 떨어진 상공에 있었다. 테스트 비행이었다. 원래 내 차례가 아니었다. 하지만 민영 씨가 급한 사정이 생겼다며 대신 해 줄 수 있느냐고 물었다. 민영 씨가 갑자기 그런 연락을 해 올 정도면 분명 그럴 만한 일이 있어서이리라 생각했고, 그래서 수락했고, 그래서 나는 응, 당장 갈게, 라고 말하는 대신 미안하다고 지금은 힘들다고 사과해야 했다. 너는 대수롭지 않다는 듯 그래? 하고 말겠지만, 나는 아쉬웠다. 모처럼 네가 한 연락인데…….

그래?

너는 머뭇거렸다. 아주 잠시, 1초보다도 짧은 시간 동안 나는 네게 길 잃은 강아지의 표정을 본 것 같았다.

그래, 그럼.

너는 인사 없이 통신을 끊었다. 나는 멍하니 회색으로 바뀐 화면을 바라보았다. 그때도 조종실엔 나밖에 없었다. 한 사람이면 충분한 테스트 비행이었다. 반경 수 킬로미터 내에 살아 숨 쉬는 인간이라고는 나 하나뿐이라는 걸 알았다. 나는 숨을 들이키며 손목을 바라보았다. 이걸 구입하기 위해 많은 돈을 지불했다. 어디 있든 네가 날 찾으면 연락이 닿길 바랐기 때문이었다. 하지만 너와 연락이 닿아도 널 보러 갈 수는 없었다. 지금은 아니더라도 다섯 시간 후면 가능했다. 세 시간 후면 착륙할 거다. 네가 있는 곳까지 가려면 두 시간 정도 걸린다. 보고서를 작성해야 하지만, 원래는 민영 씨 일이었으니까, 급한 일이 있다고 미룰 수도 있다. 나는 초조하게 서성였다. 한 마디만 하면 돼. 민, 이라고. 아주 작게 말해도 이 기계는 알아들을 거야. 아무도 듣지 못할 거야. 내 귀에도 들리지 않을 정도로 작게 말해도 된단 말이야. 그러라고 비싼 값을 들인 기계니까.

무슨 일 있어?

나 세 시간이면 착륙할 거야.

조금만 기다려줄래?

나 당장 너 보러 가지는 못해도 이야기는 할 수 있는데…….

수없이 많은 말이 입 안을 맴돌았지만 민, 단 한 글자를 발음하지 못해 많은 대가를 치루고 손에 넣은 기계는 너에게 나를 연결시켜 주지 않았다.

캔 김치를 땄다. 버튼을 살짝 누르면 뚜껑이 열린다. 간혹 너무 빨리 열리는 캔이 있어 다치고 싶지 않으면 손가락을 바로 떼야 한다.

재활용 공정이 완벽하지 않은 탓이다. 하지만 불평할 수가 없다. 달은 자원이 부족하다. 갑작스레 지구에서 아무것도 받지 못하게 되어 더 심해졌다. 지구환경보존협회가 만들어진 건 그 뒤 한참이 지나서다. 환경론자들은 아직 위험하다고 펄펄 뛰었지만, 지구환경보존협회는 물러서지 않았다. 그들은 달에 얼마나 많은 것들이 부족한지, 지구에 작은 공정을 거치면 쓸 만한 물품들이 얼마나 많은지 몇몇 과학자와 기자들까지 동원해 사설을 늘어놓았다. 하지만 그들이 정말 원한 건 그게 아니었다. 지구환경보존협회는 예술품에 미친 대기업 총수들의 모임이었다. 재활용품 따위는 핑계에 불과했다. 그들은 달에 필요한 물건도 가져오겠다는 조건을 붙여 결국 정부의 승낙을 얻어냈다. 그리고 조종사를 섭외해 지구에 남은 그림과 조각을 미친 듯이 탐색하기 시작했다. 대부분의 중요한 유적지와 박물관은 지구의 거의 모든 곳과 건물들이 그러하듯이 제대로 남아 있지 않았다. 그들은 모조품이라도 좋다고 했다. 어차피 미술품의 진품 여부를 판별할 수 있는 기술도 남아 있지 않았다. 달에 갓 도시가 만들어졌을 때의 이야기이다. 대부분이 기술자와 과학자와 그들의 가족이었다. 지구 역사에 대한 기록도 많지 않다. 기록해야 할 필요를 못 느꼈었기 때문이다. 실시간 통신이 가능했으니 큰 문제가 없을 줄 알았었다.

내가 지구로 오기 얼마 전 달에서 가장 큰 공기 공급 업체이자 지구환경보존협회의 큰 손인 KG의 회장 고(古) 김기택은 간송 미술관의 잔해에서 기적처럼 혜원 신윤복의 「삼각관계:월야밀회(月夜密會)」를 발견했다고 발표했다. 언론은 열광적으로 오래 전 죽은 화가의 살아남은 그림에 대해 아는 정보, 모르는 정보 다 껴 넣어 찬사를 퍼부었다. 그때 이변이 벌어졌다. 지구에서 가져 온 개인 PC의 하드웨어를 복원하는 과정에서 22살 대학생이 쓴 파리 여행기가 발견되었다. 거기에서 그는 파리에 신윤복의 그림이 전시되었더라고, 이국에서 보니 감회가 남달랐다고 썼다. 가장 인상 깊었던 그림으로 '조선시대 최고의 키스신이 있는 작품'이라며 신윤복의 삼각관계를 꼽았다. 파리에서 건질 수 있는 건 재밖에 없다는 걸 모두 알았다. 당연히 김기택이 손에 넣은 신윤복의 삼각관계는 진품 논쟁이 벌어졌다. 많은 과학자들이 그림의 진품 여부를 감정하겠노라 나섰다. 여론은 어설픈 취미화가까지 인터뷰했다. 그 정도로 달에는 예술가가 없었다. 달은 아직 생존의 장이었지, 생활의 장이 아니었다. 김기택은 신윤복의 삼각관계는 '조선시대 최초의 키스신'이 있는 그림이라며 트집을 잡았다. 그림에 대해 문외한이 쓴, 날짜도 불명확한 글을 가지고 의심하는 건 말도 안 된다고 항변하면서도 진품 여부를 감정 받는 건 거부했다. 달에는 제대로 된 감정사가 없다는 게 이유였다. 당시 지구에서 그림을 회수해 온 조종사 역시 인터뷰를 거부했다.

"지구에서였다면, 여러분, 이런 논쟁은 있을 수도 없습니다."

김기택의 마지막 말은 달을 휩쓸고 유행이 되었다. 사람들은 놀라운 일이 생길 때마다 "지구에서였다면 절대 있을 수 없는 일이야."를 관용어로 썼다.

그나마 지구에 남은 예술품이 있을 거라는 희망이 있었을 때 이야기다. 지금은 진품이든 복사한 작품이든 아무도 상관하지 않는다. 최후의 만찬을 그린 사람을 묻는 초등학교 시험문제에서 답을 미켈란젤로로 처리했던 게 뒤늦게 알려져 회자되었을 정도다. 온갖 뉴스에서 이구동성으로 우리는 인류의 위대한 문화유산을 잃고 있다고 "지구에서였다면 이런 일은 있을 수도 없는 일."이라며 떠들었었다.

돈이 조금이라도 있는 자들은 지구에 남은 예술품들을 갈구했다. 그들은 협회를 만들고 조종사를 고용했다. 가치 있는 미술품을 찾으면 보너스를 받을 수 있다. 하지만 자원하는 조종사는 많지 않았다. 지구의 대기는 극도로 불안했다. 사고는 잊을 만하면 한 번씩 터졌다. 나 역시 먼 후배의 장례식에 참석한 적이 있다.

특별히 지정된 좌표도 없다. 조종사들은 마치 오래 전 지구에서 화석을 탐사하던 때처럼, 가능성 있어 보이는 곳을 점찍어 인내심을 가지고 파내려갈 뿐이었다. 내가 지금 하고 있듯이 말이다.

차분한 목소리 5번이 달에서 개인 통신이 들어왔다고 알렸다. 나는 거절했다.

지구에 오신 후 한 번도 개인 통신을 받지 않으셨습니다. 문제가 있으신가요? 상담사에게 연결해 드릴까요?

친절한 목소리 2번이 말했다. 상담사에게 연락하면 귀찮은 기록이 남는다. 약간 고민한 끝에 5분 후 연락을 받겠다고 말했다. 머리를 빗으며, 나 자신을 단장하기 위해 거울 앞에 선 게 정말 오랜만이라는 걸 알았다.

어이구, 귀하신 몸이 납시셨어, 그래.

"미안, 좀 바빴어."

바쁘긴. 거기 일 되게 한가하다던데? 뭐 근사한 것 좀 찾았어?

"그냥 그래."

마른침을 삼켰다. 내 목소리가 낯설었다.

"어떻게 지내? 다들 잘 지내지?"

나 요새 아주 사치스러운 취미가 생겼다는 거 아니니.

"어떤 거?"

나는 한참 고민한 끝에 물었다. 사실은 아주 짧은 시간일 수도 있다. 상대방이 어떤 말을 하면 특정한 반응을 한다. 기억도 나지 않는 어린 시절, 능숙하게 대화를 할 수 있게 되면서부터 몸에 익혀온 것들이다. 너무 자연스러워서 의식하지 않고 하게 되는 말들, 행동들. 그게 잘 되지 않았다. 모처럼 꺼내 찬 팔찌가 팔목에서 거치적거리는 것처럼, 한 마디 한 마디가 어색하고 삐거덕거렸다.

나 요리한다! 너 요리해 본 적 있어?

나는 이럴 땐 웃으며 놀라줘야 한다는 걸 떠올렸고, 그렇게 했다. 세영이는 깔깔대고 웃으며 냄비에도 여러 종류가 있다거나, 국자도 세 가지, 프라이팬도 크기 별로 구입했다거나 하는 이야기를 늘어놓았다. 이곳에 온 지 몇 달 지나지도 않았는데 달에서의 일은 까마득하게 멀게만 느껴진다. 나는 세영과 대화하는 게 아니라, 두 사람이 대화하는 그다지 재미있지 않은 영화를 맥없이 틀어놓고 있는 것 같았다.

정민 씨 소식 들었어?

이건 반칙이야. 나는 커피가 옆에 있다는 사실에, 잠시 시선을 피할 핑계가 있다는 점에 안도하며 생각했다. 이제 겨우 대화에 익숙해져 가고 있었다고. 어느 시점에서 웃으면 되는지, 어느 지점에서 그냥 고개를 끄덕이기만 하면 되는지 말이야. 갑자기 이렇게 나오면 안 되잖아.

"아니."

궁금하지 않아?

네게 무슨 일이 생겼다. 좋은 일인지, 나쁜 일인지는 들어보면 알 수 있을 거다.

"아니."

세영이는 실망한 기색을 감추지 못하더니, 몇 가지 더 시시콜콜한 이야기를 하다가 요금이 너무 많이 부과되겠다며 화면에서 사라졌다.

나는 커피잔을 들었다. 잔을 기울였지만 아무것도 입 안으로 들어오지 않았다. 아까 마시려고 입에 가져갔을 때도 빈 잔이라 그냥 내려놨던 걸 기억해냈다.

궁금했다. 물어보고 싶었다. 하지만 그렇게 하지 않았다. 지나간 일이니까, 이제 정리해야 하니까. 아니, 내가 묻지 않은 건 그래서가 아니다. 그 말을 했을 때 내 반응이 보고 싶어서, 그 비싼 요금을 감수하며 날 찾은 세영이 때문이었다. 기습하듯 물어 내 반응을 살피던 얼굴 때문이었다. 그저, 그 순간 그 애의 호기심을 충족시켜 주고 싶지 않았다.

민, 나는 네 이름을 말했다. 큰소리는 아니었지만 아주 작게 말하지도 않았다. 의자에 기대 앉아 있었기 때문에 그럴 필요가 없었다. 화면이 바뀌고 네 아바타가 모습을 나타냈다. 그날 네 아바타는 기운 없이 축 처져 있었다. 한참을 그러다가 고개를 들더니 회사 동료가 사고를 당해 병원에 다녀왔다고 말했다. 그 한 마디만 하고 다시 고개를 숙였다. 더 이상 움직이지 않았다. 나는 팔목을 들고 다시 네 이름을 말했다. 네가 화면에 나타났다.

왜?

나는 네가 흔히 하는 안녕, 이라거나 하는 말을 했으면 좋겠다고 생각했다. 하지만 그때는 그런 걸 때질 여력이 없었다.

"저기…… 뭐 안 좋은 일 있나 해서……."

너는 한숨을 쉬었다. 짜증 섞인 한숨이었다. 너는 내가 세상에서 제일 어이없는 소리를 하기라도 한 듯 말했다.

트리에 다 써놨잖아?

그렇게까지 말할 필요는 없었을 텐데……. 그래, 나는 구체적으로 어떤 사고를 당한 건지, 얼마나 가까운 사람인지, 병원에 갔더니 어땠는지, 네게 자세한 이야기를 듣고 싶었어. 하지만 그건 저열한 호기심 따위가 아니었어. 내게 이야기하면서 네가 위로받기를 바랐어. 널 위로하고 싶었어. 우린 서로에게, 그럴 수 있다고 사람들이 흔히 생각하게 되는 그런 사이였잖아.

나는 한 번도 네 트리에 방문한다고 이야기한 적이 없어. 거기에 내 아바타를 보낸 적도 없지. 하지만 너는 내가 네 레몬트리에 자주 온다는 걸 알고 있었을 거야. 그걸 그런 식으로 우습다는 듯 표현할 필요까진 없었잖아.

너도 그렇게 느꼈니? 내가 너와 가깝다는 걸 증명하고 싶어서 물어보는 것 같았어? 아니야, 넌 그런 게 아니라는 걸 알고 있었어. 넌 알아야 했어.

나는 달에서 떠나기 전, 갑작스런 내 결정을 전해 듣고 연락하는 지인들을 매정하게 내쳤다. 상처받아 본 사람만이 타인의 상처를 이해한다는 건 거짓말이다. 상처받아 본 사람은 타인에게 상처 입히는 법을 안다.

무릎을 의자 위에 올리고 머리를 묻었다. 제발, 이제 그만 울고 싶었다.

이 일을 아무리 오래 해도 시신들에는 익숙해지지 못할 것 같다. 특히 아이들의 시체 말이다. 까맣게 타버려서, 남자앤지 여자앤지는 알 수 없어도 아이라는 건 알 수 있다. 이제 막 걸음걸이를 시작했을 아이들, 유치원에 입학했을 아이들, 말도 제대로 못했을 아이들.

시신처리반이 생긴 건 대부분의 우주조종사들이 시체를 견디지 못했기 때문이다. 기계손이 시체를 내동댕이치고, 컴퓨터 부품, 도자기와 유리 그릇 따위를 정성스레 모으는 걸 본 조종사들 중 많은 수가 위약금을 물고 일을 그만뒀다. 달에는 매장 풍습이 없다. 지구는 인구가 폭발해 산 사람들이 살 집이 모자라도, 묘지들은 굳건히 제자리를 지켰었다. 달은 지구의 선례를 따르지 않았다. 모든 시신은 화장되어 우주에 뿌려진다. 하얗게 흩날리는 재는 아름답다. 저렇게 뭉그러진 모습은 죽음이 아니다.

지구환경보존협회는 대책을 마련해야 했다. 그들은 시신만 처리할 우주조종사를 뽑았다. 시신 처리반은 시신을 인수받아 발견 장소와 성별, 대략의 나이를 적은 기록을 남기고 화장해 우주에 뿌려준다. 장례식을 치른다고 해서 시신을 보지 않을 수 있는 건 아니다. 그런데 왜 그 사실이 위안을 주는 걸까?

나는 시신을, 부서지고 조각난 사람의 육신을 거두었다. 조용한 목소리 7번이 시신보관함이 다 차, 태우 선배에게 만날 장소와 시간을 정해달라고 메시지를 보냈다는 사실을 알렸다. 태우는 바로 답신을 보냈다.

다음 날 아침 7시, 그는 정확히 약속한 시간에 왔다. 태우 선배는 조종학교 먼 선배이자 내 조종 강사였다. 그는 기록에 남을 만큼 뛰어난 조종사는 아니었지만 가장 잘 가르치는 사람 중 하나였다. 5년 전 은퇴해 자연스레 잊고 지낸 그가 지구에 갔다는 이야기를 들었을 때는 조금 이상하다고 생각했다. 그는 돈에 조종술을 팔 사람이 아니었다. 그래, 몇몇 조종사들은 지구환경보존협회와 계약하는 것을 가리켜 조종술을 판다고 말한다. 그가 시신 처리반에서 일한다는 말을 듣자 더 이상한 생각이 들었다. 시신 처리반은 숙련된 조종사의 세 배에 해당하는 연봉을 받는다. 그만큼 자원하는 사람이 없기도 하고, 유물을 찾았을 때 생기는 부수입이 없기 때문이기도 하다.

가끔, 지구환경보존협회에서 처음에 조종사가 잘 구해지지 않는다는 이유로, 그렇게 높은 연봉을 부르지만 않았어도, 일이 이렇게 어렵게 되지는 않았을 거라는 생각을 한다. 모험으로 받아들여질 수도 있는 일이 돈을 위한 일이 되었다. 우주조종사는 엄격하게 선발된 사람이 고도로 훈련된 뒤에 받을 수 있는 명칭이다. 조종사는 돈에 연연해서는 안 된다는 암묵적인 협약이 있었다. 어떤 이들은 인류는 필연적으로 예술을 필요로 하며, 예술가가 없는 달에서 조종사를 예술가로

승화시켰다고 말한다. 나는 잘 모르겠다. 나는 우주가 좋아서 조종사가 되었을 뿐……, 그래…… 그뿐이다.

문득 내가 조종사가 된 걸 진심으로 잘 한 일이라고 생각한 때가, 다음 지시를 기다리며, 조종실의 모든 불을 꺼놓고 우주를 바라보던 순간이라는 걸 기억해 냈다. 그건 조종기술과도 먹고 사는 것과도 아무런 상관이 없는 데도 말이다. 어쩌면 사람에게 가장 중요한 건, 삶에서 가장 중요해 보이지 않는 것에 있는지도 모른다.

나는 태우 선배에게 인사했다. 그는 형식적으로 받고는 바로 일로 들어갔다. 변하지 않았다, 라고 생각하며 나는 속으로만 살짝 웃었다.

태우 선배의 기계손이 시신보관함의 열린 문을 통해 들어왔다. 처음에 나는 이 일이 두 시간이면 끝날 줄 알았다. 내 생각은 보기 좋게 빗나갔다.

태우 선배의 기계손은 느리고 조심스럽게 안으로 들어왔다. 기계손은 작지 않다. 한 번에 몇 사람이고 움켜쥘 수 있다. 그는 그러지 않았다. 그는 아이의 시신 하나만 두 손으로 부드럽게 가져갔다. 그리고 또 다른 아이, 여자의 시신, 썩은 다리 하나.

그 다리를 시신보관함에 넣을까 말까 망설였었다. 시신이라고 부르기엔 부족했다. 하지만 그냥 내버려두기도 뭣했다. 만일 주변에 다른 시신들이 더 있지 않았다면 못 본 척 넘어갔을지도 모른다. 태우 선배는 내가 다른 시신을 모으는 김에 집은 다리 하나를 온전한 시신을 다룰 때 그러했듯이 공손하게 가져갔다. 나는 시신보관함에 시신들이 어떻게 쌓이는지 본 적이 없었다. 하지만 태우 선배는 절대 나처럼 쌓아놓지 않을 거라는 걸 직감했다. 작업은 한밤중이 되어서야 끝났다.

그는 짧게 인사하고 그들을 보내주기 위해 하늘로 올라갔다.

나는 부끄러웠다.

조종학교를 차석으로 졸업하던 날, 교장이 졸업장을 건네더니 물었다. 제일 존경하는 조종사가 누구지?

그때 나는 태우 선배라고 대답하고 싶었다. 제목은 잘 기억나지 않지만, 어렸을 때 본 지구소설 중 '그에게서는 바다 냄새가 났다.'라는 구절이 있었다. 지구 체험관에서 바다 냄새를 맡아본 적은 있지만, 바다 냄새가 나는 사람이라는 건 상상하기 어려웠다. 바다 냄새라는 건 그다지 맡기 좋은 냄새가 아니었다. 오랜 시간이 지나 우주사관학교에 들어와 태우 선배를 보며 그 구절을 이해했다. 그에게서는 우주 냄새가 났다. 그는 땅에 발을 딛고 있을 때보다, 지상에서 수십 킬로미터 떨어진 곳에 있을 때 빛이 나는 그런 사람이었다. 막연하게 그를 동경했었다. 내가 조종간을 잡고 있을 때도 그런 분위기가 나길 바랐었다. 바로 조금 전까진 까맣게 잊고 있었지만 말이다.

커피를 타서 관측실로 갔다. 낮도 밤도 없이 거무스름한 지구의 하늘에서 별 같은 건 볼 수 없지만, 그래도 그 방에서 불을 끄고 있으면 괜히 마음이 편해지곤 했다. 담배를 피울 수 있는 유일한 방이기도 했다. 물려받지 말았어야 할 지구의 악습 1순위로 꼽히는 그것 말이다.

아주 조용할 때면, 숨을 들이마실 때마다 종이와 담배가 타 들어가는 소리를 들을 수 있다. 고요함, 평온함, 이런 단어들이 나를 채우는, 이런 순간에조차 네가 치밀어 올라 마음을 찢어놓는다.

그날 너는 나를 눕히고 가만히 내려다보다가 이마에 입술을 가져다 대었다. 눈썹과 눈썹 사이에, 양 눈두덩에, 코끝에, 그리고 마지막으로 아끼고 아껴두었던 것처럼 내 입술에 네 입술을 포갰다. 부드럽고 긴 입맞춤이었다. 너는 셔츠 위에서 오래도록 내 가슴을 어루만졌다. 충분한 시간이 지났다는 생각이 들어서야 너는 내 셔츠 단추를 풀었고, 네 손이 내 가슴에 닿았다.

마침내 너는 긴 한숨을 토하며 내 위로 쓰러졌다. 너는 나를 향해 한 팔을 내밀었다. 나는 네 팔에 목을 올렸다. 너는 우리가 마지막으로 잔 날 이래, 너에게 있었던 소소한 일들을 이야기했다. 그리고 나는 어떻게 지냈느냐고 물었다. 나는 생각나는 몇 가지 일화를 이야기했다. 너는 고개를 끄덕이거나 맞장구를 쳤고, 작게 웃기도 했다. 어느덧 화제가 떨어졌고, 침묵 속에서 네 숨소리가 고르고 안정되어 갔다. 나는 잠들지 않기 위해 노력했다. 밤새도록 잠들지 않고 널 바라보고 싶었다.

생각이 멈춰지질 않는다. 나는 그만 두려고 한다. 하지만 그럴 수가 없었다. 나는 다리를 당겨 무릎을 끌어안고 소리죽여 울었다. 한동안 너로 인해 울지 않았었다. 감정이 북받쳐 올라 제어가 되지 않았다. 나는 그냥 울도록 나를 내버려두었다. 다른 방법이 없었다.

놀랍게도 울고 나니 후련해졌다. 예전에는 그렇게 울고 나면 오히려 더 비참한 기분에 휩싸이곤 했다. 울었다는 사실에 화가 났었다. 하지만 이번엔 달랐다. 나는 시원하게 코를 풀고, 식어버린 커피를 단숨에 마시고 샤워를 했다. 침대에 눕자마자 꿈도 꾸지 않는 깊은 잠에 빠졌다.

이 아파트 단지를 발견했을 때 내가 한 생각은 여기저기 돌아다니지 않고, 여기만 해체하는 데도 1년은 걸리겠구나, 였다. 단지 그 이유로 눌러앉았는데, 커다란 건물을 해체하는 일은 제법 재미있었다. 시멘트는 버리고 철근과 쇳조각은 모은다. 텔레비전, 컴퓨터, 냉장고, 세탁기 등 가전제품 중 형태를 알아볼만 한 건 일단 다 수거한다. 소파와 침대에서도 천은 버리고 스프링은 모은다. 불에 타는 것들이 어느 정도 모이면 모두 태운다. 타지 않는 것들이나 유독가스를 배출하는 것은 한 곳에 묻는다. 환경론자들이 뭐라고 부르든 간에 우린 이걸 그냥 청소라고 한다.

그렇게 하나를 해체하고 나면, 다음 건물로 이동해 같은 걸 반복한다. 놔둬도 기계손들이 알아서 잘 하지만 종종 수동모드로 바꿔 직접 한다. 가만히 보는 것보다 시간이 잘 가기도 하고 무엇보다 더 깔끔하게 되기 때문이다. 보기 흉하게 널브러져 있던 건물이 하나 둘 사라진다. 하지만 대지가 입은 손상, 시커멓게 변한 하늘만큼은 어쩔 수 없다. 정말로 저 곳에서 누군가, 아니 많은 사람들이 걷고, 숨 쉬고, 웃고, 떠들고, 싸우고, 사랑하고, 먹고, 잠이 들었었을까? 돔 없이 하늘을 바로 보고, 광고들이 어지럽게 불을 밝히는 반구형 통로를 따라 가지 않고, 마음대로 걷는다는 건 어떤 느낌이었을까?

바닥에서 지지대를 뽑아내자 시커먼 것들이 기계손으로 달려들었다. 그것들이 치고 간 건 카메라지, 내가 아님에도 마치 내가 맞기라도 한 것처럼 놀라 뒤로 물러섰다. 심장이 거세게 움직였다. 기형이 된 동물들이었다. 대부분이 원래는 쥐였던 것들이라고 한다. 지구에 오기 전 교육을 받으며 영상으로 물리게 봤는데도 직접 본 충격은 작지 않았다. 뭘 먹고 사는지도 모른다. 그저 자기들끼리 잡아먹는 게 아닌가 막연한 추측만 할 뿐이었다. 나는 놀란 가슴을 가라앉히고 작업을 마무리 지었다. 대지에 흉한 구멍이 뚫렸다.

언젠가 지구에 다시 사람이 살 수 있을까? 기상학자들인 지구의 대지가 정화되기까지 수백 년은 걸릴 거라고 말했다. 수백 년 안에만 되어도 기적처럼 느껴질 것 같다.

달에서 정기 통신이 들어왔다. 발견 목록에 대한 답신이었다. 자리를 옮겨 좀 더 쓸 만한 게 나올 곳을 찾아보라는 권고였다. 이 사람들 눈에는 저런 건 보이지도 않겠지? 다른 대안이 없어 먹을 수밖에 없는 유전자 변형 식품이 최근 늘어나는 기형아의 원인이냐, 아니냐 말이 많은데, 이 사람들은 불에 타다 만 그림쪼가리 외에는 보이는 게 없는 걸까? 여기에 쏟아 부을 돈의 반만 대기정화에 써도 지구는 훨씬 빨리 회복될 거다. 그럼 지구에서 제대로 된 식량을 생산할 수 있을지도 모른다.

권고는 권고일 뿐 강제가 아니다. 결정을 내리기 위해 모선을 조종해 하늘로 올라갔다. 위에서 내려다보고 깜짝 놀랐다. 어느덧 반 이상이 정리되었다. 건물의 잔해가 치워진 곳에 시커먼 구멍만 보일 뿐이다. 비가, 바람이, 눈이 구멍을 메우겠지. 어쩌면 다시 식물이 자랄 수 있을지도 모른다. 나는 이곳을 떠나지 않기로 결정했다. 부지런히 하면 계약 기간 만료 전에 이 단지는 말끔하게 마무리할 수 있을 것 같았다. 그냥 그러고 싶었다. 작은 완결을 짓고 싶었던 건지도 모른다.

지구에 온 우주조종사들 간의 통신 채널에서 다른 사람이 작업하는 구역에 대한 이야기를 들었다. 쥐 비슷한 동물을 봤다는 사람들이 몇 있었다. 사람이 엎드린 정도의 크기도 있었다고 한다. 몇몇이 기록을 틀어달라고 했다. 굳이 보고 싶지는 않아 인사를 하고 채널을 나왔다.

커피를 뽑는데 문득 오래도록 널 생각하지 않았다는 걸, 네가 갑자기 파고들어 날 괴롭히지 않은 지 한참 되었다는 걸 깨달았다. 이젠 꺼내 봐도 상관없을 것 같아 너와의 추억이 들어 있는 상자를 꺼냈다. 상자는 진짜 나무처럼 생겼다. 안에는 초콜릿이 들어 있었다. 그래, 기억난다. 그날은 네 생일이었다. 나는 전부터 너와 함께 가고 싶던 인도 레스토랑 강가에 가기로 했다. 가는 날이 장날이라고 전산에 오류가 발생해, 사람들이 직원의 안내를 기다리며 길게 줄지어 있었다. 예약자 명단을 기억하는 사람이 없었기 때문에, 우리도 기다려야 했다. 나는 잠시 화장실에 다녀왔다. 그동안 우리 뒤에 줄이 늘어졌다. 나는 네 뒤에 섰다. 뒤에 있던 여자가 짜증을 냈다.

"저기요, 지금 새치기 하셨거든요?"

나는 당황해서 너와 일행이라고 했다. 여자는 못 믿겠다는 듯 우리를 노려봤다. 마침내 자리를 배정받았다. 너와 함께 앉았지만, 그 여자는 어디 있는지 보이지 않았다. 점원이 음식을 내오며 오늘이 인도 강가우 축제날이라고 했다.

"결혼과 관련한 큰 축제예요. 인생의 동반자를 구하는 축제라서 젊은이들이 가장 좋아하죠. 두 분 연인이시죠?"

나는 그 말에 아까 일은 잊고 기쁘게 고개를 끄덕였다. 점원은 오늘 손님 중 연인들에게만 드리는 거라며 이 상자를 주었다. 안에는 초콜릿이 들어 있었다.

"두 분, 즐거운 시간 되세요."

점원은 처음과 달리 어색한 얼굴로 자리를 떠났다.

나는 쓰게 웃었다. 어떻게 그렇게 멍청할 수가 있었을까? 넌 언제나 그랬지. 같이 영화를 보러 가서도 낯선 사람처럼 굴었어. 너랑 영화를 보러 가면, 나는 커플석에 앉아서도 손잡이를 단단히 잡곤 했어. 화면에 맞춰 자리가 움직여, 보통 자기 연인에게 매달리는 바로 그때 말이야. 넌 한 번도 커플석에서 내게 팔짱을 낀 적이 없어. 마치 우연찮게 같이 앉게 된 것처럼 생뚱하니 앉곤 했지. 내 뒤에 섰던 여자가 짜증을 낼 때도, 직원이 커플이냐고 물을 때도 못 들은 척했던 것처럼 말이지.

나는 상자를 열었다. 상자 안에는 밸런타인데이 때 함께 간 극장에서 나눠 준 종이학이 들어 있었다. 지구에서는 종이학 천 마리를 접으면 소원이 이뤄진다고 믿었다고 했다. 진짜 종이로 학을 천 마리나 접을 생각을 하다니. 나무가 넘쳐났을 때 이야기다.

그러고 보니 우리, 생일도 챙기고 밸런타인데이 때도 만났었구나. 나는 서글픈 미소를 지었다. 상자 안에 들어 있는 건 그게 전부였다.

이게 전부라고?

나는 당황스러웠다. 달을 떠난 후 한 번도 열어본 적이 없던 상자, 이 안에 들어있던 게 정말로 합성종이로 만든 학 몇 마리가 전부였어? 그걸 그렇게 애지중지하며 여기까지 들고 온 거야? 노여움이 온몸을 휘감고 돌았다. 그래, 난 그렇게 어리석고 멍청했어. 너는 늘 그런 식이었는데도, 남처럼 무뚝뚝하니 앉은 걸 보면서도 점원이 연인이라고 알아봐줘서, 비싼 초콜릿을 얻어서 마냥 좋다고 헤실헤실 웃었었지. 별 것도 아닌 상자 하나, 그 안에 든 유치찬란한 색의 모조 학들을 뭐 대단한 거라도 되는 양 여기까지 들고 올 정도로, 그래, 난 그렇게 멍청하고 한심해. 남들은 이런 건 잠깐 가지고 있다가 청소할 때 버리지.

아니야!

나는 고함을 지르고 싶은 걸 눌러 참았다. 내가 집착이 강한 성격이라, 사소한 물건 하나 못 버리는 소심한 성격이라 이걸 이렇게 귀하게 여겨온 게 아니야. 네가 남겨준 게 이것밖에 없었기 때문이야. 너는 이보다 더 좋은 걸 내게 남겨줄 수도 있었어. 함께 찍은 영상 하나쯤 남겨줄 수 있었다고. 영상첩을 열면, 한 때는 친구라고 불렀지만 이름도 기억나지 않는 얼굴들이 가득해. 그런 건 그냥 스쳐지나 가는 사람들끼리도 하는 거야. 그다지 어려운 게 아니니까. 아주 잠깐 웃으면 돼. 마주보고 웃고, 몇 마디 이야기하고, 그 순간을 저장하는 거야. 정말 간단한 거라고. 넌, 네 모든 통신시설에 보안을 걸어서 내용을 저장하지 못하게 했지. 보통 연인들에게는 푸는 보안에, 너는 예외를 만들지 않았어. 그래서 나는 네가 화면에서 사라지고 나면 다시는 널 볼 수 없었지. 내가 네 영상을 조금 소유하고 있다고 해서 큰일 나는 것도 아닌데 말이야.

너는 네가 무심할수록 내게 영향력을 행사한다고 생각했지. 아니야, 그렇지 않아. 너는 내게 다정하면서도, 내게 힘을 가질 수 있었어. 단지 너라는 것만으로도 내게 원하는 모든 걸 취할 수 있었어. 그걸 놓친 건 너야. 그걸 뿌리친 건 너야.

팔꿈치로 상자를 쳤다. 색색의 모조 학들이 흩어졌다. 나는 화들짝 놀라, 하나라도 놓칠까 학들을 주워 구겨지지 않도록 조심조심 펴서 있던 자리에 넣었다. 숫자를 세보고 이게 원래 열 개였는지, 열한 개였는지 한참 머리를 굴렸다. 도대체 이게 무슨 짓이야? 나는 쭈그리고 앉아 침대에 머리를 묻고 울었다. 조금도 후련해지지 않는, 울고 나서 더 참담해지는 그런 종류의 울음이었다.

내가 하는 일이라는 건 고작해야 백사장에서 모래를 하나 옮기는 것에 불과할지도 모른다. 아니, 틀림없이 그렇다. 지구에 이런 아파트 단지가 몇 개나 될까? 셀 수나 있을까? 이보다 더 큰 것도 있을 거고, 작은 것도 있겠지. 상가들, 주택가들, 빌딩가들도 있겠지. 언젠가 지구가 다시 파래질 수 있을까? 영화에서 본 것처럼 사람들이 맨 하늘을 바라볼 수 있을까?

지구에서 만들어진 영화를 보다가 "숨 쉴 때마다 돈이 들어." 라는 대사를 듣고 깜짝 놀랐었다. 한참 후에야 그것이 비유적인 표현이라는 걸 깨달았다. 지금 지구는 영화 속에서보다 더 비현실적이다. 사람들은 지구의 하늘이 푸르고 아름다웠다고 한다. 달은 인공돔 안에 하늘을 홀로그램으로 깔았을 뿐이지만, 지구 하늘이 더 아름답다는 생각은 안 든다. 내가 본 지구 하늘이라는 게 영화나 사진 속에서 본 게 전부긴 하지만 말이다. 실제로 보면 무언가 다를까? 돔 없이 살면 더 편할까? 공기세를 내지 않아도 되니 좋겠지. 하지만 그게 정말 어떤 건지는 상상이 잘 되지 않는다.

오늘은 일하기가 지겨운 날인가 보다. 가끔 그럴 때가 있다. 잠시 쉬기로 했다. 침실로 가서 차가운 바닥에 일자로 누웠다. 가끔 머리가 멍할 때면 그렇게 한다. 찬 기운이 몸에 스며들도록 반듯하게 누워 팔을 위로 뻗었다. 손끝에 이물질이 걸렸다. 구릿빛 커다란 단추였다. 청소붓이 어쩌다 놓친 건지 모르겠다. 나는 단추를 살폈다. 가운데에 독수리 문양이 있었다. 내 건 아니었다. 난 이런 단추가 달린 옷이 없다. 전임자의 물건인가? 기분이 찜찜했다. 분명 낯익은 물건이었다.

아무 생각 없이 책상 구석에 있는 상자를 열었다. 머리는 잊어도 몸은 기억하나 보다. 단추가 상자 안으로 들어가는 순간, 이 단추가 어디서 온 건지 기억났다. 이건 네 코트에 있던 단추였다.

군복처럼 생긴 카키색 코트였다. 네가 그 코트를 입은 걸 보는 게 좋았다. 근사했고 너에게 잘 어울렸다. 나는 네가 샤워하는 동안 네 코트를 만지작거렸다. 샤워를 하고 나오면 너는 이 코트를 입고 가겠지. 코트 소매 단추가 떨어질 듯 덜렁거렸다. 한 번도 바느질을 해 본 적이 없는데, 바늘 같은 건 영화 속에서나 봤는데도, 문득 네 단추를 달아주고 싶다는 생각이 들었다. 설사 내가 단추를 달 줄 안다고 해도 네가 샤워를 마치고 나오기 전까지 달 수 있을 것 같지 않다. 달아 놓는다고 해도 넌 고마워하지도 기뻐하지도 않을 거다. 괜한 짓을 했다가 혼자 마음 상하고나 말겠지.

충동적으로 단추를 당겼다. 금방이라도 떨어질 것 같더니 의외로 단단했다. 가위를 가지고 와 실을 자르고 실밥을 모두 뜯어냈다. 넌 알아차리지 못할 거야. 알아챈다 해도 어디서 잃어버렸는지는 절대 모를 거야.

단추를 주머니에 감췄다. 심장이 미친 듯이 뛰었다. 너는 샤워를 마치고 나와 옷을 입었다. 팬티를 입고, 청바지에 다리를 넣고, 폴라에 머리를 밀었다. 거울을 보고 옷매무시를 다듬고 코트에 팔을 꿰더니 단추를 잠갔다. 소매에 단추가 없는 건 눈치 채지 못했다. 나는 네 소매 코트에 자꾸 눈이 갔다. 종종 놀랄 만큼 내 감정을 예민하게 알아채던 네가 이번에는 모르고 지나쳤다. 나는 어색하게 웃으며 잘 가라고 말했다. 너는 짧게 대답하고 떠났다.

나는 단추를 꺼내 만지작거리다가 상자에 넣고 뚜껑을 닫았다. 기뻐서 심장이 뛰었었다. 바보 같다는 건 알지만, 그래도 기뻤다. 그 단추를 가진 것으로 너를, 그 코트를 입은 널 갖기라도 한 것처럼 말이다. 인공태양 조절 기간 내내 너는 몇 번 더 그 코트를 입었지만 단추가 있던 자리는 계속 비어 있었다.

그 일을 잊고 있었다는 게 놀랍다. 나는 쓰게 웃고는 상자를 눈에 띄지 않는 곳에 치웠다.

나는 6개월 계약으로 와서, 한 번 연장했다. 이제 보름 후면 계약이 만료된다. 다시 연장할 생각은 들지 않았다. 아파트 단지도 얼마 남지 않았다. 마저 정리하고 가려면 서둘러야 했다. 작업 시간을 늘려 일에 몰두했다. 그러다보니 어느새 달랑 한 채밖에 남지 않았다. 한 채라고는 해도 24층짜리 건물이다. 나는 속도를 늦추기로 했다. 지금처럼 하면 다 해체한 후 이삼 일은 남을 것 같다. 그냥 시간을 보내기도 애매하고, 다른 곳을 찾기도 빠듯하다.

달에 돌아갈 생각을 하자 문득, 달 친구들은 어떻게 지내는지 궁금해졌다. 지구에 온 이후 처음으로 사서함에 들어갔다. 상상도 못할 만큼 엠메일들이 쌓여 있었다. 최근에 온 건 무슨 일인지 걱정하는 게 대부분이었고, 그 밑으로 내려가자 왜 이렇게 확인도 안 하고 답도 없느냐고 화를 내는 게 보였다. 미안했다. 기쁘기도 했다. 내 주위에 이렇게 사람이 많았구나.

느리게 숨을 가다듬었다. 네 이름이 보였다. 넌 한 번도 나에게 메일을 보낸 적이 없다. 너는 네 영상이 누군가에게 저장되는 걸 싫어한다. 혹은 내가 모르는 다른 이유가 있거나.

나는 다른 메일들을 먼저 훑었다. 집중이 되지 않았지만 일일이 읽고 곧 돌아간다고 답변도 보냈다. 네가 보낸 메일이 한 통 더 있었다. 모든 메일들을 다 열어보고, 답신을 보내야 하는데 빠진 게 없는지 다시 한 번 확인했다. 심호흡을 하고 네 첫 번째 메일을 열었다.

너는 머리를 조금 길렀다. 검은색 와이셔츠에 연보라색 타이를 메고 있었다. 내가 사준 타이였다. 일부러 그 타이를 멘 걸까? 혼란스러웠다.

뭐냐, 갑자기 말도 안 하고 지구환경보존협회라니.

너는 무언가 다른 말을 하려는 듯 하다 말을 바꾸는 것 같았다. 아닐 수도 있다. 너는 시선을 약간 밑으로 하고 **돌아오면 연락해라.**라고 말했다. 그리고 바로 끊겼다. 어쩌면 넌 이걸 보낸 걸 후회했을지도 모른다. 내가 떠난 지 꼭 두 달 만에 보낸 메일이었다. 두 번째 메일은 한 달 전이다.

아직도 안 온 거냐. ⋯⋯열심히 해라. 잘⋯⋯ 지내고.

너는 잠시 날 응시했다. 네 입장에서는 카메라였겠지. 그리고 끊겼다. 너는 늘 보호 장치를 사용했기 때문에 나는 너와 통화할 때도 통화내역을 저장할 수 없었다. 너는 영상메시지를 보내는 일 같은 건 절대 하지 않았었다. 그래서 난 전에는 나를 위한 네 영상을 다시 볼 수 있었던 적이 없다. 리플레이, 나는 작게 말했다. 같은 말이 반복되었다. 네 귀에 처음 보는 귀걸이가 걸린 것도 보였다.

네 영상을 하나쯤 갖고 싶다고 생각한 적이 있었지. 미치도록 널 원했을 때. 하나쯤 널 보고 싶을 때마다 열어볼 수 있는 걸 갖고 싶다고 말이야. 이 세상의 많은 연인이 그러하듯이. 그래, 그랬던 적이 있었다.

나는 네게 아무 말도 하지 않고 떠났다. 봤지? 나도 네게 무심할 수 있어. 나도 널 떠날 수 있어. 그간 무심했던 네게 앙갚음을 하고 싶었는데, 성공한 것 같네.

아니다. 사실은 그래서가 아니다. 이번 기회가 아니면 널 영영 떠나지 못할 것 같아서, 네가 말하다가 다시 주저앉을까봐, 그래서 말하지 못했다.

아니, 정직하게 말하건대 그것도 사실이 아니다. 그 이유라면 좋았을 텐데. 바로 그래서라면 정말 좋았을 텐데, 이곳에는 나밖에 존재하지 않는다. 아무도 모를 텐데, 나는 이 멀리까지 도망쳐 와서도, 나 자신에게 솔직하지 못하다. 나는 눈을 감고 깊게 심호흡을 했다. 그리고 인정했다.

나는 두려움 때문에 아무 말도 하지 못했다. 네가 아무 말도 하지 않을까봐. 네가 왜 가는지, 언제 오는지 묻지 않을까봐. 네가 왜 그런 이야기를 나에게 하느냐는 얼굴을 할까봐. 그래서 말하지 못했다. 그것만은 견딜 수 있을 것 같지 않았다. 그것까지 감당할 자신은 없었다.

나는 해물전골을 준비하고 있었다. 준비되고 손질된 걸 구입한 게 아니라 재료를 모두 따로 샀다. 신선하고 비싼 재료들이었다. 나는 네가 해물전골을 좋아하는지 어떤지 모른다. 나는 네가 뭘 좋아하고 싫어하는지 모른다. 당연한 일이다. 네가 이야기해 준 적이 없기 때문이다. 한 번, 너에게 어떤 음식을 좋아하는지 물어본 적이 있는데 너는 대답하지 않았다. 배추를 씻고 자르는 건 할 만했다. 대파를 써는 것도 별 것 아니었다. 고추를 반으로 잘라 씨를 털었다. 잘 털리지 않았다. 조리예시를 다시 돌려봐서야 가로가 아니라 세로로 썰어야 한다는 걸 알았다. 시간이 점점 가고 있었다. 네가 올 시간이 얼마 남지 않았다.

물이 끓었다. 조개를 넣었다. 속으로 10초를 세고 구멍이 숭숭 뚫려 있는 국자로 건졌다. 먹을 때 쓸 국자도 따로 샀었다. 국자에 이렇게 많은 종류가 있는 줄 몰랐다.

7시 15분전입니다.

너는 십오 분이 지나면 온다. 마음이 급해졌다. 마늘을 찧는다는 게 손을 찧었다. 이제 오징어만 다듬으면 된다. 오징어에 박혀 있는 투명한 뼈를 당겼다. 껍질을 칼로 벗기라는데 잘 벗겨지지 않았다.

7시 5분전입니다.

벌써 십 분이 지났다고? 나는 칼에 힘을 줬다. "악!" 나는 이를 악물었다. 칼날이 손등을 치고 지나가 오징어 껍질이 아닌 내 손등을 밀었고, 젖은 손에 삽시간에 붉은 물이 들더니 오징어까지 벌겋게 물들었다. 화가 났다. 이런 걸 어떻게 먹으라고 내놓느냔 말이다. 치료봇을 작동시킬 수도 있지만 너무 오래 걸릴 거다. 나는 연고를 대충 바르고 붕대를 손에 감았다. 응급처치를 고급과정까지 마스터했는데도 마음이 급하니 다 소용이 없었다. 나는 오징어를 물에 헹궈 핏기를 없앴다. 껍질을 벗기는 건 포기하고 자른 후 칼집을 냈다. 힘을 조절하는 게 쉽지 않았다. 칼집만 내야 하는데 자꾸 썰렸다.

시간이 됐는데, 네가 곧 올 텐데, 다친 손은 뜻대로 움직여주지 않았다. 속상했다. 울고 싶었다. 널 기쁘게 해줘야 하는데, 네가 문을 열고 들어왔을 때, 주방에서 매콤하고 식욕을 돋우는 해물찜 냄새가 풍겨야 하는데. 시간 안에 요리를 마쳐야 하는데.

지금의 난 그때의 나를 이해한다. 내게도 무언가 필요했다는 걸. 널 위해서만이 아니라 날 위해, 내 감정을 위해. 나도 네게 무언가 해줄 수 있는 게 있어야 하잖아. 무엇이 되었든 간에 나도 네게 줄 수 있는 게 있어야 하잖아. 넌 그냥 받아주기만 하면 됐는데. 그냥 알아주기만 해도. 만드느라 힘들었겠다, 맛있어, 그러기만 하면 족했는데. 아니 그저 한 번 웃어주기만 했어도.

너는 늘 그렇듯이 늦었다. 영상처럼 근사한 모양은 아니었어도, 그럭저럭 먹을 만한 해물전골이 다 완성되었을 때 벨이 울렸다. 나는 기뻤다.

너는 내가 아무리 예쁘게 꾸며도, 새로 산 속옷을 입어도 단 한 번도 알아채는 기색을 보인 적이 없다. 그래서 난 손에 난 상처에도 신경 쓰지 않았다. 나는 거울을 보고 머리를 매만지고 문을 열었다. 너는 내가 좋아하는 바로 그 카키색 코트를 입고 왔다. "어서 와." 나는 말했다. 네가 들어오자 나는 문을 잠갔다. 너는 내 손을 잡았다. 거짓말을 할 수 없는 순간이 있다. 예상치 못한 질문을 받았을 때, 상대가 눈을, 눈 속 깊은 곳을 바라보며 물을 때 같은 경우. 바로 그렇게 날 보며 네가 물었다.

"이거, 나 때문에 그런 거야?"

오해와 진실은 때로 발음과 글자모양 차이에 불과하다. 내가 아무 말도 하지 못한 건 그 때문이다.

"구급상자 어디 있어?"

내가 일어서려 하자 너는 내 어깨를 부드럽지만, 분명하게 눌렀다.

"내가 가져올게. 어디 있어?"

나는 어디 있는지 말했다. 너는 구급상자를 가져와 내 손을 잡고 붕대를 풀었다. 한 겹 한 겹 풀 때마다 엉망으로 엉켜 있는 붕대가 점점 길어지며 붉은색들이 드러났다. 마지막 한 겹이 사라지자 손등부터 손가락 세 개의 껍질이 벗겨져 있는 게 고스란히 드러났다. 손가락도 긁힌 줄 미처 몰랐다. 너는 아무 말 없이 따뜻한 물에 적신 수건으로 상처와 내 손을 닦았다. 피의 붉은 색이 아닌 고추장의 붉은 색이 수건에 묻어가는 게 눈에 띄었다. 마늘 냄새도 났다. 거울을 보지 않아도 내 얼굴이 벌겋게 달아올랐으리라는 걸 짐작할 수 있었다.

너는 내 손가락 하나하나를 공들여 닦고, 소독약을 뿌리고, 약을 발랐다. 허리가 아픈지 너는 침대 밑으로 내려갔다. 너는 내 앞에 무릎을 꿇고 손가락마다 붕대를 감고 손등을 감고 매듭을 지었다. 네 정수리와 콧날이 보였다. 나는 이 전에는 네 정수리를 바라본 적이 없다. 나는 늘 널 올려다봤었다. 그걸 깨달은 순간 화가 치밀었다.

나 너 말고도 만날 수 있는 사람 있어. 나 좋다고 몇 달이나 쫓아다 닌 사람도 있었어. 내가 싫다고, 싫다고 했는데도 말이야. 너랑 나는 수없이 잠자리를 함께 했지만 그건 사랑을 나눈 게 아니야. 나는 그냥 섹스와 사랑을 나누는 것의 차이를 알아.

날 죽도록 사랑했던 사람도 있었어. 알아? 나는 네가 이렇게 아무렇게나 네 기분 내키는 대로 대해도 되는 그런 사람이 아니란 말이야!

그 어떤 말도 소리가 되어 나와 주진 않았다.

"흉지겠다."

붕대를 다 감은 후 너는 말했다.

"저기…… 저녁 아직 안 먹었지? 해물찜 해놨는데……."

입에서 나오는 말은 고작 이런 것뿐이었다. 네게 말할 때면 왜 이렇게 바보처럼 구는지 모르겠다. 평소엔 그러지 않는다. 나는 조종학교를 차석으로 졸업했다. 나는 장관과 악수할 때도 떨지 않았었다.

"나중에."

너는 내 뺨을 쓰다듬으며 말했다. 다정한 손길이었다. 너는 상냥하게 내 어깨를 밀어 침대에 나를 뉘었다. 그리고 오래도록 애정어린 눈길로 날 바라보았다. 나는 너와 눈을 마주칠 수가 없었다.

"눈 감아."

네가 말했다. 나는 네 말에 따랐다. 이마에 네 입술이 닿았다. 눈썹 사이에서, 양 눈두덩에서, 콧날에서 느껴지는 감촉으로 네가 지금 어디에 있는지 알 수 있었다. 너는 아끼고 있었다는 듯이 내 입술에 네 입술을 포갰다. 오른쪽으로, 왼쪽으로, 애무하다가 혀가 들어왔다. 나는 순순히 입술을 벌리고 네 혀가 내 혀를 감싸고 어루만지고, 밀고 당기도록 했다.

입 맞추며 넌 왼 손으로 네 무게를 받치고, 오른 손으로 내 목덜미를 쓰다듬었다. 손은 내 어깨로, 팔꿈치로, 손으로 옮겨갔고, 같은 길을 돌아와 내 가슴에 닿았다. 너는 내 옷을 벗기지 않았다. 심지어 너는 코트도 벗고 있지 않았다. 오랫동안 네 손은 내 셔츠 위에서 내 가슴을 탐했다. 마침내 단추가 풀리는 게 느껴졌다. 너는 네 손이 들어갈 정도만 단추를 풀고, 그 속에 손을 집어넣어 속옷 위에서 내 가슴을 쓰다듬고, 돌기를 찾아 살짝 꼬집었다. 네 호흡이 빠르게 가빠졌다. 그래도 너는 속도를 올리지 않았다. 너는 흥분을 억누른다는 사실에 더 큰 쾌감을 얻고 있었다.

"그대로 있어."

소리로 나는 네가 코트를 벗고 있다는 걸 알았다. 티셔츠를 벗는 소리는 들리지 않았다. 코트만 벗기에는 긴 시간이라 그저 짐작했을 뿐이다. 촉감이 네가 옷을 모두 벗었다는 걸 알려주었다. 너는 내 단추를 마저 풀고, 내 허리를 잡아 일으켜 소매에서 팔을 빼도록 했다. 너는 내가 인형처럼 가만히 있길 바랐다. 그래서 나는 그렇게 했다. 너는 나를 다시 조심스레 눕히고, 벨트를 풀고 바지를 내렸다. 네 손이 발등에서부터 종아리, 허벅지를 거쳐 올라왔다. 너는 브래지어 속에 손을 넣었다. 너는 더 이상 참을 수 없다는 듯, 거칠게 내 가슴을 움켜쥐었다. 아팠지만 내색하지 않았다. 너는 내 브래지어를 벗겨 던지고, 팬티 속에 손을 집어넣었다. 네 입술이 내 온 몸을 탐색하는 동안 네 손은 계속 내 안을 희롱했다. 네가 내 안에 들어오려는 확고한 몸짓을 하자, 나는 네가 편하게 들어올 수 있도록 자세를 잡았다. 너는 내 어깨 밑에 두 손을 넣고 단단히 날 끌어안은 상태로 나에게 안겼다. 신체구조로 보자면 내가 널 안는 게 맞다.

너는 쾌감의 순간을 최대한 오래 지속하고 싶어 했다. 몇 번이고 절정 직전까지 갔지만, 억지로 누르는 걸 알 수 있었다. 마침내 네가 내 위에 쓰려졌다. 너는 오래도록 숨을 몰아쉬고 부드러운 입맞춤으로 여운을 즐겼다.

"저녁은?"

나는 가까스로 물어볼 수 있었다. 정말 바보 같은 질문이었다.

"먹고 왔어. 배고파? 밥 먹어. 옆에서 봐줄게."

"아니, 나도 별로."

너는 나에게 팔을 내밀었다. 나는 네 팔에 목을 기댔다. 너는 너와 내가 마지막으로 만난 날 이래 네게 있었던 소소한 일들을 이야기했다. 그리고 내게 그동안 뭘 하며 지냈는지 물었다. 나는 생각나는 몇 가지 일화를 이야기했다. 너는 귀 기울여 들었고, 맞장구를 치거나 나직하게 웃었다. 너는 웃을 때 눈가에 짙은 주름이 파인다. 예전엔 몰랐다. 한 번도 네가 내 앞에서 그런 식으로 웃은 적이 없었기 때문이다.

화제가 떨어지고 침묵이 자리 잡은 지 얼마 되지 않아 네 고른 숨소리를 들을 수 있었다.

나는 네 잠은 방해하지 않을 정도로, 하지만 내가 널 볼 수는 있을 정도로 조명을 올렸다. 네 오른쪽 귓불 뒤에 작은 점이 보였다. 아주 작아 쉽게 눈에 띌 것 같진 않았다. 예전엔 네가 오른쪽 귓불 뒤에 작은 점이 있다는 걸 몰랐다. 이렇게 오랜 시간 널 안심하고 바라볼 수 있던 적이 없었기 때문이다.

정말로 잠들고 싶지 않았다. 가끔 잠이 오지 않아 새벽까지 잠을 설칠 때도 있는데 졸음이 쏟아졌다. 네 품은 너무 안락하고 따뜻했다.

이것도 미처 몰랐던 일이다. 넌 한 번도 사랑을 나눈 후 이렇게 오래 날 품에 안고 있었던 적이 없기 때문이다.

아침에 눈을 떴을 때 너는 엎드려서 자고 있었다. 그게 네 잠버릇이리라 짐작했다. 나는 네가 잠이 깰까 살살 네 날갯죽지를 어루만졌다. 어쩐지 그래도 될 것 같은 기분이 들어 나는 네 등에 머리를 가져다대었다. 예전엔 몰랐다. 등을 통해서도 심장이 뛰는 소리를 들을 수 있다는 걸. 네 등에서는 잠에 취한 나른한 냄새가 났다. 너는 나직하게 웃었다. 내 머리카락이 네 목덜미를 간질였나보다. 너는 내게 몸을 돌렸다. 나는 네가 편하게 자리를 잡도록 상체를 일으켰다.

"이리 와."

네가 손을 뻗었다. 네가 그러길 바랐기 때문에, 나는 네게 몸을 숙이고 입 맞췄다. 여성상위는 여자가 속도와 깊이를 조절할 수 있어 자유롭게 리드하는 자세라고 말하는 사람들이 있다. 바보 같은 소리다. 어떤 자세로 있느냐와 누가 리드하는 것이냐는 아무 관련이 없다. 네가 편안하게 누워, 내 허리를 잡고 내 가슴이 흔들리는 걸 보고 싶어 했기 때문에 나는 그 자세로 널 받아들여 사랑을 나눴다. 어쨌든 그 비슷한 걸 했다.

"아침 먹으러 가자."

너는 내 어깨에 팔을 둘렀다. 넌 한 번도 길에서 내 몸에 손을 댄 적이 없다. 우린 늘 일정한 간격을 두고 걸었다. 우린 카페 예리타에 가서 커피와 베이글을 먹었다.

"여기 어니언 베이글 맛있어."

나는 네가 카페 예리타의 어니언 베이글을 좋아한다는 걸 알게 되었다. 너는 휴일이지만 어머니 생신이라 집에 가야 한다고 했다.

"새어머니야."

너는 대수롭지 않다는 듯 말했다. 네 가족에 대한 이야기를 듣는 건 처음이었다. 너는 일찍 가야 해서 미안하다고 했다. 너는 한 번도 날 두고 가면서 미안하다고 한 적이 없다. 너는 많은 연인들이 그러하듯, 내게 다정하게 손을 흔들고 멀어졌다.

나는 집으로 돌아왔다. 차갑게 굳은 해물전골을 멍하니 보다가 울지 않겠다고, 절대 울지 않겠다고 눈에 힘을 주고, 손톱이 파고들 만큼 단단히 주먹을 쥐었다. 너로 인해 수없이 울었지만, 이날은 아니었다.

이곳을 떠난다는 게 실감이 나지 않는다. 평생 여기서 살아온 것 같다. 네 추억이 담긴 상자가 날 난감하게 한다. 굳이 지구까지 다시 가져가고 싶지 않다. 그냥 폐기물 처리함에 넣는 것도 마음에 들지 않는다. 더 나은 방법이 있을 법도 하다.

나는 마지막이라고 생각하며 상자를 연다. 종이학은 요란한 색의 모조 종이에 불과하며, 단추도, 그저 떨어져 나온 부속품에 불과하다.

그건 진짜였을까?

네가 드물게 먼저 연락한 날, 내가 시간이 되지 않는다고 말했을 때, 아쉬워하던 네 눈빛. 일부러 상처 입히는 말을 하며 내 반응을 살피던 너. 우리가 만난 마지막 날, 내게 다정하게 손을 흔들고 가던 너.

넌 그날 이후 오래도록 연락하지 않았다. 그게 이상하거나 실망스럽지 않았다. 나도 연락하지 않았다. 변명하자면 바빴다. 형식적이긴

하지만 정신과 진단도 받아야 했고, 후임자에게 일도 넘겨야 했고, 교육도 받아야 했다. 나쁘지만은 않았다. 나는 그런 게 즐겁다. 새로운 걸 배우는 것.

떠나기 며칠 전, 놀랍게도 네가 연락했을 때 나는 그냥 바쁘다고 했다. 너는 조금 당황했지만, 아무렇지도 않은 척 먼저 화면에서 사라졌다. 나는 한참 동안 네가 있던 화면을 바라보았다. 내가 한 일을 믿을 수가 없었다. 너는 우리 집 근처라고 했다. 외근을 이 근처로 나왔었고 퇴근하는 길이라고 했다. 나는 잠시 널 볼 수도 있었다. 나는 당분간이지만 달을 떠난다고 말할 수도 있었다. 나는 아무것도 하지 않았다.

너는 당황했어. 그런데 정말?

어쩌면 단지 내가 용기를 내지 못했던 건 아닐까?

내가 조금만 더 용기를 냈다면 널 가질 수도 있었을까?

네가 보인 무심함, 네가 보인 다정함. 너의 미소, 너의 차가움. 너는 그때 단지 피곤했던 건 아니었을까? 내게 못되게 굴려고 했던 게 아니라, 단지 타이밍이 맞지 않았던 건 아니었을까? 내게 몰인정하게 굴고 혹시 돌아서서 미안해했을까? 너는 단지, 미안하다는 말에 서툴렀던 건 아니었을까?

나는 지금 또 다시 허상을 만들고 있는 걸까?

내가 본 너. 나와 함께 있을 때의 너. 그건 너의 얼마 만큼이었을까? 그건 어쩌면 환상은 아니었을까? 이렇게 멀리 있다 보니 달에서의 일은 다 꿈속의 일처럼 흐릿하게 느껴진다. 내가 널 만난 적이 있긴 했을까?

아니, 나는 단호하게 고개를 저었다. 아픔은 진짜였어. 고통은 실재

했어. 난 아팠어. 죽을 만큼 아팠단 말이야. 용기를 내지 못했던 게 아니야. 너무 아프고, 힘들어서 계속할 수가 없었을 뿐이야. 이제 와서 아무 것도 아니었다고 한다면, 내가 아팠던 건 다 뭐가 되느냔 말이야.

너는 말했지. '흉지겠다.' 걱정하는 것처럼, 흉터가 남길 바라는 것처럼. 네 말이 맞았다. 손에 흉터가 남았다. 아주 흐릿해 보통 사람들은 알아보지 못할 테지만 나는 안다. 나는 내 손등에 눈이 갈 때마다 그 상처를 본다. 나는 울었다.

자고 일어나니 어제 느꼈던 격렬한 감정이 다 바보스럽게 느껴진다. 그게 뭐 그리 대단한 일이라고 그렇게 안달복달했을까? 흔히 하는 말대로 세상에 많고 많은 게 남잔데 말이다.

공정을 기하기 위해 말하자면 네가 그리 나쁜 사람이었던 건 아니다. 천하의 폭군도 애인의 변덕 앞에선 쩔쩔매듯 세상에서 가장 선량한 사람도 자기를 좋아하는 사람에게는 얼마든지 잔인하게 굴 수 있다. 사람이라는 게 원래 그렇다.

주어진 일에 집중했다. 어느새 저녁을 먹을 시간이 되었다. 비타민 섭취가 부족하다고 종알대는 조용한 목소리 3번은 비타민 두 알을 먹은 걸로 달래고, 캔스프 오픈 버튼을 눌렀다. 너무 빨리 열려 미처 손을 치우지 못해 오른손 새끼가락 손톱 바로 옆 살을 베었다. 따끔했다. 가까이 보이는 작은 수건으로 대충 감고 캔이 데워지길 기다렸다. 손에 벌레가 기어가는 느낌이 와 보니 새끼손가락 끝에서 시작된 피가 팔꿈치까지 내려와 선명한 붉은 줄을 만들고 있었다. 손가락을 감싼 수건은 이미 벌겋게 젖어 있었다. 왜 이렇게 피가 많이 흐르지? 어지러웠다. 심장이 뛰는 박동을 느끼고 들을 수 있었다. 카메라 조리개가 서서히 닫히듯 눈앞이 점점 까매졌다. 의무실까지 가지 못할 것 같았다. 경보가 울리는 소리를 들으며 머리를 다치지 않도록 조심스럽게 바닥에 반듯하게 누웠고, 그대로 정신을 잃었다.

깨어난 건 두어 시간이 흐른 뒤였다. 내 몸의 이상을 느낀 의료봇이 주방으로 와 손을 치료해 놓았다. 이불도 덮어 놓았다. 처음 보는 이불인데 어디서 가져온 건지 모르겠다. 바닥에는 아무 흔적도 없었다. 이미 청소봇이 다 치웠다. 새끼손가락에 남은 붕대가 아니면 아무 일도 없었던 것 같다.

사람의 혈관은 손가락, 발가락 끝까지 세심하게 퍼져 있다. 별 것 아닌 줄 알았는데 생각보다 깊이 베어 동맥을 건드렸나 보다. 피가 급격히 빠져나가면서 심장에 무리가 와 쇼크가 왔다.

왜 의식을 잃었었는지 보고서를 써야 했다. 캔스프에 손가락을 베었던 거라고 쓰면서 나도 모르게 실 웃음이 나왔다. 살면서 손을 벤 적이 몇 번이나 될까. 셀 수도 없을 걸. 하지만 이렇게 깊게 벤 적은 없었지. 손가락 끝을 좀 베었을 뿐이야. 단지 그뿐인데도, 나는 죽을 수 있었다. 치료봇이 제대로 작동하지 않았더라면, 가능성은 희박하지만, 그럴 수도 있었다. 아무도 모르는 곳에서 혼자 말이다. 얼마나 웃길까. 새끼손가락 끝을 벴다고 해서 죽는다는 거 말이다.

마지막으로 짐을 점검했다. 내일이면 이곳을 떠난다. 후임자를 위해 정리 상태를 확인했다. 파손된 물건도, 특별히 보고해야 할 것도 없다. 이곳을 떠난다는 게 실감나면서, 비로소 아쉬움이 밀려왔다.

아침에 일찍 일어나 커피를 끓였다. 아침엔 잘 안 마시지만 저녁이면 이곳에 없을 테니까. 몇 달 만에 하늘로 올라가 공중에서 내가 치운 곳을 확인했다. 텅 비고 텅 빈 구멍들. 비가 오고, 바람이 불고, 눈이 오면 언젠가 메워지겠지. 적어도 망가진 잔해들이 흉측하게 널려 있는 것보다는 훨씬 보기 좋았다. 모선에서 날 데려갈 셔틀이 한 시간 안에 도착한다는 메시지가 왔다. 기다리면서 적당한 곳을 찾았다. 지나치게 감상적이라는 생각이 들지 않은 건 아니지만, 나는 그 상자를 지구에 묻고 가기로 했다. 마침내 적당한 곳을 찾아 땅을 파고 묻었다. 1분도 채 걸리지 않았다. 괜히 허전해져 카메라를 멀리 해서 살폈다. 내가 묻은 곳에서 얼마 떨어지지 않은 곳에 무언가 낯선 게 보였다. 나는 낯선 것을 향해 카메라를 움직였다. 노란 꽃이었다. 그게 낯설어 보였던 건 황폐하고 퇴색한 이곳에서 너무나도 선명한 색을 띠고 있었기 때문이었다. 영상을 찍어 자료를 검색해 보니 민들레와 가장 흡사한 생김새를 가지고 있다는 설명이 나왔다. 민들레는 질긴 생명력을 가진 꽃으로 척박한 환경에서도 뿌리를 내려 잘 자라며, 꽃을 꺾어도 줄기가 죽지 않고 새 꽃을 피워낸다고 적혀 있었다.

나는 울지 않기 위해 눈에 힘을 줘야 했다. 그때와는 완전히 다른 의미로 말이다. 저 꽃을 살아있는 채로 가져간다면, 지금까지 지구에 온 조종사들이 받아온 중 최고의 금액을 받을지도 모르지만, 그럴 생각은 없었다. 다시는 볼 수 없을지라도, 저건 내 거다.

천사가 지나가는 시간

/ 김주영

하이텔 과학소설 동호회에서 옴니버스 장편소설 『나호

이야기』를 연재하면서 작품 활동을 시작했으며, 제2회

황금드래곤 문학상에서 『열 번째 세계』로 수상했다. 출

간된 도서로는 『열 번째 세계』 외에 『나호 이야기』 중 엄

선된 에피소드들을 묶은 『그의 이름은 나호라 한다』와

『이카, 루즈』를 출간했으며, 공동단편집『한국 환상 문학

단편선』과 전자책 단편집 『노래하는 늪』을 출긴하였다.

작업실은 괴팍하고도 잔인한 취미를 가진 살인자의 창고 같았다. 바닥에 나란히 정렬되어 있는 플라스틱 바구니에는 절단된 팔, 다리, 몸통의 일부분이 아무렇게나 담겨 있었다. 접합부에서 삐죽이 튀어나온 철골이나 가느다란 전선이 아니라면 사람의 진짜 몸과 구분하기가 힘들었다. 하란은 바구니 속에 있는 팔을 하나 집어 들고 탄력 있는 인공피부를 쓰다듬어 보았다. 인공피부는 인간의 살결처럼 부드러웠다. 하드웨어 2실에 있는 지호가 개발한 인공피부였다. 이 피부를 개발한 뒤, 지호의 연봉은 두 배로 뛰었고 연구소의 매출은 50% 증가했다. 하지만 살며시 눈을 감은 하란의 손끝에 닿은 인공피부에는 체온이 없었다. 하란은 냉랭함 속에서 외로움을 느끼며 다시 눈을 떴다.

눈높이보다 조금 더 높은 곳에는 인공피부를 벗겨낸 로봇의 철골이 빨래처럼 줄에 매달려 있었다. 철골은 모두 여기서 이루어지는 창조의 재료였다. 흙으로 사람을 빚는 대신, 철골을 이어 인간을 만들어 낸다. 작업실의 주인인 마겐은 작업실을 '신의 작업실'이라고 불렀다. 그 말을 들은 지호가 그러면 너는 창조의 신이냐며 비꼬았지만, 마겐은 그 말에 콧방귀도 뀌지 않았다.

하지만 창조는 하드웨어에서 끝나지 않는다. 흙에 생기를 불어넣듯 철골에 생명을 불어넣지 않으면 안 된다. 2진수와 복잡한 규칙으로 이루어진 숨결. 그 숨결을 만드는 일이 하란의 몫이었다. 하란이 프로그래밍한 프로그램이 탑재되는 순간, 마겐이 만든 인형은 인간이 된다. 그런 면에서 보면 오히려 '창조의 신'이라는 별명은 하란에게 더 어울렸다.

작업실에 서서 마겐의 재료들을 쳐다보던 하란은 갑자기 발치에서 낑낑대는 소리를 듣고 아래를 내려다보았다. 부드러운 털이 발목을 비비고 있었다.

"세네구나."

하란은 자신을 올려다보며 꼬리를 치는 강아지를 안아 올렸다. 프로그램의 발달 속도에 맞춰 일주일 전에 마겐이 교체한 세네의 몸은 이전보다 컸다. 묵직한 세네의 무게를 느낀 하란은 진짜 세네가 자란 듯한 기분이 들었다.

세네에게 탑재한 프로그램은 스스로 학습하며 발달해 나가고 있었다. 갓 태어난 아기가 학습을 통해 점점 뇌를 발달시키듯 세네에게 탑재된 프로그램, 인공지능은 초기에 주어진 조건과 복잡한 규칙을 조합하며 느릿느릿하게 진화해 나간다. 움직임조차 느리던 세네는 팔, 다리의 근육을 사용해서 천천히 일어섰고, 짖고 울기 시작했다. 하란을 비롯한 연구실 식구들을 알아보기까지는 5년쯤이 걸렸다. 진짜 강아지와 비교하면 터무니없이 느린 속도였다. 세네라는 이름도 '세월아, 네월아 발달해 나간다.'라며 지호가 붙인 이름이었다. 이름의 유래를 떠올린 하란은 세네를 품에 안으며 자신도 모르게 웃어버렸다.

얌전히 세네를 쓰다듬어준 하란은 다시 세네를 바닥에 놓고, 작업실 밖으로 달려 나가는 세네의 뒷모습을 쳐다보았다. 스스로를 튜닝해 나가는 프로그램은 성공적이라는 평가였다. 연구소는 10년 안에 인간형 로봇인 안드로이드에 이 프로그램을 탑재할 수 있으리라는 전망을 내어놓았다. 판매 대상은 키우기에 편리한 '아이'를 원하는 사람들이었다. 아이를 원하는 독신자나 노부부부터 임신과 출산 그리고 귀찮은 양육 과정은 원치 않지만 애정을 쏟을 아이를 원하는 부부들까지 구매자는 다양했다.

지금은 디자인된 인체에 구매자가 원하는 옵션을 넣은 프로그램을 만들어 탑재해 주고 있지만, 세네에게 탑재된 튜닝 프로그램이 개발되면 구매자는 진짜 인간을 기르는 기분을 맛볼 수 있게 될 것이다. 튜닝 프로그램은 주어진 자극에 일정하게 반응하지 않는다. 학습의 결과로 나타나는 다양한 반응은 자라나는 인간의 불확실함만큼이나 불확실했다. 때로 구매자가 원하지 않는 반응을 하며 엉뚱한 성격을 지닌 프로그램이 되어 버렸을 때, 구매자가 어떻게 받아들일지가 가장 문제였다. 하지만 그런 고민은 하란의 몫이 아니라 다른 부서의 몫이었다.

하란은 마겐이 가끔 신이 된 기분을 느낀다는 작업실을 다시 둘러보았다. 근무 부서를 재배정 받은 뒤에는 이렇게 일부러 오지 않으면 마겐의 작업실에 들를 일이 없었다. 하란은 오랜만에 다시 느껴보는 창조의 에너지를 아쉬워하며, 창조의 에너지가 흘러넘치는 마겐의 작업실을 나왔다.

작업실이 있는 5층 야외 테라스에서는 마겐과 지호가 점심을 먹고 있었다. 이야기를 한참 나누고 있던 두 사람은 작업실 쪽에서 걸어오는 하란을 보자 그녀의 몫으로 챙겨 두었던 샌드위치를 내밀었다.

"어서와."

시원스럽게 웃은 마겐은 하란이 조금 수척해졌다고 생각했지만, 입 밖으로 그 말을 꺼내진 않았다.

"프랑스어가 시적이라는 이야기를 하던 참이었어. 지호, 이 친구가 어울리지 않게 그런 말을 꺼냈지 뭐야."

"갑자기 프랑스어는 왜?"

"어제 옛날 드라마를 보는데 그런 이야기가 나오지 뭐야. 개와 늑대의 시간은 개와 늑대를 구분할 수 없을 정도로 어두워진 황혼 무렵을 가리키는 프랑스어라는 말. 묘하지 않아? 아군과 적군을 구분할 수 없는 혼란의 시간이라니 말이야. 그래서 내친 김에 검색을 해 봤더니 '천사가 지나가는 시간'도 있지 뭐냐."

"그건 뭔데?"

하란이 샌드위치를 베어 물었다.

"어허, 명색이 프로그래머인데 잡학에 능해야 다양한 데이터를 입력할 수 있는 거 아닌가?"

지호가 장난스럽게 집게손가락을 세워 흔들었다.

"그 왜 있잖아. 사람들이 한참 떠들다가 갑자기 일순 조용해져서 대화가 끊기는 시간. 그 시간이 바로 천사가 지나가는 시간이라는군."

"천사를 빙자해 고독과 외로움을 느끼는 순간을 미화해 보려는 시도로 들리는데?"

"그렇다면 우리야 말로 천사를 파송해 주는 고마운 존재들이로군."

마겐이 특유의 큰 목소리로 껄껄 웃었다.

"우리가 만든 로봇이야말로 사람들의 고독과 외로움을 구원해 주잖아."

"구원이 사라지면 지옥의 입구가 입을 벌리고?"

냉소적인 하란의 대꾸에 대화가 그쳤다. 어색한 불편함이 침묵으로 놓였다.

"아, 방금 천사님께서 지나가셨나 보군."

마겐과 하란은 지호의 말에 어색하게 웃었다.

"새로 옮긴 부서는 괜찮아?"

"그다지. 코드엔 익숙해도 사람엔 영 익숙하지가 않아. 프로그래밍 결과는 확실하지만, 사람들의 반응은 예측하기가 힘들어. 미칠 노릇이야."

"혼자서 힘들겠군."

마겐의 목소리가 그답지 않게 무거워졌다.

"응. 뭐, 하지만 지금은 괜찮아. 하륜이 있으니까."

"하륜? 아. 하륜. 맞아, 하륜이 있었지."

지호가 샌드위치의 포장지를 만지작거렸다.

"데이트는 자주 해?"

"아예 같이 살고 있는데 매일이 데이트지, 뭐."

"아아, 좋군. 외롭지 않아서."

지호가 하늘을 보며 낮게 허밍을 했다.

"난 요즘 개를 한 마리 기를까 싶기도 해."

"잘도 기르겠다."

마겐이 피식 웃었다.

"똥, 오줌 치우고 일일이 먹이 주는 일이 귀찮은 너 같은 인간을 위해 세네를 개발해 내라고 나한테 난리를 떨 때는 언제고."

"난 요즘 체온이 그립다고. 바빠서 체온이 느껴지는 여자를 만들 시간이 없으니, 뭐."

"항온 외피를 개발한 본인이 그딴 소리를 하는 걸 듣고 있자니 웃기군. 내가 잘 빠진 골격을 갖춘 여성형 로봇이라도 하나 만들어 주랴? 외피는 네가 붙이고, 네 취향의 성격은 하란이 프로그래밍해서 탑재해 주면되겠네."

"요리사가 요리를 그냥 즐길 수 없듯이, 이 몸은 안드로이드를 그냥 즐길 수 없으셔. 항온 외피를 가진 안드로이드라는 걸 알고 안아봐라, 그냥 즐기게 되는가. 분명히 좀 더 편안한 온도는 지금보다 몇 도 이상이나 이하가 되어야 할 것 같고, 개선점은 뭐가 있고……. 이렇게 분석하고 있을 걸?"

세 사람이 마주보고 웃어대는 동안 점심시간 끝을 알리는 벨이 짧게 울었다. 하란은 일어설 준비를 하지 않고 마냥 태평인 두 남자를 보면서 탁자 위에 쌓인 쓰레기를 앞으로 밀어내고 일어섰다.

"나중에 봐."

"잘 가."

“잘 가.”

하란의 뒤에 남은 두 사람은 느긋하게 앉은 채로, 건물 안으로 들어가는 하란의 뒷모습을 쳐다보았다.

“저 녀석, 부서를 옮기고 난 뒤에 확실히 말랐어.”

“그래, 확실히.”

아무리 본인의 요청이었다고 하지만, 연구소의 우수한 프로그래머를 고객센터 따위에 처박아 버리다니 이해할 수 없는 처사였다. 그 일은 하란의 탓이 아니라 사고였을 뿐이었다.

엘리베이터를 타고 고객센터가 있는 층으로 내려오는 동안, 하란은 3개월 전에 일어난 사고를 다시 떠올렸다. 3개월 전, 부유한 구매자였던 한 늙은 남자가 자살했다. 원인은 남자가 구매해서 10년간 사용했던 안드로이드의 정지였다. 안드로이드를 수거한 연구소에서는 노화한 하드웨어가 문제였다는 결론을 내렸다. 늙은 남자는 10년 동안 안드로이드의 본체를 정비하기는커녕, 정기적인 검사마저도 하지 않았다. 어째서인지 반려자로 삼을 목적으로 안드로이드를 구매한 사람들은 종종 벌이는 일이었다. 그러는 동안 눈에 보이지 않는, 외피 아래의 하드웨어는 점점 노화되고 안드로이드의 수명은 줄어든다.

그러니까 3개월 전 늙은 남자의 안드로이드가 갑자기 멈춰버린 사건도 드문 일은 아니었다. 만약 남자가 연구소로 바로 연락을 했다면 비슷한 사건들처럼 안드로이드는 하드웨어를 교체한 뒤 다시 늙은 남자의 곁으로 돌아갔을 것이다. 하지만 늙은 남자는 연구소에 연락하지 않았다.

 현장을 조사했던 직원은 늙은 남자가 안드로이드를 살려보려 했던 것 같다고 했다. 인공호흡과 심폐소생술을 했었는지, 안드로이드의 입술은 늙은 남자의 침 범벅이었고 흉곽의 철골이 휘어 있었다. 하지만 인간을 소생시키는 방법으로는 안드로이드를 살릴 수 없다. 안드로이드는 일어나지 못했고, 늙은 남자는 욕실로 들어가 손목을 그었다.

 "노망기가 있었다고나 할까, 조금 착란 증세가 있었다고 합디다. 주치의에게 안드로이드를 진찰해 달라고 보채곤 해서 주치의가 곤란했던 적이 한 두 번이 아니었다고 하더군요."

 현장 조사원이 덧붙였다. 충분한 설명이었지만, 하란은 완전히 납득할 수 없었다. 정기적인 검사도 빠뜨릴 정도로 소홀하게 안드로이드를 다룬 그 늙은 남자는 왜 안드로이드의 죽음을 보고 자살해 버렸을까.

 "대체 왜 이렇게 굼뜨시는 거예요?"

 엘리베이터에서 내린 하란의 곁으로 하륜이 투덜대며 다가왔다.

 "고객이 둘이나 와서 점심시간 끝나기만 기다리고 있었다고요. 뭐예요. 또 나만 두고 위층에서 지호 씨와 마겐 씨랑 데이트 한 거예요?"

 "질투라도 하는 거야?"

 하륜은 종알종알 잔소리를 해대며 하란을 따라가고 있었다.

 "질투예요. 점심은 여기서 먹을 수도 있잖아요. 맛없는 매점 샌드위치 말고 진짜 맛있는 샌드위치를 싸와서 같이 먹으면 되는데."

 "너랑은 집에서 매일 밥 먹잖아."

하란이 하륜에게 손을 내밀었다. 접수한 고객의 서류를 달라는 뜻이었다. 하륜은 여전히 투덜대며 서류를 건넸다.

"처음 온 고객은 부부예요. 육아용 안드로이드를 가져왔어요. 그리고 두 번째 고객은……."

하륜이 살짝 미간을 찌푸렸다.

"까다로운 고객이에요. 오이영 씨요. 알겠죠?"

"뭘?"

하란이 살짝 눈살을 찌푸리며 하륜을 보았다. 하륜은 과장되게 한숨을 길게 쉬었다.

"연예인에 관심이 없는 줄은 알고 있었지만 너무 심한 거 아니에요? 오이영이요, 오이영. 인기 여배우요."

하란은 하륜을 무시하고 건네받은 서류를 건성으로 훑어보았다. 연구소에 근무한 지 십여 년이었다. 상세히 보지 않아도 모델명만 보면 고객이 가져온 안드로이드에 대한 데이터가 머릿속에 상세히 떠오른다. 하란은 문을 열고 데스크로 나갔다.

데스크가 열리기만을 기다리고 있던 부부는 하란을 보고 자리에서 일어났다. 하란은 데스크 건너편에 놓인 의자로 걸어오는 부부의 손을 잡은 안드로이드를 쳐다보았다. 약 15세 정도로 디자인된 본체였다. 두 부부의 얼굴 특징이 조화롭게 섞인 얼굴로 보아 몹시 고가에 팔린 안드로이드임이 분명했다. 이 정도로 공들여 디자인된 외피라면 기본 본체와 프로그램보다 옵션으로 딸린 외피가 두 배 이상 비싸다.

"어서 오세요. 뭘 도와드릴까요?"

"프로그램 오류를 수정 받으러 왔어요."

아내 쪽이 짧게 한숨을 내쉬었다. 오류인지 아닌지는 프로그래머가 검사할 일이다. 고객센터에서 고객이 말하는 프로그램 오류란 항상 '마음에 들지 않아.'의 다른 말이었다. 외피에 돈을 아끼지 않을 정도면 탑재된 프로그램도 맞춤형으로 제작되었을 것이 뻔했다. 까다로운 고객의 요구에 맞춰 일일이 프로그램을 손봐야 하는 프로그래머들의 노고를 아는 하란은 아내가 약간 밉살스러웠다.

"어떤 오류 말씀이신가요?"

'대체 뭐가 마음에 들지 않아요?' 하란의 말은 그런 뜻이었다.

"말을 듣지 않아요."

"자세히 말씀해 주시겠어요?"

"몇 년 전까지만 해도 말을 아주 잘 들었거든요. 몹시 사랑스럽고 예쁜 로봇이죠. 그런데 최근 들어서 시키는 일을 제대로 하지 않아요. 처음 주문할 때, 우리는 모범적이고 성적이 우수한 아들로 자랄 모델을 원했어요. 물론 운동 능력도 최상이길 바랐고요. 대체로 만족스럽긴 한데, 최근 들어서 좀 오작동을 하는군요. 공부에 소홀해졌고 학교에서도 소소한 사고를 쳐서 연락을 몇 번 받았어요. 최근엔 우리에게 대들기까지 하더군요."

"그건 오류가 아닙니다."

"네?"

이해할 수 없어진 아내가 미간을 찌푸렸다.

"사춘기일 뿐이에요."

그 말에 남편 쪽이 크게 웃었다.

"이봐요. 이 녀석은 인간이 아니라 로봇이에요. 로봇에게 사춘기가 있다는 말입니까?"

"이 모델은 최고급 주문 맞춤형 모델이에요. 아이를 기르는 것과 똑같은 경험을 할 수 있도록 프로그램이 디자인 되어 있죠. 지금 연령이 15세 정도니까, 사춘기 프로그램이 시작되었을 뿐이에요."

"그러니까 고칠 수 있다는 말이군."

남편이 하란의 말을 잘랐다.

"원하지 않으신다면 그 프로그램만 삭제하고 수정할 수 있습니다만, 그렇게 되면 사춘기의 아이를 길러보는 경험은 하실 수가……"

"고쳐주쇼."

남편이 다시 하란의 말을 싹둑 잘랐다.

"고치는 것이 아니라 수정하는 겁니다."

남자의 무례함에 불쾌해진 하란이 점잖게 그의 말을 고쳐주었다.

"그거나 그거나."

"아아, 제가 접수하죠."

화가 난 하란의 눈치를 보며 하륜이 끼어들었다. 하륜은 소년의 스위치를 끄고 접수증을 작성한 뒤에 확인증을 부부에게 건네주었다.

"프로그램 수정은 사흘 정도 걸립니다. 연락드리죠. 그동안 오랜만에 두 분만의 시간을 즐기세요."

싹싹하게 인사를 건넨 하륜은 돌아가는 부부에게 깍듯하게 허리까지 숙였다. 하란은 도무지 흉내 낼 수 없는 친절함이었다. 인간을 다루는 일은 늘 서툴렀다. 진심을 말하면 상처 입고, 객관적인 사실을 말하면 인간미가 없다고 한다. 그러니 상대에게 맞춰 배려를 해야만 하는 고객 상담은 하란과는 절대 맞지 않았다.

"왜 그렇게 뻣뻣하세요? 오늘 고객은 모두 VIP라고요. 이러시다간 당장 연구소에서 해고해 버릴걸요?"

"못할 거야. 내가 없으면 세네랑 관련된 프로젝트에 차질이 많을 거니까."

"프로그램실로 돌아갈 생각은 하고 계신 거네요? 다행이에요. 슬럼프 극복해서."

"극복했다고 누가 그래?"

"그러면 극복하는 중이라고 해 둘게요."

세륜이 상냥하게 웃었다.

"오이영 씨는 눈에 띄기 싫어서 VIP실에 있어요. 제가 가서 모시고 올게요."

하란은 성큼성큼 걸어서 고객센터를 나가는 하륜을 보면서 덩그러니 로비에 멈춰 있는 소년 안드로이드를 곁에 세워진 운반용 수레에 실었다. 부부의 불만사항은 마케팅 부서에 상세히 보고할 작정이었다. 맞춤형 프로그램에 이렇게 불만이 제기될 정도라면 개발 중인 상향식 프로그램에는 더 많은 불만이 밀려들 수 있었다. 예측 불가능한 프로그램이 탑재된 안드로이드를 키우는 일이 어떤 사람에겐 진짜 인간을 키우는 것처럼 몹시 흥미진진한 일이겠지만, 오늘 방문한 부부 같은 사람들에겐 끔찍한 일일 수도.

부부 같은 사람이 더 많다면 상향식 프로그램이 탑재된 안드로이드는 상품으로서의 가치가 떨어진다. 하지만 마케팅 부서라면 어떻게든 알아서 하겠지. 하란은 안드로이드를 뒤편 창고 앞에 세우고 다시 데스크로 돌아왔다. 자리에 앉자 화려한 오이영을 앞세운 하륜이 고객센터의 문을 열었다.

오이영은 경계하며 주변을 두리번거리다가 다른 고객이 없음을 확인하고 데스크로 곧장 다가왔다. 하지만 안드로이드는 오이영의 곁에 없었다.

"어서 오세요. 무엇을 도와드릴까요?"

"내 안드로이드를 폐기처분해 주세요."

"어? 정말이세요?"

하란이 뭐라고 반응하기도 전에 하륜이 끼어들었다.

"하지만 그 안드로이드는 어제 당신 목숨을 구했잖아요. 기사에서 봤어요. 목숨을 던져 연인을 구한 오이영의 남자. 멋지던걸요?"

"그게 문제죠. 누가 고의로 머리 위에서 집어던진 화분을 팔로 막으며 날 감싸서 구한 건 좋았지만, 화분에 직통으로 맞은 머리가 멀쩡한 인간이 있을 수 있나요? 매니저가 옷을 머리에 뒤집어씌우고 응급차를 불러서 안드로이드를 빼돌린다고 난리도 아니었어요. 이 일이 매스컴에 알려지면 어떻게 될 것 같아요?"

오이영이 짜증스럽게 말했다.

"안드로이드를 연인으로 삼은 변태적인 여배우. 뭐, 그런 거겠네요."

머리를 벅벅 긁는 하륜을 보며 오이영이 어이가 없는 얼굴로 웃어버렸다.

"하지만 5년 동안이나 아끼셨던 안드로이드 아닌가요? 소중하게 여기시니까 이런 일이라면 어떻게든 무마하실 수 있을 것 같은데요. 능력이 좋으시잖아요."

"그건 맞지만 그러고 싶지 않아요."

추켜세우는 하륜의 말에 조금 기분이 좋아진 오이영이 다리를 꼬며 피식 웃었다.

"별로 소중하게 아끼신 것 같진 않은데요?"

두 사람의 대화를 들으며 서류를 넘겨보던 하란이 오이영을 쳐다보았다.

"구입한 뒤로 정기 검사하러 한 번도 안 오셨네요."

"당신은 소중하게 여기는 마음을 숫자로 세요? 정기 검사하러 자주 오면 안드로이드를 소중하게 아끼는 마음이 백 점. 이런 거?"

"적어도 아끼셨다면 검사일에는 오셨어야죠. 요즘은 검사원을 파견해 주기도 해요. 전화 한 통이 그렇게 어렵진 않잖아요."

"아껴서 그렇다는 생각은 안 들어요?"

오이영이 소리를 내며 웃었다.

"솔직히 말하자면 아꼈다는 생각이 별로 안 들어요."

고객센터 직원 치고는 불친절하기 그지없는 태도였지만, 하란은 그냥 그렇게 밀고 나가기로 했다. 오이영은 그런 하란의 태도가 그다지 싫진 않았다. 가식적인 친절보다는 솔직함이 나았다.

"거기다가 소중하게 아꼈다면 자기를 보호하기 위해서 쉽게 폐기 처분하려는 생각은 하지 않을 것 같네요."

"당신, 고객센터 직원 맞아요? 이렇게 불친절해도 되나?"

구불거리는 머리카락을 긴 손가락으로 빙글빙글 돌리던 오이영이 창고 문 앞에 세워진 소년형 안드로이드를 힐끔 쳐다보았다.

"저건 고장 났어요?"

"아뇨. 프로그램 수정 때문에 접수된 물건이에요."

"물건이라."

오이영이 살짝 미간을 찌푸렸다.

"알만하군요. 누가 주인인지 모르지만 데리고 있다가 뭔가 입맛에 맞지 않으니까 고장 났다면서 고쳐 달라고 왔겠죠. 친구 중에도 있어요. 처음엔 귀여워하다가 지겨워지면 고장 났다는 핑계를 대면서 프로그램과 외피를 싹 바꾸는 그런 애들. 난 적어도 그런 짓은 안 했죠. 5년간이나. 대단하지 않아요?"

'그렇지만 아예 폐기처분하러 왔지.' 하란은 헛기침을 하며 그 말을 꿀꺽 삼켰다.

"처음 데려왔을 때는 어색하기만 했는데, 정말 행복한 시간이었다고 생각해요."

오이영은 진심으로 그렇게 말했다. 하란은 길어지려는 오이영의 말을 잘라버릴까 했지만 내버려두기로 했다. 어차피 기다리는 고객도 없었고, 오이영에게 묻고 싶은 것도 있었다.

"내 입맛에 딱 맞는 남자였어요. 내가 어떻게 굴든 절대로 마음이 변하지 않으리라는 그 점이 최고였어요. 날 외롭게 만들지도 않을 테고, 언제나 내 독차지였죠. 마음을 맡겨도 안심이 되는 인간 따위는 세상에 없으니까, 당신들은 정말 굉장한 일을 하고 있어요. 안심하고 마음을 맡겨도 되는 인간처럼 느껴지는 로봇을 만들고 있으니."

대사를 하듯 오이영이 말했다. 하란은 오이영의 인기가 화려한 외모 때문만은 아닐 거라는 생각이 문득 들었다. 자신도 모르게 오이영의 말에 집중하고 있었기 때문이었다.

"더 이상 혼자이지도 외롭지도 않았고 나는 외로움에서 구원 받았어요. 그런 시간이 영원히 이어지길 바랐어요. 하지만 슬프게도 영원한 시간이란, 언젠가 죽게 되어 있는 인간에겐 있을 수가 없죠."

오이영이 빙그레 웃으며 한숨을 쉬었다.

"당신 마음이 변했다는 뜻이에요? 그래서 폐기처분을 하겠다는?"

"그런 뜻일 수도 있겠죠."

"말 돌리지 말고 똑바로 말씀해 주시겠어요? 난 이공계 출신이라서 그런 은유적인 표현은 잘 이해를 못하겠네요."

"아하. 분위기로 봐서 그럴 거라고 짐작은 했어요. 왜 폐기처분하려고 하느냐고요? 이번 일로 그가 인간이 아니라 안드로이드라는 사실을 깨달아버렸기 때문이에요."

멍해진 하란을 보며 오이영이 깔깔 웃었다.

"이공계라서 이해가 잘 안 돼요?"

"그건 내가 이공계라서가 아니라 당신 화법의 문제라고 생각해요."

"그래요? 그러면 억지로 이해하려는 시간낭비 하지 말고 그냥 폐기처분 접수나 해 주세요."

"그건 제가 해 드리죠."

하륜이 볼펜을 들고 서류를 작성해서 오이영에게 내밀었다.

"하나 물어도 되요?"

서류에 사인을 끝낸 오이영에게 하란이 마침내 물었다.

"그렇게 아꼈다면서 5년 동안 정기 검사를 한 번도 하지 않은 이유가 뭐예요?"

질문을 받은 오이영은 문득 얼마 전 읽은 신문 기사를 떠올렸다. 안드로이드가 정지한 다음 욕실로 걸어 들어가 자살해 버린 늙은 남자에 대한 기사였다. 이해하기 힘든 정황을 두고 노망 운운했지만, 오이영은 그 늙은 남자의 기분을 이해할 수 있었다. 그러고 보니 그 늙은 남자도 십여 년간 안드로이드 정기 검사조차 받지 않았다고 했다. 아끼는 마음과는 전혀 다르게 보이는 행동. 그 모순을 이 이공계 출신의 아가씨가 이해할 수 있을까. 대충 대답하고 자리에서 일어서려던 오이영은 하란의 진지한 눈을 보고 마음을 바꿨다.

"당신, 사람들이 왜 영화를 좋아하는지 알아요? 영화를 보는 동안 현실을 부정할 수 있기 때문이에요. 영화를 보는 동안에는 영화 속의 현실이 진짜 현실처럼 느껴지죠. 그래서 가끔 관객들은 영화가 영원히 끝나질 않길 바라요. 차가운 현실로 돌아오기 싫으니까."

"그게 정기 검사를 받지 않은 일과 무슨 상관이죠?"

"그를 안드로이드로 생각하게 되었기 때문에 폐기하려 한다고 말했죠? 화분을 맞고도 멀쩡한 걸 보는 순간, 그를 인간처럼 느끼고 사랑했던 영화 같던 환상이 끝났어요. 마음의 결핍을 채워주고 있던 인간이 겨우 물건에 지나지 않는다는 자각이 든 거죠. 그러자 구원의 시간이 끝났어요. 나는 다시 혼자였고, 외로워졌죠. 내겐 마음을 구원해 줄 인간이 필요하지, 프로그램을 따라 마음이 움직이는 물건이 필요하진 않아요."

오이영이 우아하게 한숨을 쉬었다.

"알겠어요? 정기 검사일이란 말이죠, 내가 마음을 주고 있는 인간이, 날 고독에서 구원해 주고 있는 인간이 로봇에 지나지 않는다는 사실을 끊임없이 상기시키는 사악한 주술이에요. 정기 검사일을 떠올릴 때마다, 이건 인간이 아니다, 이건 프로그램에 따라 움직이고 있을 뿐이다, 그렇게 생각하게 되니까."

오이영이 자리에서 일어섰다.

"그러니까 당신들도 그런 인간의 마음을 참고 하도록 해요. 기계와 프로그램에만 잔뜩 신경을 쓰지 말고. 결국 당신들 사업이란 인간의 외로움을 이용해 먹는 사업 아니에요? 마음을 이용해서 장사를 하려면 마음에 대해서 좀 생각을 하라고요."

뒤돌아서려던 오이영이 문득 다시 하란을 보며 장난스러운 표정을 지었다.

"그런 점에서 사람의 마음을 편하게 해줘야 하는 고객센터 직원도 좀 친절하고 부드러운 사람으로 바꾸라고 건의를 해야겠군요. 저기, 저 남자 정도면 충분하겠네요."

"칭찬 감사합니다."

하륜이 의기양양하게 자리에서 일어나 오이영을 배웅했다.

"안드로이드 수거는 내일 오후에 할게요. 편한 시간에 전화 주시면 바로 트럭을 보내겠습니다."

"그래요. 당신, 마음에 드는데, 내키면 내 운전사로 일할래요? 또 알아요? 그러다가 마음이 맞으면 없어진 안드로이드 자리를 당신이 꿰찰 수 있을지?"

"말씀은 감사합니다만, 저는 이미 마음을 준 사람이 있어서요."

"흐응. 원래 인간의 마음은 변하게 되어 있어요. 내 연락처는 서류에 있어요."

오이영은 하륜에게 윙크를 보내고 센터를 나갔다.

인간은 재활용 될 수 없지만, 로봇은 재활용 된다. 마겐은 다음날 실려 온 오이영의 안드로이드를 재활용하기 위해 외피를 깨끗이 벗겨냈다. 골격을 변형하고 새로운 외피를 입히면 중고 안드로이드 시장에 내놓을 수 있었다. 다행히 탑재된 프로그램에는 오류가 없었다. 오류를 스캔하는 프로그램을 끈 마겐은 골격을 변형하기 위해 골격 디자인을 몇 개 꺼냈다. 하란은 그가 디자인을 고르고 있는 중에 그의 작업실로 들어왔다.

"오이영의 안드로이드야?"

"응. 골격을 바꿔서 중고 시장에 내놓으라는데, 어떤 디자인이 좋겠어?"

마겐이 골라낸 몇 가지 디자인을 작업대 위에 놓고 팔짱을 꼈다.

"프로그램은?"

"오류가 없어. 그대로 내놓을 예정이야."

"교체해."

"응?"

마겐이 고개를 들었다. 하란은 이미 프로그램 교체 작업을 시작하고 있었다.

"그런 수고를 일부러 왜 해?"

"인간의 마음에 대해 좀 생각을 해봤거든."

"무슨 소리야?"

"오이영에게 하던 그대로 새로운 구매자를 대하겠지. 오이영이 알면 기분 나쁘지 않을까?"

"본인이 폐기처분하라고 했잖아. 시간 낭비야."

하지만 마겐은 이미 시작된 하란의 작업을 말리진 않았다.

"너도 우리가 인간의 마음을 이용해 사업을 하고 있다고 생각해?"

"어떤 면에서는 그렇지. 하지만 원래 수요가 있는 곳에 공급이 있는 법이야. 원하는 사람들이 있으니 파는 건데, 우리만 욕한다면 그건 웃기지. 왜? 누가 인간의 마음을 이용해서 사업을 한다고 욕이라도 했어?"

하란은 프로그램 교체 작업 진행률이 나타나는 화면을 빤히 쳐다보았다.

"난 인간의 외로움을 로봇이 구원하고 있는 줄은 몰랐어."

"아직도 자살한 노인에게 마음을 쓰고 있는 거야? 잊어버려. 그건 사고였어. 좋아! 잊히지 않는다면 지호와 내가 잊게 해 주지. 오늘 밤 한 잔 어때?"

"하륜과 데이트 약속이 있어."

"그 놈이 중요해, 우리가 중요해?"

"그 놈."

"잘 먹고 잘 살아라."

프로그램 교체 작업을 끝낸 하란은 투덜대는 마겐의 목소리를 들으며 내려와 그 길로 퇴근했다. 하란은 외근 중인 하륜과 만나기로 한 장소로 향하는 동안 스쳐지나가는 사람들의 얼굴을 유심히 쳐다보았다. 연구소에 근무한 후에 생겨서 지금까지 없어지지 않는 버릇이었다. 누가 인간인지, 누가 안드로이드인지 자세히 살피면 구분할 수 있다. 미세하게 부자연스러운 행동을 보면서 프로그램에서 보완해야 할 점을 착실하게 정리해 나간다. 어쩌면 그러는 동안 인간의 마음을 보는 법 따위를 잊어버렸는지도 몰랐다.

　잠시 쉬어가기 위해 영화관 앞 분수대에 앉은 하란은 연구소로 실려 왔던 늙은 노인의 안드로이드를 떠올렸다. 하드웨어와 달리 소프트웨어인 프로그램은 정상으로 작동하고 있었다. 노인에게 어떤 방식으로 행동했고 반응했는지는 분명했다. 하지만 프로그래밍 된 그 행동과 반응이 노인에게 무엇을 주었는지는 도무지 알 수 없었다.

　"영화가 끝나지 않기를 바라는 관객의 마음이라."

　무심코 중얼거린 하란은 영화가 끝난 뒤 차가운 현실로 밀려나오는 관객들을 보며 자리에서 일어섰다. 영화관 입구에는 오이영이 서 있는 포스터가 붙어 있었다. 하란은 느릿느릿하게 걸어 약속장소인 타워 꼭대기 식당으로 올라갔다. 조금 늦게 도착한 하륜은 배가 고팠는지 주문한 음식을 한참 먹은 뒤에야 한숨을 돌리고 이야기를 시작했다.

　오이영이 남자친구와 헤어진 뒤에 잠적을 했다는 소문, 주식시장이 불안해서 큰일이라는 이야기, 최근 운명의 시계가 조금 늦춰졌다는 희망적인 사건. 하륜의 이야기는 끝이 없었다. 도통 하란이 주의를 기울이지 않는 세계에 대한 이야기였다. 덕분에 하란은 조금 덜 무식해질 수 있었다. 하륜은 생각에 빠진 채 창밖을 보고 있는 하란의 태도에는 아랑곳하지 않고 계속해서 떠들었다.

　집에서든, 연구소에서든 쉴 새 없이 떠들어 대는 하륜에게 익숙한 하란은 아예 하륜을 라디오 취급했다. 가끔 노래까지 불러준다면 정말로 라디오 같을 것이다. 라디오는 외로운 사람들의 물건이었다. 오로지 혼자인 밤에 라디오에서 흘러나오는 목소리는 내가 혼자가 아니라는 위안을 준다.

인간이 발명한 모든 물건이 그런 위안을 위해 존재했다. 웃고 울며 텔레비전을 보다보면 화면 속의 사람들로 인해 외로움이 사라진다. 귀에 바짝 붙인 핸드폰에서 흘러나오는 목소리는 멀리 떨어져 있는 두 사람의 간격을 믿을 수 없을 만큼 바짝 좁혀왔다. 자전거, 자동차, 기차, 비행기. 더욱 더 빨라지는 교통수단은 그리운 이들을 향해 달려가는 속도에 가속도를 붙이며 달려 나간다. 다른 이를 향해, 혼자가 아님을 확인해 주는 누군가를 향해서. 그러니까 모두가 인간의 외로움을 이용해 사업을 하고 있었다. 자신만의 육체에 갇혀서 결코 개체성을 넘어설 수 없는 외로운 인간에게 위안을 주는 사업이었다. 어쩌면 문명의 발전은 인간의 외로움을 넘어서기 위해 끝없이 계속되어 왔는지도 몰랐다. 그런 면에서 보면 문명의 발전과 함께 인간이 더욱 외로워졌다는 흔한 명제는 우스꽝스러운 모순이었다.

하란이 내려다보고 있는 창 밖에는 불이 환하게 켜진 빌딩이 거대한 나무들처럼 솟아 있었다. 그 거대한 빌딩 숲 속에 무수한 사람들이 살아 움직이고 있다. 하지만 하란은 그들의 이름도, 얼굴도 몰랐고 그들이 각자 지닌 삶의 이야기도 몰랐다. 삶은 조각, 조각난 유리처럼 분리되어 있었고, 함께 있어도 결코 하나가 될 수 없었다. 살아가면서 마음이 닿은 사람은 적다. 몹시 적다.

하란은 여전히 떠들고 있는 하륜의 주위를 둘러보았다. 테이블마다 앉아 있는 사람들은 마음이 닿은 사람들과 함께 이 시간을 보내고 있는 운이 좋은 사람들이었다. 세상에는 그렇게 운이 좋지 않은 사람들이 더 많았다. 연구소에서 안드로이드를 사가는 사람들이 대개 그럴 거라고 하란은 문득 생각했다.

“이상하지.”

“네?”

여전히 계속 떠들고 있던 하륜이 자신의 이야기를 그치고 하란을 쳐다보았다.

“사람들 말이야. 외롭기 때문에 구원되고 싶어서 안달이잖아. 그래서 친구를 만들고, 취미 클럽에 가입하고, 연애를 하고, 결혼을 하지. 그런데 어째서 인간이어야만 하는 걸까. 어째서 인간이어야만 외로움에서 구원이 되는 걸까. 영혼이 없는 로봇은 인간의 외로움을 구원할 수 없었나봐.”

“오이영 씨 이야기예요? 아니면 자살한 노인 이야기?”

“양쪽 다겠지.”

“아직도 그 사건을 마음에 두고 있어요? 지호 씨와 마겐 씨도 말했지만, 그건 그냥 사고였을 뿐이에요. 노망난 노인이 외로움에 미쳐서 죽어버린 거라고요.”

하륜이 하란을 위해 화를 냈다. 그것이 귀여워서 하란은 웃어버렸다.

“네가 있어서 정말 다행이야.”

하란은 여전히 웃었다.

“네 덕분에 불 꺼진 집으로 돌아가는 일이 아무렇지도 않게 되었거든.”

“낯간지러운 소리 하시긴. 이런 이야기는 그만 두고 다른 이야기를 해요. 오랜만에 주말인데 내일 근교에 놀러 라도 가요. 가을에 메밀꽃이 활짝 핀…….”

재잘재잘 입을 놀리던 하륜의 말이 차츰차츰 느려지다가 멈췄다.

천천히 아래로 떨어지는 하륜의 턱을 보며 하란의 얼굴에서 웃음이
점차 사라졌다. 입을 쫙 벌린 하륜의 목구멍 깊은 곳에서 낮은 기계음
이 들려왔다.

"계속 진행하시려면 코인을 주입해 주시기 바랍니다."

순식간에 찾아온 침묵의 시간 속을 지나가는 잔인한 천사의 날갯짓
소리가 들렸다. 마침내 하란은 자살해 버린 늙은 노인의 기분을 조금
은 알 것 같았다. 마음이 없는 물건에 농락당한 기분. 유린당한 채 혼
자 버려진 차가운 외로움이 밀려왔다. 하란은 창밖으로 뛰어내리고 싶
은 충동을 억누르며 천천히 탁자에 놓아둔 핸드폰으로 손을 뻗었다.

"무슨 일이야?"

마겐의 목소리가 귀에 바짝 붙인 핸드폰에서 들려왔다. 목소리는
가깝지만 마겐은 멀리 있다. 그 참을 수 없는 모순에 하란은 대책 없
이 외로웠다. 하지만 하란은 감정을 누르고 목소리에 힘을 주었다.

"하륜이 멈췄어."

"응? 그래? 코인을 넣지 그래?"

"코인을 안 가지고 왔어."

"뭐야. 연구소 직원이 그렇게 대책이 없어서 어떻게 해? 잊은 거
야?"

"응."

"너답지 않다."

"코인을 잊은 게 아니라 하륜이 인간이 아니라는 사실을 한참동안
잊고 있었어."

"뭐?"

“아무것도 아냐. 내가 하고 싶은 말은 이렇게 대책 없이 밥을 먹다가 사람들 많은데서 멈추지 않게 할 센서가 필요하다는 거야. 비상 전력이라도 사용해서 센서가 안전하다고 감지하는 곳에서 멈추게 해야 할 것 같아. 코인도 없이 이렇게 멈춰 버리면 무슨 수로 움직이겠어. 결국 연구소 직원이 발에 불이 날 정도로 뛰어 오는 수고를 할 수밖에 없잖아. 그리고 코인을 넣은 위치도 그래. 대체 이게 뭐야.”

목구멍까지 치밀어 오르는 묘한 슬픔을 억누르기 위해 하란은 쉴 새 없이 말을 이었다.

“쫙 벌린 입에다가 동전을 집어넣으라니 정말 너답게 우스꽝스럽다. 좀 우아하게 코인을 주입할 수 있도록 연구를 해. 이 ‘렌탈 휴먼’을 빌려갈 고객들의 원성을 사지 않으려면.”

“고객의 기분을 알아보겠다고 테스트에 지원할 때부터 잔소리 한참 할 거라고 예상은 했어. 알았어. 그건 내 소관이 아니니까 디자인 부서랑 상의하도록 하지. 하륜을 수거하도록 지금 바로 직원 보낼 테니까 조금만 기다리고 있어.”

“전화 끊지 마.”

“할 말 있어?”

“아니. 하지만 천사가 지나갈 시간을 주기 싫어.”

그러나 그 순간 수화기 저편에서 마겐이 할 말을 잃었고, 사방이 조용해지는 짧은 침묵의 시간이 찾아왔다. 나를 향한 소리도, 누군가를 향한 소리도 잃어버리고 자신 속에 갇혀 결국 인간은 혼자임을 뼛속까지 느끼는 그 짧은 순간, 절대적인 고독 속으로 인간을 떨어뜨리며 천사가 지나갔다. 아니야, 이건 천사가 아니라 악마가 지나가는 시간이야.

　아주 잠시, 하란은 인간의 외로움을 구원해 주기 위해 만들어낸 하
륜을 보며 자신이 기술자가 아니라 그 악마를 쫓아내는 퇴마사일지
도 모른다고 생각했다.

우주류

/ 정소연

『노래하던 새들도 지금은 사라지고』, 『어둠의 속도』, 『원더월드 : 그린북』, 『화성 아이 지구 입양기』 등을 번역했으며, 인문·사회학적 주제를 다루는 SF 번역에 관심이 많다. 제2회 과학기술 창작문예 만화 부문에서 스토리를 담당한 「우주류」로 가작을, 제48회 서울대학교 대학문학상에서 「마산 앞바다」로 가작을 수상했다. 행복한책읽기 SF 전문무크 《Happy SF》 제2호에 「앨리스와의 티타임」을 수록하였다. 공동단편집 『한국 환상 문학 단편선』, 『잃어버린 개념을 찾아서』을 출간했다.

바둑에서 가장 중요한 것은 착점*이다. 혹자는 승부를 가리는 계가*
가 우선 아니냐지만, 바둑의 승부는 우연히 나는 것이 아니라 과정에
서 이어지는 논리적 귀결일 따름이라, 굳이 계산을 편하게 하기 위해
이리 저리 돌을 움직여 만든 사각형에는 실상 아무런 의미가 없다. 착
점도 그저 돌을 놓아서는 안 된다. 바닥에 떨어진 종이를 주워 옮기듯
해서야 그 멋을 제대로 느낄 수 없다. 검지와 중지 사이에서 미끈거리
는 돌을 타악 하고 내려놓는 순간, 반상*은 우주가 되고 세상을 버티
는 검은 줄을 타고 새로운 진동이 흐른다.

바둑판 중 제일은 비자나무판이다. 비자나무는 유연하고 탄성이 있

---

* 착점(着點): 돌을 바둑판 위에 놓는 것

* 계가(計家): 집계산. 남은 집의 수를 세어 승부를 가린다.

* 반상(盤上): 바둑판 위

어 돌을 놓는 순간의 압력에 살짝 눌리는데, 그 맛이 그리도 좋다고들 한다. 착점하는 순간의 진동을 삼켜버리고 본래 모습으로 돌아오는 재주는 몇 해가 가도 흐트러지지 않는다. 이런 비자나무판 중에서도 특등품은 바로 갈라진 나무로 만든 판이다. 워낙에 신축성이 좋다 보니 갈라진 나무를 잘라 잘 보관해 두면 그 상처가 도로 아물고 가느다란 흔적만 남는데, 이것이 바로 좋은 비자나무판이라는 증거가 되어 값이 몇 배로 뛴다.

어머니가 바로 그 실금 간 비자나무판을 마련한 것은 내가 스물아홉 살 때였다. 빠듯한 살림 어디서 그런 큰돈이 났는지, 어머니는 신경치료를 받고 돌아온 내 앞에 지금까지 쓰던 납작한 휴대용 합판과는 비교도 되지 않는 매끈한 바둑판과 플라스틱 돌에 기름이라도 바른 듯 빛나는 조개알을 내놓았다. 반신불수로 평생을 보내야 할 딸의 처지가 안타까워 마련한 선물이라기에는 턱없이 비싼 물건을 앞에 두고 나는 잠시 말문이 막혔다. 어머니는 바둑판을 식탁 겸 책상 위에 올리고 약품으로 거칠어진 손을 뻗어 바둑돌을 쥐더니 4의 3, 소목*에 탁 소리 나게 놓았다. 바둑판이 가볍게 패였다.

"오늘부터는 내가 흑을 쥐마."*

....

* 소목(小目): 3의 4 지점. 화점에서 위 또는 옆으로 한 칸 간 곳이다.

* 흑과 백: 바둑에서는 실력이 약한 사람이 흑돌, 강한 사람이 백돌을 쓴다. 흑돌을 쥔 사람이 먼저 두기 때문에 유리하다. 실력 차이가 큰 경우에는 흑돌을 미리 몇 개 놓고 시작하는데 이를 '점을 놓는다'고 한다. 실력이 비슷한 경우에는 한 사람이 돌을 한 움큼 쥐어 판 위에 놓으면 다른 사람이 홀수인지 짝수인지 맞추어 맞은 경우 흑, 틀린 경우 백을 쥐는데 이런 경우를 '호선'이라고 한다.

나는 어머니와 바둑판, 그리고 우주 한가운데에서 위태롭게 떨리는 검은 돌을 번갈아 바라보다 돌 통에 손을 넣었다. 차가운 조개가 살아 있는 것처럼 손가락 사이로 달려들었다. 타악, 좌상귀 화점.*

나는 언제나 우주를 꿈꿨다.

우주비행사든, 지질학자든, 천문학자든 상관없었다. 내가 가고 싶은 곳은 저 밖 어딘가 였다. 돈으로 살 수 있다면 돈을 모으리라. 몸으로 때울 수 있다면 체력을 키우리라. 권력으로 잡을 수 있다면 높이 오르리라. 지구를 벗어나리라. 우주를 보리라. 열 살 남짓한 여자아이의 머리 어느 구석에서 그렇게 강렬한 갈망이 자라났는지는 아무도 몰랐다.

보험회사를 다니던 아버지가 과속 차량에 뒤를 받혀 어이없이 세상을 뜨자, 생물학을 전공했던 어머니는 어느 대기업에 딸린 유전공학 연구실에서 일자리를 구했다. 초파리가 담긴 유리관에 화학약품을 넣거나, 방사선을 쪼이거나, 유전자 변형된 음식물을 집어넣는 일이었다. 그렇게 만들어진 날개 없는 초파리, 눈이 뒤틀린 초파리, 다리가 네 개뿐인 초파리가 어디에 쓰이는지는 어머니가 알 바 아니었다. 어머니가 하루 종일 작은 생명이 발버둥치는 유리관을 지켜보고 돌아온 밤이면 우리는 10년은 족히 된 것 같은 접는 바둑판 앞에 마주앉았다. 어머니의 눈 밑에 피곤이 겹겹이 쌓였거나 내가 시험을 앞둔 날에도 판은 어김없이 펼쳐졌다.

----

* 화점(花點): 바둑판 위에 굵게 표시된 아홉 개의 기준점. 이 중 반상 한가운데에 있는 점을 천원이라고 부른다.

"반상이 곧 우주다."

과학 잡지의 화사한 화보, 학교에서 빌려온 과학소설, 달 유인기지 건설 계획 수립 과정을 담은 DVD를 보고 싶어 투덜거리던 내게 어머니는 말했다.

"집중하지 않으면 바둑이나 인생이나 수가 나지 않는 법이다. 교만하면 길을 잃는다. 반상이 곧 우주다."

어머니는 달에 유인 기지가 생기든 화성에 유인 탐사선이 가든 소국(小國)의 어린아이가 꿈꿀 만한 일은 아니라는 말은 단 한 번도 하지 않았다. 한창 꿈을 키울 나이인 어린 딸에게 할 법도 한, 너라면 틀림없이 할 수 있으리라는 공치사도 한 번 꺼낸 적 없었다. 내가 좁은 방의 벽 가득히 성단과 항성계의 사진을 붙여 넣을 때에도, 주말 밤 늦게까지 잘 들리지 않는 유럽우주국(ESA) 마이클 매케이*의 인터뷰를 몇 번이나 돌려보며 사전을 뒤적일 때에도, 과학영재센터 지원서에 딸린 보호자 동의서를 내밀었을 때에도, 그 시험에 떨어져 퉁퉁 부은 눈으로 침대 머리맡에 붙은 대형 화성 포스터를 찢어발길 때에도 어머니는 나무라지 않았다.

"우주류*라 하여 귀를 버리는 것은 바보 같은 짓이다. 지킬 것을 지키지 않으면 허공에서 죽는다."

....

* 마이클 매케이(Michael Mckay): 유럽우주국 (ESA)의 화성탐사 책임자

내가 열일곱 되던 해, ESA와 NASA는 손을 잡고 달기지 건설을 시작했다. 장기 거주가 가능한 시설에 필요한 비용이 없어 지지부진하던 계획이 거주는 뒤로 미루고 광물을 채취하여 값싸게 운반할 시설부터 짓는 쪽으로 수정되자 갑자기 속도가 붙었다. 따로 유인 우주선을 만든다던 중국은 터와 인력을 제공하고 이윤을 나누어 받기로 마음을 돌렸다. 20년 계획이었다. 다국적 기업의 로고를 커다랗게 새긴 우주선이 연이어 출발했다. 베이스캠프를 만들고 광산의 위치를 결정할 첫 번째 팀은 남자 스무 명, 여자 열일곱 명이었다. 달리 말하면 미국인 열, 유럽인 열둘, 중국인과 일본인 열넷, 인도인 한 명. 또 달리 말하면 흑인이 여덟, 황인이 열다섯, 백인이 열네 명. 그리고 그 중 절반이 학사 수준 이상의 광물학 전공자였다.

나는 첫 번째 팀의 우주선 세 대가 발사되는 모습을 질릴 만큼 되풀이해 보았다. 기말고사가 끝날 때쯤 모두 무사히 달에 도착하여 연구를 시작했다는 소식이 들려왔다. 황량한 우주와 그 가운데 뜬 지구를 뒤로 하고 찍은 기념사진이며 얄팍한 기획방송부터《네이처》에 실린 월인들의 소소한 연구 결과까지 나는 하나도 빼놓지 않고 찾아 읽었다. 혼자 공부한 프랑스어와 영어, 중국어는 일상 대화를 하기에는 부족했으나 사전을 뒤져 논문을 더듬어 읽고 이해하기에는 충분했다. 그만하면 족했다.

스무 살. 나는 천문학과가 유명한 대학에 들어갔다. 광물학을 부전

---

* 우주류(宇宙流): 실리 위주였던 기존의 바둑과 달리 반상 한가운데를 공략하는 직선적이고 전투적인 형태의 전술로 1980년대 바둑계에 센세이션을 일으켰다.

공, 생물학을 복수전공으로 택했다. 누가 보아도 무리인 시간표였지만 먹고 살고 공부만 하기란 생각만큼 어렵지 않았다. 사람들은 배경처럼 흘러 지나갔다. 어머니와의 바둑은 한 달에 두 번, 기숙사에서 집으로 돌아가는 주말로 줄었다. 나는 때 묻은 바둑판의 녹슨 경첩을 펼치며 다른 사람들도 반상에 그인 검은 줄처럼 또렷한 목표를 가지고 있을지, 그들의 삶도 열아홉 줄이 엇갈려 만들어낸 삼백예순한 개의 점처럼 유의미할지 궁금해 했다.

"이유 없는 돌은 처음부터 놓지를 말아라. 일단 놓았으면 쓸모를 찾아라."

스물하나, 스물둘, 스물셋. 광산 건설이 시작되었고 달과 지구 사이에서 자재를 운반하고 연락을 맡을 새 우주왕복선이 완성되었다. 대통령이 두 번 바뀌는 사이 우리나라와 무관해 보이는 달기지 건설 소식은 대중의 관심에서 멀어졌다. 고등학교 교과서마다 첫 번째 팀을 이끌었던 백인 영웅의 사진이 박혔다. 모든 것이 너무나 빨리 역사의 한 장이 되고 있었다. 마음이 조급해졌다. 여전히 반도에 묶인 스물세 살 여학생. 자다 깨어 자리에 누운 채로 허공을 꼼짝 않고 바라보거나 신기술이나 정보에 늦은 학교가 답답해 수업에 빠지는 날이 늘었다. 꿈에서 나는 대기권을 통과하고 우주를 날았다. 진공에 노출되어 온몸이 부풀어 터졌다. 바둑판의 줄처럼 우주를 가르는 그물에 걸려 기숙사 천정보다 까마득한 허공으로 떨어져 내렸다.

대학원 석사 2년차이던 스물여섯 살에 마침내 기회가 보이기 시작했다. 달 기지와 우주왕복선에 필요한 사람의 수가 늘어나면서 정치적으로 올바른 것에 대한 환상에 균열이 생겨났다. 조심스레 맞춘 성비와 국적, 인종비율이 무너져 내린 자리에 경제 논리가 자리 잡았다. 건설이 진행될수록 당연히 크고 작은 사고가 잦아졌고, 이미 영웅이 더 필요 없는 사업에 목숨을 던질 사람은 줄어들었다. 나는 석사가 끝날 때까지 끈질기게 참고 기다렸다. 지원할 기회는 한 번, 많아야 두 번일 터였다. 지상에서 통신을 중개하거나 보내온 광석을 점검하는 일 따위에 배치될 수는 없었다. 내가 꿈꾼 것은 우주였다. 내가 갈 곳은 달이었다. 내가 원한 것은 반상 한가운데 방치된 돌이 아니라 귀퉁이에서 제대로 뻗어나간 화려한 우주류였다.

나는 석사학위를 받은 날에 곧장 지원서를 넣었다. 박사는 아니라도 천문학 석사, 생물학 학사, 광물학 부전공에 프랑스어, 영어, 중국어 가능자라는 이력서는 나쁘지 않았다. 나는 만 일곱 해 반 동안 쌓인 짐을 정리해 어머니의 집으로 돌아가 결과를 기다렸고, 대학원에 다니던 3년 동안 창고에 박혀 먼지가 눌러 붙은 바둑판을 꺼내다 누렇게 바랜 연간 달기지 소식지 뭉치를 발견했다. 내가 모아둔 것은 아직 풀지 않은 가방 안에 들어 있었다.

육 개월 후 서류 전형 합격 통지를 받고 면접을 위해 아시아지역 연구본부가 있는 중국 간쑤성으로 출발했다. 장대한 사막에서 번쩍이는 연구소와 얼핏 보기에는 폐허 같은 우주선 발사대의 모습은 너무나 익숙하여 오히려 현실감이 없었다. 나는 준비한 면접 자료를 훑어보는 대신 주머니에 넣어 간 플라스틱 바둑알을 만지작거리며 건조한 사막의 공기를 들이마셨다. 지는 해를 따라 타오른 황막의 흙먼지

가 아스라이 보이는 초원을 가렸다. 나는 발끝에 부딪히는 흙먼지를
내려다보며 생각했다. 만약 달에 간다면, 혹은 우주왕복선에 살게 된
다면 이 하늘이 그리워질까. 이 땅이 그리워질까. 어머니가 그리울까.
언젠가는 돌아오고 싶어 하게 될까.

　　나는 끝내 그 답을 알지 못했다. 면접과 신체검사를 통과하고 실감
나지 않는 마음을 서둘러 추슬러 서류를 정리하기 위해 한국으로 돌
아온 날이었다. 버스에서 내리던 내 눈앞에 갑자기 나타나서 사정없
이 돌아가던 바퀴와 동시에 느껴진 아찔한 고통. 스물여덟 살. 20년의
노력이 팻감 떨어진 대마*처럼 죽어 나가는 데에는 이십 초도 걸리지
않았다. 중력이 껍질만 남은 몸을 쉴 새 없이 끌어당겼고 병상에 누인
몸은 아무리 발버둥 쳐도 침대로, 바닥으로, 땅으로 아득히 잠겼다.
겹겹이 쌓인 대기의 무게에 숨이 막혔다.
　　나의 일상도 배경이 되었다. 일어나고, 휠체어에 앉고, 병원에 가고,
집에 돌아오고. 밥을 먹고, 약을 먹고, 물을 마셨다. 퇴원하고 서너 달
이 지나 문득 돌아온 정신으로 바둑판을 찾아보려 창고 문을 열었지
만, 달라진 내 키에 적응하지 못해 쌓인 물건만 넘어뜨리고 말았다.
연간 달기지 소식지, 플라스틱 바둑알, 학창 시절 벽에 붙였던 빛바랜
사진, 다큐멘터리 DVD, 대학 졸업앨범이 쏟아져 내렸다. 얼굴에 야광

---

* 대마(大馬): 바둑에서 거대한 세력을 이루며 연결된 돌. '대마'가 잡힌 경우 바둑은
　대개 불계패(기권패)로 끝난다.

별의 둔탁한 모서리가 부딪혔다. 아팠다. 먼지가 들어갔는지 눈과 코가 못 견디게 따갑고 숨이 목에 걸렸다. 아파 눈물이 났다. 나는 창고 앞에 앉아 이제 잡동사니가 된 나의 스물아홉 해에 파묻혀 흐느꼈다.

저녁에 돌아온 어머니는 나를 욕실에 밀어 넣고 아무 말 없이 창고를 치웠다. 그리고 며칠 후 식탁 한쪽에 비자나무판이 놓였다. 나는 집에 혼자 남는 낮이면 전날 밤 대국의 흔적이 남은 곰보 비자나무판의 실금을 쓰다듬고 집구석에 처박혀 있던 기보*책을 꺼내 10년 전, 50년 전, 100년 전에 입신한 기사들의 대국을 손수 놓아보았다. 가끔은 반짝이는 조개알을 꺼내 하나하나 닦기도 했다. 밤이면 그렇게 반지르르하게 닦은 차가운 알을 쥐고 텅 빈 반상 앞에 어머니와 마주앉았다.

병원 통원 치료가 완전히 끝나고 몇 개월에 한 번씩 들러 하는 검사만 남게 되자 나는 반 년 가까이 꺼져 있던 컴퓨터를 켜고 즐겨찾기에 그대로 남아 있는 천문학이며 달기지 관련 뉴스그룹과 논문 데이터베이스 링크를 훑어보았다. 그리고 모두 지워버리는 대신 온라인 박사과정에 등록했다. 지구를 사랑할 수는 없었다. 검은 밤하늘에 흘러가는 구름조차도 내가 대기 아래 갇혔다는 깨달음을 불러와 견딜 수 없었다. 반상이 곧 우주라면 그 어디엔가는 찍혀나간 틈이 있을 것이다. 반상이 인생이라면 이 상처는 실금으로 남을 것이다. 세상을 버티는 줄은 하나가 아니다.

---

* 기보(碁譜): 대국의 과정을 순서대로 기록한 것. 바둑판이 그려진 종이에 동그라미로 돌을 표시하고 그 안에 두어진 순서대로 숫자를 적어 넣는다.

아무리 컴퓨터 프로그램이 복잡하고 교묘해져도 사람 손이 가는 일은 남아 있기 마련이라 나는 학부생 답안지 채점과 간단한 논문 번역 아르바이트 자리를 꽤 쉽게 구할 수 있었다. 현장에서 일하기 곤란한 광물학은 완전히 그만두었다. 온갖 국적과 나이의 사람들이 달기지와 관련 사업에 몰려들면서 연구본부에서 일하는 장애인도 조금씩 늘어났지만 내가 서른셋이 될 때까지도 우주 기지에서 장애인을 채용했다는 소식은 들리지 않았다. 막연한 기대나 실낱같은 희망에 매달린 삶이 아니라 초연할 수 있었다. 스무 살 즈음에는 월인들의 사진만 봐도 고개를 들던 질투심도 이제는 서서히 사그라들었다.

기지건설이 마무리 될 즈음에 스캔들이 터졌다. 직원들의 건강 문제였다. 중력이 낮은 달이나 우주왕복선에서 장기간 일한 직원들의 골밀도 감소 현상이 NASA/ESA의 주장보다 훨씬 심각하다는 것이 뒤늦게 알려졌다. 건설을 시작할 때는 충분히 대책을 세운 줄 알았는데 처음 달의 맨 땅을 밟고 돌아다녔던 월인들이 지구에 돌아오고 10년도 더 지나서야 부작용이 나타나기 시작한 것이다. 첫 번째 팀 서른일곱 명 중 지금까지 살아있는 서른 명에게서 나이에 비해 턱없이 이른 골다공증 증세가 나타났고, 그 중 절반에게는 결석까지 있었다. 주로 우주에서 활동한 두 번째 팀원 중 세 명이 피부암에 걸린 것도 우주방사선 때문이라는 가설이 등장하자 과학계와 의료계가 발칵 뒤집혔다. 지금껏 제대로 된 후속 연구가 없었기 때문에 세계 방방곡곡으로 흩어져 자신의 건강 문제라고만 생각하고 살아온 계획 참가자들이 세밀한 검사를 받았고, 그 결과는 건설 중단 운동이 일어날 만큼 절망적이었다. 그 모든 예방책에도 불구하고 당장 근본적인 해결책은

200

나오지 않았다. 급한 대로 우주왕복선의 인공 중력이 지구의 0.5배에서 0.8배로 높아졌고 직원들의 우주 거주 기간이 절반으로 단축되었으며 운동시간이 충분히 주어졌다.

하지만 결국 기지 건설은 중단되었고, 1년 가까운 사업표류 끝에 NASA/ESA는 신체 장애인을 모집하기 시작했다. 무중력 공간에서 일하다 지구로 돌아가도 상대적으로 몸의 무게를 버텨낼 필요가 적은 하반신 마비나 절단자가 주요 대상이었다. 뉴스그룹에서는 운동해야 할 부위가 적은 사람들은 팔다리를 쓰지 않거나 아예 없는 이들이라는 주장이 있었다는 소문도 돌았다. 표면적으로 내세운 이유인 정치적인 정당함과는 거리가 먼 결정으로 기지건설에 자원하는 사람의 수가 눈에 띄게 줄었기 때문에 나온 궁여지책에 가까웠지만, 지금껏 우주개발에서 배제되어 온 장애인들은 기회를 놓치지 않고 권리 찾기에 나섰다. 결국 장애인 채용 문제는 우주 시대의 장애 인권부터 지구의 법률 적용 범위 논쟁이며 국제법 논쟁으로까지 확대되었다.

사업 성공을 앞두고 악재를 맞은 NASA/ESA와 후원 다국적 기업들은 더 이상의 사업 지연으로 경제적, 사회적인 타격을 감수하느니 사업의 수혜자를 늘리고 지금껏 투자한 엄청난 비용을 회수하는 쪽을 택했다. 미국과 유럽에서 시행되던 장애인 채용법안을 개선한 새로운 법안이 국제법에 포함되었고 달기지와 우주왕복선 및 연구본부가 있는 지역에까지 확대 적용되었다.

공부를 멈추고 장애인이나 국제법 뉴스그룹에서 들려오는 소식에 온 신경을 모았다. 현실감이 없었다. 막 서른아홉 살이 되었을 때 장애인과 일반인을 모두 포함하는 채용 공고가 나왔다. 다양한 경우에 맞춰 새로운 체력검사가 도입되었고, 몇 달 후 건설 재개 우주선에 절차를 통과한 열두 명의 장애인이 처음 올랐다. 나는 그들이 탄 우주선이 발사되는 모습을 보고서야 지원서를 보냈고, 10년 전이긴 해도 이미 채용 절차를 통과한 경력이 있는 데다 그 사이 추가된 학위가 보탬이 되었는지 다시 중국 국경을 넘게 되었다. 이번에는 처음부터 짐을 모두 챙겼다. 출발하기 전날 밤에 어머니는 바둑판이나 돌을 가져가겠느냐고 물었다. 나는 휠체어에 앉은 내 키와 별로 차이가 나지 않게 굽은 어머니의 등을 가만히 바라보았다. 그리고 천천히 팔을 뻗어 어머니의 목을 감싸 안고 고개를 저었다.

간쑤성은 이제 매끈한 도로가 반짝거리며 빛나는 연구단지가 되어 있었다. 나는 발사대와 본부가 보이는 고층 숙소 창가에 앉아, 기억 속에 희미하게 남아 있는 이 사막의 흙먼지를 떠올렸다. 지금의 내 나이에 어리기 그지없는 아이를 반상 앞에서 똑바로 마주보며 키웠던 어머니를 생각했다. 지구로 돌아오지 않고 싶다던 화려한 꿈과 사막을 딛고 섰던 두 다리를 생각했다. 근무 계약 기간이 끝나는 1년 후면 연장 여부와 상관없이 일단은 귀환하게 된다. 혼자 몇 번이나 놓아 보았던 우주류의 창시자 다케미아 마사키의 기보에서 보았던, 직선적인 호방함을 받쳐내는 무섭도록 치밀한 수읽기를 머리 속으로 그려 보았다. 나의 십대, 이십대, 삼십대. 그 착점의 순간들.

나는 창에서 몸을 떼고 두 팔로 침대에 풀썩 몸을 뉘었다. 모레 왕복선으로 출발하고 나면 정신없이 바빠질 터였다. 그리고 지구로 돌아오면, 그래, 돌아오면, 돌을 반짝반짝하게 닦고 어머니와 바둑을 두자. 망원경을 하나쯤 사거나 사람을 만나거나 장애인권단체에 나서 보는 것도 좋겠지. 내 나이 불혹, 바둑은 이제 겨우 중반이었다.

무기여 잘 가거라

/ 임태운

2005년 KT&G 상상마당 문학공모전에서 중편「싹쓰러슈 데이」로 동상을 수상하였다. 2007년 웹진 크로스로드에「앱솔루트 바디」,「채널」을 게재하였고 같은 해 SF 장편소설 『이터널 마일』로 한국전자출판협회 제2회 디지털 작가상에서 우수상을 수상하였다. 2008년 공동단편집 『앱솔루트 바디』를 출간했다.

1

사실 따지고 보면 첫 경험 때부터야.

고등학교 2학년 겨울방학 때였나. 눈이 꽤 많이 내린 날이었어. 독서실 책상에 앉아 무기력하게 창밖을 바라보고 있었지. 무슨 생각을 하고 있었냐고? 그냥 이런저런 생각들. 수능은 1년 앞으로 다가왔는데 가고 싶은 학과도 딱히 없고, 엄마아빠 등쌀에 못 이겨 독서실등록을 하긴 했는데 분위기는 또 왜 이리 칙칙해. 공부는 오지게 안 되는데 밖에는 청승맞게 눈이 수북수북 쌓이고 있는 거야. 그런데 나는 나가서 만날 여자친구도 없고. 그러니까 뭐랄까. 만약에 외계인이 지구인들을 납치해서 표본실을 만든다면 나는 마치 대한민국 한심한 고교생 '표본'으로 꽂혀 있을만했다고 할까.

그때 그 누나가 나한테 왔어. 나보다 두 살 많은, 재수하는 같은 동네 누나였는데 커피 한 잔 사주면서 괜히 친한 척을 하더라고. 이름? 안 물어봤어. 그 누나도 내 이름 따위 관심 없었을 텐데 뭘. 그나저나 원래 남자 독서실에 여자가 들어오면 안 되는 거거든. 그래서 슬쩍 주위를 둘러봤는데 독서실 안에 우리밖에 없는 거야. 그때서야 알아차렸지. 누나가 나를 쳐다보는 눈빛이 뭔가 끈적끈적하다는 걸.

유혹당한 거냐고? 글쎄. 누가 먼저 유혹한 걸까. 황 대리는 여자니까 잘 모를 수도 있겠지만 사실 남자들도 은근히 내숭 떨 때가 있어. 순진한 척하는 거랄까. 그때의 내가 그랬지. 누나가 뭘 원하는지 다 알면서, 수학 문제를 가르쳐준다는 말을 철썩 같이 믿는 척하고 자취방에 따라 간 거야. 코사인과 탄젠트의 차이점을 알려준다나? 지금 생각하면 웃겨. 그 누나 나보다 수학 한참 못했거든.

안 떨렸냐고? 니미, 처음인데 어떻게 안 떨려. 이런 거 네가 처음이야, 하고 말하면서 브래지어 후크 쉽게 푸는 새끼들. 그거 다 구라야. 처음엔 다 어설플 수밖에 없어. 어쨌든 이야기로 돌아와서, 겨드랑이 사이에 손을 넣고 낑낑거리고 있는데 누나가 한숨을 쉬고는 자기가 스스로 브래지어를 풀더라고. 약간 존심이 상했지만 처음이니 어쩔 수 없다고 스스로를 위로하며 애무를 하기 시작했어. 처음에는 누나한테 별 반응이 없더라. 그냥 내가 열심히 땀 흘리는 모습만 귀여워하더군. 열 받았지. 내 하드디스크의 절반을 차지했던 숱한 야동들도 별 도움은 안 되더라니까. 어떤 야동? 왜 있잖아, 지금은 은퇴한 AV 배우 히토미 칸나. 그렇게 잘 나갈 때 느닷없이 컬렉션을 중단하다니, 에효.

그런데 누나가 스스로 짚어준 곳들을 공략하니까 누나 몸이 조금씩 뜨거워지더라고. 그런데 막 넣으려는 찰나에 갑자기 막아서는 거야. 콘돔 없이는 절대 안 된다고. "그냥 하면 안 돼?" 하고 졸라봤지만 누나는 단호했어. 그리고 책상 서랍에서 콘돔을 꺼내 손수 끼워주더라. 능숙한 솜씨였어.

얼굴 빨개졌다? 어이, 황 대리. 순진한 척하지 마. 별로 친하지도 않은 직장 동료를 손쉽게 모텔로 끌어들여놓고 어디서 내숭을. 아침부터 남자랑 이런 얘기하는 건 좀 민망하다고? 하긴 그럴 수도 있겠네. 근데 나는 아니야.

이런 얘기하는 거 황 대리가 몇 번째인지 기억도 안 나니까.

2

경과보고서 93001.

도라쉬크 공화국의 위대하고 위대하신 수령님께.

공화국의 43번 소혹성에서 수령님께서 친히 허가하신 극비리의 연구를 진행하고 있던 연구소가 습격당하는 일이 벌어졌습니다. 28개의 연구소 중 습격당한 연구소가 추진 중이었던 연구안이 하필 저희 함대의 주력 항속 장치인 범우주중력무시광속추진동력기관 '므라크하브담'이었던 것은 우연이 아닌 걸로 보여집니다.

시각은 어젯밤 38시 103분으로 추정되며 연구 장비 일체가 복구 불가능할 정도로 파괴된 걸로 보입니다. 연구소의 경비를 맡고 있던 네 명의 자랑스러운 동지들이 저항을 벌인 흔적이 발견되었으나 생체 신호는 찾을 수 없어 모두 사망한 것으로 추정되며, 습격자들의 정체는 아직 파악되지 못하고 있습니다. 허나 정황으로 미루어보건대 습격자들의 당초 목적은 '파괴'가 아닌 '정찰'이었던 걸로 여겨지며 그것이 발각되자 증거 인멸을 위해 공격을 감행한 걸로 보여집니다. 현재 저희 수색대는 43번 소혹성을 향해 신속히 다가서고 있는 중입니다.

120시간 내에 습격자들의 정확한 의도와 피해범위를 보고 드리겠습니다.

앗사라크 쉬아돔 전술보좌관.

3

첫 경험을 했다고 해서 갑자기 어른이 된 기분이 들었다거나 뿌듯하지는 않았어. 그건 하룻밤의 잠자리 그 이상도 이하도 아니었거든. 물론 할 때는 세포벽을 뚫고 핵이 뛰쳐나오는 건 아닐까 싶을 정도로 강렬한 경험이었지만, 누나의 집을 빠져나왔던 새벽에 나는 아버지에게 둘러댈 변명을 생각하느라 정신이 없었어. 새벽하늘 구석에 떠 있는 별이 유난히 커 보이더라. 괜스레 날 쳐다보고 있는 느낌도 들고. 동정을 잃고 남자가 되었지만 그 사실이 나를 둘러싼 세상을 변화시키는 건 아무것도 없더라고. 그냥 그 별과 나만 공유하는 비밀 하나가 생겼을 뿐.

사실 처음이 어렵지, 뭐든 지나고 나면 별 것 아닌 것처럼 느껴지는 법인가 봐.

환상이 현실이 되고, 일탈이 일상의 범위 안에 포함되어버리는 그런 순간이 있잖아. 세상의 음부를 하나 훔쳐 본 대가로 무언가를 잃어버리는 느낌. 그냥 그런 생각이 들더라. 한 번 여자와 자본 남자는 더 이상 첫 경험에 대한 환상을 가질 수가 없잖아. 그래서 왠지 난 그때 자유를 얻었다기보다 잃어버린 것 같아.

그날 이후로 독서실은 한 번도 가지 않았어. 누나가 다시 보고 싶지 않았던 건 아니었지만 당시에는 왠지 모를 죄책감도 느껴졌었고, 무엇보다 그 장소 자체가 꺼려지더라고. 그날 있었던 일에서 아무것도 연관되고 싶지 않았어. 가스 배달을 하던 동네 형이 알려준 사실이지만 그 누나, 생각보다 소문이 안 좋더군. 왜 그런 여자들 있잖아, 동정남들만 골라서 노리는. 여자 몸 건드리고 싶어서 어쩔 줄 몰라 하는 그 모습에 우월감이나 쾌감을 느끼는 걸지도. 그 얘기를 듣고도 당했다는 느낌은 들지 않았어. 나라고 뭐 떳떳한가.

그런데 두 달쯤 뒤에 어떻게 연락처를 알았는지 누나가 연락을 해왔어. 청천벽력 같은 소릴 들었지. 내 아이를 임신했다는 거야. 나는 도대체 그게 무슨 소리냐고, 안전하게 하지 않았냐고 했지만 누나는 한 마디로 일축했어.

재수가 좆같이 없으면 이래.

누나는 수술비를 반반씩 내자면서 10만 원을 달라고 하더라고. 삼촌이 물려준 기타를 몰래 팔아야 했지. 대학에 가면 여자들한테 잘 보이려고 틈틈이 연습도 하고 그랬는데. 우리 집이 특별히 유교적 신봉의 가풍이 있다거나 엄격한 건 아니었어. 하지만 미성년자가 임신을 시켰다는 건 전혀 다른 문제지. 만약 알았다면 아버지의 재떨이가 날 용서치 않았을걸.

물론 지금 와서 생각하면 그 누나가 가진 아이가 내 아이라는 보장도 없고, 병원에도 같이 가지 않았으니 어쩌면 난 사기당한 건지도 모르지만 당시에는 어수룩해서 덜컥 겁부터 났지. 매일 누군가한테 기는 꿈을 꾸기도 하고 소문이 퍼질까봐 두렵기도 했어. 그리고 그 날 이후 몇 달 동안 신발에 붙은 껌처럼 내 입 속에 붙어 있던 두 마디가 있었지.

콘돔 했는데. 진짜 했는데.

4

경과보고서 93002.

도라쉬크 공화국의 위대하고 위대하신 수령님께.

피해 현장은 예상보다 참혹합니다. 방어 시설물의 7할이 녹아내렸고 정상적으로 작동하는 연구시설도 손가락에 꼽을 정도입니다. 저희 군사 전문가의 진술에 따르면 이 정도의 막대한 피해를 낼 수 있는 전투력을 가진 집단은 가우리스탄 제국과 용병집단인 나퀴렉뿐이라는 결론이 도출되었습니다. 이것은 어쩌면 단순한 연구소 습격이 아니라 성단전(戰)을 암시하는 신호탄일 수도 있다는 불길한 예감이 듭니다.

현재 저희는 43번 소혹성의 수석연구원 동지인 왈 크아톰이 암호화하여 남긴 기록을 해독하고 있는 중입니다. 그는 연구소 피습 당시 최후까지 생명을 보존하여 사망 직전 서신을 남겼는데, 수령님께서도 매우 근심하실 것이라 사료되는 므라크하브담에 대한 행방이 기록되어 있을 것으로 기대됩니다.

앗사라크 쉬아돔 전술보좌관.

5

두 번째 여자는 기억이 좀 흐릿한데, 이름이 수미였나? 아니, 숙미였던 것 같기도 하고. 하긴, 황 대리 말이 맞다. 그게 중요한 건 아니지. 그냥 수미로 할까 그럼. 어쨌든, 내가 합격한 대학교는 집에서 두 시간 반 거리였는데 도저히 가방을 메고 왕복할 엄두가 나질 않았어. 그래서 아르바이트로 생활비를 벌겠다는 약속 하에 아버지가 학교 근처에 방을 하나 잡아주셨지.

2층짜리 호프집에서 홀서빙을 시작했는데, 생각해 보면 거기 사장님이 진짜 악덕이었어. 돈 떼먹는 건 일쑤인데다가, 툭하면 알바생들한테 욕지거리나 하고. 그러니까 어떤 스타일이냐면…… 언젠가 한 번 3000cc통에 맥주를 조금 모자라게 따랐더니 뒤통수를 딱 후려치더라고. 맥주 몇 방울 아끼다가 손님 잃어버릴 거냐면서 말이야. 그래서 다음부터는 거품까지 가득가득 따랐지 뭐. 그런데 어느 날 팔뚝에 힘 꽉 주고 맥주통을 나르는데 또 면박을 주는 거야. 맥주통이 좀 비어 있어야지, 미련하게 그걸 가득 따르고 다니냐, 흘린 맥주 네놈 월

급에서 깎으면 좋겠냐면서. 그때 내가 무슨 생각을 했겠어?

니미, 대체 어쩌라고.

대신에 그런 사장 밑에서 일하다보니 알바생들끼리 사이가 굉장히 좋았지. 그때 깨달은 건데 사람 사이가 가장 빨리 가까워지는 방법은 목욕탕 가는 것도, 술 한 잔 하는 것도 아니야. 바로 윗대가리 뒷담화지.

수미는 나보다 일주일 정도 늦게 들어온 동갑내기 여자애였는데, 몸매도 호리호리하고 얼굴도 예쁘장해서 사장이 늘 카운터를 맡기곤 했어. 걔가 다니던 학과가 비서과였던가? 아무튼 그랬을 거야. 그런데 문제는 손님들이 밀어닥치는 주말이 되면 카운터고 홀서빙이고 구분이 없어진다는 데에 있어. 테이블을 마저 치우기도 전에 단체손님들이 꾸역꾸역 밀려 들어와 자리에 앉아대면 너나 할 것 없이 앞치마 휘날리며 뛰어다녀야 하는 거지. 그런데 수미는 카운터에서 손님들 카드 긁어주고 생글생글 웃어주는 건 잘 했지만 서빙은 영 꽝이었거든. 그래서 사건이 터졌지.

2번 테이블 안주로 나온 오코노미야키를 수미가 12번 테이블에 가져다 줘 버린 거야. 원래대로라면 손님들이 "안 시켰는데요."하고 돌려줬을 텐데 12번 테이블은 단체석이거든. 스무 명이 넘는데 지들도 뭘 시켰는지 알 턱이 없으니 그냥 주는 대로 넙죽 받아먹은 거야. 그럼 2번 테이블 애들은 어떻게 됐겠어? 한 시간 동안 나초만 씹고 있다가 열불이 나서 항의를 한 거야. 그렇다고 한 시간 전에 먹은 안주를 12번 테이블 애들한테 토해내라고 할 수 도 없는 노릇 아니겠어. 재빨리 사장이 다시 만들겠다고, 서비스로 황도도 드리겠다고 가까스로 달래놨는데……. 글쎄, 마침 오코노미야키 반죽이 다 떨어진 거야.

손님들은 열 받아서 나가버렸고.

　결국 사장이 폭발했지. 2번 테이블 주문 받은 게 어떤 새끼냐고 주방까지 달려와서 씩씩거리는데, 주방 이모들부터 알바생, 얼음물 따르고 있던 손님까지 바싹 굳어버렸어. 그런데 그때 냉장고 옆에서 하얗게 질려 있는 수미를 본 거야. 바들바들 떨고 있더라고. 그도 그럴 게 사장 손 옆에 하필 버너가 놓여 있었거든.

　내가 손을 들었어. 모르고 2번 테이블 안주를 잘못 적었다고. 글쎄? 왜 그랬는지는 모르겠어. 고향에서 일하고 있을 누나 얼굴이 그 애 얼굴이랑 겹쳐보였던 건지, 아니면 그냥 쿨해 보이려고 그랬는지. 둘 다 아니면 그냥 잠깐 겁대가리를 맥주통 옆 아이스박스에 깜빡 흘려버린 건지도. 다행히 주방 이모들이 말려서 정수리에 버너가 박히는 일은 면했어. 대신 그날부터 수미와 급격히 친해질 수 있었지. 근무가 같이 끝나는 날이면 집까지 데려다주기도 했고.

　수미한텐 소개팅에서 만난 남자친구가 있었는데 반년이 지나고 나서 남자 쪽이 조금 시들해졌는지 그다지 좋아 보이진 않더라. 원래 공대생들이 좀 그래. 늘 지껄이는 얘기는 늘 자동차나 토익 점수, 격투기나 레이싱 걸뿐이지. 근데 수미 남자친구는 그 중에서도 최악이었어. 온라인 게임에 미쳐 있었다지. 내가 아까 얘기했던가? 뒷담화만큼 사람 사이를 친밀하게 만들어주는 건 없다고. 수미가 남자친구에 대해 이러쿵저러쿵 투덜대는 걸 나는 그 애 집까지 걸어가는 동안 묵묵히 들어줬어. 가끔 '저런, 쯧쯧, 아이고.' 등등의 추임새만 넣어주면 되는 일이었거든.

　그런데 어느 날 수미가 남자친구랑 크게 한바탕 했는지 하루 종일 씩씩대더라고. 카운터에 기대서선 잘 웃지도 않고. 나중에 안 사실인데 남자친구가 기념일을 잊어먹은 모양이야. 그 남자친구, 수미가 PC방으로 찾아가 씩씩거리며 컴퓨터 전원을 꺼 버렸을 때도 그날 획득한 아이템에 대해 미치도록 아까워했다는군.

그날, 수미는 치킨이 먹고 싶다고 했어. 집에 가는 길에 느닷없이 말이야. 새벽 2시가 넘은 시간이었는데. 난 당황했지. 물론 여자들이 스트레스를 먹는 걸로 푼다는 건 알고 있었지만, 걔 저녁 9시 이후론 감자튀김 한 조각도 입에 안대는 아이였으니까. 결국 어영부영 내 자취방에 수미가 오게 된 거야. 응? 치킨? 물론 안 남기고 다 먹었지. 꾸역꾸역. 태연한 척 수미 입가에 붙은 양념을 놀려대고 있었지만 머릿속은 몹시 복잡했어. 방 한 편에 묵묵히 자리 잡은 침대가 자꾸 눈에 어른거리고.

그래서, 덮쳤냐고? 으이구, 이 여자야. 남자들을 다 짐승들로 보는 거야? 뭐, 다 늑대들이긴 하지. 그런데 알아두는 게 좋아. 늑대들은 사냥감의 약점이 보이기 전까진 절대 이빨을 드러내지 않거든. 치킨을 다 먹고 함께 TV를 봤어. 연예인들이 나와서 첫 키스 장소에 대해 시시콜콜 떠들어대는 프로였던 것 같아. 수미가 졸립다며 내 무릎에 머리를 기대고 눕더라. 언제 프로가 끝났는지도 모르겠는데 CF가 나오고 있었어. 살짝 내려다봤더니 어느새 수미가 날 올려다보고 있지 뭐야. 하필이면 방금 TV에서 '키스'란 말이 수십 번은 흘러나왔고. 물론 입 맞추고 싶었지. 그런데 자세가 영 아니었어. 수미 입술에 내 입술을 갖다대려면 목이 부러질 판국이었거든. 그런데 그때, 수미가 내 목에 손을 둘렀지. 수미 입술에서 치킨 먹을 때 함께 주는 무 냄새가 났지만, 좋았어.

왜 갑자기 웃냐고? 아니, 분명 뜨거운 밤으로 기억되긴 하는데. 웃지 않을 수 없었거든. 너 그거 하다가 피식 해 본 적 있어? 난 있어. 한창 그걸 하다가 수미가 내 위로 올라타서 허리를 돌려대는데…… 무지하게 뻣뻣한 거야. 이건 무슨 고장난 방적기도 아니고. 그러니까 리듬감이 전혀 없더라고. 웃음 참느라 혼났지. 콘돔은 했냐고? 아니, 분명히 기억하는데 안 했어. 내가 그럼 안에다 해도 괜찮으냐고 물었더니, 수미는 이렇게 대답했지.

"걱정 마. 오늘 안전한 날이거든."

6

경과보고서 93003.

도라쉬크 공화국의 위대하고 위대하신 수령님께.

다행히도 므라크하브담은 무사하다는 결론이 났습니다. 그간 얼마나 염려가 많으셨습니까? 가우리스탄 제국에 대한 수적 열세를 극복할 수 있는 궁극의 무기는 아직 우리 손에 있습니다. 왈 크아톰은 습격을 받고 있다는 사실을 자각하는 그 순간, 완공되고 있던 므라크하브담을 스스로 폭파시킨 것 같습니다. 하지만 그 설계도를 암호화시켜 놓았고, 그 설계도는 지금 저희 수중에 들어와 있습니다. 저희 모성(母星)에는 이 설계도를 복원하여 므라크하브담의 공사를 다시 시작할 수 있는 인재들이 충분할 겁니다.

이곳에서의 잔여작업이 끝마치는 대로 공화국으로 복귀하겠습니다.

앗사라크 쉬아돔 전술보좌관.

7

뭐야, 뺑 친 거야?

난 그렇게 말할 수밖에 없었어. 분명 안전하다고 해 놓고선 이제 와서 임신이라니. 그런데 수미가 거의 울먹이면서 말하더라. 자기가 계산을 잘못했을 수도 있고, 여자들 주기는 원래 불안정할 때도 있다고. 그러면서 좀 있으면 배가 불러올 텐데, 남자친구가 알면 가만 안 둘 거라고. 갑자기 울음을 왈칵 쏟아내는 것도 짜증났지만 별 볼일 없는 남자친구한테 매여 있는 그 애 처지에도 화가 나더군.

제길, 그 애 수술비로 또 한 달치 월급이 날아갔어. 그때부터 내가 뭘 했는지 알아? 난생 처음으로 자발적인 공부를 하기 시작했지. 완벽한 피임법에 대해서 말이야. 뭘 알아야 실수를 안 할 거 아냐. 그런데 결론부터 말하자면 완벽한 피임법은 지구상 어디에도 없더라고. 콘돔 불량품에는 미세한 구멍이 있을 수도 있고, 완벽히 착용을 했다 하더라도 확률은 95퍼센트란 거 알아? 그래서 충분한 인내력으로 밖에다 싸면 되지 않을까 해서 알아봤는데. 어이쿠, 그거야말로 위험천만한 피임법이더라고. 살짝 삐져나온 쿠퍼액으로도 임신이 될 수 있다는 거야. 저주스러운 정자의 생명력 같으니.

218

결국 인터넷에서 누군가 알려준 방법이 그나마 가장 안전해 보였어. 일을 다 치른 다음에 화장실로 가서 방금 쓴 콘돔에 물을 한가득 집어넣어 보라는 거야. 그러면 아주 작은 구멍도 잡아낼 수 있다는 거지. 세 번째 여자애한텐 그 방법을 써 봤어. 클럽에서 만난 애였는데 도대체 내가 뭘 하는지 궁금하다며 화장실까지 따라오더니 그 광경을 본 거야. 그러곤 한 마디 하더군.

"어머, 너 존나 깬다."

아 그 순간의 쪽팔림이라니. 하지만 그 이상 실수를 저지르고 싶지 않았어. 산부인과 문 두드리는 짓 좀 그만 하고 싶었단 말이야. 어떻게 된 줄 알아? 세 번째 여자애한텐 그런 말이 나오지 않았어. 운이 없었다는 표정으로 담담히 돈을 요구하지도, 엉엉 울며 매달리지도 않았지. 단 한 번의 연락도 없이 우리 사이는 그냥 그렇게 끝났어. 드디어 벗어났구나, 싶었지. 하지만 그게 끝이 아니었어. 1년 정도 뒤에 우연히 그 여자애 홈페이지를 들어가 봤거든? 그런데 대문에 그 여자애가 웬 갓난아이를 떡하니 안고 있는 거야. 그리고 그 사진 아래엔 이렇게 씌어 있었어.

'아자아자, 당당한 싱글맘.'

8

경과보고서 93004.

도라쉬크 공화국의 위대하고 위대하신 수령님께.

옥체를 보존하셨다는 전보를 듣고 얼마나 안도했는지 모릅니다. 저희 수색대 역시 포격에 말려들어 약간의 부상을 입었지만 사망자는 없습니다. 물론 므라크하브담의 설계도 역시 무사합니다. 하지만 상황은 결코 낙관적이지 않군요.

가우리스탄 제국과 나퀴렉이 합동전선을 펼 줄 누가 알았겠습니까. 그들은 우리의 신병기 므라크하브담에 대해 예상보다 더 큰 두려움을 갖고 있었던 모양입니다. 훌륭한 삶의 터전이었던 모성이 대규모 함대의 갑작스런 포격에 완전궤멸 되었다는 사실도 비통하지만, 유일한 반격의 불씨가 위태롭다는 사실이 더욱 크게 다가옵니다.

공화국의 86개 소혹성으로 유능한 동무들이 뿔뿔이 흩어진 지금, 므라크하브담을 복원시킬 수 있는 인재를 수소문하기란 불가능에 가까워 보입니다. 만약 저희의 수색대가 발각되는 날에는 가우리스탄 제국에 므라크하브담을 빼앗기게 되는 최악의 결과를 낳을 수도 있기 때문입니다.

수령님, 무운을 빌어주십시오.

앗사라크 쉬아돔 전술보좌관.

9

물론 내가 카사노바 체질이라는 건 아니야. 사실 작업 건 여자한테 퇴짜 맞은 적도 얼마나 많은데. 그리고 황 대리가 짐작하는 것처럼 밤 기술이 현란하지도 않고. 물건이 큰 편도 아니야. 못 봐서 그런데 사실 조그만 흉터도 있어. 엄마가 그러는데 아주 어렸을 적에 자전거에

치였대나. 사실 이 모텔까지 날 끌어들인 황 대리가 그 방면에선 훨씬 탁월한 셈이야. 그러니까 이것만은 알아줘. 내가 어젯밤 황 대리를 거절한 건 성적 매력이 부족해서도 아니고, 황 대리가 싫어서도 아니야.

물론 황 대리가 악에 받쳐 소리친 것처럼 내가 '고자'라는 소리는 더더욱 아니고.

어쨌든 얘기로 돌아와서, 그야말로 미칠 노릇이었어. 나와 잠자리를 같이 한 여자들은 몽땅 임신을 해버리니 말이야. 연속적으로 그런 일이 있고 나니까 여자가 무서워지더라. 하룻밤 즐긴다는 생각도 불가능해지고. 물론 방황의 세월도 그리 길진 않았어.

나라가 날 부르더라고.

그런데 군대에 가니까 문제가 더 심각한 거야. 황 대리는 잘 모르겠지만 군대란 곳이 좀 이상하거든. 정상적인 남자의 성 의식을 격렬하게 변화시킬 정도로 뒤틀린 공간이니까. 군대에선 왜 그리 현란 무쌍한 무용담들이 그렇게 많은지. 선임들이나 동기들한테서 여자들을 단순한 정액받이로 취급하는 이야기들을 귀에 못 박히도록 들었어.

그리고 난생 처음 노란 집에 가게 된 거야. 노란 집이 뭐냐고? 아, 우리 부대 앞 사창가들이 다 노란 간판을 달고 있었거든. 군인들이 외박 나가면 달리 할 일이 뭐 있겠어. 기분은 어땠느냐고? 그냥 찝찝했어. 그 여자들 단순히 수컷들의 욕망해소를 위해 봉사하고 돈 받는 불쌍한 애들이야. 거기서 땀 흘리며 허리를 흔들었던 내 처지도 참 그렇더라고. 물론 그런데서 일하는 여자애들 피임 하난 잘 하지. 주기적으로 무슨 약 같은 것도 먹는다던데. 헌데 다음 외박 때 근처를 지나다가 들여다 본 그 노란 집은 여자애가 바뀌어 있었어. 뭐, 무슨 사정이 생겨 일을 그만 뒀었겠지.

그런데 왠지 난 그 '사정'이 뭔지 알 수 있을 것 같았어.

제대를 하고 나서 더 이상 여자를 침대에 끌어들이는 일에 흥미가 생기질 않더군. 아니, 그보다는 이제 나 자신에 대해 무서워지기까지 하더라고. 일단 복학을 해야 하니까 등록금을 버는 데에만 집중하기로 했지. 더 이상 참을 수 없을 만큼 쌓이는 날엔…… 그냥 혼자 해결했고. 친구들이 소개시켜 주는 여자들도 다 거절했어. 그랬더니 이상한 소문이 돌기 시작하는 거야. 게이로 오인된 적도 몇 번이나 있었지. 그런데 말이야. 그건 억울하더라고. 그래서 어느 날 만취한 채 친구들한테 털어 논 적이 있었어. 괴이하게도 난 만나는 여자마다 임신을 시킨다, 그 어떤 피임법도 통하지 않는다하고 말이야.

그러더니 얼마 뒤에 한 아줌마가 날 찾아왔어. 아, 처음에는 그냥 아가씨인 줄만 알았지. 보자마자 압도되더군. 극소수지만 그런 여자들이 있다니깐. 남자를 한 입에 꿀꺽 삼키게 생긴 얼굴. 색기(色氣)라고도 하지? 내 얘길 듣고 수소문을 했대. 정말로 그 어떤 피임법도 통하지 않느냐고 말이야. 그래서 내가 그렇다고 했지. 왜요, 기인열전에라도 나가 보란 말이에요? 하고 비아냥거렸어. 그런데 그 아줌마, 눈하나 깜짝 않고 굉장히 끈적끈적한 목소리로 이렇게 얘기했어.

너, 불임인 여자랑도 해 봤니?

10

경과보고서 93005.

도라쉬크 공화국의 위대하고 위대하신 수령님께.

그런 연유로 저희는 이 은하계를 떠나려 합니다. 이미 가우리스탄 제국의 함대가 감지할 수 없는 곳으로 좌표를 지정해 놓았습니다. 물론 이것이 수령님께서 매우 꺼려하시는 '도박'의 일종이란 걸 압니다. 그렇지만 우리 공화국은 지금 궁지에 몰려 있습니다. 다시 돌아올 수 있을지 알 수는 없지만 므라크하브담이 아직 우리의 손에 있는 지금, 이것만큼은 수단과 방법을 가리지 않고 지켜내야 합니다. 바로 저희 수색대만이 공화국을 다시 살릴 수 있는 마지막 희망인 것입니다.

해낼 것입니다. 저희는.

앗사라크 쉬아돔 전술보좌관.

11

그러니까, 그걸 뭐라고 설명해야 할까. 그 아줌마는 정말로 대단했어. 물론 군살 한 군데 없는 몸매도 굉장했지만, 흔히들 명기(名器)라는 말들을 많이 하잖아? 정말로 그래. 그 아줌마의 거기 말이야. 잡아당기듯이 내 물건을 확 끌어당기는데 정신 안 차리면 먹혀버리겠구나, 하는 생각까지 들더군. 왜 붕어가 물을 빨아들일 때 있잖아? 입

뻐금거리는 거. 그렇게 조였다가 풀어줬다가 하는데 너무 좋아서 혼이 빠져나갈 지경이었어. 덕분에 오래 버티지도 못하고 넉다운 됐지.

그런데 그 아줌마의 진가는 그때부터 발휘됐어. 원래 남자는 한 번 일을 치르면 수그러들게 마련이잖아. 갑자기 의욕이 떨어지고 탈력감이 든단 말이야. 그런데 그 아줌마가 다시 날 깨우기 시작하는 거야. 사정한 지 얼마나 됐다고.

난 말이야 그때까지만 해도 남자의 성감대는 한 곳인 줄만 알았어. 그렇잖아. 평생 개발시키는 곳도 한 곳에 불과하니까. 그런데 아니더라. 그 아줌마는 손가락, 혀, 그리고 온몸을 동원해 내 숨어 있던 성감대를 끄집어내줬어. 너 남자의 최고 성감대가 어디인 줄 알아? 귓불? 젖꼭지? 아니야.

바로 항문이지.

평생 나는 나 자신이 산의 꼭대기까지 올라봤다고 생각해 왔었어. 정상의 신선한 공기를 맛보았다고 말이야. 그런데 알고 봤더니 내가 땅을 파고 있던 곳은 겨우 중턱 부근이더라고. 그 아줌마, 그렇게 끝내주는 기술을 가지고 있었는데…… 선천적으로 불임이래. 언제나 자궁 밖에 임신이 된다는 거야. 남편도 아냐고 했더니 모른대. 문제는 어느 정도 기반이 잡히니까 남편의 집안에서 슬슬 아이를 만들자고 한 거야. 사실대로 털어놨다간 큰 문제가 생길 상황이고. 그래서 내가 필요했다는 얘기였지.

한 달 뒤에 내 통장으로 돈이 입금됐어. 보통 많은 정도가 아니었다니까. 그 뒤로 복학해서 졸업할 때까지 단 한 번도 등록금 걱정을 해본적이 없었거든. 그런데 말이야 그다지 엄청나게 기쁘진 않았어. 현

금인출기에 표시되는 숫자는 어마어마했지만 그만큼 끈끈하고 묵직
한 무언가가 발목 언저리에 동여매어진 듯한 기분이었지.

12

경과보고서 93006.

도라쉬크 공화국의 위대하고 위대하신 수령님께.

가늠할 수 없을 만큼 먼 거리를 날아와 간신히 서식할 수 있을 만한 환
경을 가진 행성을 발견했습니다. 물론 우리의 모성만큼 안락한 곳은 아닌
지라, 수색대원 동지들은 척박함에 맞서 싸우기 위해 이런저런 시도를 하
고 있습니다. 헌데 며칠 전 저희 수색대원 동지 중 한 명이 중대한 사실을
발견했습니다. 이곳의 '대기환경'이 우리의 마지막 희망인 '므라크하브
담'의 설계도를 점층적으로 부식(腐蝕)시키고 있다는 것이었습니다.

상황은 좋지 않습니다. 연료는 거의 바닥난 상태라 다른 행성을 찾아본
다는 것은 자칫 자살행위로 이어질 수 있고, 저희 수색대가 가진 장비로
설계도를 완전보호하기란 불가능에 가깝습니다. 과감한 결단과 선택이
필요한 시점입니다.

그렇지만 과연 저희에게 주어진 경우의 수가 몇이나 될지가 걱정입니다.

앗사라크 쉬아돔 전술보좌관.

13

하지만 그 애는 달랐어. 그러니까 지금까지 만나왔던 그 어떤 여자랑도 비슷하지 않았지.

처음 그 앨 만난 곳은 도서관이었어. 졸업할 때까지 공부만 할 생각이었거든. 물론 학업에 대한 열의가 마구 불타오르거나 한 건 아니었지만, 군대를 다녀오니까 낭떠러지 끝에 선 기분이더라고. 조금만 발을 구르지 않으면 추락할 것 같아서 발버둥 쳐야 할 것만 같은.

그런데 어느 날인가 도서관에 인간들이 미어터지는 날이었지. 시험기간이어서 자리가 없더라고, 글쎄. 그래서 어딘가 구석자리에 책만 펴 논 곳을 찾아 슬쩍 옆자리로 치워두고 공부를 했어. 왜 그런 애들 있지. 도서관에 책만 펴 놓고 어디론가 실종되는 아이들. 그런 자리는 스리슬쩍 대신 써도 되는 법이잖아.

그런데 한참 책 속에 빠져 있을 때 갑자기 눈앞이 캄캄해지는 거야. 누군가가 양 손바닥으로 갑자기 내 눈을 틀어막은 거였어.

"누구게?"

그리고 들려오는 속삭임. 저음인데다 차분한 목소리였어. 나는 오랜 만에 여자후배가 장난을 친다고 생각해서 씨익 웃고는 '양희', '현주' 등 내가 알고 있는 여자들 명단을 줄줄이 읊기 시작했지. 그런데 잠시 동안 침묵이 흐르더니 눈을 막고 있던 손이 치워졌어. 그리고 귓가에 부드러운 바람과 함께 속삭임이 들려오더군.

"여기 자리주인이지롱."

어처구니가 없어 등을 돌려보니 난생 처음 보는 여자가 뚱한 얼굴로 날 내려다보고 있었어. 장난기 있는 표정도, 날 나무라는 표정도 아니었지. 그렇게 오랫동안 서로를 마주봤어. 마치 눈싸움을 하듯이 빤히. 작달막한 키에 한쪽으로 질끈 묶은 머리. 그리고 헐렁해 보이는 카디건을 입은 여자애였어. 순간 웃음이 나왔지. 그랬더니 그 애는 자길 무시하는 줄 알았는지 갑자기 인상을 쓰는 거야. 실은 내가 사과를 해야 하는 상황이었으니까. 그런데 내 입에서 나온 말은 사과가 아니었지.

"그런데 몇 살이세요?"

거참. 알고 보니 고작 스무 살이었어. 당시의 나와는 무려 다섯 살이나 차이가 났었지. 그 후 몇 번 도서관에서 마주치다가 친해지게 됐어. 양쪽 다 밥 먹을 친구가 없는 처지더라고. 언제 좋아졌냐고? 글쎄. 잘 모르겠네. 밥 먹다가 친해졌으니 밥정이라고 해야 하나. 아, 맞다. 그 일이 있었구나. 하루는 새벽에 혼자 가기 무섭다고 집에 데려다 달라고 하더라고. 코웃음을 쳤지. 어마어마한 호신용 얼굴을 달고 다니면서 무슨, 하고. 거절했냐고? 아니. 데려다 줬지. 사실 자세히 보면 은근히 정감 가는 얼굴이기도 했고.

초가을이라 날씨가 굉장히 쌀쌀했어. 한참 걷고 있는데 춥대. 대뜸 재킷을 좀 벗어 달래. 나 원 참. 무슨 여자애가 그렇게 무대포인지. 응? 맞아. 벗어줬지. 그럼 어떻게 하나. 그냥 도란도란 얘기하면서 걸었어. 길이 좁아서 어깨를 맞대고 있었는데, 허참. 어깨 닿을 때마다 느껴지는 체온이 기분을 들뜨게 하더라고.

"잘 가. 오빠."

그런데 그 애, 정말 휑하고 집으로 들어가 버렸어. 에게, 좀 싱겁다 싶었지. 내 손에는 그 애가 벗어놓고 간 재킷만 무겁게 들려 있었어.

찬바람에 놀라 황급히 재킷을 껴입었는데…… 주머니 속에 찔러 넣은 손으로 뭔가가 잡히는 거야. 작은 쪽지였어.

"매일 데려다 줬으면 좋겠어, 오빠가."

어이어이, 너무 그렇게 웃으면 내가 무안하잖아. 걔 스무 살이었다니까. 어렸고. 하지만 귀엽지 않아? 그런 고백. 그 날부터 진지하게 만나게 된 거야. 뭐, 애써 달콤한 기억으로 포장하고 싶지는 않아. 청춘 시트콤처럼 아름다운 일들만 있었던 건 아니거든. 둘 다 고집이 세 자주 다투기도 했고.

하지만 나쁘지 않았어, 그런 거.

아침에 눈을 떠 그 애 문자를 확인하는 걸로 하루를 시작하고, 밤에는 침대에 누워 그 애의 목소리를 들으며 잠드는 거야. 강의실에 앉아 졸다 깨어났을 때나 버스에서 하염없이 창 밖을 바라볼 때, 그리고 냉장고를 열어 우유병의 뚜껑을 열 때 그 애 생각이 나는 거. 가슴 한 구석에 사물함이 있다면 무언가 꽉 들어찬 것처럼 든든한 거.

에휴, 넌 이런 얘기 하고 있는데 무슨 질문이 그러냐? 어디 까지 갔냐니. 하긴. 지금까지 내가 읊어댄 여자들 이야기로는 그런 물음이 떠오르는 것도 무리가 아니겠구나. 듣고 실망하지는 마.

우리 뽀뽀만 했어. 키스도 아니고, 그냥 뽀뽀. 이마에 쪽, 해주는 거. 그냥 비 오는 날. 우산 같이 썼을 때 내가 기습적으로 한 거야. 성적 매력이 없었냐고? 그건 잘 모르겠어. 어쩌면 말이야, 일부러 그 쪽으로는 생각 안 한 건지도 몰라. 그 아줌마와의 잠자리 이후 왠지 내 남자로서의 욕망이 너무 기계적으로 느껴졌거든. 아까 말한 군대 남자들의 허풍 속 여자들, 내가 그랬던가? 정액받이라고. 그럼 그때까지의 난 그냥 단순한 정액뿌리개였어.

그리고 그 애한테만큼은 상처주고 싶지 않았어. 알잖아? 그때까지 나와 관계했던 여자들은 대부분 힘들어했어. 하룻밤 쾌락의 대가로.

물론 쉽지 않았지. 한창 혈기왕성할 때잖아. 팔짱 낄 때 가슴만 닿아도 그게 서곤 했는걸. 시간이 지나면 지날수록 참기 힘들었어. 물론 혼자 해결하면 되는 문제였겠지. 그런데 그 애와 만나면서 내 컴퓨터에 있던 야동들도 몽땅 지웠거든. 다른 여자 알몸 보고 흥분하는 것에도 죄책감이 느껴졌었으니까. 그랬더니 어떤 일이 일어난 줄 알아?

몽정을 하더라고.

꿈에서 저질러 버린 거야, 그 애랑. 중학교 1학년 때 이후 첫 몽정이었어. 너무 오래 참으면 알아서 배출이 된다네? 내 느낌엔 '나 아직 살아있소.'하고 시위해 대는 것 같아 보였어. 팬티를 세탁기에 집어넣으면서 나 자신에게, 또 그 애에게 얼마나 쪽팔리던지. 이튿날 데이트하면서도 오죽하면 걔가 그랬을까.

"오빠, 왜 땅만 쳐다봐?"

그런데 왜 헤어졌냐고? 헤어졌다고 말해야 할까, 그런 걸. 놀이공원을 가기로 약속했던 날이었어. 그 날 입으려고 반쪽 날개가 그려진 커플티도 인터넷으로 주문을 해뒀었지. 왜 그런 거 있잖아. 두 명이 꼭 붙어 있으면 날개 한 쌍이 만들어지는 거. 물론 그 애가 쇼핑몰에서 보여준 그 순간 얼굴이 달아오를 만큼 유치했지. 그런데 그런 식으로 유치한 것도 생각처럼 나쁜 기분은 아니었거든.

그날, 약속장소에서 여섯 시간을 기다렸어. 놀이공원을 맘껏 즐기려면 일찍 일어나야 한다고 그 전날 유독 빨리 잠들었던 애였어. 늦잠을 잘 리가 없었지. 아니, 항상 약속에 늦었던 건 오히려 내 쪽이었으니까. 전화기도 꺼져 있었어. 처음엔 화가 나다가, 다음엔 어이가 없다가…… 나중엔 미치도록 걱정이 됐어. 진짜로 무슨 일이 생겼나 해서. 다음 날부터 학교도 나오지 않았지.

그 애 집으로 찾아갔어. 혹시 날 피하는 건지, 아니면 어디가 아픈 건지. 너무나 알고 싶었거든. 걔 언니가 나오더라. 떠났다는 거야. 그리고 날 다신 안 만나겠다고 했대. 내가 도대체 무슨 소리냐고, 떠났다면 어디로 간 건지만 알려달라고. 그런데 그 애 언니는 막무가내였어. 제발 만나게 해달라고 무릎까지 꿇었는데도 요지부동이었지. 만약 내가 나라를 팔아먹은 사기꾼이었더라도 그렇게 냉정하게 대하진 않았을 거야.

한 사람이 눈앞에서 사라지는 거, 정말 미치는 일이야. 그것도 왜 내 곁을 떠났는지 그 이유도 알 수 없는 경우엔 더 더욱. 나 말이야, 죽으려고 했었어. 소주를 몇 병이나 들이붓고 학교 건물 옥상에 올라갔거든. 자그마치 20층짜리 높이의 난간에 올라서니까…… 와, 아찔한 거야. 덜컥 겁도 나면서 술이 확 깨더군. 그런데 진짜로 술이 깬 건 그 다음 순간이었어. 등 뒤에서 그 목소리가 들려왔거든.

14

경과보고서 93007.

도라쉬크 공화국의 위대하고 위대하신 수령님께.

결국 저희 수색대는 결정을 내렸습니다. 하루가 다르게 손실되어가고 있는 설계도를 방관하고 있을 수만은 없다고. 그리하여 미약한 기술적 지식으로나마 므라크하브담의 축소물을 건축하기로 했습니다. 설계도가 사라지더라도 범우주중력무시광속추진동력기관의 '실제모형'이 있다면 희망의 불씨는 사라지는 것이 아닐 테니 말입니다.

므라크하브담의 동력기관이 처음 작동되는 순간 머나먼 우주 저편에서 모성의 탐지국이 저희의 신호를 포착하기만을 바랄 뿐입니다.

물론 우리에겐 축소모형이나마 므라크하브담의 복잡한 작용원리를 건축한다는 것은 턱없이 벅찬 일일 것입니다. 그래서 저희는 이 행성에 서식하고 있는 한 생명체의 일부분에 므라크하브담을 '이식'하려 합니다. 므라크하브담과 매우 흡사한 원리를 지닌 유기체에 우리의 희망을 숨겨 두는 것입니다. 대상은 이미 정해 놓았습니다. 물리적인 불의의 사고에 대한 위험이 가장 적은 '아주 평범한 표본'으로.

우리는 혼신의 힘을 다해 지킬 것입니다. 그 생명체의 목숨을.

앗사라크 쉬아돔 전술보좌관.

15

처음에는 공중에서 목소리가 들려온다고 생각했어. 굉장히 어눌한 한국어였지. 마치 한국에 온 지 얼마 되지 않은 외국 유학생이 어설프게 배운 말을 구사하는 것처럼. 그 목소리는 얼핏 이렇게 말하고 있었어.

"앞을 자세히 보라."

그래서 자세히 봤어. 뭐가 있었게? 얌체공으로 보이는 구체 여섯 개였어. 그것들이 허공에 떠서 나를 노려보고 있었지. 전에 네가 그랬잖아. 내 차 백미러에 달려 있는 액세서리가 탐난다고. 매끈한 광택이 핸드폰 고리 해도 예쁘겠다고. 그거 사실은 외계 생물체야. 그것도 지구에서 엄청나게 먼 곳인 도라쉬크 공화국의 일급 수색대래.

어쨌든 그때 나는 너무 놀라서 진짜로 죽을 뻔했어. 빌딩 아래로 떨어질 뻔했다니까. 그런데 나보다 그들이 더 놀래더라고. 얌체공들이 막 말을 쏟아내는 거야. 목숨을 포기해선 안 된다고. 그대는 우리 공화국의 투쟁에 없어서는 안 될 마지막 용사라고. 사방팔방에서 또렷하지도 않은 말들이 들려오니 정말 정신이 이상해지는 기분이더라. 그때 노란 얌체공이 앞으로 나섰어. 순식간에 말들이 잠잠해지더군. 그는 자신을 '앗사라크 쉬아돔'이라고 소개했지. 응, 맞아. 네가 가장 탐스러워 보인다고 했던 그 액세서리 말이야.

그가 해준 말이 바로 내 술을 깨도록 만든 거야. 아니, 정확히는 내 인생을 깨도록 만들었다고 해야 하나. 앗사라크 쉬아돔은 처음엔 사과를 했어. 우리의 언어를 완벽히 번역한 다음에 등장하려고 계획하고 있었는데 불시에 나타나서 미안하다고. 내가 스스로 생명 반응을 소멸시키려 했기에 선택의 여지가 없었다고. 아주 오래전부터 날 지켜봐왔다고 말이야.

그들의 말에 따르면 범우주중력어쩌구하는 기관, 즉 그들 최강의 무기가 내 몸에 심어져 있대. 그것도 내 가장 은밀한 부위에 말이야.

자전거 사고로 위장해 이식에 성공했다는군. 그리고 그 무기가 처음 작동했을 때 머나먼 우주에서 그 신호를 포착했대. 아까 얘기한 거 기억나? 내 동정을 빼앗은 그 누나의 집에서 나온 새벽, 하늘에 떠 있던 별 말이야. 그런데 문제는 그 신호를 포착한 곳이 워낙 멀기 때문에 길 안내를 위해 주기적으로 신호를 방출하고 있어야 한다는 거야.

간신히 정신을 조금 차린 내가 망설이며 물어봤지. 대체 내 거기 속에 있는 무기의 정체가 뭐냐고. 어떤 기능을 하는 거냐고. 굉장히 어려운 말을 써서 처음에는 잘 못 알아들었지만 종합해 보자면 대충 이런 거였어. 공간과 시간, 그리고 중력과 차원마저 무시하는 엄청난 가동엔진이라고. 정해진 목적지로 가는 길에 그 어떤 장애물을 만든다 하더라도 순식간에 그 좌표를 변경해 돌파할 수 있는 추진력을 지녔다나.

쉽게 말해 내 정자가 순간이동을 한다는 거야.

그때서야 모든 것이 이해가 됐어. 왜 나와 잔 여자들은 모조리 임신을 했었는지. 콘돔에는 전혀 구멍이 없었는데 어째서 실패했는지. 생리주기가 안전한 여자도, 불임인 여자도 내 정자의 '목적지를 향한 순간이동'을 피할 순 없었던 거야. 내가 그토록 안타까워했던 AV 배우 히토미 칸나의 은퇴 이유는 사실 나로부터 비롯된 것이었어. 모든 게 내 탓이었지.

그 애가 내 눈앞에서 사라진 이유마저도.

너무 놀랐을 거야. 처녀가 임신을 했으니까. 그 애 언니 말대로 절대로 날 보고 싶지 않았겠지. 자신이 잠을 자는 사이에 누군가에게 강간을 당했다고 생각했을지도 몰라. 그 범인이 나라고 생각했을 수도 있고. 부모님에게 심한 욕을 들었을지도 몰라. 웃기지? 그 애는 아무 죄가 없는데. 나란 놈을 만났다는 것 말고는.

이제 알겠어? 내가 어째서 황 대리와의 잠자리를 거부했는지. 그건 내가 고자여서도, 게이여서도 아니야. 실제로 그런 소문이 돈 적도 있었지만 나는 그때마다 해명해야 했어. 이토록이나 긴 이야기를 몇 명의 여자들에게 들려줘야 했지. 물론 믿지 않는 사람도 있었어. 차라리 남자라면 쿨하게 거절하란 말을 들은 적도 있었고.

앗사라크 쉬아돔은 내게 말했어. '그들'이 찾아오는 때는 5383일 뒤, 그러니까 서기 2018년이라고. 맞아. 앞으로 9년이나 남았지. 무사히 도라쉬크 공화국의 생존자들이 날 찾아오게 되면 그때부터 비로소 가우리스탄 제국에 대한 반격이 시작될 거래. 2018년 3월 22일에 나와 도라쉬크 공화국 수색대의 운명이 결정되는 거지. 소원대로 일이 이루어진다면 내 몸에 들어 있는 설계도만 해체되어 나는 정상적인 남자로 돌아갈 수 있는 거야.

그때까지 난 여자와 잠자리를 할 수 없어. 성적인 유혹조차 받아선 안 돼. 내 꿈자리에 나올지도 모르는 일이잖아. 사실 지금까지 몇 명 피해를 입었을지도 몰라. 그 어떤 질긴 콘돔도, 독한 피임약도, 불임병도 소용없어. 내 '무기'는 모든 인과를 무시하고 그 목적을 달성해 버리니까. 그래 맞아. 마흔 셋이 될 때까지 난 여자와 잘 수 없는 거야. 명쾌하지?

그 생각을 왜 안 해 봤겠어. 결혼하면 모든 문제가 해결 되는 거지.

그 경우엔 내 능력이 원치 않는 실수가 아니라 축복을 낳을 테니까. 그런데 그게 안 돼. 그럴 수는 없어. 여기 보여? 왼쪽 가슴 언저리. 어젯밤 황 대리가 더듬으려고 달려들었던 곳.

여기 이 사물함에, 아직 그 애가 있거든.

2018년이면 그 애도 서른아홉이야. 많이 힘들었겠지. 아니면 내가 준 상처를 이기고 우리가 처음 만났을 때처럼 엉뚱하고 씩씩하게 살아왔을 수도. 그때라면 이미 결혼을 했을지도 몰라. 고집도 부리지 않는 성실한 남자를 만나 그 남잘 닮은 아들을 낳고, 어쩌면 그 녀석이 오줌을 싼 팬티를 빨고 있을지도 몰라. 많이 늙었겠지? 작고 따뜻했던 그 어깨가 뒤룩뒤룩 살이 쪄서 아줌마가 되어 있을 거야.

그래도 나는 간절히 바라. 날 찾아올 외계인들이 내 몸 속에 있는 무기를 어서 가져가 주기를. 물론, 이전처럼 여자와 뜨거운 밤을 보내고 싶어서는 아니야. 그저, 다시 한 번 그 애를 만나고 싶을 뿐. 내게 지워진 이 굴레를 모두 훌훌 털어내고 떳떳한 한 명의 남자로 그 등 뒤에 서고 싶어. 그리고 쭈글쭈글 해졌을 내 손바닥으로 그 애의 눈을 가릴 거야. 그 애가 깜짝 놀라 누구냐고 물어오면 난 이렇게 말할 테지.

'자리 주인이야. 내 자리, 찾으러 왔어.'

미래관리부

/ 듀나

DJUNA는 1994년부터 온라인으로 SF를 발표해 왔다. 책으로는 공동단편집 『얼터너티브 드림』, 『사이버펑크』, 작품집 『나비전쟁』, 『면세구역』, 『태평양 횡단 특급』, 『대리전』, 『용의이』, 영화 칼럼집 『스크린 앞에서 투덜대기』가 있다. 현재 DJUNA의 영화낙서판 (djuna.cine21.com/movies/)을 운영중이다.

1

　일방유리 너머로 보이는 여자의 얼굴은 지쳐 보인다. 그녀는 이 방에 들어온 지 10분도 되지 않았고 아마 평소대로 일이 풀린다면 10분 안에 나갈 것이다. 하지만 지금 그녀는 마치 그 자리에 앉아 이틀 정도 꼬박 밤을 새운 것처럼 보인다.

　드라마는 슬슬 클라이맥스에 접어들고 있다. 내가 있는 위치에서 최수영의 입술을 읽는 건 어렵지만, 그래도 지금까지 그녀의 설득이 통하지 않았다는 것쯤은 알 수 있다. 최수영은 어이가 없을 것이다. 그녀는 자발적으로 피해자의 위치에 머물러 있는 여자들을 혐오한다.

　여자가 여전히 말없이 자기 신발과 형광등을 번갈아 바라보는 동안, 최수영은 의자에서 일어나 구석 테이블에 놓인 서류철을 가져온다. 나는 일방유리로 한 걸음 다가선다. 최수영의 등에 가려 서류철이 보이지는 않지만 그 안에 든 것이 무엇인지는 나도 안다. 그녀에게 그걸 준 건 바로 나다.

그 안에 든 건 다섯 장의 입체 사진과 경찰보고서이다. 2088년 4월 1일, 구로동의 낡은 상가 건물이 철거되는 도중 지반 밑에 숨겨져 있던 여자 시체가 발견되었다. 경찰은 그 사진을 범죄고고학자들에게 넘겼고, 고고학자들은 그 여자의 이름이 이상희이며, 2014년 3월 11일, 남편 안중기에게 교살되어 암매장되었다는 사실을 알아냈다. 범행 동기는 끝끝내 밝혀지지 않았다.

그리고 오늘은 2014년 3월 9일이다.

이제 여자는 사람들이 그녀에게 보냈던 동정어린 시선을 이해한다. 그들은 그녀를 산 사람으로 보고 있지 않다. 그녀는 몇 십 년 전에 살해당한 여자의 유령이다.

한동안 어깨를 들썩이며 울먹이던 이상희는 결국 울음을 터뜨린다. 최수영은 그녀 옆으로 다가가 그녀의 어깨에 손을 올려놓는다. 한참 울던 여자는 마침내 잠잠해지고 아직도 눈물과 콧물로 젖은 얼굴을 최수영의 귀에 들이댄다. 여자가 책상에 얼굴을 묻자, 최수영은 서류철 안에 사진들을 주워 담고 뒤에 팔짱을 끼고 서 있던 형사에게 뭐라고 말한다. 그가 튀어나와 동료들에게 고함을 지르는 동안, 나는 남편이 처음부터 부부 소유의 낡은 공장에 숨어 있었다는 걸 알게 된다. 경찰이 한 번 그곳을 뒤졌지만, 기계 뒤에 숨어 있는 작은 문을 못 보고 지나친 것이다.

최수영은 여전히 방 안에 있다. 아마 약간의 죄의식을 느끼고 있을지도 모른다. 엄밀하게 말해, 지금 우리가 한 일은 반칙이고 사기다.

우리가 이상희를 그대로 방치한다고 해서 안중기가 내일 모래 그녀
를 교살하는 건 아니다. 분기점이 생긴 지 벌써 7년이라는 세월이 흘
렀고 그 동안 세상은 많이 바뀌었다. 과거의 일은 더 이상 그대로 반
복되지 않는다.

2

최수영과 같이 걷는 건 쉽지 않다. 그녀는 나보다 머리 하나가 더
크고 다리도 그만큼 긴데다가 쫓기는 것처럼 빨리 걷는다. 그녀와 페
이스를 맞추다보면 경보 경주라도 한 것처럼 지쳐버린다.

최수영이 나를 데리고 온 곳은 얼마 전에 개업한 락템 식당이다. 락
템은 2034년 체코의 모 건강식품 업체가 발명한 곰팡이 식품이다. 한
동안 채식주의자들의 고기 대용으로 떠돌던 이 음식 재료는 2052년
에 새로운 조리법과 그 조리법을 전파한 요리사인 섬머 피셔가 동시
에 히트를 치면서 순식간에 세계적 유행이 되었다. 다소 비정상적인
5년간의 열풍이 지난 뒤, 락템은 두부나 소시지처럼 일상의 일부로
자리 잡았다. 락템 유행이 우리에게 소개된 건 작년. 슬슬 전문 식당
이 생겨날 때가 된 것이다.

최수영과 나는 창가 자리에 앉아 모니터에 뜬 메뉴를 읽는다. 모니
터 구석에는 락템 치킨 요리 접시를 내밀고 환한 미소를 지으며 카메
라를 바라보는 섬머 피셔의 사진이 붙어 있다. 2021년생인 그녀는 이
세계에서는 태어나지 않을 것이다. 아무리 그녀의 어머니가 2021년
에 맞추어 딸을 낳고 그 아이에게 구닥다리 히피 이름을 붙여준다고

해도 그 섬머 피셔는 우리가 알고 있는 섬머 피셔가 아니다.

주문을 끝내자, 최수영은 어린아이처럼 동그란 얼굴에 빙글빙글 미소를 담고 나를 바라본다. 어색해진 나는 눈을 내리깔고 지금 들리는 음악이 무슨 곡인지 알아맞히려 시도한다. 아마 21세기 중후반의 할리우드 영화 음악일 것이다. 타악기들과 하프를 다루는 독특한 방식이 귀에 익다. 토머스 애컴인가? 아마 그런 것 같다. 하지만 아직 무슨 영화인지는 모르겠다. 그가 작곡을 담당한 모든 영화들을 따라가기엔 쏟아지는 정보들이 너무 많다.

"언제부터 미래관리부에서 일했어요?"

최수영이 묻는다.

"2008년부터요."

나는 'ㅍ'발음을 할 때 목청을 울리지 않으려 노력하며 천천히 대답한다.

"와, 초창기부터네요. 그런데 그곳에 들어가기엔 좀 어리지 않았어요? 6년 전인데."

"특채였어요. 정부에서 절 잡아두고 싶어 했거든요. 그래서 미래관리부에 억지로 일자리를 만들어 준 거죠."

최수영이 어리둥절해하자 나는 잽싸게 덧붙인다.

"전 신탁이에요."

최수영의 얼굴이 빨개진다. 난 그 사람이 갑자기 균형을 잃고 속마음을 노출시키는 모습이 귀엽다고 생각한다.

"죄송해요. 몰랐어요. 그러니까…… 그러니까…… 지금은 귀가 들리는군요?"

“네, 그렇고말고요.”

“그럼…… 그때 어땠어요? 그러니까, 그 소리가 처음 들렸을 때요.”

나는 잠시 생각에 잠긴다. 벌써 7년 전의 일이라 기억하기가 쉽지 않다. 당시엔 새롭고 신선했던 체험들은 그 뒤에 누적된 수많은 다른 기억들에 의해 무뎌지고 왜곡되었다.

“그냥 평범한 토요일 오후였어요.”

나는 기억을 더듬으며 천천히 이야기를 시작한다.

“4월 중순이었는데, 갑자기 날씨가 여름처럼 더워져서 산책 나갔다가 입고 있었던 코트를 벗어야 했지요. 사촌언니랑 동네 할인점에서 장을 보고 나오려는데, 주변이 갑자기 조용해졌지요. 청각장애를 가졌다고 제가 아무 소리도 듣지 못했던 건 아니죠. 늘 작고 둔탁하고 흐릿한 진동이 이명 속에 섞여 울렸었어요. 하지만 그 순간에는 정말 아무런 소리도 들리지 않았어요. 절대적이고 완벽한 침묵이었지요. 어리둥절해서 사촌언니를 바라보고 있는데 갑자기 하늘에서 그 소리가 들렸지요.

생각해 보면 그건 소리가 아니었을지도 몰라요. 소리의 흉내를 낸 무언가 다른 것이었겠죠. 그렇지 않다면 제가 그 말을 그렇게 잘 알아들었을 리가 없거든요. 사람들의 말소리가 무엇인지 거의 모르고 지냈으니까요. 하지만 그때 전 그 소리의 의미를 완벽하게 이해할 수 있었어요. 전에는 사용되지 않았던 뇌의 일부분이 갑자기 반짝거리면서 돌아가는 기분이었어요.”

“뭐라고 그랬는데요?”

“글쎄요. 그건 저도 잘 모르겠어요. 체험은 또렷했지만 그걸 기억하는 건 또 다른 문제가 아니겠어요? 첫 부분은 기억나요. '조상들이여, 우리는 미래에서 온 후손들입니다.' 그리고 한참 연설이 이어진 뒤에 이렇게 끝났죠. '더 이상 당신들은 역사의 무게를 짊어질 필요가 없습니다. 역사는 우리가 이미 이루었습니다.'"

"다들 첫 문장과 끝 문장만 비교적 정확하게 기억하더라고요. 중간 부분의 내용에 대해서는 신탁들마다 다들 의견이 다르지요?"

"네, 기독교인들은 재림 예수 이야기를 넣었고, 불교도나 힌두교도들은 윤회의 고리에 대해 이야기했고, 무신론자들은 또 다른 이야기를 했지요. 하지만 중간 내용이 무엇이건 상관없었어요. 시간 여행을 할 수 있을 만큼 엄청난 능력을 가진 후손들이 이제부터 우리를 돌봐주겠다고 말한 것이니까요.

왜 후손들이 청각장애인들을 신탁으로 택했는지는 저도 모르겠어요. 아마 종교적인 느낌을 넣고 싶어서 그랬는지도 모르죠. 아니면 그런 사람들에게 가짜 감각을 심어주는 게 더 쉬웠기 때문일 수도 있고."

"그 뒤로 그냥 귀가 들렸나요?"

"아뇨, 메시지 전송이 끝난 뒤로는 다시 원래 상태로 되돌아왔어요. 하지만 그 뒤로 3개월 동안 조금씩 귀가 밝아졌어요. 지금은 보통 사람들보다 더 잘 들리지요. 조금 다른 방식으로 들리지만요. 테스트를 받아봤는데, 제 머릿속에서 청각 정보를 분류하고 처리하는 방식이 정상인들과 조금 다르다고 하더군요. 말귀도 알아듣고 음악도 감상할 수 있는데, 그래도 체험 자체는 조금 다르대요. 전 모르겠어요. 제가 듣는 바흐랑 다른 사람들이 듣는 바흐가 어떻게 다른지."

웨이트리스가 주문한 음식을 가져오자 우리의 이야기는 중단된다. 접시들이 식탁으로 옮겨지는 동안 나는 창문 너머 어두워진 하늘을 바라본다. 후손들이 타고 있는 배는 보이지 않는다. 낮이라고 해도 반짝거리는 가장자리밖에는 보이지 않았으리라. 지금도 하늘 어딘가에 떠 있을 후손들의 배들은 굴절하지 않는 맑은 렌즈처럼 투명하다. 그들이 우리에게 온전한 모습을 보여준 건 도착한 날 단 하루뿐이었다. 수많은 사람들이 아직도 그때 찍은 사진을 지갑 속에 넣거나 코팅해서 품고 다닌다. 마치 성상이나 십자가라도 되는 것처럼.

3

안중기는 졸린 표정을 하고 책상 앞에 앉아 있다. 수갑을 차고 있었지만 그건 귀찮은 형식에 불과하다. 목에 난 상처를 보아하니, 그는 이미 행동 통제 칩을 이식받은 게 분명하다. 이제 그는 말 그대로 파리 한 마리도 해치지 못한다. 실수로 남의 발을 밟아도 한 시간 동안 엄청난 두통에 시달릴 것이다.

몇몇 인권단체들이 여기에 대해 들고 일어났지만 곧 조용해졌다. 사실 지금은 어느 누구도 큰 목소리를 내지 않는다. 아무도 자신의 의견에 확신할 수 없고 또 확신을 하는 것 자체를 추하고 어리석은 행위라고 생각한다. 후손들의 말을 따르는 건 무조건 옳다. 그들은 우리 행동의 결과를 이미 알고 있기 때문이다.

내가 한동안 머물던 외무부를 떠나 경찰청으로 파견근무 자리를 옮긴 것도 그 때문이다. 내가 일을 잘 못 했기 때문이 아니라 그냥 외무부에서 일이 없어진 것이다. 그때까지 외무부 파견 근무자들이 했던 일은 후손들이 조금씩 보내오는 미래 정보들을 분석해 국가가 대처할 수 있게 하는 것이었다. 처음엔 우리도 바빴다. 미래의 신문들과 방송들이 날아오자 정치가들과 정부들의 거짓말들이 폭로되었고 이는 곧 피 튀기는 공방전으로 이어졌다. 하지만 몇 년의 세월이 흐르자, 모든 게 그냥 시들해졌다. 이미 이루어진 역사 앞에서 그들이 할 수 있는 건 별로 없었다. 2010년이 되자, 지구상의 모든 전쟁은 사라졌고 정치가들은 조용히 무대 뒤로 퇴장했다. 사람들은 그들을 증오하는 것도 귀찮아한다. 결국 그건 자기 얼굴에 침 뱉기라는 걸 알아차렸기 때문이리라. 미래의 관점에서 우린 모두 촌스러운 바보들일 수밖에 없다. 우리에 대한 평가가 우리의 기대치를 넘어서는 일은 거의 없다.

그래도 경찰들은 여전히 할 일이 많다. 아니, 오히려 이전보다 더 많다. 그들은 지금까지 증거가 없어 미해결 상태로 남겨둘 수밖에 없었던 사건들을 새로운 테크놀로지와 새로운 정보로 해결할 수 있고 앞으로 일어날지도 모르는 미래의 범죄를 예방할 수도 있다. 물론 이런 대청소가 끝나면 이 역시 시들해질 것이다. 그 뒤에 정부가 나에게 무슨 일을 줄지는 나도 모른다.

아마 그 뒤로는 그들도 할 일이 없을지도 모른다.

나는 복도로 나와 건물 끝에 있는 내 사무실로 들어간다. 문을 닫고 스크린을 켜자 구질구질한 회색 회벽은 순식간에 사라지고 대신 동막리 대나무 숲을 찍은 고해상도 입체 영상이 나타난다. 단 한 번도 자연 예찬론자인 적 없었던 나에게 이건 무의미한 서비스이다. 하지

246

만 미래관리부에서는 파견 직원들에게 늘 다양한 방식으로 미래 테크놀로지를 과시하라고 가르친다. 그래야 다른 사람들이 우리를 깔보지 않기 때문이다.

나는 방구석에 놓인 소파에 앉아 허공중에 가상 모니터를 띄우고 오늘 들어온 새 미래 정보를 확인한다. 후손들은 지금까지 2096년까지의 정보를 우리에게 보내왔다. 속도에 약간의 차이가 있긴 하지만 보통 하루에 일주일이나 열흘 정도의 정보가 미래관리부나 그와 비슷한 역할을 하는 세계 곳곳의 정부기구로 전송되고 그 정보는 24시간 동안 머문 뒤 일반인들에게 공개된다. 우린 지금 평상시의 10배 속도로 시간 여행을 하고 있다.

지난 열흘 동안 법과학 기술 분야에 대단한 발전이 없었다는 걸 확인한 나는 일반 과학 분야로 시선을 돌린다. 아직도 스위스의 어떤 연구단체가 내놓은 대통일장이론에 대한 토론이 뜨겁다. 이론적으로는 그럴싸하지만 지나치게 복잡하고 군더더기가 많아 받아들이고 싶지 않다는 게 대부분의 불평 내용인 모양이다. 현재 시간대의 인터넷으로 넘어가도 토론은 대부분 비슷하다. 한마디로 이들의 불만은 이론이 예쁘지 않다는 것이다.

그에 비하면 제2차 미중전쟁에 대한 현대 인터넷의 반응은 미적지근하다. 제1차 미중전쟁 때 일어났던 폭발적인 반응에 비하면 더욱 초라하다. 하지만 어쩌겠는가. 우리는 바보가 되기 가장 쉬운 시대에 살고 있다. 아무것도 하지 않으면 적어도 중간은 간다. 아니, 중간도 못가는 건 마찬가지지만 적어도 그게 들통 나지는 않을 수 있다.

2014년에서는 저작권 논쟁이 한창이다. 현재의 작가가 분리된 미래에 쓴 작품도 저작권을 인정해 주어야 할 것인가? 여론은 반대쪽으로 기울고 있지만 찬성 측의 주장도 만만치 않다. 적어도 분기점 당시 집필 중이었던 작품에 대한 저작권은 인정해야 한다는 주장이 조금씩 힘을 얻고 있는 모양이다.

노크 소리가 들린다. 나는 모니터를 끄고 문을 연다. 최수영이 멋쩍은 표정으로 문 앞에 서 있다.

"일이 조금 커졌어요."

그녀는 맥이 풀린 목소리로 말한다.

"안중기의 고용주를 드디어 밝혀내긴 했는데, 글쎄, 그 사람이 샛별파라고, 국내 자생 테러리스트 조직에 속해 있네요. 게다가 이 친구들 아무래도 핵폭탄을 가지고 있는 것 같아요. 하긴 놀랄 것도 없죠. 요샌 개나 소나 다 만드는 게 핵폭탄이니."

"증거는 충분해요?"

"그럭저럭. 적어도 폭탄 부품들은 있는 게 확실해요. 고용주의 이름과 얼굴도 확인했고. 곧 국정원에서 사람들이 올 거예요. 이 정도면 위쪽에서도 관심을 가지겠죠? 환경문제니까."

'환경문제니까.' 최수영의 목소리에는 은근한 냉소주의가 섞여 있다. 후손들이 조상들인 우리보다 지구의 환경 문제를 더 중요하게 생각한다는 건 이미 잘 알려진 사실이다. 그들은 우리 일에 간섭하지 않는다. 그들에겐 아무것도 아닌 과거의 역사 정보들을 전송하고 그 수준에 특별히 벗어나지 않는 기계들을 제공하는 것이 우리에게 주는 선물의 전부다. 그들이 지구 곳곳에서 하고 있는 일은 대부분 지구의 환경을 바꾸는 일이다. 되돌리는 게 아니라 바꾸는 것이다. 아마존에는 새로운 종류의 식물들이 심어졌고 인도네시아 부근에서는 제주도 만 한 섬들이 새로 태어났다. 이 개조의 최종목표가 무엇인지는 아무도 모른다. 그 때문에 몇몇 사람들은 걱정도 한다. 과연 후손들이 산소호흡을 하기나 할까? 누가 알겠는가? 우린 그들이 어떻게 생겼는지도 모른다.

하지만 그들의 목표가 무엇이건 핵폭탄은 분명 도움이 되지 않을 것이다.

최수영이 떠나자 나는 다시 모니터를 켠다. 이런 일이 생겼을 경우 일반 파견직원들은 미래관리부의 장관에게 전화를 걸어 핵폭탄 정보를 보고하고 그에게 책임을 넘기겠지만, 나는 미래관리부의 보안 승인을 받고 후손들과 직접 통화를 신청한다. 보안 승인은 이름과 모순되는 절차이다. 지금의 과학기술로는 누군가가 나와 후손 사이의 통화를 엿듣는 건 불가능하다. 이는 순전히 미래관리부와 정부가 나와 같은 신탁들을 통제하기 위한 소극적인 수단이다. 그들은 우리가 후손들의 통제를 받는 스파이일지도 모른다고 생각하지만 그렇다고 우리들의 신경을 작정해서 거스르고 싶지도 않다. 그들이 할 수 있는 건 우리가 언제 후손들에게 전화를 거는지 확인하는 것뿐이다.

잠시 기다리자, 모니터에는 마치 달 표면 어디인가인 것 같은 황량한 풍경이 떠오른다. 아무것도 움직이지 않지만 그래도 이 밋밋한 영상은 알 수 없는 방식으로 나의 뇌에 청각 정보를 전달한다. 머릿속에 울리는 여자 목소리는 텔레비전 뉴스의 일기예보관처럼 맑고 또릿또릿하며 무개성적이다.

"무슨 일인가요?"

목소리가 묻는다.

나는 최수영에게 들었던 이야기를 천천히 전달한다. 입을 열고 목소리를 내어 말하는 것이 아니라, 머릿속으로 문장을 만들어 각인시키는 것이다. 사실 이건 말을 하는 것보다는 보이지 않는 타자기를 치는 것과 더 비슷하다. 나는 가끔 내가 이런 식으로 이야기를 하지 않아도 그들은 내 머릿속에서 무슨 일이 일어나고 있는지 다 알고 있을지도 모른다고 생각한다. 끔찍하게 들릴 수도 있는 생각이지만 이상하게도 프라이버시가 침해당한다는 느낌은 들지 않는다. 그렇게 느끼기엔 그들은 지나치게 이질적이다.

내가 작성한 마지막 문장이 끝나자 내 보고는 접수된다. 달 표면의 영상은 사라지고 모니터는 다시 어두워진다. 나는 미래관리부를 위해 따로 통화 보고서를 작성한다. 장관은 내가 후손들과 무슨 수다를 떨었는지 알 권리가 있다.

4

사건은 국정원과 국제 테러 대응 협의회로 넘어가고 샛별파의 조직원들이 한 명씩 체포된다. 점조직이 강했던 건 옛날 일이다. 요새는 한 명만 잡혀도 연쇄반응이 일어나 순식간에 조직 전체가 붕괴된다. 추정에 따르면 조직원의 80퍼센트가 벌써 체포되었고 나머지 조직원들의 위치가 밝혀지는 것도 시간문제이다. 뇌 스캔으로 얻을 수 있는 자료는 일반적인 자백으로 얻을 수 있는 것들보다 훨씬 많다. 원래 사람들은 자신이 인식하는 것보다 훨씬 많이 안다.

하지만 아직 핵폭탄은 발견되지 않았다. 그들은 벌써 폭탄을 만들었는가? 아니면 재료를 다른 곳으로 빼돌렸는가? 우리가 지금까지 알고 있는 건 그들에게 폭탄을 만들려는 의지와 그를 실행할 만한 기술 모두가 있다는 것이다. 그 정도만으로도 샛별파는 충분히 위험하다.

그렇다면 후손들이 개입할 것인가?

순식간에 내 머릿속에서 우선순위가 조정된다. 핵폭탄은 더 이상 중요하지 않다. 중요한 건 후손들이 어떻게 이 사건에 개입하느냐이다.

그들이 직접 내려올 것인가? 그들은 지금까지 단 한 번도 지구인들에게 자기 모습을 드러낸 적이 없었다. 하지만 그렇다고 그들이 이미 지구상에 내려와 있지 않다는 법도 없다. 변장한 후손들이 우리 근처에 숨어 현대인 행세를 하고 있을 수도 있는 것이다. 그게 사실이라면 그들은 어떻게 할까? 직접 공격을 할까? 아니면 우리에게 정보를 주고 가만히 있는 쪽을 택할까?

후손들이 도착한 뒤로 열여덟 건의 핵폭탄 테러 기도가 있었고 후손들이 공식적으로 소탕 작전에 참여한 건 단 두 건이었다. 그때도 그들이 직접 비행체를 보내거나 하는 일은 없었다. 그들이 한 건 신탁들에게 전화를 걸어 핵폭탄들의 정확한 위치를 알려주는 것뿐이었다.

그게 전부일까? 테러 기도가 더 있지는 않았을까? 그것들이 알려지지 않은 건 후손들이 그들을 직접 처리해서일 수도 있지 않을까? 지금 상황에서 핵 테러 기도가 열여덟 건에 불과하다니 너무 적다고 어떤 통계학자가 텔레비전에서 말하는 걸 들은 적 있다. 그때 나는 그의 의견에 동의하지 않았다. 나는 그것이 우리가 점점 덜 광신도가 되어 가고 있고 점점 덜 위험해지고 있다는 증거라고 생각했다. 하지만 지금은 나도 잘 모르겠다. 샛별파가 이 정도까지 할 수 있다면 핵으로 난리를 치려는 하는 다른 얼간이들도 얼마든지 있을 것이다.

나는 사무실에 틀어박혀 샛별파나 이전 핵 테러와 관련된 기밀서류들을 검토하지만 하루를 꼬박 날린 뒤 포기하고 만다. 만약 그들이 정말로 직접 이런 사건들에 관여한다고 해도 내 눈에 보일 정도로 노골적인 곳에 숨어서 활동할 리는 없다.

다시 나의 생활은 일상으로 돌아온다. 여전히 미래 정보는 꼬박꼬박 전송되어 오고 나는 그것들을 정리하고 분석해 경찰이 필요한 것들을 요약 정리해서 넘겨준다. 보다 복잡한 테크놀로지에 대한 정보라면 기술팀의 도움이 필요할 때가 있지만 대부분 내가 혼자 처리할 수 있다. 신탁 일을 하면서 이런 식의 서류 정보들을 처리하고 활용하는 테크닉이 급속도로 발전했다. 머리가 더 좋아졌다고 말할 수도 있지만, 나는 그냥 내 머리 일부가 더 효율적인 기계로 전환했다는 게 더 정확한 표현이라고 생각한다. 어느 쪽이 사실이건, 그 때문에 나와 같은 신탁들은 여전히 연구대상이다. 아직도 미래관리부의 과학자들은 주기적으로 내 두뇌를 스캔해서 변화를 관찰한다. 벌써 2년째지만 아직도 그들은 의미 있는 답변을 찾지 못했다. 하긴 후손들이 우리에게 발각될만한 짓을 할 리가 있겠는가.

나는 언제나 정시 퇴근이다. 4시 반이면 사무실을 정리하고 5시를 치면 청사 건물을 떠난다. 경찰청 형사들은 나처럼 삶이 넉넉하지 못하다. 최근 들어 나는 최수영의 얼굴도 제대로 보지 못했다. 맡고 있던 사건 대부분이 국정원으로 넘어갔지만, 그녀는 여전히 바쁘고 열심이다. 하긴 지금처럼 경찰 일을 하기 좋은 때도 없다. 정부가 미래

관리부가 제공하는 미래 정보와 테크놀로지를 공유하기 시작한 뒤로
경찰일은 엄청 편해졌다. 단서를 찾고 자백을 받아내는 일은 쉬워졌
고 무고한 사람들이 잡혀 오는 일도 없어졌으며 재범률도 줄어들었
다. 노동량은 여전히 많지만 스트레스는 적다.

최수영과 데이트를 하는 대신, 나는 오늘 혜화동의 한식집에서 동
료 신탁들을 만난다. 대한민국에 공식적으로 등록된 신탁은 스물네
명. 그 중 열다섯 명이 나와 같은 공무원이다. 오늘 이 자리에는 나를
포함해 일곱 명의 신탁들이 앉아 있다. 여자 다섯에 남자 둘. 그들 중
세 명은 나와 같은 특수학교에 다녔고 나머지도 대부분 내 나이 또래
이기 때문에 이번 모임은 동창회 분위기를 풍긴다.

다른 사람들이 보기에 우리의 모임은 괴상하다. 우리의 대화에는
일반적인 목소리 대화, 수화, 우리들끼리만 통하는 텔레파시(우린 뇌
타자라고 부른다.)가 멋대로 섞여 있다. 종종 우린 아무 말도 없이 서
로를 노려보며 메시지를 전달하다가 농담이 튀어나오면 일제히 웃음
을 터뜨리기도 한다. 목소리 대화의 경우도 다른 사람들이 알아듣는
건 거의 불가능하다. 소리 내서 말할 때는 신탁이 된 뒤 자연스럽게
익힌 축약법을 사용하기 때문이다.

"요새 영화는 재미가 없더라."

우리들 중 한 명이 말한다. 누가? 상관없다. 뇌 타자를 하는 동안에
는 누가 말했는지는 덜 중요하다. 중요한 건 그런 의견이 나왔다는 것
이다. 자신이 한 말이라는 걸 분명히 하고 싶으면 손을 흔들어 자기
위치를 가리키거나 수화로 이야기하면 된다.

"네가 구닥다리인 거지."

다른 의견이 나온다.

"요새 애들이 점점 더 재미없어지는 건 아니고?"

여기서 우리가 말하는 '요새'는 2014년이 아니라 2096년을 말한다. 더 이상 2014년은 '현재'로서 구실을 하지 못한다. 역사를 온 몸으로 체험하며 전진하는 현재는 2096년이다. 어제 12월 5일까지의 정보를 전달받았으니 곧 2097년이 될 것이고 몇 달 안에 우리는 22세기를 맞이하게 될 것이다.

우리는 왜 미래의 영화가 재미가 없는가에 대해 토론하다 곧 한 가지 결론에 도달한다. 한 마디로 그들은 우리와 다른 것이다. 생각하는 것도 다르고 느끼는 것도 다르다. 이건 단순히 문화 탓이 아니다. 이식물과 화학물의 조절을 받는 그들의 두뇌는 이미 우리 것과는 성격이 다르다. 그들은 더 이성적이고 충동을 더 잘 조절한다. 그들의 생각은 우리와 다르고, 그들이 보는 세상은 우리가 보는 세상과 다르다. 조금만 더 기다리면 우리가 위대한 예술작품이라고 생각하는 것들이 원시인들의 행동방식에 대한 관찰 자료로 탈바꿈하는 날을 보게 될 것이다.

의견이 수렴되어 토론이 종결되자 이야기의 주제는 샛별파로 넘어간다. 아직 이들에 대한 정보는 기밀로 묶여 있지만 우리 세계엔 기밀 같은 것이 없다. 후손들은 지구상의 모든 서류 정보를 가지고 있고 그 정보는 신탁들에게 공개되어 있다. 그건 우리의 힘이기도 하고 밥벌이 도구이기도 하다. 정부가 공무원이 아닌 신탁들에게도 꼬박꼬박 월급을 바치는 건 우리를 두려워하기 때문이다.

우리는 이들의 동기가 무엇인지에 대해 토론한다. 그들이 핵폭탄으로 할 수 있는 건 아무것도 없다. 후손들을 처치하는 건 처음부터 불가능하다. 기껏해야 자폭해서 자기네와 동네 사람들을 날려버릴 수 있을 뿐이다. 이를 통해 전하려는 대단한 메시지가 있는 것도 아니다. 후손들의 환경 개조에도 별다른 영향은 못 끼칠 것이다. 게다가 환경 개조를 방해해서 뭐하게? 그들이 정말 지구를 우리가 못 사는 괴상한 곳으로 만들고 있다는 증거는 전혀 없다. 오히려 지난 7년 동안 지구는 그 전보다 훨씬 살기 좋고 안정된 곳으로 변했다. 온난화와 사막화는 중단되었고 기상 이변도 사라졌다. 이제 아프리카에서도 굶어죽는 사람들은 없다. 그럼 도대체 이유가 뭐야?

"우리가 너무 이성적으로 생각하고 있는 것인지도 모르지."

누군가가 말한다.

"우린 '이건 이러니까 안 된다.'하는 식으로 생각하지만 샛별파 사람들도 같은 사고 과정을 거친다고 생각할 수는 없는 거야. 핵폭탄을 들고 설치는 것부터가 책임감 없는 어린애와 같은 짓이지. 걔들은 아빠가 숨겨둔 총을 가지고 좋아하는 애들보다 특별히 나을 게 없어. 그럼 그렇다고 그냥 인정하는 게 더 낫지 않을까? 괜히 어른다운 동기를 찾는 것보다는 말이야."

"아마 후손들도 우리에 대해 비슷한 생각을 하고 있을 걸?"

다른 누군가가 말한다.

한참 키득거리던 우리는 갑자기 머쓱해져 주변을 바라본다. 우리의 주변을 둘러 친 철근 콘크리트 인공 환경이 갑자기 말할 수 없을 정도로 조잡해 보인다.

5

금요일이다. 나는 점심시간이 끝나자 사무실 문을 잠그고 경찰청을 나선다. 퇴근하는 게 아니라 두 블록 떨어져 있는 미래관리부 건물로 출근하는 것이다.

매주 금요일 오후마다 서울에 거주하는 미래관리부 소속 신탁들은 강당에서 장관을 만난다. 장관은 그때마다 우리를 상대로 아무 짝에도 쓸모없는 연설을 한 10분 정도 하는데, 그걸 진지하게 듣는 사람은 아무도 없고 장관도 그 사실을 잘 안다. 우리가 매주 모인 이유는 세 가지다. 할 일 없는 장관의 위신 세워주기, 머릿수 확인, 선물 나누어 주기.

우리에게 가장 중요한 건 마지막이다. 매주 금요일 오전이면 미래관리부에 후손들이 우리에게 보내는 선물들이 배달된다. 주로 자그마한 크기의 전자 기계인데, 모두 미래의 과학으로 만든 것이고 심지어 몇몇은 노출된 미래보다 더 미래에 만들어진 것들이다. 내가 지금까지 받아본 것들 중 가장 미래의 상품은 2129년에 만들어진 피부 관리기다.

이들은 모두 우체국 택배를 통해 배달된다. 약 올리는 것 같다. 현대인으로 변장한 누군가가 지구 어딘가에 숨어서 이런 잡일들을 처리하는 것일까? 아니면 우리로서는 상상할 수 없는 테크놀로지를 이용해 물건들을 우체국에 떨어뜨리는 것일까? 미래관리부에서는 가능한 모든 방법을 동원해 그 경로를 추적하려 했지만 지금까지 어떤 결과도 얻지 못했다.

어느 쪽이건 우린 금요일마다 산타클로스의 방문을 받는 것과 같다. 물론 이렇게 받은 물건들을 다 갖고 있지는 않다. 선물이 마음에 들지 않으면 다른 사람들 것과 교환하고 지겨워지거나 집의 공간이 모자라면 미래관리부에 판다. 기계들은 그 즉시 전문 분해공학자들에게 넘어간다.

다들 그렇게 노력하는 데도 우린 아직까지 21세기 말의 기술 사회에 살고 있지 못하다. 미래의 기술로 상품을 만들기엔 넘어서야 할 문제들이 많다. 가장 큰 문제는 발전이 너무 빠르다는 것이다. 2090년의 기술로 물건을 하나 만들어도 순식간에 2100년이 되어 버린다. 지금의 대량 생산 구조로는 이 갭을 극복하는 건 불가능하다. 2007년 이후 우리는 기술적으로 정지된 세계에 살고 있다. 인터넷이 빨라지고 모바일 기술이 발전하긴 했어도 그 정도로 사람들이 만족할 수는 없다. 인터넷이나 텔레비전에 나오는 사람들은 모두가 21세기 말의 첨단 생활을 누리고 있는데 여전히 우린 구닥다리 과거에 갇혀 있으니!

복두에서 장관을 기다리며 다른 신탁들과 수다를 떨고 있는데 최수영으로부터 전화가 걸려온다. 놀랍게도 그녀는 미래관리부 건물 앞에 나와 있다. 나는 수다를 끊고 로비로 나간다. 회전문 근처에서 어슬렁거리던 최수영이 나를 보더니 손을 흔든다.

"나 좀 도와주면 안 돼요?"

그녀는 인사 대신 이렇게 말한다.

"무슨 일인가요?"

"미래관리부 내부에서 정보를 얻을 게 있어요. 제 선에서는 도와줄 사람을 찾을 수가 없어서요. 아직까지는 영장을 발부받아야 할 수준은 아닌 것 같고, 여기는 협조 안 해주기로는 유명……”

“도대체 어떤 정보요?”

“직원들의 신상정보요. 기초적인 건 얻었는데 보다 자세한 정보가 필요해요. 안중기의 공범자들 있죠? 어제 우리가 모두 잡았어요. 혹시나 해서 샛별파와 관련된 일을 알아보려 뇌 스캔을 했는데, 이 녀석들도 미래관리부와 어느 정도 관련 있는 것 같아요.”

“왜요?”

“녀석들이 미래 기계들을 몇 개 가지고 있어요. 22세기 것으로요. 그게 뭔지는 모르겠는데, 폭탄 주변에 일종의 역장을 치는 장치도 포함되어 있는 것 같더군요. 이런 게 돌아다닌다면 위험하죠. 일단 폭탄의 추적이 불가능하고……”

우리는 이야기를 나누는 동안 강당 입구와 연결된 복도 쪽을 지나간다. 최수영이 누구인지 알아차린 신탁 몇 명이 짓궂은 표정을 지으며 휘파람을 분다. 최수영은 어색해져 말을 멈추고 나는 그녀의 손을 잡고 복도를 빠져 나온다.

“그게 미래관리부의 분해공학실에서 유출된 거라고요?”

내가 묻는다.

“아직은 저도 모르죠. 유출 경로는 세계 어느 곳일 수도 있으니까요. 하지만 일단 가까운 데부터 알아봐야 하지 않겠어요? 최근에 그런 기계가 배달된 적 있나요?”

폭탄에 역장을 두르는 기계라…… 그런 게 배달된 적 있었던가? 나는 받은 적 없다. 그렇게 괴상한 용도의 기계를 받았다면 기억 안 났을 리가 없다. 하지만 다른 사람들이 받은 선물들에 대해 내가 몽땅 아는 것도 아니다. 그렇다고 서류를 확인하는 것도 불가능하다. 신탁들이 무슨 선물을 받았는지는 기록되지 않는다. 공무원이 아닌 신탁들에겐 집으로 직접 선물이 배달되는데, 이들이 무슨 선물을 받았는지 아는 것 역시 불가능하다. 오로지 분해공학실로 넘겨지는 물건들만 기록되는데, 만약 정말로 분해공학실 내부에 테러리스트가 있다면…….

"조금만 기다려줄래요?"

나는 말한다.

"서울에 있는 미래관리부 신탁들이 지금 모두 여기에 모였어요. 곧 장관이 와서 뭐라고 떠들고 갈 거고 그 뒤에 직원들이 선물을 나누어 줄 텐데, 그 전에 한 번 물어보죠."

"만약 유출한 사람이 신탁이라면요?"

"어려울 걸요. 그랬다면 벌써 후손들이 알았겠고 지금처럼 일이 크게 번지지도 않았을 거 아니에요. 그리고 우리가 왜요? 테러는 우리 스타일과 전혀 맞지 않아요."

"모든 신탁들이 다 생각하는 게 똑같아요?"

"아뇨. 하지만 다들 우리에게 뭐가 이득인지 정도는 알만큼은 머리가 돌아가지요."

최수영은 여전히 내 대답이 맘에 안 드는 모양이지만 나는 그냥 그녀의 태도를 무시한다. 벌써 강당 문이 열리고 신탁들이 들어가고 있다. 나는 최수영에게 잠시 기다리라고 말해 놓고 강당 안으로 들어간다.

3시 정각. 장관이 들어온다. 우린 그가 들어오는 순간 뭔가 이상하다는 걸 눈치 챘다. 그는 긴장하고 있다. 서류 가방을 든 그의 손은 떨리고 있으며 대머리에서는 땀이 비질비질 흘러나온다. 그런데 웬 서류 가방?

"오늘은 여러분에게 특별히 해드릴 말이 있습니다."

장관이 말한다. 언제나 하는 소리이니 하나도 특별할 게 없다. 하지만 그의 어투는 이상하다. 문장을 암기한 것 같고 전과는 달리 결의의 흔적도 느껴진다.

장관은 천천히 서류가방을 단상에 올려놓고 뚜껑을 연다. 그 안에는 금속 튜브와 자잘한 전자 장치들이 박혀 있는 기계가 들어 있다.

"핵폭탄입니다."

그는 말한다.

"히로시마에 투하된 핵폭탄의 3분의 1 정도의 파괴력이 있지요. 타이머가 보입니까? 이 폭탄은 정확히 한 시간 안에 터집니다. 폭탄을 막을 수 있는 스위치는 제가 가지고 있습니다. 정확히 말하면 제 머릿속에 이식되어 있지요. 만약 제가 죽거나 정신을 잃으면 그 즉시 폭탄은 터집니다."

농담이 아니다. 세상에, 정말로 농담이 아니다! 장관에게 그 정도의 유머 감각이 있을 리가 없다. 어떻게 된 거야? 샛별파가 장관을 세뇌하기라도 했나? 아니면 지금까지 장관은 시치미를 뚝 떼고 바보놀이를 하고 있었던 건가?

"여러분은 왜 제가 이런 짓을 하고 있는지 궁금해 하실 겁니다."

더 이상 외우지 못하겠는지, 그는 바지 주머니에서 노란 종이 한 장을 꺼내 큰 소리로 읽는다.

"이유는 명백합니다. 저는 지금 지구를 위해 이러고 있습니다. 지금도 우리 머리 위를 떠다니고 있는 저들은 우리의 후손들이 아닙니다. 그들은 외계에서 온 침략자들입니다.

말도 안 되는 소리라고 단정 짓기 전에 한 번 생각해 보십시오. 외계에서 온 침략자들이 지구를 점령한다는 것은 믿기 어려운 일입니다. 하지만 그렇다고 시간여행이 가능하다는 건 더 믿기 어려운 일입니다. 도대체 왜 후손들이 과거로 와서 우리의 역사를 망쳐놓는답니까? 조상들에 대한 최소한의 예의가 있다면 이러지는 않습니다. 그러나 외계인들이라면 가능합니다. 가능한 게 아니라 당연하지요.

지금 그들이 하고 있는 건 침략이고 식민지 건설입니다. 우린 그 과정을 보고 있습니다. 그리고 그들의 침략은 성공적입니다. 우린 그들에게 복종하고 있고 어떤 저항도 하지 않으면서 그들에게 지구를 내놓고 있습니다. 그들이 우리의 후손이라고 믿으면서요.

우리가 다루는 미래 정보들이요? 당연히 조작된 것입니다. 그들에게 진짜로 미래 정보가 있다면 왜 우리에게 전체를 보여주지 않고 며칠씩 감질나게 보여줍니까? 그들은 조금씩 이야기를 만들어내고 있는 겁니다. 우리가 미래 정보라고 믿고 있는 건 외계인들의 소설에 불과합니다."

"외계인들의 소설이라면 정보가 그렇게 정확할 수가 없어요."

누군가가 대꾸한다.

"그렇게 믿는 건 여러분이 신탁이기 때문입니다. 여러분의 두뇌는 오래 전부터 외계인들에 의해 조종되어 왔습니다. 여러분은 그들이 원하는 방향으로만 생각합니다. 여러분은 후손들 때문에 귀가 뚫렸다고 생각하시겠지요. 하지만 지금 여러분은 그 어느 때보다도 귀가 먹었습니다!"

미쳤구나, 라고 나는 생각한다. 외계인 침략설은 구미가 당기는 이론이지만 그걸 따르기엔 미래에서 온 증거들의 신빙성이 너무 강하다. 아무리 우리가 침략자들에게 조종당하는 꼭두각시라고 해도 증거들을 검토하는 건 우리뿐만이 아니다. 장관도 그 정도는 알고 있을 것이다. 아니, 알고 있어야 한다.

"그래서 그걸로 무얼 하시려고요?"

나는 일어나 묻는다.

"간단합니다. 당신들이 '후손들'이라고 부르는 이들을 여기로 부르십시오. 그들과 일대일 대면을 해야겠습니다. 그들의 얼굴을 직접 봐야겠단 말입니다. 그게 대화의 정석 아닙니까? 서로 얼굴을 보고 일대일로…… 그래야 이야기를 할 수 있는 겁니다."

"과연 그런 협박이 통할까요? 장관님이 지금 협박용으로 사용하고 있는 건 기껏해야 22세기 초의 기술이지요. 하지만 후손들은 훨씬 더 발달된 미래에서 왔습니다. 장관님이 생각하시는 것처럼 외계인들이라고 쳐도 사정은 다르지 않아요. 우리 하늘 위에 떠 있는 배를 보라고요. 적어도 22세기 과학보다는 훨씬 발달해 있는 게 분명해요. 마음만 먹는다면 후손들은 얼마든지 장관님의 뇌를 조작할 수 있을 걸요. 저희도 마찬가지였어요. 신탁이 되기 전에 누군가가 내려와 뇌수술이라도 해줬는지 아세요?"

"조작이 가해지는 신호가 느껴지면 당장 폭탄을 작동시킬 겁니다."

"그래요? 그 신호를 느낄 수 있다고 누가 그러던가요?"

장관은 망설인다. 나는 계속 비슷한 의미의 내용을 던지면서 장관의 시선을 나에게로 유도한다. 다행히도 내 계획에 넘어간 장관은 그의 뒤에서 소리 없이 문이 열리고 있다는 걸 눈치 채지 못한다. 나는 계속 떠들면서 몰래 강당 안으로 기어들어온 최수영이 폭력범 검거용 총기를 꺼내는 것을 슬쩍 훔쳐본다. 반짝하고 장관의 목에 레이저 마크가 찍힌다. 그녀가 방아쇠를 당기자 작은 벌레 같은 발사체가 미사일처럼 날아가 장관의 목에 박힌다.

장관은 비명을 지르고 최수영은 안으로 뛰어 들어온다. 걱정이 된 나와 동료들은 강단으로 올라간다. 장관은 비명을 질러대지만 폭탄은 작동되지 않는다. 최수영이 삽입한 칩이 작동하는 바로 그 순간부터 장관의 폭력적인 자유의지는 작동을 멈추었다. 그를 저지하기 위해서는 후손들의 기술도 필요 없었다. 경찰들이 흔히 쓰는 21세기 기술로도 충분했다.

순식간에 경찰들이 강당으로 몰려든다. 폭탄이 회수되고 장관은 비명을 지르며 끌려 나간다. 문 앞에서는 그는 우리를 노려보며 외친다.

"제발 얼굴을 보여줘! 놈들의 얼굴을 보고 싶어!"

결국 그거였던 거다. 장관에게 중요한 건 외계인 침략설을 전파하는 게 아니었다. 그는 단지 후손들의 얼굴이 궁금했던 것뿐이다. 그들이 무엇을 원하는지, 우리가 어느 방향으로 가고 있는지 알고 싶었던 거다. 그들이 외계인이건 미래에서 온 후손들이건 중요하지 않았다.

강당은 다시 조용해진다. 우리는 다시 자리에 앉는다. 인질극이 끝났다고 해서 우리의 일이 끝나는 건 아니다. 우린 아직 선물을 못 받았다.

"밖에 보초들도 세우지 않고 저런 짓을 저질렀던 거예요?"

나는 옆자리에 털썩 앉은 최수영에게 묻는다.

"보초들은 없었어요. 하지만 장관이 들어온 뒤에 누군가가 강당 문마다 보안 장치를 해두었더군요. 다행히도 전 보안 장치가 작동하기 전에 강당 안에 들어와 있었거든요. 덕택에 안쪽 문 뒤에서 장관이 하는 말을 다 엿들었지요. 사태가 파악되자마자 경찰청에 연락했고 그동안 제가 할 수 있는 게 뭔지 알아봤죠. 아마 지금 공범자들을 추적 중일 거예요. 제가 참을성 없는 사람이라는 게 다행이죠? 전 그냥 기다리는 걸 싫어하거든요."

나는 고맙다고 말하고 카트에 실려 온 소포들을 바라본다. 얼마 전에 장관이 일으킨 소동에 대해서는 아직 모르는지, 직원들의 태도는 태평하고 일상적이다. 나는 그들이 나에게 던져주는 소포를 받아 포장을 뜯는다. 꿈 투사기다. 2098년에 업그레이드된 버전이다. 이 버전에서는 이미 입력된 스토리를 따라가기만 하는 대신 꿈속에서 어느 정도 의지를 가지고 스토리를 통제할 수 있다. 적어도 설명서에 따르면 그렇단다. 나는 기계를 손바닥 위에 올려놓는다. 투명한 유리 액자처럼 생겼다. 왜 21세기 말의 기계들은 다 이렇게 투명한가? 전자 기기들은 어디로 들어가는가?

"장관의 주장이 일리가 있을까요?"

최수영이 묻는다.

나는 어깨를 으쓱한다. 나는 여전히 그들이 미래에서 온 후손들이라고 생각한다. 그 사실보다 더 복잡한 음모를 상상하는 건 무의미한 일이다. 그러나 장관의 말은 여전히 어느 정도 옳다. 지구는 침략당하고 있으며 지구인들은 곧 멸망할 것이다. 그들이 후손들이라고 해서 침략자가 아닌 어떤 존재가 되는 건 아니다.

나는 왜 그들이 과거로 돌아와 원시인 조상들 앞에서 이렇게 번거로운 일들을 하는지 모른다. 아마 미래에 우리가 상상할 수 없는 재앙이 일어났을지도 모른다. 그래서 과거를 피난처 삼아 머물면서 다시 찾아올 재앙에 대비하는 건지도 모른다. 그들의 목적이 무엇이건, 그들은 우리의 미래에 관심이 없다. 그들에게 우리의 미래는 한 번 본 연속극의 재방송 이상은 아니다.

우리는 결국 소멸할 것이다. 후손들이 우리를 폭탄으로 날려버리기 때문이 아니다. 이미 우리는 이미 스스로 역사를 끌어갈 힘을 잃었다. 우리는 점점 그들이 주는 미래의 정보에 휩쓸리며 급속도로 변화할 것이다. 우리의 유전자는 변형될 것이고 뇌와 육체에는 그들이 제공하는 이식물이 들어갈 것이다. 그러는 동안 우리는 지구인의 지금 모습에서 점점 멀어질 것이며 우리의 욕망과 어리석음을 잃어버리고 저 하늘에 있는 후손들에 통합될 것이다. 이러는 데 몇 년이나 걸릴까? 200년? 100년? 더 짧을지도 모른다.

나는 꿈 투사기를 핸드백 안에 넣고 자리에 일어난다. 같이 일어난 최수영은 마치 옛날 영화에 나오는 남자주인공처럼 과장된 동작으로 나를 부축한다. 우리는 강당을 나와 복도를 따라 로비를 향해 걷는다. 회전문 밖에는 벌써 경찰차들이 도착해 있다.

"보고서를 쓰러 가봐야 해요."

최수영이 말한다.

"하지만 그 뒤로는 시간이 좀 날 거예요. 아무리 늦어도 7시 이전엔 퇴근할 수 있어요. 혹시 8시쯤에 시간 있나요?"

"약속 없어요."

"그럼 같이 저녁 먹을래요? 8시에 로터스 가든에서 봐요. 예약해 놓을게요. 잊지 않는 거죠?"

"안 잊어요."

최수영은 손을 흔들면서 회전문을 향해 달려간다. 나는 미소를 지으며 그녀의 후리후리한 뒷모습을 향해 손을 흔든다. 나의 미래가 어떻게 예정되어 있건, 아직도 나에게 나만의 쾌락과 욕망이 남아 있다는 건 좋은 거다. 그것이 봄볕에 녹아 사라지는 눈송이처럼 하찮고 허약한 것이라고 해도.

다섯 번째 감각

/ 김보영

2004년 제1회 과학기술 창작문예에서 「촉각의 경험」으로 중편 부문을 수상했다. 과학소설 전문무크 《Happy SF》 제2호에 「진화신화」를, 『2006 과학기술 창작문예 수상작품집』에 「우수한 유전자」를 수록했다. 공동단편집 『얼터너티브 드림』, 『한국 환상 문학 단편선』, 『누군가를 만났어』, 『잃어버린 개념을 찾아서』, 『멀리 가는 이야기』 등을 출간하였다.

1

　나는 한 손에 고양이 사료 상자를 든 채로 한참동안 하숙집 문 앞에 서 있었다. 우편함 뚜껑을 한 번 닫았다가, 방 번호를 확인하고 다시 열었다. 우편함에는 술집 광고 스티커 몇 개와 함께, 언니의 이름이 적혀 있는 카드 봉투가 한 장 들어 있었다.

　언니에게 편지가 온 것은 처음이었다. 다시 말하면, 그 우편함에 광고 스티커 외에 뭔가 다른 것이 들어 있었던 적도 처음이었다. 내게도 언니에게도 편지를 보낼 만한 친구가 없었다. 언니는 마을 문화원에서 잡역부로 일했는데, 매일 밤늦게 집에 들어왔다가 새벽같이 일터로 나갔다. 부모님이 돌아가신 이후로, 빚쟁이를 피해 무작정 이 도시 저 도시를 떠돌아다니며 살아온 처지라, 연락이 되는 친척도 없는 처지였다.

봉투에는 발신인 주소도 보낸 사람도 적혀 있지 않았다. 봉투를 열어보니 마찬가지로 글씨도 그림도 없는 카드가 나왔다. 카드라고 표현하기에도 미안한 ─ , 그러니까, 그저 마분지를 잘라 반으로 접은 것에 불과한 것이었다. 나는 점점 놀림을 받는 기분이 되었다.

마분지 구석에는 글씨가 작게 쓰여 있었는데, 그 내용은 다음과 같았다.

나는 종이를 몇 번 뒤집어 본 뒤에 봉투를 거꾸로 들고 흔들어 보았지만, 빵가루 하나 떨어지지 않았다. 선물을 어디에 감춰 놓았으니 어느 곳의 몇 번째 서랍을 열어보라는 말도 없었다. 나는 눈썹을 가지런히 모으며 이 괴상한 편지를 한참 내려다보다가, 별 놈의 경우를 다 보겠네 싶어 다시 봉투에 집어넣었다.

그때, (나는 나중에야 그 순간을 돌이켜 생각해 보게 되었다.) 문득 나는 뒤를 돌아보았다. 무엇인가가 내 주위를 둘러싸고 있다가 연기처럼 사라져버린 듯한 기분이 들어서였기 때문이다. 조그만 아이들이 웃으며 지나간 것도 같았고, 부드러운 바람이 스치고 지나간 것 같기도 했다. 하지만 내 뒤에는 아무것도 없었다. 집이 빽빽하게 들어선 마을이 저녁 어스름에 어두침침하게 내려앉아 있을 뿐이었다.

하숙집 복도를 지나 방문을 열었을 때, 패치가 얼굴로 튀어 오르는 바람에 들고 있던 사료상자를 떨어트릴 뻔했다. 나는 엉덩방아를 찧으며 주저앉았다. 패치는 내 무릎 위로 우아한 동작으로 올라오더니, 교만스럽게 입을 벌리며 지껄였다.

(왜 이제 왔어? 하루 종일 어디 처박혀 있다가 이제야 오는 거야, 이 쓸모도 없는 주인 같으니라고!)

이건 정말이다. 고양이가 사람의 말을 알아먹기 전에 사람이 먼저 고양이의 말을 이해한다.

(오늘 저녁 메뉴는 뭐야? 저번에 사 온 회사 제품은 너무 달았어! 또 같은 사료를 사 왔으면 차라리 굶어죽고 말겠어! 뭘 멍하니 쳐다보고 있는 거야? 빨리 못 들어와?)

패치는 여기까지 지껄이고(!) 고개를 빳빳이 들더니 방안으로 우아하게 걸어 들어갔다. 나는 엉덩방아를 찧은 내 꼴을 창피해하며 주위를 돌아보았다. 혹시 옆방 사람들이 보았을까 싶어 돌아보았지만, 열려 있는 문은 없었다.

패치는 언니가 올 때에는 항상 문 앞으로 뛰어가서, 언니가 문을 여는 순간 튀어나갔다. 하지만 언니는 패치가 어디로 튀어 오를지 늘 정확히 알고 있는 것 같았다. 언니는 놀란 표정 한 번 짓지 않고 늘 솜씨 좋게 패치를 잡아내었다. 하긴, 언니는 워낙에 감이 좋은 사람이었다. 감이 좋다기보다는, 지나칠 정도로 예민한 편이었다. 언니는 밤에도 잘 잠을 이루지 못했다. 언니는 옆방에서 무슨 일이 있으면 귀신같이 알아내고 일어나 밖을 내다보았다. 패치를 발견한 것도 언니였다. 비가 쏟아지던 날, 도랑 물 속에 잠겨 반쯤 죽어 가는 것을, 언니는 대체 어떻게 알아내었는지 그 어두컴컴한 구멍 속에서 젖은 솜뭉치가 되어 있는 이 녀석을 찾아내어 데려왔었다.

　나는 옷매무새를 가다듬고 방 안으로 들어갔다. 방은 오래 전부터 패치의 개인 놀이터로 변해 있었다. 나는 광고 스티커를 패치의 장난감 상자(쓰레기통)에 집어넣고, 카드는 패치의 화장실(신문 상자)에 넣고, 가방은 패치의 침대(옷장 속)에 넣었다. 마지막으로 사료상자는 식탁(사과궤짝) 위에 놓기 위해 걸어갔다. 패치는 졸랑졸랑 내 뒤를 따라 왔다.

　〈자. 패치님. 앉으세요. 얌전히 앉아야 식사를 대령합니다.〉

　내가 공손하게 말했지만, 패치는 신경 쓰지도 않고 연신 내가 들고 있는 그릇을 향해 팔짝팔짝 뛰며 발버둥을 쳐 대었다. 패치는 한 번도 내가 불렀을 때 달려온 일이 없었다. 언니가 부를 때에는 그러지 않았다. 마치 뒤에도 눈이 달린 것처럼, 언니가 손짓 한 번만 하면 밖에 나가 있다가도, 창문턱에서 잠을 자다가도 순식간에 달려오곤 했다.

당신은 이미 받아볼 수 없겠지만,

　마지막까지도. 언니가 죽은 것도, 그 '감' 때문이었다.

　그때, 언니와 장을 보고 돌아오는 길에, 나는 발을 멈추고 가게에 전시된 비싼 옷을 구경하고 있었다. 한 번이라도 저런 것을 입어 보았으면 하며 속으로는 내심 언니의 무능함을 탓하고 앉아 있었다. 그 순간, 내 옆을 지나가던 사람이 걸음을 멈추는 것 같았다. 사람들이 놀란 얼굴로 한 방향을 향해 움직이고 있었다. 내가 차도 쪽을 보았을 때, 언니는 막 차에서 튕겨 나가 인형처럼 바닥에서 구르고 있었다.

　나는 내가 보고 있는 것이 무엇인지 잘 알 수가 없었다. 차는 사람

272

을 친 것에 놀랐는지 당황했는지, 머뭇머뭇하다가 총알 같은 속도로 도망쳐 버렸다.

나는 움직이지도 못하고 그 자리에 주저앉았다. 바닥이 노랗게 흔들렸다. 사람들이 흐느적거리며 언니의 주위로 모이고 있었다. 언니의 몸 아래로 피가 바다처럼 넘쳐흘러, 내 발을 적시고, 내 굳어버린 손가락과 꽉 막혀버린 목구멍과 폐와 눈으로 흘러 들어왔다.

한참만에야 나는 멀리 주저앉아 울고 있는 아이를 볼 수 있었다. 언니는 대체 어떻게 알았는지, 막 차에 치이려는 아이를 밀어내고 대신 치어 버린 것이다.

언니는 내 쪽을 보려고 애를 쓰고 있었다. 언니는 손 하나 까닥하지 못하고 누워 있었지만…… 언니는…… 무엇인가를 말하고 싶어 했다. 숨이 끊어져 가고 있는 와중에도, 무엇인가를…….

문에 붙어 있는 인식기(사람이 문 앞에 서 있으면 붉은 색으로 깜박이는 기계)가 붉게 반짝였다. 문을 열어 보니 밖에 다섯 명의 남자들이 서 있었다. 쌍둥이 마냥 나이 대와 인상이 비슷비슷해 보이는 사람들이었다. 한 사람만 조금 특이한 편이었는데, 부스스한 머리를 어깨까지 드리우고 텁수룩하게 수염을 기르고 있었다. 입고 있는 정장 와이셔츠 단추를 풀면 안에서 한복 저고리가 한 겹 더 입혀 있을 법했다. 어디 산 속에 틀어박혀 수행이라도 하고 왔다고 해도 믿을 것 같았다.

〈늦은 시간에 미안합니다. 아…….〉

맨 앞에 서 있던 체격이 좋은 남자가 지갑을 꺼내 들었다.

〈경찰입니다.〉

나는 지갑에 붙어 있는 경찰마크를 유심히 보려고 했지만, 그는 1초 정도 눈앞에 들이대었다가 도로 닫았다. 나는 요즘 내 주민등록증이 들어 있는 분홍색 지갑을 아무한테나 들이대고 '경찰입니다.'하고 말하고 싶은 충동을 느끼곤 한다.

〈무슨 일이죠?〉

나는 지금까지 뺑소니 사범이라는 것이 이렇게 복잡한 절차를 걸쳐 처리되는 것이라고는 상상도 못하고 있었다. 관공경찰서, 보험회사 직원, 군청 직원, 또 이름도 기억나지 않는 인권복지재단, 최소한 여섯 개가 넘는 기관에서 나를 찾아왔다. 그리고 하나같이 내가 생각하기에는 교통사고와 아무 관계가 없는 질문만 산더미처럼 늘어놓고는 사라졌다.

〈채세연 씨 동생 채연주 씨 맞습니까?〉

'알고 찾아온 것 아닌가요?'

나는 머릿속으로 한 번 생각한 뒤 얌전히 대답했다.

〈그런데요.〉

〈몇 가지 세연 씨 일로 질문해도 되겠습니까?〉

〈상관없긴 하지만, 안에 다 못 들어올 것 같은데요.〉

경찰은 방 안을 들여다보더니, 한 명만 들어와도 방이 꽉 찰 것 같은 덩치 큰 부하들을 곤란한 듯 쳐다보다가 말했다.

〈두 명은 밖에서 기다리게.〉

〈교통사고가 난 것이 한 달 전이지요?〉

〈두 분이 이 방에서 같이 살고 계셨던 모양이군요.〉

〈조사해 보니 언니가 다니시던 문화원에 대신 다니고 계시다고요.〉

〈세연 씨 교우관계는 어땠습니까?〉

〈교우관계요?〉

나는 '남자친구는 있습니까?' '허리 사이즈는?' '잠버릇이 고약하진 않았나요?' 하는 다음 질문을 예상하며 얼굴을 일그러트렸다.

〈예. 친구들 말입니다. 친구들이 많았나요?〉

〈모르겠어요. 그야 언니 사정이잖아요?〉

나는 예의바르게 대답해 주며 참을성 있게 앉아 있었다. 경찰은 계속 쓸데없는 질문을 반복했다. 나는 하품이 나오는 것을 참았다. 그러다…… 고개를 돌리던 중, 문득 오른쪽에 앉아 있는 사람이 눈에 띄었다.

아까 그 산에서 수행하고 온 듯한 인상의 사람이었는데, 쳐다보는 순간 기분이 나빠졌다. 그는 먹이를 노리는 짐승처럼 나를 뚫어지게 쳐다보며, 뭐가를 먹고 있는 것처럼 입술과 혀를 교묘한 방식으로 움직이고 있었다. 경찰들이 정신병자 한 명을 연행해 가는 중에 우리 집에 들른 게 아닌가 하는 생각이 들었다.

경찰이 내 앞으로 손을 흔드는 바람에 나는 그에게서 눈을 떼고 면접관을 쳐다보았다.

〈왜 그 쪽을 보고 있습니까?〉

〈그저……, 입을 이상하게 움직이시기에.〉

그때, 나는 그의 얼굴에서 보이는 미묘한 변화를 알아차렸다. 그는 옆에 있는 경찰과 눈짓을 교환하면서, 뭔가를 손가락으로 속삭이고 있었다. 점점 불쾌해지기 시작했다. 며칠 전에 안전운전 위원회인가 뭔가 하는 곳에서 왔을 때, 뺑소니 차량을 언제 찾을 수 있을 것 같으냐고 물었는데, '포기하시는 편이 좋아요.'하는 대답을 받았다. '외부에서 온 차량이면 이런 시골 동네에서는 조사할 방법이 없어요.'

애초에 해결할 생각도 없다면, 왜 사람을 계속 찾아와 귀찮게 하는지 모를 일이다.

〈이야기할 때는 이쪽을 봐 주시지요.〉

〈예.〉(분부대로 하지요.)

〈여기 자료사진이 있는데…….〉

경찰은 주머니에서 사진을 꺼내 한 장 한 장 내 앞에 늘어놓았다. 나는 그가 바닥에 늘어놓는 것을 무심히 내려다보았다. 사고 현장 사진이라도 보여주는 줄 알았는데, 이번에도 뜬금없는 사진이었다. 무슨 추상조각가의 작품처럼 보이는 사진들이었다. 하나는 나무를 납작한 원통형으로 잘라 속을 파낸 것 같은 물건이었는데, 손잡이가 달려 있었고, 위에는 줄 같은 것이 길게 늘어서 있었다. 또 하나는 가죽을 나무통에 밧줄로 묶어 양쪽을 막아 놓은 것 같은 물건이었고, 또 다른 것은 대나무처럼 보였는데, 구멍 같은 것이 여기저기 나 있었다. 하나같이 기괴하기 짝이 없는 물건들이었다. 나는 어이가 없어 그의 얼굴을 쳐다보았다.

〈본 적이 있는 물건이 있습니까?〉

〈예?〉

〈본 적이 있는 물건이 있으시냐고요.〉

나는 고개를 저었지만, 그는 내 대답 같은 것은 별로 기대하지 않는 것 같았다. 단지 사진을 보았을 때의 내 반응만 유심히 주시하고 있을 뿐이었다.

〈한 번도요.〉

그가 나 대신 말했다.

〈당시 정황을 기억하십니까?〉

그 질문을 몇 번째 받는지 알 수 없었다.

〈지금은 잘 기억 안 나요.〉

〈저희에게 당시 쓰셨던 진술서가 있으니 반복하실 필요는 없습니다.〉

〈예.〉 (그거 다행이군요.)

〈하지만 진술서에 기록되지 않은 것이 있어서 확인하려 왔습니다.〉

나는 눈을 깜박였다. 그 사람들 사이에는 이상할 정도로 음침한 공기가 내려앉아 있었다. 눈빛과 표정에서 칙칙한 냄새가 났다. 너무 많은 죽음을 접하고 살아온 바람에, 긴 낫을 든 사신이 아예 그들 주위에 자리를 펴고 앉아버린 것 같은 그런 느낌이 들었다. 이런 일을 하는 사람들이라서 그런 걸까?

〈예?〉

나는 무슨 말인지 이해하지 못하고 되물었다.

〈채세연 씨가 달려오는 차에 치었을 때, 연주 씨는 길 건너에서 가게 안을 들여다보고 있었다고요. 그리고 사람들이 멈춰서는 바람에 돌아보셨을 때에, 이미 세연 씨는 차에 치어 쓰러져 있었다…….〉

그는 마치 '언니가 죽어 가는 동안에 동생은 쇼핑이나 하고 있었으니 동생으로서 책임감이 있는 겁니까, 없는 겁니까.' 하는 듯한 말투로 말했다.

〈그때 어떤 행동을 하고 있었는지 기억나십니까?〉

〈네?〉

〈자신이 어떤 상태로 있었는지 기억나시나요?〉

〈기억날 리가 없잖아요?〉

〈기억하셔야 합니다.〉

그의 동작은 기계처럼 딱딱하고 건조했다. 나는 감정이 철저하게 배제된 그 얼굴에 짜증이 나기 시작했다.

〈한참 동안 꼼짝도 못하고 앉아 있었어요.〉

〈그것만은 아닐 텐데요.〉

〈무슨 말을 하는지 모르겠군요. 내가 미쳐서 흙이라도 파먹기라도 했나요? 아니면 그 혼란을 틈타 소매치기라도 했다는 건가요?〉

그는 조용히 숨을 끌어당겼다.

〈당시 목격자들의 증언에 의하면……〉

그는 나를 뚫어지게 쳐다보았다.

〈연주 씨가 이런 행동을 했다고 하더군요.〉

그는 천천히 손을 들어올렸다. 나는 그가 뭘 하고 있는지 알 수 없었다. 그는 손을 올려 머리 양쪽에 대고, 입을 크게 벌렸다. 어린 아이들을 놀라게 하려고 코미디언들이 짓는 표정 같았다. 어안이 벙벙해졌다. 무표정한 얼굴로 그런 꼴을 하고 있으니 웃고 싶었지만, 워낙 방 안의 공기가 음침해서 웃고 싶지가 않았다.

〈제가 그랬나요?〉

〈그랬습니다.〉

278

그가 팔을 내리고 말했다.

〈그 추한 모습을 누구 아는 사람이 보지 않았던 게 다행이군요.〉

〈기억나지 않으십니까?〉

〈이것 봐요.〉

나는 신경질이 나서 두 손을 허리에 얹었다.

〈댁은 댁 엄마나 형이 바로 1분전까지, 자기와 같이 길을 가다가, 잠시 한눈파는 사이에 돌아보니 형이 시체가 되어 길바닥에 누워 있는데, 몇 초 몇 분에 당신이 쓰러졌다가 몇 초 몇 분에 일어나 탄식하고 어느 방향으로 어떻게 달려갔는지 꼬박꼬박 기억할 건가요?〉

〈문제가 그렇게 단순하지 않습니다.〉

경찰은 여전히 음침한 얼굴로 말했다.

〈우리는 지금 거대한 사이비 종교집단을 조사하고 있습니다.〉

〈네?〉

나는 잘 이해하지 못하고 되물었다.

〈전국적인 규모의 비밀단체입니다. 가입자만도 수만 명에 이릅니다. 중독성이 워낙 강렬해서 한 번 빠지면 갱생은 거의 불가능합니다. 이름도 없고, 리더가 누군지도 불분명하고, 조직이 어떤 형태로 이루어져 있는지도 아직 알려져 있지 않습니다. 방금 보여드린 사진은 그들의 제기죠.〉

〈제…… 뭐라고요?〉

〈제사 때에 쓰는 물건이라는 말입니다.〉

〈잠깐만요, 그러니까, 우리 언니가.〉

나는 혼란스러운 머리를 정리하며 말했다.

〈사이비 종교집단에 빠져 있었다고요.〉

〈그럴 가능성이 있습니다.〉

〈뭘 근거로 그런 말을 하는 거죠?〉

〈당시 목격자들의 증언에 의하여……〉

〈죽기 전에 언니가 주문이라도 외우더라는 말인가요?〉

〈입을 움직였습니다.〉

〈입을 움직여요?〉

나는 그만 팔을 크게 움직이고 말았다. 나는 잠시 동안 말을 잇지 못하고 숨을 몰아쉬었다.

〈누구나 입은 움직이잖아요? 밥을 먹을 때도, 숨을 쉴 때도 입은 움직여요!〉

〈특이하고 규칙성 있게 움직입니다. 그놈들은 입을 사용해서 어떤 특별한 능력을 발휘할 수 있다고 믿고 있지요.〉

나는 입을 움직이던 사람을 돌아보았다. 내가 다시 가운데 앉아 있었던 사람을 돌아보자, 그가 고개를 끄덕였다.

〈확인해 본 겁니다. 연주 씨가 저런 행동에 반응하는지 알아 본 거지요.〉

〈시험 결과는요?〉

그는 어떻게 대답하는 것이 좋을지 생각하는 것 같았다.

〈글쎄요. 분명치는 않군요.〉

그야말로 분명치 않은 대답이었다.

〈기독교 계열인가요?〉

〈아니, 완전히 신종단체예요. 신도들은 자신이 평범한 사람들과 다른 존재라고 생각합니다. 특별한 능력을 갖고 있다고 생각하죠. 그 믿음이 워낙 강렬해서 갱생단체에서도 애를 먹습니다.〉

〈특별히 다르다면?〉

〈간단하게 말씀드리면……〉

경찰은 여전히 음침하고 진지하게 말했다.

〈초능력자죠.〉

2

그가 그렇게 근엄한 인상만 하고 있지 않았다면, 나는 한바탕 웃음을 터트리고 어딘가에 숨어 있을 몰래카메라를 찾기 시작했을 것이다. 하지만 그들은 바늘도 안 찔릴 정도로 진지했고, 나도 목구멍까지 나온 웃음을 집어 삼켜야 했다.

〈그 신도들은 자신들이 초능력자라고 생각하고 있습니다.〉

〈어이없는 일이군요.〉

〈어이없는 일이죠.〉

경찰은 그 말에 동의한다는 듯이 고개를 끄덕였다.

〈언니에게서 뭔가 이상한 점은 없었습니까?〉

〈이상한 점이요?〉

〈집에 유난히 늦게 들어온다든가, 이상한 친구들과 어울린다든가, 뭔가 남들과 다른 행동을 하지는 않던가요?〉

〈언니는 야근 때문에 매일 늦게 들어왔어요.〉

경찰은 주머니에서 수첩을 하나 꺼내어 힐끗 보더니 다시 집어넣었다.

〈문화원 수위실에 물어보니 세연 씨는 늘 정시에 퇴근하셨다고 하더군요.〉

나는 동작을 멈추었다.

〈어디에서 시간을 보내고 오는지 짐작 가는 곳은 없습니까?〉

언니는 늘 내가 자고 있을 때에 들어왔다. 방을 더듬으며 내가 이불을 제대로 덮고 있는지 확인할 때쯤 나는 얼핏 잠을 깨곤 했다. 언니는 보통 옷도 갈아입지 못하고 그대로 내 옆에 누워 잠이 들었다. 내가 가끔 눈을 뜨고 언니를 보면, 행복한 듯이 미소 짓고 있는 언니의 얼굴이 달빛에 희미하게 보였다.

〈가끔 늦게 올 때도 있었다는 말이에요.〉

〈매일 늦게 왔다고 하셨지요.〉

나는 대답하지 못했다. 경찰은 더 얻어낼 것이 없다고 생각했는지 더 추궁하지 않았다.

〈다른 이상한 점은 없었습니까?〉

〈그렇게 말하면, 딱히…….〉

내가 고개를 가로젓는 사이, 짧은 영상이 머리를 스치고 지나갔다. 언니는 입을 움직이는 것을 좋아했다. 뭔가를 먹지도 않는데도, 늘 밥상 앞에 앉아 입을 움직였다. 그럴 때면 늘 창문이나 문 밖을 내다보면서, 행복한 기분에 잠기는 듯 했다.

나는 잠시 심장이 얼어붙는 것 같았지만, 내색하지 않고 다른 종류의 '이상한' 것을 찾았다. 생각해 보니, 언니에게서 이상한 점을 찾는 것은 어려운 일은 아니었다. 비가 몹시도 쏟아지던 날, 언니는 밤에

잠에서 깨어 밖으로 나가더니, 물이 개울처럼 흐르고 있는 길 가에 서
서 배수로를 이리저리 살피고 있었다. 내가 우산을 쓰고 하품을 하며
뒤를 쫓아 나가자, 언니가 진흙탕에 시커멓게 빠져 있던 고양이를 들
어 올리고는 환하게 웃으며 내 쪽을 보고 있었다.

〈감이 좋은 사람이기는 했지요.〉

〈감이 좋았다.〉

경찰은 그 말을 음미했다. 나는 말을 꺼내자마자 후회했다.

〈감이 좋은 사람은 세상에 널렸어요.〉

〈하지만 그 놈들이 그런 점을 노려서 접근했을 가능성은 있지요.
네가 갖고 있는 것은 평범한 능력이 아니다. 너는 특별한 존재다. 다
른 사람과 다른 능력을 갖고 있다.〉

경찰은 집 안을 잠시 둘러보며 말했다.

〈어려운 환경에 있는 사람들일수록 그런 말에 잘 넘어가지요.〉

나는 그 말을 잠깐 곱씹어 보다가 얼굴이 붉어지는 것을 느꼈다. 부
끄러워서가 아니라 모욕감 때문이었다.

〈증거도 없으면서 범죄자 취급을 하는군요.〉

〈다양한 가능성을 고려해 보는 것뿐이지요.〉

경찰은 근엄하게 말했다.

〈그들은 감정이 격해질수록 그 능력이 커진다고 믿고 있지요. 이를
테면…… 연주 씨 같은 경우에요.〉

나는 힐끗 오른쪽에 앉아 있는 사람을 돌아보았다. 그는 내가 돌아
보자, 갑자기 움직이고 있던 입을 다물었다.

〈그때 했던 행동에 대해 여전히 기억나는 점이 없으십니까?〉

나는 답답한 마음으로 그를 쳐다보았다. 기억을 짜 보려고 애써 보았지만, 죽어가던 언니의 모습, 움직여 보려고 했지만 다리가 굳어 움직일 수 없었던 것, 이쪽으로 고개를 돌리려고 애를 쓰던 언니의 마지막 순간만 떠오를 뿐이었다.

〈나도 의심받고 있는 건가요?〉

〈형식상 질문하는 겁니다.〉

〈내가 그 난리 와중에, 무슨, 사교의 비밀주문이라도 외우고 있었냐고 묻는 건가요?〉

〈그렇게 믿고 있는지 확인하는 것이 우리 일이지요.〉

나는 한참 동안 그를 마주보았다.

〈만약에, 내가 초능력자라면…….〉

내 손끝이 가늘게 떨리기 시작했다.

〈정말로, 정말로 그런 능력이 있다면…….〉

나는 숨을 길게 내뱉었다.

〈언니가 죽게 내버려두지 않았을 거예요.〉

나는 두 손을 주먹을 쥐고 무릎 위에 올려놓았다. 경찰은 처음으로 당황한 빛을 띠었다. 내 눈에 눈물이 그렁그렁 맺혔다. 그들은 한참 동안 말이 없었다. 서로의 눈치를 살피며 갑자기 불편해진 자리를 부담스러워하며, 엉덩이를 들썩거리며 괜히 머리를 만지거나 손을 긁거나 했다.

〈실례가 많았습니다.〉

마침내 계속 내게 말하던 사람이 굳어진 몸을 뒤척이며 말했다.

〈오늘은 이만 가 보지요.〉

〈야근을 한 게 아니었다니 충격이야.〉

나는 쓰레기더미와 함께 바닥에 널브러진 채 중얼거렸다.

〈남자가 있었으면 나한테 말을 했어야지. 어쩐지 일한 것 치고는 기분 좋은 얼굴로 돌아온다 했어.〉

패치는 입을 벌리며 대꾸했다.

(밥 더 줘! 배고파!)

기분전환이라도 해 보려고 지껄인 말이었지만, 오히려 나를 더 우울하게 했을 뿐이었다. 언니가 괴상한 사이비 종교에 심취해 있었을 지도 모른다는 사실보다, 언니가 내게 뭔가 감추고 있었다는 것, 그 사실이 언니가 죽은 뒤에야 엉뚱한 사람의 입에서 내 귀로 들어왔다 는 사실이 못내 나를 우울하게 만들고 있었다.

(밥 내놔!)

패치는 내 뺨에 솜털 투성이의 얼굴을 비비적거리며 지껄였다.

〈가만히 좀 있어 봐. 지금 그럴 상황이 아냐.〉

나는 교통사고 이후로 나를 찾아왔던 온갖 단체들을 떠올렸다. 그 중에 반은 교통사고에 대해서는 한마디도 물어보지 않았다. 오늘처럼.

친구들.

나는 발가락으로 바닥을 기며 배를 축으로 한 바퀴 돌았다. 손끝에 신문 상자가 만져졌다. 나는 손을 뻗어 신문 상자 속에 넣어 두었던 발신인 불명의 편지를 꺼내었다. 하필 이 괴상한 편지는 이런 싱숭생 숭한 날 왔는지 모를 일이다.

세연 씨에게.

당신은 이미 받아볼 수 없겠지만, 약속한 바가 있으니 이것을 전해드립니다.

당신의 친구들로부터.

'당신의 친구들로부터'

'약속한 바가 있으니'

'이미 받아볼 수 없겠지만'

'세연 씨에게.'

나는 모든 문장마다 의문을 가지며 메시지에 숨겨져 있는 내용을 해독하기 위해 잘 안 돌아가는 머리를 굴리며 카드를 내려다보았다. 자세히 보니, 마분지가 접혀진 안쪽 가운데에 작은 금속조각이 하나 붙어 있는 것이 보였다. 뜯어보려고 했지만, 워낙 단단하게 붙어 있어 잘 떼어지지 않았다. 나는 금속조각을 옆에서 보고 불빛에 비추어 보면서 조사했지만, 무엇인지 알아 낼 수가 없었다. 무늬도 없는 그저 평범한 금속일 뿐이었다(내가 보기에는 그랬다는 말이다.).

다음날, 집에 돌아온 나는 무의식적으로 우편함에 손을 넣었다. 우편함 안에는 피자집 스티커와 분식집 스티커가 하나씩 더 들어 있었다. 스티커를 아무렇게나 주머니 속에 넣던 내 머릿속에, 섬광처럼 어떤 생각이 스쳐 지나갔다.

집으로 올라간 나는 (오늘은 일찍 왔네?)하고 있는 패치를 내버려두고 쓰레기통을 뒤집어엎었다. 집에 들어앉아 있는 시간이 없기 때문에 쓰레기통 안에 있는 것은 구겨진 전단지와 스티커뿐이었다. 나는 스티커를 바닥에 늘어놓았다. 피자집과 치킨 집과 슈퍼가 가게별로 하나 둘씩 있었고, 근처에 있는 분식집이 네 개쯤 있었다. 나는 아까 카드와 함께 들어 있던 그 술집 스티커들을 내려다보았다. 모두 열두 개였다.

'호프 자주잠자리, 칵테일 전문점. 지금까지 경험하지 못했던 신비한 공간으로 안내합니다. 167번지.'

나는 스티커를 들고 앞뒤로 살폈다. 섹시한 여자사진도 없었고, 야식을 판다는 광고도 없었다.

나는 다시 아래층으로 내려가 다른 방 우편함을 하나하나 살펴보았다. 분식집과 밥집 스티커가 집마다 한 더미 떨어질 정도로 들어 있었지만, 칵테일 집 스티커가 들어 있는 우편함은 없었다.

스티커 뒷면에는 약도가 그려져 있었다.

3

나는 빼곡히 들어서 있는 집 사이의 좁은 골목을 지나갔다. 땅값이 점점 오르는 바람에, 이 마을의 집의 모양은 평수는 좁고 위로는 3, 4층 씩 높이 올라간 장난감 같은 모양을 하고 있었다. 대부분의 집들은 모두 벽과 벽을 붙인 채 한 줄로 이어져 있었다. 오랜 옛날, 큰 전쟁이 일어난 뒤에, 바다의 수위가 높아지면서, 큰 해일이 일어나 해안마을을 온통 삼켜 버렸다고 했다. 온 도시를 거미줄처럼 가로지르는 운하가 생겨난 것도 그때쯤이라고 한다.

나는 두 개의 다리를 건너고 집과 집 사이를 빠져나가, 두 사람이 겨우 지나갈 정도의 좁은 계단을 올라갔다.

호프 자주잠자리의 문은 건물과 건물 사이의 안으로 조금 들어간 곳에 위치해 있었다. 간판은 작게 문 위에 붙어 있었는데, 너무 작아서 바로 코앞에서도 간판을 발견하기가 쉽지 않았다.

조금쯤은 각오를 하고 들어갔지만, 별다른 이상한 점은 눈에 띄지 않았다. 하긴, 뭘 기대했는지 모를 일이다. 칵테일 바에 간 것은 처음이었지만, 내 눈에는 그저 보통 술집처럼 보였다. 스무 명이 앉으면 좌석이 모두 찰 정도로 작은 가게였고, 탁자와 의자도 수수한 편이었다. 기둥과 서까래도 모두 나무로 만들어져 있었고, 벽은 수수한 크림색으로 칠해져 있었는데, 묘하게 아늑한 분위기를 풍겼다. 구석에 앉을 작정이었지만 딱히 빈자리가 없었기 때문에 바에 자리를 잡았다.

〈어서 오세요.〉

꽃무늬의 티셔츠를 입고 칵테일을 돌리고 있던 바텐더가 인사를 했다.

〈처음 오신 분이군요.〉

이상한 점. 이 주인은 손님의 얼굴을 다 외우고 있는 모양이었다. 메뉴판을 열어본 나는 조금 기가 죽었다. 메뉴판에 쓰여 있는 칵테일 이름들이 무슨 말인지 하나도 알 수 없었기 때문이었다. 내가 조심스럽게 아무 거나 골라서 읽자, 그는 그 긴 이름을 다시 되풀이해서 말해 준 뒤 물러갔다. 나는 내가 엉뚱한 것을 시킨 것이 아닌지 조마조마해 했지만, 다행히 빨간색의 평범해 보이는 칵테일이 배달되어 왔다. 나는 한 모금 입에 대고는 그만두었다.

나는 술집 안을 한 바퀴 돌아보았다. 그런 눈으로 봐서 그런지, 그곳은 뭔가 다른 세계에 속해 있는 것 같았다. 사람들은 뭔가 깊은 생각에 빠져 있는 듯, 자기만의 세계에 심취한 듯, 턱을 괴거나 눈을 감고 앉아 있었다. 이유는 모르겠지만, 그들이 어쩐지 서로 알고 있는 사이라는 느낌이 들었다. 단골손님이 꽤 많은 집인 것 같았다.

술집 안을 둘러보던 내 눈이 어떤 사람에게 가 멈추었다. 특별히 시선을 끌만한 사람도 아니었는데도 불구하고, 나는 한참 동안 그 사람에게서 눈을 떼지 못했다. 20세에서 22, 3세 정도쯤 보이는 남자였고, 짧은 머리에 넥타이를 매지 않은 회색 양복을 입고 있었다. 혼자인 것 같았는데, 누구를 기다리는 것 같지도 않으면서 꽤 즐거워 보였다. 그 사람은 가끔 고개를 까닥거리거나, 발바닥으로 바닥을 치면서 혼자 놀고 있는 것처럼 보였다. 그리고 무엇보다 이상한 것은…….

'입을 움직이고 있었다.'

규칙적이고, 특이한 방식으로. 나는 눈을 크게 뜨고 그를 지켜보았다. 눈에 띄도록 크게 움직이는 것은 아니었지만, 그는 살짝살짝 이빨을 보이거나, 입을 동그랗게 하거나, 다물었다가, 열었다 하고 있었다. 내가 한참 동안 그쪽을 쳐다보자, 그는 시선을 느꼈는지 눈을 들어 이쪽을 보았다. 나는 황급히 고개를 숙였다.

나는 바짝 긴장하기 시작했다. 맛도 없는 칵테일을 홀짝거리며, 뒤를 돌아보지도 못하고 안절부절 못하고 있었다. 그 사람을 살펴볼 용기는 나지 않았지만, 그렇다고 놓칠 수도 없었다. 문득 어떤 생각이 머리를 스쳤다. 나는 핸드백에서 카드를 꺼내서 뒤에서 보일 수 있는 위치에 올려놓았다. 마분지로밖에 보이지 않는 그 카드가 그 사람이 있는 위치에서 눈에 뜨일 것 같지는 않았지만, 그래도 애써 잘 보이도록 카드를 펴서 크기를 크게 했다.

가능한 아무 의미 없는 행동처럼 보이려고 했지만, 아무래도 꽤 이상해 보였던 모양이었다. 바텐더가 칵테일을 만드는 것을 멈추고 잠시 나를 돌아보았고, 내 뒤에 앉아 있던 노부부가 고개를 들어 내 쪽을 보았다. 나는 조심스럽게 그 남자를 돌아보았지만, 그는 여전히 자신만의 세계에 빠져 있는지 허공만 멍하니 보고 있을 뿐이었다. 턱을 괴고 있어서 그의 입이 움직이는 것은 더 볼 수가 없었다.

술잔 밑에 칵테일이 아주 조금 남았을 무렵, 갑자기 그가 자리에서 일어났다. 나는 당황하기 시작했다. 그는 곧장 일어나서 뒷문으로 걸어 나가고 있었다. 계산을 치르지 않고 나가고는 있었지만, 이미 치렀을지도 모르는 일이었다. 나는 누가 옆에서 조언이라도 해주지 않을까 살피는 꼴로 주위를 돌아보았다. 그가 문을 나서기 전에, 나는 정신없이 술값을 치르고, 거스름돈을 받는 둥 마는 둥 하고 그를 뒤쫓아 나갔다.

문을 열고 쓰레기통이 널려 있는 골목으로 들어섰을 때, 나는 기겁을 하고 놀라 걸음을 멈추고 말았다. 그가 벽에 한 손을 댄 채 내 앞을 막아 서 있었다. 그는 허둥거리고 있는 나를 재미있다는 듯이 쳐다보고 있었다.

〈화장실은 이쪽이 아닌데요.〉

나는 어떻게 말해야 할지 몰라 주위를 두리번거리며 어색하게 웃었다.

〈기…… 길을 잘못 들었나 봐요. 화장실이 어디죠?〉

〈안에 있어요.〉

〈감사합니다.〉

내가 돌아서려고 하자, 그가 벽에서 팔을 떼고 내 앞으로 성큼 걸어왔다. 그림자가 내 앞에 드리워지는 바람에 나는 움찔하고 멈춰 서고 말았다. 내가 다시 돌아보자 그가 말했다.

〈화장실 가는 게 아니잖아요?〉

그는 웃으며 말했다.

〈계산하고 나오셨잖아요.〉

나는 뭐라고 말해야 할지 알 수가 없었다.

〈아까부터 날 지켜보고 있던 분 맞죠?〉

그는 내게로 걸어왔다. 나는 물러날 생각도 못하고 그를 쳐다보고 있었다.

〈제가 마음에 드시나요? 싼 가격에 서비스 해 드릴 수도 있는데.〉

나는 그만 얼굴이 확 붉어지고 말았다. 대체 나는 무슨 상상을 하고 이런 바보짓을 하고 있었던 걸까. 속으로 바보 멍청이라고 자신을 욕하면서, 나는 정신없이 고개를 숙였다.

〈뭔가 착각이 있었나 봐요. 이만 가보겠습니다.〉

나는 황급히 돌아섰지만, 발을 떼지 못했다. 그가 내 손을 잡아 끌어당기고 있었다. 나는 돌처럼 딱딱하게 굳어서 뒤를 돌아보았다.

〈미안해요. 농담한 거예요. 놀라게 할 생각은 아니었어요.〉

그의 얼굴에는 정말로 사과하는 표정이 담겨 있었다. 그의 얼굴을 본 나는 그 사람이 별로 나쁜 사람 같지는 않다고 또 바보 같은 상상을 했다.

〈잠깐 이야기라도 하지 않겠어요? 나, 당신이 갖고 있는 그 물건에 관심이 있어요.〉

나는 놀란 얼굴로 그를 쳐다보았다. 그가 눈으로 내 핸드백을 가리켰다. 나는 열려진 핸드백에 삐죽이 나와 있는 카드를 내려다보았다.

그는 옆에 커터 칼과 손톱깎이와 성냥을 늘어놓고, (남자들은 보통 그런 것을 주머니에 넣고 다니는 걸까?) 한참동안 카드에 붙어 있는 금속 조각을 조사하고 있었다.

〈뭔지 알아냈어요?〉

나는 다시 시켜 놓은 칵테일을 한 옆에 제켜두고 그를 주시하고 있었다. 그는 카드를 조금 젖혀 금속에 새겨져 있는 먼지만 한 글씨를 내게 보여주었다. XX전자라는 글씨가 조그맣게 새겨져 있었다.

〈'매직브레인'의 부품이에요.〉

〈매직…… 뭐요?〉

〈피로 회복 기구 같은 거예요. 왜 한때 꽤 유행했었잖아요? TV광고도 했었는데요. '기' 같은 것이 나와서, 머리맡에 놓고 자면 잠이 잘 오고, 공부할 때 옆에 두면 공부가 쏙쏙 들어오고, 평상시에 사용하면 스트레스가 풀리고…….〉

그는 광고에 나오는 사람처럼 무용을 하듯 몸을 움직이며 말했다. 나는 멍하니 그를 쳐다보았다.

〈하긴, 효과는 별로 없다고 증명되었다지요. 요새는 생산되지도 않을 거예요.〉

〈확실한가요?〉

〈효과가 없다는 게요?〉

〈아뇨. 그 매직 뭔가의 부품이라는 게…….〉

〈믿어도 좋아요. 이래 보여도 기계과 출신이니까요.〉

나는 이해가 가지 않아서 우울한 얼굴로 시선을 떨어트렸다. 죽은 사람에게 보내는 선물이 피로회복기구라니. 꽃도 아니고, 제삿밥도 아니고, 대체 그런 것을 죽은 사람이 뭐에 쓴다는 거지?

〈기대한 물건이 아니었나 봐요.〉

내가 실망한 얼굴을 하자 그가 말했다.

〈예. 뭔가 좀 더 특별한 물건이라고 생각했어요.〉

〈그렇게 생각할 만한 이유가 있었나 봐요.〉

나는 이야기를 해야 할지 말아야 할지 망설였다.

〈죽은 언니에게 온 편지거든요. 죽은 줄 알면서도 보낸 거예요.〉

그는 잠시 생각하는 듯한 표정을 지었다.

〈그거 이상한 일이군요.〉

〈그래요. 죽은 사람에게 보내는 선물치고는 너무 우습지 않아요?〉

〈난 하나도 우습지 않은데요.〉

나는 고개를 숙이고 있었기 때문에 그의 말을 잘 알아보지 못했다. 잠시 후에 눈가에 남은 기억에 의해 그 말의 의미가 내 머릿속으로 다시 들어왔을 때에야, 나는 놀라 그를 쳐다보았다. 그는 정말로 우습지 않은 표정을 하고 있었다. 마치 내 동의를 구하려는 듯이, 내 눈에 비치고 있을 내 본질이라도 파악하려는 듯이, 나를 뚫어지게 쳐다보고 있었다.

〈나라면, 내가 죽은 뒤에 이런 선물이 날아온다면 굉장히 기뻐했을 거예요.〉

그는 무슨 생각을 했는지 잠깐 웃었지만, 말을 끝냈을 때엔 얼굴에 잠시 우울한 빛이 스쳐갔다. 그가 우울해 할 이유를 알 수 없었기에 잘못 본 것이라고 생각했다.

〈어째서요?〉

〈스트레스를 날아가게 해 주고, 잠이 잘 오고, 집중력이 높아지게 한다는 건, 종합해서 말하면…….〉

그는 단어를 고르는 듯이 손가락을 이리저리 움직였다.

〈사람을 행복하게 해 주는 물건이라는 말이잖아요?〉

나는 그의 말에 공감해 보려고 노력했지만, 그의 시적인 표현에 동의할 만큼 행복한 기분은 아니었다.

〈그럴지도 모르겠군요.〉

꽤나 낙천적인 사람이라고 생각하면서 나는 카드를 내 앞으로 돌리고, 그 손톱만 한 금속을 한참동안 내려다보았다.

〈회사가 망할 만하네요. 피로회복제라면서 아무것도 못 느끼겠는데요.〉

그는 내 앞에 손가락을 두드렸다. 나는 그를 올려다보았다.

〈마음을 열고 있지 않아서 그래요.〉

나는 그를 뚱한 표정으로 쳐다보았다.

〈그쪽은 뭔가 느껴지나 봐요.〉

그는 대답하지 않고 카드를 자기 쪽으로 가져갔다. 그가 카드를 가져가기 위해 카드를 접는 순간, 나는 다시 뒤를 돌아보았다. 또 그 때의 느낌. 무엇인가가 내 주위를 둘러싸고 있다가 카드가 접히는 순간 사라져버린 듯한 느낌이 머릿속을 휘감고 있었다. 그제야 나는 술집 안에 있는 사람들이 눈에 띄지 않게 이쪽에 시선을 두고 있다는 것을 깨달았다. 그들은 나와 시선이 부딪치자 슬쩍 미소를 던지거나, 당황해서 눈을 돌리거나 하며 시선을 치웠다. 이 카드에서 나오는 '기'인지 뭔지를 느끼지 못하는 사람이 나뿐인 것 같은 느낌이 불현듯 솟았다.

그는 카드를 열고 가만히 내려다보고 있었다.

〈뭐가 느껴져요?〉

나는 말을 멈추고 말았다. 그의 눈이 젖어서 반짝이고 있었다. 급히 눈을 닦고 고개를 돌렸지만, 이미 눈가에가 붉어진 것이 보였다. 나는 어이가 없어서 입을 벌리고 그를 쳐다보았다. 그는 카드를 내게 돌려주며 변명하듯이 말했다.

〈전 좀 예민한 편이라서요.〉

〈그런 것 같네요.〉

나는 약간 굳어진 손으로 카드를 받았다.

'그들은 자신이 특별하다고 생각하지요.'

아까 그가 입을 조그맣게 움직이던 모습이 잠시 머리를 스쳐 갔다.

〈언니는……〉

나는 바싹 긴장해서 그의 반응을 살피며 말했다.

〈……예민한 사람이었어요.〉

〈그랬었군요.〉

그는 담담한 얼굴로 말했다.

〈언니는 느낄 수 있었을까요?〉

그는 잠시 말이 없었다.

〈보낸 사람들은, 그럴 수 있다고 생각하고 보내지 않았을까요?〉

나는 그가 하고 싶은 말의 반도 이야기하지 않았다고 느꼈다.

〈슬픈 느낌인가요?〉

나는 그의 눈이 여전히 붉어져 있는 것을 보며 조심스럽게 물었다. 그는 잠시 말이 없다가, 두 손을 쫙 펴서 양쪽으로 들어 보였다. 나는 눈을 깜박였다.

〈따라 해 보시겠어요?〉

그가 손을 다시 내리며 말했다가 다시 쫙 펴서 양쪽으로 들어 보였다. 그리고 어서 해보라는 듯이 눈을 반짝반짝 뜨며 고개를 끄덕여 보였다. 나는 원숭이 보듯 그를 쳐다보다가, 마지못해 따라서 손을 올렸다.

그는 내가 손을 올리자, 두 손을 마주치기 시작했다. 나는 동작 스위치라도 눌린 것처럼 그를 따라했다. 그는 그게 아니라는 듯 고개를 젓고, 더 세게 두 손을 마주쳤다. 내가 손바닥이 아프도록 힘껏 두 손을 마주치자, 그는 다시 고개를 젓고, 바깥쪽으로 편 내 손바닥을 약간 오므리고 두 손을 약간 어긋나게 해서 마주치게 했다. 내가 그대로 몇 번 해 보자, 그가 마침내 고개를 끄덕였다.

〈잘 했어요.〉

칭찬을 받았지만 뭘 잘 했는지 알 수 없었기 때문에 하나도 기쁘지 않았다.

〈그 손 모양을 기억해 둬요.〉

나는 우스꽝스럽게 붙어 있는 내 두 손을 물끄러미 내려다보았다.

〈이게 뭐죠?〉

〈일종의 훈련이죠.〉

〈무슨 훈련인데요?〉

〈그 카드에서 행복한 기분을 느끼게 되기 위한 훈련이죠.〉

나는 기계적으로 두 손을 부딪쳐 보았다. 그가 고개를 젓고 더 세게 부딪치라는 시늉을 했다. 나는 더 이상 그 바보 같은 짓을 하고 싶지 않아 몇 번 시늉만 내 주고 손을 탁자 위에 내렸다.

〈여러 사람이 같이 하면 굉장히 멋있게★★요. 천지가 진동하는 듯한 기분이죠.〉

〈그럴지도 모르겠군요.〉

나는 거의 보이지 않게 말했다. 나는 그가 손가락을 잘못 움직였다고 생각했다. 내 초등학교 때 담임선생님은 어렸을 때 사고로 엄지손가락이 제대로 움직이지 않았기 때문에, 항상 'ㅂ'을 'ㅁ'처럼 표현했다. 덕분에, 그분은 본의 아닌 언어장애자로 살아가셔야 했다.

〈가끔, 생각날 때마다 손을 마주쳐 봐요. 그리고 가끔 카드를 열어 봐요. 그러면 당신도 알 수 있게 될지 몰라요.〉

〈뭘 말이죠?〉

나는 그를 똑바로 쳐다보며 물었다.

〈다섯 번째 감각.〉

그는 부드럽게 손을 움직이며 말했다. 그때, 나는 문득 알 수 있었다. 그 술집은 다른 세계에 속해 있었다. 그 역시 다른 세계에 속한 사람이었고, 이곳에 모여 있는 사람들도 그랬다. 그들은 이 공간 안에 감돌고 있는, 내가 모르는 무엇인가를 느끼고, 받아들이고, 공유하고 있었다.

〈'청각'에 대해서.〉

그는 덧붙였다.

〈그리고……〉

그는 아주 신중하게 손을 움직였다.

〈'음악'에 대해서.〉

그는 자리에서 일어나며 내 칵테일 잔을 가리키며 말했다.

〈다음에는 '알레그로'보단 '안단테'나 '아다지오' 계열을 시켜요. 그쪽이 좀 더 약하거든요.〉

4

〈오늘도 수고 많았다.〉

문화원을 나설 때쯤에 수위 할아버지가 말했다.

〈너무 언니처럼 하려고 애쓸 필요 없어요. 세연이는 너무 잘 했던 게지. 창틀이나 의자는 일주일에 한 번만 닦아도 돼요.〉

나는 그러겠노라고 건성으로 대답했다.

〈참말로 그런 애는 다시없을 거다. 정말로 눈치가 빨랐지. 감이 기막히게 좋았어. 그래, 맞아. 문화원 사람들은 들키지 않게 그 애 뒤로 다가갈 수 있는 사람에게 상품까지 걸은 적이 있어요. 결국 아무도 성

공하지 못했단다. 꼭 눈이 네 개쯤 달린 애 같았지.〉

할아버지는 손가락을 까닥까닥 움직이며 말했다. 그분은 손가락을 크게 움직이지 않았기 때문에, 자세히 보지 않으면 무슨 말을 하는지 잘 알아볼 수 없었다. 나이가 들어 손가락을 빠르게 움직일 수 없게 된 분들은 보통 글씨를 썼다 지웠다 할 수 있는 휴대용 흑판을 갖고 다니는데, 할아버지는 장애인 취급받는 것이 싫었는지 끝까지 손가락을 사용해서 대화했다.

할아버지의 말 대로였다. 초능력인지 뭔지를 연구하는 사람들이 있다면, 제일 먼저 차를 타고 언니부터 찾아올지도 모르는 일이었다. 문득 그 남자가 지껄인 이상한 단어들이 머릿속에 떠올랐다. 그 괴상한 말.

'다섯 번째 감각'

'청각'

〈할아버지, 혹시…….〉

나는 무심한 표정을 가장하며 질문했다. 문화원에서 30년간 수위 일을 하셨던 분이었다. 도서관의 책을 반쯤은 읽었다고 버릇처럼 자랑하시는 분이다. 잡다한 지식만으로 따지면 웬만한 교수님에 버금갈 거라고 언니가 말한 적이 있었다.

〈'음악'에 대해 아세요?〉

그 순간 할아버지는 상념에서 깨어났다. 그분은 고약한 냄새라도 맡은 듯한 얼굴을 하고 험악하게 나를 쳐다보았다.

〈누가 그런 말을 하던?〉

할아버지의 손가락이 흥분으로 거칠게 움직였다. 도리어 놀란 쪽은 내 쪽이었다. 나는 뭔가 말을 잘못했나 싶어 손가락을 움츠렸다.

〈뭔지 아세요?〉

〈누가 네게 그걸 권하든? 어떤 나쁜 놈이?〉

〈책에서요.〉

나는 더듬거렸다.

〈책에서 봤어요.〉

할아버지는 한참동안 의심하는 눈으로 나를 흘겨보더니 손가락에 담지 못할 말을 담는 듯이 툭 던지듯이 말했다.

〈그건 마약이란다.〉

〈마약이요?〉

이번에는 내가 더 기겁을 했다.

〈그래. 너도 JAZZ나 ROCK이나 METAL같은 말은 들어보았겠지. 그런 것을 뭉뚱그려서 '음악'이라고 부르는 거다. 아주 상스러운 말이에요. 질 나쁜 애들이나 쓰는 말이다.〉

들어본 적이 있었다. 오랜 옛날에는 어떤 종류의 마약을 국가에서 허용했다고 한다. 의식을 행할 때, 종교제의를 할 때, 심지어는 모여 놀 때에도 그들은 그 마약을 즐겼다. 사람들은 광란에 빠져 날뛰고, 울고, 쓰러지고, 실신하고, 옷을 벗어 던졌고, 심하면 자살하고, 의식을 주관하는 사람을 살해하기도 했다. 사람들은 길거리에서도, 집에서도 그 마약을 즐겼다. 문명사회에서는 있을 수도 없는 일이다.

〈어떤 나쁜 놈이 너한테 그런 걸 권했는지 몰라도, 절대 응해선 안 된다. 여자 혼자 살고 있으니 온갖 나쁜 놈들이 접근할 가능성이 많아 요.〉

할아버지는 단단히 덧붙였다.

〈그 놈이 누군지 몰라도, 절대 다시 만나지 마라.〉

할아버지는 내 말은 보지도 않고 다짐시켰다. 문득, 나는 할아버지의 표정에서 뭔가 다른 것을 읽고 그의 얼굴을 쳐다보았다. 할아버지는 필사적인 표정으로, 뭔가 말하고 싶은 것을 감추려는 얼굴로 나를 쳐다보았다. 할아버지는 어디에서 그 말을 알게 되었을까? 할아버지는 뭔가 더 덧붙이고 싶은 표정으로 손가락을 움직였다가 다시 책상 아래로 내렸다.

'빠져들어선 안 돼요.'

'네 언니처럼.'

나는 집으로 돌아오면서, 가방 깊숙이 넣어두었던 카드를 꺼내어 열어보았다.

'가끔 그 카드를 열어봐요. 그러면 알 수 있게 될지 몰라요.'

'음악을.'

카드에 적혀 있는 언니의 이름 때문인지, 계속 언니가 생각이 났다. 발걸음을 떼어놓을 때마다 언니가 내 옆에서 웃고 있는 것 같은 기분이 들었다.

문득 '실버'가 떠올랐다. 그는 이 마을 나루터에 자리 잡고 앉아 있었던 다리가 없는 거지였다.

물론 '실버'가 그의 진짜 이름은 아니었다. 한쪽 다리가 없다는 점이 비슷하다며 그가 자신을 동화에 나오는 해적의 이름을 따서 그렇게 불러달라고 했다. 그는, 말하자면 그런 사람이었다. 아무 희망도 없는 인생일 것이 분명해 보이는데도, 기묘한 '삶'의 향취가 그의 주변에 감돌고 있었다.

나는 그것이 그의 유리컵 때문이라고 생각했다. 그는 늘 여덟 개의 유리컵을 앞에 늘어놓고 있었다. 안에 동전을 넣어 둘 때도 있었고, 가끔은 물을 담아 둘 때도 있었다. 그것도 모양이라도 맞추듯 각기 다른 양을 넣어 두었다. 그는 하루 종일 그 컵을 두드렸다.

아이들이 돌을 던져 컵을 깨트려 버려도, 실버는 어디서 사 오는지 다음 날이면 비슷한 크기의 컵을 다시 진열해 놓고 앉아 있었다. 말하자면 미친 사람인데……, 생각해 보면, 더 이상했던 것은 언니였다.

사실, 우리는 이곳을 들러 대도시로 상경할 예정을 짜고 있었다. 그런데 언니는 배가 왔다고 잡아끄는 나를 무시하고, 못 박힌 듯 서서 한참 동안 그를 쳐다보고 있었다. 다음날도 그 다음날도 언니는 이 마을을 떠나지 않았다. 나는 지금도 언니가 이곳에 정착하기로 결정한 것은 실버 때문이었다고 생각하고 있다.

언니는 늘 실버의 앞을 지나갔다. 어느 때는 오랫동안 그의 앞에 앉아 그가 컵을 두드리는 것을 구경하다 돌아오곤 했다. 실버는 1년쯤 전에 행방불명이 되었는데, 언니는 실버가 사라진 뒤에도 계속 아쉬운 듯이 그 자리를 돌아보고는 오곤 했다. 언니가 그의 무엇을 좋아했는지, 나는 전혀 이해할 수 없었다.

언니는 늘 이상한 동작을 하는 것을 좋아했다. 빙글빙글 돌며 걷거나, 단발머리를 이리저리 휘날리면서, 뭐가 그렇게 즐거운지, 양팔을 벌리고 하늘거리며 움직이곤 했다. 사람들이 이상한 듯이 쳐다보았지만, 언니는 전혀 신경 쓰지 않았다.

언니가 내 앞에서 춤을 추고 있었다. 금방이라도, 날개를 펴고 어디

론가 날아갈 것처럼, 거리의 사람들은 조용한 발걸음으로 집으로 향해 가고 있었고, 이 회색빛 도시에서 언니만 혼자 행복하게 움직이고 있었다. 문득, 나는 밤거리를 헤매고 싶다는 충동에 빠졌다.

거리를 헤매던 나는 우연히 어떤 골목 앞에서 멈춰 섰다. 아니, 돌이켜 생각해 보면 '우연'은 아니었다. 이상한 공기가 그 골목 안을 흐르고 있었다. 언니가 그곳에 서서 날 부르고 있는 것 같았다. 길을 지나던 들고양이 한 마리가 나와 같은 방향을 물끄러미 보다가 지나갔다. 이해하지 못할 충동에 이끌려 안으로 들어가던 나는, 또 이해하지 못할 이유로 어떤 집 앞에서 멈춰 섰다.

굉장히 오래된 집이었는데, 두 개의 3층집 사이에 단단히 끼어 있어서, 이 골목을 여러 번 지나갔다고 해도 딱히 눈에 들어오지 않을 집이었다. 집 앞에는 한 사람이 문 앞에 걸터앉아 있었다. 안면이 있는 사람이었다.

그는 나를 보더니 놀라지도 않고 말했다.

〈다시 만났군요.〉

그는 미소를 지었고, 나는 기가 막힌 표정을 지었다. 그의 옆에는 빵 봉지며 우유팩 같은 것이 아무렇게나 놓여 있었는데, 현관 앞을 소풍 장소로 잘못 생각하고 있는 것이 아니라면, 꽤 오랫동안 그곳에 앉아 있었던 것 같았다. 나는 이 예기치 못한 상황에 적응하지 못하고 한참 동안 그를 쳐다보다가, '정말 우연한 만남이군요.'하는 표정을 지으며 손가락을 움직였다.

〈여기서 뭘 하고 있어요?〉

나는 그러면서 속으로 무슨 놈의 운명이 이 모양이냐고 한탄했다.

〈그쪽을 기다리고 있었어요.〉

나는 동작을 멈추고 말았다. 그는 온화한 시선으로(그것이 더 무서웠다.) 나를 올려다보았다. 나는 간신히 정신을 추스르고 물었다. 왜 나를 기다리고 앉았느냐는 질문은 제쳐 두고 급한 것부터 물었다.

〈왜 이런 곳에서 기다리죠? 내가 이곳에 올 줄 어떻게 알고?〉

〈글쎄요.〉

그는 어깨를 으쓱했다. 갑자기 어떤 생각이 뇌리를 스쳤다. 일순 머리가 쭈뼛이 섰다. 나는 멍하니 그를 쳐다보았다. 지금까지와는 다른 눈빛으로.

〈당신이 날 끌어들인 건가요?〉

그가 동작을 멈추었다. 나는 재차 물었다.

〈당신, ……초능력자인가요?〉

다른 때라면 농담으로 할 만한 질문이었지만, 지금은 농담할 기분이 아니었다. 그는 한참 동안 나를 뚫어지게 쳐다보았다.

〈그 전에 나도 한 가지 묻지요.〉

그의 손동작은 정말로 특이했다. 그는 파도가 모래사장에 쓸려 왔다가 일정한 간격으로 다시 쓸려가듯이, 물결치듯이, 춤을 추듯이 손가락을 움직였다. 나는 그런 식으로 말하는 사람을 이전에 한 명밖에는 본 적이 없었다……. 우리 언니 외에는.

〈그 술집에서, 왜 나를 보고 있었지요?〉

거짓말을 해야 한다고 생각했지만, 상황이 상황이니만큼 좋은 생각이 떠오르지 않았다. 그리고 어떤 이유에서인가, 그는 거짓말이 통할 사람처럼 보이지 않았다. 그는 언니와 비슷한 분위기를 풍기고 있었다. 감당하지 못할 정도로 사람의 속내를 파악해 내는 그 특별한 분위기를.

〈입을 움직이고 있어서요.〉

나는 침을 꿀꺽 삼키고 한마디를 덧붙였다.

〈경찰이 와서, 입을 움직이는 사이비 종교단체가 있다고 말해 줬어요.〉

〈그리고 당신 언니가 그 신도였다고 말하던가요?〉

나는 고개를 끄덕였다. 그는 생각에 잠긴 얼굴을 했다.

〈나는 입을 아주 작게 움직이고 있었는데, 어떻게 알아보았죠?〉

〈하지만 눈에 띄었는걸요. 굉장히…… 특이하게 움직였기 때문에…….〉

〈그것뿐이라면, 어떻게 이곳을 찾아내었죠?〉

나는 대답할 수가 없었다. 내가 물어야 할 질문을 역으로 받은 기분이었다.

〈난 눈에 띌 정도로 입을 움직이지 않았어요. 날 일부러 관찰하지 않았다면 발견할 수 없었을 거예요.〉

〈대체 무슨 요술로 날 이곳으로 부른 거죠?〉

나는 아까 했던 질문을 다시 했다.

〈부른 적 없어요.〉

그는 자리를 툭툭 털고 일어났다.

〈사실은 그쪽이 오게 될 줄도 몰랐어요. 나는 여기 앉아 망을 보고 있었을 뿐이에요. 굳이 설명해 보자면……〉

그는 잠시 손가락을 멈췄다.

〈‘음악’이 당신을 부른 것 같군요.〉

그는 보통 사람들과 다른 언어체계를 사용하는 것 같았다. 나는 그가 말하는 한 동작 한 동작을 이해하기 위해 매번 머리를 달궈야 했다.

〈음악.〉

나는 일단 이해할 수 있는 단어부터 따라 했다.

〈그래요, 음악.〉

〈음악이 나를 불렀다고요.〉

〈아마도.〉

〈그게 무슨 뜻이죠?〉

그는 잠시 어두컴컴한 골목으로 눈을 돌렸다.

〈이 골목이, 다른 골목과 다르다고 느꼈나요?〉

언젠가 ‘왜 귀를 막고 있었습니까?’하는 질문과 비슷한 질문을 받은 기분이었다.

〈내 뒤에 있는 집이 다른 집과는 다르게 느껴지나요?〉

나는 심장을 졸이며, 그의 주위에 흐르고 있는 이(異)세계의 공기. 그와 나 사이에 공간을 단절시켜 놓은 듯한 경계선, 그리고 그가 앞에 앉아 있는 집에서 흘러나오고 있는 기묘한 느낌에 대해 말할까 생각해 보았다. 하지만, 내가 알고 있는 언어로는 설명하기가 힘들었다.

〈사람들이…….〉

나는 반쯤은 거짓말을 섞고, 반쯤은 그의 시선에 강요되어 아무 말이나 꺼내었다.

〈저 집 안에 많은 것 같아요.〉

이 무슨 바보 같은 말이람. 하지만 그는 비웃는 대신에 감탄한 얼굴로 고개를 끄덕였다.

〈훌륭해요.〉

그는 또 내가 뭘 잘했는지 모를 칭찬을 했다.

〈그 정도면 아주 훌륭해요. 재능이 있는데요.〉

나는 그의 말을 이해하기를 포기하고 질문을 계속했다.

〈저 안에서 '음악'을 먹고 있는 거죠. 그런 건가요?〉

〈음악을 먹어요?〉

그가 처음으로 어리둥절한 얼굴을 했다.

〈그럼…… 마시나요?〉

그의 입가에 웃음이 번졌다.

〈'음악'이 뭐라고 생각하고 그렇게 말하는 거죠?〉

〈환각제죠. 중독성이 강한, 일종의, 마약이죠. 맞나요?〉

그는 별로 화를 내지 않았다. 대신 잠시 머리를 긁으며 생각에 잠겼다.

〈마약이라, 중독성이 강한…… 그렇게 틀린 말도 아니군요. 하지만 정확한 표현은 아니에요. 최소한 그쪽이 생각하는 그런 형태는 아닐 거예요.〉

〈그러면요?〉

〈설명하려면 오래 걸리겠군요.〉

그는 오랫동안 말이 없었다. 나를 살펴보며, 가능성을 타진해보며, 뭔가를 결심하고 있는 것처럼 보였다.

〈알고 싶어요?〉

마침내 그가 손을 움직였다. 긴장으로 심장이 뛰기 시작했다. 그는 손을 내게 내밀며 말했다.

〈정말로 알고 싶어요?〉

머릿속에서, 도망쳐야 한다는 글씨가 몇 번이고 나타났다. TV에서 내가 모자이크 처리되어 '처음에는 호기심에 시작했어요.'하고 말하는 모습이 떠올랐다. 경찰이 기자들의 접근을 막는 동안 내가 머리를 숙이고 수갑을 찬 채 경찰차로 들어가는 모습과, 저녁 뉴스에 '20대 문화원 청소부 마약 중독으로 체포'라는 자막이 나오는 모습도 떠올랐다. 하지만 어이없게도, 내게 손을 내밀고 있는 그 사람은 너무나 정상적으로 보였고, 마약중독자 같지도 않았다. 모르는 사람이 보면 독서회라도 오라고 권유하고 있는 줄 알 것 같았다.

〈위험할지도 몰라요.〉

그는 여전히 한 손을 내게 내민 채로 말했다. 이 손을 잡을지 말지 결정하라는 듯이. 이 세계로 들어올지 말지 결정하라는 듯이. 나는 침을 꿀꺽 삼켰다.

〈관계하지 않으려면 지금 돌아가요. 어설픈 호기심으로 우리에게 접근해선 안 돼요. 한 번 들어오게 되면, 우리 쪽에서 놓아주지 않을 수도 있어요.〉

돌아가면 다시는 그를 만날 수 없으리라는 것을 깨달았다. 그는 장소를 옮길 것이고, 내게 들킨 모든 것을 정리하고 모습을 숨길 것이다. 그 편이 백 번 나은 길이었다. 이성적으로 몇 번을 생각해 봐도, 나는 어리석은 짓을 하고 있었다.

생각해 보면, 그때 수많은 질문을 해야 했는데도 불구하고, 나는 겨우 한 가지 질문을 했을 뿐이었다.

〈우리 언니를 알죠?〉

그는 고개를 끄덕였다.

〈그래요.〉

그는 분명하고 강렬한 손동작으로 말했다.

나는 숨을 크게 들이쉬고, 눈을 감았다가 떴다.

〈뭘 하면 되는 거죠?〉

5

문에는 놋젓가락이 발처럼 걸려 있었다. 문을 열면 부딪치도록 장치되어 있었다. 나는 무슨 부적인 모양이라고 생각하며 놋젓가락이 반짝이며 흔들리는 모습을 올려다보았다. 집 안은 커튼이 온통 쳐 있어서 어두컴컴했다. 바로 앞에 서 있는 사람의 말도 잘 보이지 않을 정도였다. 그는 놋젓가락을 일부러 손가락으로 몇 번 흔들며(일종의 신호가 아닐까 생각했다.) 자신의 이름을 밝혔다.

〈조금 인사가 늦었지만, 내 이름은 윤성입니다. 하윤성이라고 해요.〉

〈채연주예요.〉

내가 말했지만, 그는 눈여겨보지 않고 안으로 들어갔다. 나는 그가 이미 내 이름을 알고 있다는 것을 알았다.

어두운 거실에는 몇 사람들이 모여 있었다. 한 사람은 강인해 보이는 인상의 키가 큰 여자였고, 한 사람은 안경을 쓰고 머리를 단정하게 깎은 것이 어디 학교 선생쯤으로 보였다. 또 한 사람은 수염과 머리를 덥수룩하게 길러 부랑자 같았다. 열일곱 살쯤 되어 보이는 어린 소년도 있었다. 공통점이라고는 조금도 발견할 수 없는 집단이었다.

그들은 눈을 감은 채로 탁자 위에 턱을 괴고 앉아 '입'을 움직이고 있었다. 문득 소년이 무릎 위에 올려놓고 두드리고 있는 것이 눈에 들어왔는데, 나는 곧 그것이, 이전에 경찰들이 내게 보여주었던 '제기'라는 물건이라는 것을 알아차렸다. 작은 나무통 양쪽에 가죽을 씌워 놓은 듯한 물건. 그러고 보니, 방 안에는 그런 물건이 좀 더 있었다. 구멍을 뚫어놓은 대나무도 있었고, 솥뚜껑을 여러 개 이어 놓은 듯 보이는 거대한 물건도 있었다. 사실, 거품을 물고 환각에 빠져 있는 마약중독자들을 예상했었지만, 그들은 겉으로 보기에는 극히 평온해 보였다. 뭔가 다른 세계에 빠져 있는 것처럼 보이는 것을 제외하면.

여자가 눈을 뜨고 이쪽을 쳐다보다가, 나와 눈이 마주치더니 갑자기 벌떡 일어났다. 동시에 다른 사람들도 일제히 눈을 뜨고 이쪽을 보았다. 놀라는 모습들을 보니, 윤성이 들어오는 것은 이미 알고 있었던 것 같았지만, 내가 오는 것은 알지 못한 것 같았다. 하지만 어떻게 해서 여자가 눈을 뜬 순간 다른 사람들까지 알게 되었는지는 알 수가 없었다.

소년은 들고 있는 물건을 감추며 뒤로 물러났고, 여자가 놀라고 화난 얼굴로 걸어 나오며 입을 움직이기 시작했다. 윤성이 내 앞을 막아서며 나섰다. 나는 그들이 무슨 말을 하는지 전혀 알아볼 수가 없었다. 갑자기 장님이 되어 버린 기분이었다. 나는 완전히 혼란에 빠졌다.

사람들의 움직임이 점점 잦아들었다. 대체 무슨 방식으로 서로 정보를 교환했는지 모르겠지만, 얼굴 표정이 부드러워졌다. 그들은 잠시 당황해 하다가, 이내 곤란한 표정과 미소를 같이 지어 보였다.

여자가 별 수 없다는 듯이 숨을 푹 내쉬더니, 내게 걸어와 입을 움직였다. 내가 물러나면서 고개를 가로젓자, 여자는 입을 다물고 깜박했다는 표정을 지었다. 뒤에 서 있던 세 사람이 놀리는 표정으로 웃었고, 그 여자는 어떻게 그들이 놀리는 줄 알았는지 쑥스러운 표정으로 뒤를 돌아보았다. 내 눈으로 보지 않았다면, 믿을 수 없었을 것이다. 그들은 틀림없이 '손'이 아닌 다른 방식으로 대화를 나누고 있었다.

〈우리의 언어를 모른다는 것을 깜박했군요. '청각'의 세계에 오신 것을 환영해요. 아가씨.〉

여자는 내게 손을 내밀었다. 겁이 나서 견딜 수가 없었지만, 정신을 가다듬고 그 여자를 올려다보았다. 아무리 상대가 초능력자라고 해도, 잘못한 것이 없는 이상 겁먹을 것이 없다고 자신을 타일렀다. 나는 여자가 내 손을 잡지 않고, 두 눈을 똑바로 치켜뜨고 똑똑히 말했다.

〈나, '청각' 같은 것에 관심 없어요.〉

여자는 내민 손끝을 오므렸다. 윤성은 조금 놀란 눈으로 나를 돌아보았다. 여자는 부드럽게 물었다.

〈그러면 무엇을 찾아 오셨지요, 아가씨?〉

〈내가 알고 싶은 건, 언니에 대한 것뿐이에요.〉

여자는 고개를 끄덕였다.

〈좋아요.〉

〈그 의자가 세연 씨 자리였어요.〉

여자는 내가 앉아 있는 상석을 가리키며 말했다. 나는 멍하니 내가 앉은 의자를 내려다보았다. 네 사람은 각자 자기 위치에 앉았고, 윤성도 자리를 잡고 앉았다. 언니의 의자라는 자리 바로 오른쪽이었다. 윤성은 우울한 표정이었다. 다른 사람도 마찬가지로 아쉬운 얼굴을 하고 있었다.

〈늘 그 자리에 앉았죠.〉

〈늘?〉

〈거의 매일 왔어요. 동생 생일이나 동생이 아플 때를 빼면 언제나.〉

아무리 각오를 단단히 하고 있어도, 진실은 가혹한 것이다. 마약상인들에게 팔려가게 될지도 모르는 상황에서, 나는 눈물이 쏟아질 것 같은 기분으로 앉아 있었다.

〈말해 주었다면 좋았을 텐데.〉

나는 손가락 끝으로 중얼거렸다.

〈말해 주었더라면…… 바보같이…….〉

여자는 내 눈앞에 손가락을 가져다 대었다. 자신 쪽을 보라는 신호였다.

〈말할 수 없었을 거예요.〉

나는 여자를 쳐다보았다.

〈동생을 위험하게 하고 싶지 않았을 테니까.〉

속에서 무엇인가 솟구쳐 올랐지만, 나는 간신히 스스로를 자제했다.

〈언니는 여기서 뭘 했지요?〉

〈★★를 불렀어요.〉

그 이상한 나무통을 갖고 있던 소년이 대답했다. 이곳 사람들은 계속 처음 보는 단어를 남발하는 바람에 제대로 알아 볼 수가 없었다.

〈우리가 했던 것처럼요.〉

〈그게 뭐죠?〉

나는 침착하게 물었다. 소년은 뭐라고 설명해야 할지 난감해 하는 표정이었다.

〈일종의 '음악'이죠.〉

여자는 설명의 앞뒤를 모두 빼 버린 듯한 표정으로 말했다. 나는 반쯤 포기한 심정으로, 그리고 단단히 각오를 하고 손가락을 움직였다.

〈보여 줄 수 있나요?〉

나는 침을 삼키며, 공포를 삭이며 앉아 있는 사람들을 똑바로 쳐다보았다.

〈불가능해요.〉

여자는 침착하게 말했다. 나는 처음에 신입자는 보여줄 수 없어요…… 라는 설명이 덧붙여질 줄 알았다. 그런데 ㄱ 여자는 엉뚱한 말을 했다.

〈'음악'은 눈으로 볼 수 없으니까.〉

〈눈으로 볼 수……〉

나는 이해하지 못하고 물었다.

〈없다고요?〉

〈귀로 ★ㄷ지요.〉

여자의 뒷말은 알아들을 수가 없었다.

만약 내가 방금 그 폭풍 같던 대화를 '엿보지' 못했던들, 나는 이들을 미친 사람이라고 생각하며 웃음을 터트렸을 것이다. 하지만, 웃을 수가 없었다.

〈귀로?〉

〈예. 귀로.〉

배꼽으로 밥을 먹는다는 말이 이보다는 덜 우스꽝스럽게 들릴 것이다.

〈귀로, 무엇을 할 수 있지요?〉

나는 '맹장으로 무엇을 할 수 있지요?' 하는 기분으로 물었다. 여자는 난감한 얼굴을 했다.

〈설명하기 어려워요. 평범한 사람들에게는.〉

'평범한 사람'인 나는 조금 자존심이 상한 얼굴로 그를 물끄러미 바라보았다.

〈그래서 정말 아쉬워요.〉

〈어떤 점이요?〉

〈우리가 하고 있는 일이 위험한 것이 아니라는 것을 설명할 수가 없어서요.〉

여자는 정말 아쉬운 얼굴로 말했다. 어쩐지 거짓말을 하는 것 같지는 않았다.

〈오히려, 사람을 행복하게 해 주는 것이라는 사실을.〉

나는 침을 꿀꺽 삼키며 대꾸했다.

〈마약이 보여주는 환각도 사람을 행복하게 해 주기는 하죠.〉

여자는 내 예상과는 달리 화를 내지 않았다.

〈환각이 아니에요.〉

여자는 덧붙였다.

〈'청각'★은, 이 세계의 숨겨진 부분을 보여주는 것에 불과해요. 오랫동안 인류가 잊고 있었던 제5의 감각이죠.〉

나는 점점 사이비 신도의 교리 강좌 같아지는 이야기에 황당한 표정을 짓지 않도록 노력했다.

〈동물들은 홍수나 지진과 같은 재해를 미리 알고, 사람들이 보지 못하고 냄새 맡지 못하는 것을 느끼지요. 칠흑처럼 어두운 밤에도 동물들은 낯선 사람이 접근하는 것을 알아차려요. 그런 것을 환각이라고 부를 수 있을까요? 왜, 흔히들 '오감이 뛰어나다'라는 말을 하잖아요. 연주 씨도, 뒤에 누군가 서 있으면 돌아보지 않았는데도, 왠지 누가 있는 것 같다는 느낌을 받지 않나요?〉

〈그건…… 그저 '느낌'일 뿐이죠.〉

〈우리는 그 '느낌'을 확실하게 느끼는 거라고 보면 돼요.〉

〈개나 고양이처럼요?〉

나는 패치를 떠올리며 물었다.

〈고양이가 실제로 어떻게 느끼는지는 모르지요. 우리가 고양이는 아니니까. 하지만, 일반 사람과는 다른 것은 확실해요.〉

〈술래잡기 놀이를 잘한다든가, 그런 거죠.〉

소년이 대화에 끼어들었다. 그 말에 부랑자처럼 보이는 사람이 쿡쿡 웃었다.

〈술래의 눈을 가리고 서로를 찾아내는 놀이. 난 항상 일등이었어요.〉

〈나도 그랬지.〉

안경을 낀 선생인 듯한 남자가 맞받아 쳤다. 나는 화기애애해지는 분위기에 휩쓸리지 않은 채, 여자의 눈을 똑바로 응시하며, 그리고 한 사람 한 사람을 돌아보며 물었다.

〈……당신들은 누구죠?〉

내 질문에 여자는 조금 당황한 듯 동작을 멈추었다. 갑자기 주위의 동작이 멎었다. 열 개의 눈이 나를 일제히 응시했다.

〈이상하게 보는 건 이해해요. 그럴 수밖에 없겠지요.〉

여자는 난감한 얼굴로 머릿속으로 쉬운 말을 고르고 있는 것처럼 보였다.

〈우리는 당신이 생각하는 그런…… 무슨 생각을 하는지는 대충 짐작이 가요. 하지만, 우리는 종교단체도 혁명가도 아니에요. 굳이 말하자면, 뭐랄까…….〉

여자는 주위를 돌아보며 동의를 구하는 얼굴을 했다.

〈밴드(band)죠.〉

〈밴드요?〉

〈문학클럽 같은 거라고 보면 돼요. 그러니까, 우리는 일종의, 예술가죠. 우리 입으로 말하기는 뭐하지만.〉

여자는 멋쩍은 듯 입맛을 다셨다.

〈음악★을 즐기기 위해 모임을 결성한 거예요.〉

나는 무슨 말인지 이해하지 못하고 멍한 눈으로 여자를 쳐다보았다. 여자는 자리에서 일어났다.

〈한번 관람해 보시겠어요?〉

〈눈으로 볼 수 없다고 했잖아요.〉

〈하지만 느낄 수 있을지도 모르죠. 최소한, 우리가 즐기는 모습은 볼 수 있을 거예요.〉

사람들은 잠시 입을 움직이며 뭔가 의논하는 것 같았다. 여자가 뭔가 제안을 하자, 윤성은 당황했고, 다른 사람들은 제각기 서로의 얼굴을 보며 웃거나 재미있다는 얼굴을 했다. 손을 거의 움직이지 않았기 때문에 대화를 거의 이해할 수 없었다.

〈조금 자극이……〉

〈어차피 ★을 수 없다면 마찬가지잖아.〉

〈하지만……〉

〈오랜만인…… 그런……〉

나는 어떤 일이 일어나도 받아들일 심정으로 편안히 의자에 앉아 있었다. 사람들은 합의를 끝냈는지, 자리에서 일어났다. 부랑자처럼 생긴 남자가 방 한쪽에 놓여 있는, 솥뚜껑이 여러 개 달려 있는 듯한 이상한 물건 앞에 앉았다. 아마 직접 손으로 만든 듯, 여기저기 구부리고 이은 자국이 보였다. 남자는 젓가락 같은 것을 들더니, 휘휘 돌리기 시작했다. 남자아이는 자신의 나무통을 들고 그 옆에 섰고, 다른 사람들도 동그랗게 주위에 섰다. 신이라도 불러내려는 것처럼 보였다. 남자는 숨을 후후 내쉬더니, 들고 있던 것으로 온 힘을 다해 솥뚜껑 같은 것을 내리쳤다.

그 순간, 심장이 뭔가에 얻어맞은 것처럼 펄쩍 뛰었다. 숨이 멎는 것 같았다. 지진이라도 난 것처럼 공기가 진동하고, 방이 진동했다. 파도가 해일처럼 나를 뒤엎어 빠트려 놓고, 한 번 물러가더니 다시 폭풍처럼 몰아쳐 대었다. 머릿속이 망치로 두들기는 것처럼 진동했다. 내 귀로 뭔지 알 수 없는 것이 정신없이 몰아쳐 들어왔다. 나는 공포에 질려 귀를 막고 쓰러졌다. 사람들은 일제히 동작을 멈추었다.

윤성이 놀라 내게로 달려와 어깨를 붙들었지만, 나는 완전히 비이성적인 공포에 휘말려 어딘가 도망칠 곳을 찾아 벽을 파고 있을 뿐이었다. 귀를 막고 입을 벌린 채로.

갑자기 공기가 바뀌었다. 평온하고 부드럽고 따듯한 것이 귓속으로 흘러 들어왔다. 심장의 움직임이 잦아들었다. 나는 차츰 동작을 멈추고, 눈을 뜨고 귀에서 손을 떼었다.

처음에 나를 붙들고 있는 윤성이 눈에 들어왔고, 그 뒤에 놀라 서 있는 여자가, 그리고 무엇인가를 입에 물고 있는 안경을 쓴 남자가 눈에 들어왔다. 남자가 입에 물고 있는 것은 하얀 소라처럼 보이는 것이었는데, 다섯 손가락을 써서 소라뚜껑에 뚫려 있는 구멍을 천천히 막았다가 떼었다가 하고 있었다. 상황은 알 수 없었지만, 그가 나를 진정시킨 것 같았다.

안경을 쓴 남자는 소라를 입에서 떼더니, 나와 비슷하게 당황한 얼굴로 나를 쳐다보았다. 여자가 미안한 얼굴로 말했다.

〈미안해요. 놀라게 할 생각은 아니었어요. 당신이 들★을 수 있다고는 생각도…….〉

나는 더 말을 보지 않고 일어났다. 머릿속에서 부글부글 끓어오르는 분노가 이성을 마비시키고 있었다. 이 사람들이 날 어떻게 할지도 모른다는 생각은 떠오르지도 않았다. 내가 뒤도 돌아보지 않고 밖으로 걸어가기 시작하자, 윤성이 달려와 내 앞을 급히 가로막았다. 나는 손으로 윤성을 밀어 제치려 했지만 힘이 부쳐 물러났다.

〈보내줘요. 난 가겠어요.〉

난 그와 눈과 마주치지 않으려고 노력하며 말했다. 그의 손가락이 내 눈을 따라 움직였다.

〈잠깐만 기다려요.〉

그가 나를 두 팔로 붙잡았다. 그는 뭔가 말하려다가, 두 팔을 다 쓰고 있어서는 내가 알아볼 수 있는 말을 할 수 없다는 것을 깨닫고 한 손을 떼었다.

〈가지 말아요. 연주 씨는 우리와 같은 사람이에요. 지금 증명해 줬어요.〉

'웃기지 마.' 나는 속으로 중얼거렸다.

〈들★을 수 있어요. 우리처럼요.〉

내가 잘못 본 것이 아니었다. 이 사람들은 '본다'는 말 대신 '듣는다'는 말을 쓰고 있었다. 그 말이 무슨 뜻인지는 알 수 없었지만, 알고 싶지도 않았다. 어서 이곳을 빠져나가고 싶은 심정뿐이었다. 남의 감정을 멋대로 농락하고 갖고 논 사람들과 한순간이라도 더 같이 있고 싶지 않았.

〈내게 방금 무슨 짓을 한 거죠? 날 세뇌시킬 작정이었나요?〉

〈너무 큰 소리★를 들★어서 놀란 거예요. 연주 씨가 이렇게 완벽하게 들★을 수 있는 줄 알았다면 하지 않았을 거예요.〉

〈충분해요.〉

나는 공포에 쓰러지지 않기 위해 안간힘을 썼다.

〈한순간도 이곳에 있고 싶지 않아요. 예술가? 웃기지 말아요. 사람

을 패닉 상태에 빠트려 놓고 조종하는 것이 당신들이 말하는 예술인
가요?〉

〈내 말 좀 봐요.〉

〈당신들이 무슨 목적으로 내게 이런 짓을 했는지 모르겠지만, 더
이상 관계하고 싶지 않아요.〉

〈자신이 느낀 감정이 무엇인지 모르겠어요? 왜 그렇게 놀랐는지 알
고 싶지 않아요?〉

'싫어!'

나는 그 순간 나도 모르게 입을 움직였다. 갑자기 생각이 났다. 언
니는 화가 날 때, 거부할 때, 그런 방식으로 입을 움직였다. 짧고 강렬
하게, 윤성은 그 순간 소스라치게 놀라 내게서 손을 떼었다. 나는 그
가 왜 놀랐는지 알 수 없었지만, 분노로 가득 찬 머릿속에서는 이미
아무 생각도 돌아가지 않았다. 그저 그가 물러나 준 것만 고마울 뿐이
었다.

윤성은 어떻게 해야 좋을지 모를 표정으로 서 있었다. 얼핏 주위를
돌아보자, 다른 사람들도 마찬가지로 놀란 것처럼 눈을 휘둥그레 뜨
고 있었다. 상황은 알 수 없었지만, 내가 더 생각하지 않고 그곳을 빠
져나가…… 려고 했을 때였다.

6

사람들이 모두 움직였다. 윤성은 내 목을 붙잡아 뒤로 물러났다. 소
년은 창가로 달려갔고, 부랑자 같은 사람은 문으로 달려가 귀를 문에

320

대었다. 선생 같은 사람은 괴상한 물건들 위에 천을 뒤집어씌웠다. 나는 잠시 저항했지만, 곧 뭔가 심상치 않은 일이 일어났다는 것을 깨달았다.

그들은 순식간에 눈빛을 교환했고, 내가 읽을 수 없는 방식으로 '밖'에서 일어나고 있는 무슨 일인가에 대해 순식간에 대화를 나눴다. 윤성은 정신을 차리지 못하는 나를 밀어붙였다.

〈뒷문으로 도망쳐요.〉

나는 설명을 요구하는 얼굴로 윤성을 쳐다보았지만, 윤성은 단호하고 짧게 말했다.

〈어서! 설명할 시간이 없어요. 어서!〉

윤성은 나를 거칠게 문밖으로 떠밀고 문을 닫아걸었다. 나는 골목에 괴상하고 어수선한 것이 내려앉고 있는 것을 느꼈다. 수많은 사람들이 일사불란하게 움직이고 있었다. 문이 부서지고 구둣발이 벽을 찼다. 나는 당황해서 멍하니 서 있다가, 갑자기 밀어닥친 까닭 없는 공포에 쫓겨 뒤돌아 도망쳐 버렸다.

나는 몇 번씩 잠에서 깨었다가 다시 잠들기를 반복하며 몸을 꿈틀거렸다. 문 앞에 사람이 왔음을 알리는 붉은 인식등이 어둠 속에서 계속 반짝이고 있었다. 머리맡에 놓인 시계를 보니 새벽 3시였다. 누가 술에라도 취해서 내 방문 앞에 쓰러져 있는 모양이었다. 패치도 잠이 깨어 일어나 서성거리고 있었다.

자려고 노력하며 몇 번 이불 속으로 파고들던 나는, 끊임없이 깜박거리는 인식등 때문에 별 수 없이 눈을 비비며 몸을 일으켰다. 잠을 깨는 순간 어제 있었던 일이 방금 있었던 일처럼 머릿속을 스치고 지나갔다.

'나쁜 꿈이야…….'

그렇게 생각한 순간 꿈이 아니었다는 사실이 떠올랐다. 나를 뒷문으로 내보내고 문을 닫아버리던 윤성의 얼굴이 떠올랐다. 골목에 깔리던 스산하고 부산한 공기의 흐름이 떠올랐다.

어두웠기 때문에, 나는 조금 열린 문 사이로 손가락이 튀어나오는 것을 볼 수가 없었다. 내가 문에 힘이 붙는 것을 느끼고 어둠 속을 멍하니 바라보는 사이, 희미하게 문틈으로 사람의 그림자가 보였다. 나는 물이라도 끼얹은 듯 잠에서 퍼뜩 깨어났다. 윤성이 문틈에 손가락을 끼우고 천천히 문을 열고 있었다.

나는 심장이 멎을 듯이 펄쩍 뛰어 물러나, 뒷걸음질치며 벽에 바싹 몸을 기댔다.

〈나, 나가요, 나가요!〉

나는 정신없이 손을 움직였다. 어둠 때문에 내 손동작이 보이지 않을 것이라는 절망적인 생각이 휘몰아쳤다.

〈나가요! 경찰을 부르겠어요!〉

옆방과 이어져 있는 벽을 두드리며 애처롭게 도움을 청해 보았지만, 하숙집은 평화롭게 잠에 빠져 있을 뿐이었다. 언니 같은 사람은 세상에 많지 않다.

그는 문설주에 몸을 기댄 채 방에 반쯤 들어온 채로, 아무 말도 하지 않고 그대로 앉아 있었다. 패치가 (놀랍게도!) 내 앞을 막아서며 털을 잔뜩 곤두세웠다. 윤성은 고양이 말이라도 알아보는 듯이 패치를 물끄러미 바라보았다.

그는 주머니를 뒤져 야전 손전등을 꺼내어 그의 앞에 얌전히 내려 놓았다. 밤에 대화를 나누기 위해 들고 다니는 휴대용 손전등이었다. 방 안이 조금 밝아지자, 그의 손의 움직임이 눈에 들어왔다. 그는 아주 천천히 손을 움직이며 말했다.

〈놀 라 게 해 서 미 안 해 요.〉

윤성은 말을 마치고, 문틀에 등을 기대고, 긴 숨을 내 쉬었다. 피곤한 듯이 고개를 떨어뜨리던 그는, 다시 손가락을 움직였다.

〈들어가지 않겠어요. 약속해요.〉

윤성은 잠이라도 자는 것처럼 고개를 떨어뜨리고 앉아 있었다. 옷은 군데군데 찢어지고 여기저기 흙투성이인 것이, 밤새 도망쳐 다닌 것 같았다. 무슨 일이 있었는지 알 수 있었다. 스스로 생각해도 이상할 정도로, 나는 너무도 완전하게 상황을 이해하고 있었다. 눈으로 보지 않았던 장면이 기억에 남아 있었다. 집 앞에 섰던 경찰차, 문을 부수고 들어간 사람들, 얻어맞던 사람들. 나는 아직 꿈에서 덜 깨어난 것이라고 생각하며, 여전히 공격본능을 드러내고 있는 패치를 두 팔로 안고, 가능한 그에게서 멀리 떨어지려고 노력하며 벽에 등을 기대고 다리를 오므렸다.

〈다른 사람들은……?〉

나는 한참 만에 손을 움직였다. 그는 이야기할 때 사람을 쳐다보지 않는 버릇이 있었다. 그가 쳐다보지 않자, 나는 손바닥을 마주쳤다. 그가 바로 고개를 들고 이쪽을 돌아보았다. 이제 그의 그런 행동은 놀럽지도 않았다.

내가 같은 질문을 반복하자, 그는 떠올리기 힘든 기억을 되살리는 듯 괴로운 표정을 지었다.

〈모르겠어요. 도망친 사람도 있는 것 같은데…….〉

나는 유감을 표시해야 할지 위로해야 할지 결정하지 못하고 중얼거렸다.

〈당신들의 초능력이라는 것도, 그럴 때엔 별 도움이 되지 않는 모양이군요.〉

그는 대답하지 않았다.

〈당신은 어떻게 도망쳤어요?〉

〈초능력을 써서 탈출했다고 말하면 만족하겠어요?〉

윤성은 힘없이 손가락을 움직였다. 진담일 텐데도 농담처럼 보였다.

그는 계속 어두운 복도 저 쪽을 응시하고 있었다. 누가 오는지 감시하는 모양이었다. 그에게는 어둠이 사물을 파악하는 데 별로 장애가 되지 않는 모양이었다. 나는 다시 손을 마주치고 그를 돌아보게 했다.

〈자수해요.〉

〈자수요…….〉

그는 그 말을 잠시 손가락으로 따라 해 보다가, 쓸쓸하게 웃었다.

〈자수해요. 평생 도망자로 사는 것보다는 낫잖아요? 경찰서에 가서, 자수하고, 죗값을 치러요. 혹시 도움이 필요하다면, 제가 잘 말해 주겠어요.〉

〈문제가 그렇게 단순했으면 나도 좋겠어요.〉

평범한 사람인 나는 문제를 단순하게밖에는 파악할 수가 없었다.

〈그럼 뭐가 문제지요?〉

〈짓지 않은 죄를 무슨 수로 값을 치를까요?〉

나는 '마약을 하고 있잖아요?' 하고 말하려다가 손가락을 오므렸다.

〈죄를 짓지 않았다면 더욱 도망칠 필요가 없어요. 사실대로 설명하면 되잖아요?〉

〈뭘 어떻게 설명하라는 거죠?〉

그는 주먹을 꽉 쥐어 바닥을 내리치려다가, 중간에 힘을 빼고 내려놓았다.

〈평범한 사람이 이해할 수 있는 차원을 넘어선 것을 무슨 수로 설명하지요? 듣지 못하는 사람들에게, 음악★이 뭔지, 소리★가 뭔지 무슨 수로 설명하겠어요? 우리가 범죄자가 아니고, 미친 것이 아니고, 괴물이 아니고, 지구를 침략하러 온 외계인이 아니라는 걸?〉

그는 이마를 붙잡고, 다시 입을 움직이기 시작했다. 그 행동은 무슨 의식 같기도 했고, 기도 같기도 했고, 한편으로는, 그저 '중얼거리는 것' 같기두 했다

〈그래서…… 이제 어떻게 할 건가요?〉

내가 한참 만에 물었다.

〈내가 도와주고 싶어도, 사정은 안 됐지만, 난 숨을 만한 곳도 모르고…… 갖고 있는 돈도 없어요. 아는 사람도…….〉

말을 하다 보니 참으로 어쩌다가 이런 사람을 골라 찾아왔을까 싶었다.

〈핑계를 대려는 게 아니라, 정말로…….〉

〈그래서 온 게 아니에요.〉

그가 몸을 일으키며 내 쪽을 똑바로 보았다.

〈아무래도, 그냥 갈 수가 없었어요.〉

잠시 무슨 말인지 이해할 수가 없었다.

〈무슨 뜻이죠?〉

〈여긴 위험해요. 지금 나와 같이 도망쳐야 해요.〉

〈어째서요?〉

나는 정신을 차리지 못하고 물었다.

〈놈들이 여기도 밀어닥칠 거예요.〉

나는 벌떡 일어났다. 그 바람에 패치가 내 품에서 떨어져서 바닥을 굴렀다.

〈난 당신들과 아무 관계도 없어요! 겨우 한 번 간 것으로…….〉

〈그런 게 아녜요.〉

윤성은 침착하게 손가락을 움직였다.

〈경찰이 찾아 왔다고 했죠? 그 전에 다른 사람들은 오지 않았었나요? 세연 씨가 죽은 이후로?〉

보험회사직원, 군청직원, 또 이름도 기억나지 않는 인권복지재단,

〈그놈들은 경찰이 아니에요. 특수수사 본부 사람들입니다. 우리들을 전담해서 수사하고 있는 곳이죠. 옷을 바꿔 입고 와서 이름도 잘 기억할 수 없는 여러 가지 기관의 이름을 대죠. 와서 무슨 질문을 하던가요?〉

나는 손가락을 더듬거리며 말했다.

〈언니 교통사고 때문에 온 사람들이에요.〉

〈와서, 교통사고에 대해 묻던가요, 아니면 연주 씨를 조사하던가요?〉

나는 대답할 수가 없었다. 처음에 왔던 보험회사직원이 왔을 때, 아무래도 이상한 기분이 들어 문을 열고 밖을 내다보았더니, 같이 온 직원이 복도에서 쓰레기통을 뒤엎고 있었다. 내가 멍하니 그를 쳐다보자, 그는 당황한 표정을 지으며 얼렁뚱땅 쓰레기를 치우기 시작했다.

〈난 아무 짓도 하지 않았어요!〉

〈내가 설명해 주겠어요. 세연 씨가 사고를 당했을 때, 세연 씨가 입으로★ 말을 했고, 연주 씨가 귀를 막고 비명★을 지른 것 같아요. 그 때문에 그쪽에서 수사에 착수하기 시작했죠.〉

〈무슨 말인지 모르겠어요.〉

〈이해할 필요 없어요. 이해시킬 시간도 없고요. 그들이 아는 것도 사실 그렇게 많지 않아요. 귀에 손을 댄다, 입을 사용한다. 그런 정도죠. 연주 씨가 그런 행동을 한 거예요.〉

ㄱ 이야기는 이전에 경찰이 한 말과 같았다.

〈연주 씨가 들을 수 없는 사람이라면 아무 상관없어요. 하지만 그 정도라면, 이미 그들도 눈치 챘을 겁니다. 언제가 될지 모르지만 찾아올 거예요. 우리를 덮쳤으니, 여기도 오래 끌지 않을 거예요.〉

〈난 당신들 신도가 아니에요!〉

〈물론 나도 아니에요.〉

〈난 듣★지 못해요!〉

〈그렇지 않아요.〉

〈대체 내게 왜 이러는 거예요?〉

나는 벽에 있는 힘껏 몸을 붙였다.

〈난 당신들이 지껄이는 말도 알아보지 못하겠고, 당신들이 어둠 속에서 뭘 보고 있는지도 몰라요. 왜 나를 자꾸 끌어들이는 거예요? 난 언니와는 달라요! 당신들과도 다르다고요! 난 들을 수 없어요. 내겐 그런 능력이 없다고요!〉

윤성은 팔을 늘어트렸다.

〈같이 가지 않으면 나도 편해요.〉

윤성은 잠시 말없이 서 있다가, 내게 손을 내밀었다.

〈들어가지 않겠다고 했으니 들어가지 않겠어요.〉

그는 말을 이었다.

〈당신이 나와요.〉

그는 손을 내민 채로 한참 동안 서 있었다. 나는 그가 초능력으로 나를 끌어내지 않도록 귀를 꼭 막으며 벽에 붙어 있었다.

〈나와요. 어서.〉

나는 눈을 감았다. 속으로 알고 있는 모든 신의 이름을 부르고, 누군가가 나를 이 자리에서 구해달라고만 애원했다. 내가 한참 만에 눈을 떴을 때에도, 그는 여전히 그 자리에 서 있었다.

그는 내 눈을 한참 동안 바라보더니 팔을 들어올렸다.

〈날 믿지 않는군요.〉

그는 체념과 질책이 반쯤 섞인 눈으로 나를 노려보고 있었다.

〈좋아요. 그 대신, 한 가지만 이야기하고 가겠어요.〉

내가 움직이지 않자, 그는 동의한 것으로 받아들였는지 계속했다.

〈눈을 감지 말고 봐요. 지금부터 하는 말을 기억해요. 이해할 수 없

어도 기억해야만 해요. 이게 내가 할 수 있는 최대한의 배려에요.〉

　그는 천천히, 분명하게 손가락을 움직였다.

　〈내가 지금부터 하는 말을 잘 봐요.〉

　나는 두려움에 눈을 크게 뜬 채로 움직이지 않았다.

　〈당신 주위는 소리로 가득 차 있어요.〉

　나는 그를 멍하니 쳐다보았다.

　〈귀를 기울이면 알 수 있을 거예요. 그게 길을 인도해 줄 거예요. 위험한 일이 생기면, 이 말을 떠올려요. 연주 씨는 소리를 들을 수 있어요. 당신 주위는 소리로 가득 차 있어요.〉

　그는 나를 똑바로 보며 말했다.

　〈소리가 당신의 길을 인도해 줄 거예요. ……행운을 빌어요.〉

7

　다음날 저녁이었다. 잠을 자고 싶었지만 잘 수가 없었다. 근래에 일어난 갖가지 일 때문에 머리가 깨질 듯이 아팠다. 하루 종일 식은땀이 나고 오한이 나서 일찍 조퇴하고 방바닥에 붙어 있던 중이었다. 몇 번을 기절과 다름없는 잠에 빠졌다가 깨었다가를 반복했다. 해가 넘어간 뒤에야 패치가 계속 배가 고프다고 손등을 긁어 대는 바람에 간신히 몸을 일으켜서 사료봉지를 찾고 있던 중이었다.

생각해 보면, 당시 일어났던 일, 그리고 그때 느꼈던 기분을 지금도 잘 표현해 낼 수가 없다. 나는 몹시 아파서 정신이 몽롱해 있었고, 반쯤 잠이 깬 상태에서 꿈과 현실을 오락가락하고 있었다.

나는 무엇인가에 놀라 문 쪽을 보았는데, 점점 그 느낌이 분명해져 왔다. 공기가 흔들리고 있었다. 문 밖에서 사람들이 크게 움직이고 있는 것 같았다. 새 한 마리가 무엇인가에 놀란 것처럼 창문 아래에서 위로 날아올랐다. 패치는 움직임을 멈추고 문을 노려보았다.

나는 꼼짝도 않고 문을 노려보았다. 질서정연하게 발이 움직이고 있었다. 많은 사람들이 계단으로 올라오고 있었다. 묵직한 걸음걸이였다. 그들은 복도를 지나 내 방문 앞으로 오고 있었다. 5미터, 2미터, 1미터. 나는 드디어 내가 미쳐버린 것이라고 생각했다. 그 순간 인식 등이 깜박였다.

숨이 멎는 것 같았다.

내가 문을 열지 않자, 눈 위치에 나 있는 작은 미닫이문이 열리면서 그때의 경찰이 얼굴을 들이밀었다.

〈안녕하십니까?〉

경찰은 미닫이문에 얼굴과 손가락을 올려놓고 말했다.

〈예.〉

나는 움직이지 않았다.

〈이 시간에 무슨 일이죠?〉

〈세연 씨 사건에 대해 알려드릴 것이 있어서 왔습니다.〉

〈무슨 일인데요?〉

〈일단 문부터 열어주십시오. 중요한 정보입니다.〉

내 머릿속에, 문 밖에 서 있는 수많은 사람들이 느껴지기 시작했다. 전에 그 방에서 들★은 '음악' 때문이다. 그 빌어먹을 환각제가 내 머릿속을 뒤집어놓았다. 나는 현실과 환상을 구분하지 못하게 되어버렸다.

〈뭐 하고 있습니까? 어서 열어요.〉

〈예.〉

나는 이 환상을 이겨내고, 문을 열어야 한다고 자신을 다그쳤다. 발바닥에 끈적이라도 붙은 것처럼 힘겹게 발을 떼어놓았다. 내 이성과 상관없이 참을 수 없는 공포심이 밀어닥쳤다. 심장이 고동치고 있었다. 이마에서 식은땀이 나기 시작했다.

그때 누군가 밖에서 문을 부서져라 '내리쳤다'. 문에서 전해지는 공기의 파동이 온몸으로, 귓속으로 파고들었다. 누군가 문을 부수려 하고 있었다. 이성적으로 받아들일 수 없는 감정에 이끌려, 나는 정신없이 돌아섰다.

나는 이런 일이 일어났을 때, 불이 났을 때나 가스관이 터졌을 때, 제일 먼저 챙겨야 할 물품에 대해 늘 생각하고 있었다. 통장, 지갑, 어머니가 물려주신 벽장식. 하지만 나는 그 중에서도 가장 쓸모없는 것을 골라 들고 말았다. 나는 문을 향해 연신 입을 벌리고 있는 패치를 품에 꽉 껴안고, 창으로 뛰어내렸다.

어떻게 땅에 부딪쳤는지, 몸을 굴렸는지 꼬꾸라졌는지도 모르는 채 나는 벌떡 일어났다. 잠깐 뒤돌아보았을 때, 내 방 창문으로 얼굴을 내민 사람들이 보였고, 계단으로 내려가기 위해 다시 들어가는 모습이 보였다. 무슨 일이 일어나고 있는지 알 수가 없었다. 나는 있는 힘을 다해 달리기 시작했다.

저녁공기가 무겁게 골목에 내려앉아 있었다. 마을은 무슨 일이 일어나는지도 모르는 채 깊이 잠에 빠져 있었다.

나는 언덕을 올라가는 계단 옆에서 더 이상 달리지 못하고 주저앉았다. 숨이 턱까지 올라왔다. 내 옆구리에 끼어 있는 패치는 상황을 이해하지 못하고 (이거 놔, 이 빌어먹을 주인아!)하고 발버둥치고 있었다. 나는 요동치는 폐를 부여잡고 어둠 속을 쳐다보았다.

윤성이 반쯤 질책하는 눈을 하고, 내 앞에 서 있었다.

'살려줘요!'

나는 마음속으로 말했다.

'당신 초능력자잖아? 이리 와서 나 좀 구해줘요!'

윤성이 내게 손을 내밀었다.

'위험한 일이 생기면…….'

'당신들만 만나지 않았으면 이런 일은 없었어! 모두 당신 때문이야!'

'소리를 들어요.'

'못해요! 그게 대체 뭐야? 그게 대체 어디에 있느냐고!'

나는 절망적인 심정으로 울분을 토했다.

'연주 씨는 소리를 들을 수 있어요.'

'당신이나 할 수 있겠죠!'

'기억해요. 내 말을 기억해야 해요.'

윤성은 포기하지 않고 말했다. 그의 말이 내 머릿속에서 끊이지 않

332

고 되풀이되고 있었다. 촛불이 흔들거리는 어두침침한 거실에서, 여자는 가만가만 손가락을 움직이며 말했다.

‘당신은 세계의 절반만을 인식하고 있는 거예요.’

‘숨겨져 있던 세계의 단면,’

‘오랫동안 인류가 잊고 있었던 제 5의 감각’

‘소리가 길을 인도해 줄 거예요. 귀를 기울이면 알 수 있어요.’

‘당신 주위는 소리로 가득 차 있어요.’

그 말은, 마치 그가 내 앞에서 말하고 있는 것처럼 똑똑히 보였다. 마치 그날 그의 방에서 들★려왔던 거대한 공기의 폭풍처럼 장엄하게, 또 충격적으로 내게 몰아쳐 왔다.

‘내 주위는 소리로 가득 차 있다.’

나는 주위를 돌아보았다. 여느 때와 다름없는 골목, 여느 때와 다름없는 돌과, 나무와, 집과, 흙과, 공기와, 강물냄새. 대체, 시각과 후각과 촉각 이외에 다른 무엇으로 세상을 인식할 수 있다는 말인가? 아무것도 보이지 않는데, 어떻게 그것이 있다는 것을 알 수 있단 말인가?

‘난 못해요. 난 들을 수 없어!’

‘연주 씨는 소리를 들을 수 있어요. 소리가 길을 인도해 줄 거예요.’

그는 포기하지 않고 말했다.

그의 말이 수없이 머릿속에서 반복되어 재생되고 있었다.

소리, 소리. 귀, 귀로 본다. 아니, 듣★는다.

나는 눈을 감았다. 눈을 감고, 무엇을 볼 수 있다고? 습기 찬 공기냄새만 코를 간질일 뿐이었다. 저녁의 찬바람만 피부에 와 부딪칠 뿐이었다. 내 품안에서 발버둥치는 푹신한 패치의 살결만 손에 느껴질 뿐이었다.

소리?

그런 것이 있을 리가 없잖아. 그런 말도 안 되는 일이 가능할 리가 없어. 나는 정상인이고, 나는 평범한 사람이고, 특별한 능력 같은 것은 없는…….

갑자기 나는 눈을 번쩍 떴다. 사람들이 내가 숨어 있는 계단을 달려 내려오고 있는 것을 본 것 같았다. 아니, 느낀 것 같았다. 나는 황급히 계단 뒤로 몸을 붙였다. 몇 명의 사람들이 계단을 내려와, 내가 숨어 있는 곳을 지나쳐 달려갔다. 그러나 내가 그들을 실제로 눈으로 본 것은 그들이 계단을 지나쳐 가는 짧은 순간에 불과했다. 틀림없었다. 나는 그들이 땅을 밟는 진동을 느낄 수 있었던 것이다.

나는 그늘 속에서 부들부들 떨고 있었다. 오한이 든 것처럼 이빨이 딱딱 부딪쳤다. 잠시 숨을 몰아쉰 뒤에, 나는 정신없이 계단을 달려 올라갔다. 그 사람들이 완전히 사라졌는지 확인도 하지 않았다는 생각이 들었지만, 신경 쓸 생각도 하지 못했다.

나는 골목으로 들어가 아무 집 문이나 당기고 밀고 하다가, 잠기지 않은 문을 하나 찾아 열어 젖혔다. 문이 크게 흔들리며 벽이 부서지도록 부딪쳤다. 주방에서 앞치마를 두른 여자가 막 아침을 차리고 있었다. 여자는 내가 들어와 있는 줄도 모르고 된장국 냄새를 맡으며 냄비가 끓어오르기를 기다리고 있었다. 돌아서 있으니 당연한 일이겠지만, 갑자기 그 여자가 끔찍하게 답답하게 느껴졌다. 등 뒤에 서 있는 사람도 알아차리지 못하다니! 몇 초 뒤에 내 등 뒤에서 바람이 한 줄기 지나갔을 때에야, 여자는 찬바람을 느끼고 뒤를 돌아보다가 숨이 멎을 듯이 놀라 물러났다.

〈누구야! 어서 나가요!〉

〈제발 숨겨주세요. 아주머니. 나쁜 사람들에게 쫓기고 있어요.〉

나는 한 팔로 패치를 안은 채 되지도 않는 말을 지껄였다. 여자는 국자를 휘두르며 말했다(덕분에 말이 꼬여 보였다.).

〈내 지베서 뭘 하는 꺼야! 따람을 부르겠어요! 어떠 나가지 못……〉

나는 뒤를 돌아보느라 그 여자가 하는 말을 더 보지 못했다. 심장이 두근거리기 시작했다. 지금까지와는 다른 리듬으로 뛰기 시작하고 있었다. 패치는 무슨 말이라도 본 것처럼 발버둥을 멈추고 주위를 두리번거렸다. 패치가 하품을 하듯 입을 가늘고 크게 벌렸다.

나는 방문 앞에서 백지카드를 열고 있었다. 무엇인가가 주위에 나타났지만 볼 수가 없었다. 노란 빛이 흐르는 아늑한 술집에서, 사람들은 무엇인가에 열중하고 있었다. 낡은 양복을 입은 남자는 무엇인가를 흥얼거리고 있었다. 어둑한 밤거리에, 어두컴컴한 골목에서, 나는 누군가가 나를 부르는 것을 느끼고 어떤 골목으로 들어가고 있었다. 나는 낯선 집 안에 앉아 있었다. 사람들이 예배를 하듯이 모여 서 있었다. 하나같이 이상한 물건을 들고. 그들은 부드럽게 손을 올리며 말했다.

〈청각의 세계에 오신 것을 환영합니다.〉

무엇인가가, 낮은 곳에서 두 번, 세 번 짧게. 다시 두 번, 그 조금 아래에서 한 번 길게.

나는 밖으로 걸어 나갔다. 여자는 밖으로 나와 뭐라고 손을 마구 휘젓더니, 채팅전화를 걸어 경찰을 부르려는지, 집 안으로 다시 들어갔다. 나는 눈을 감았다. 다시 한 번 머릿속이 울렸다.

길게 세 번, 높고 낮게 두 번, 흐르는 듯이 한 번. 온 도시가 진동하고 있었다. 공기가 떨리고, 바닥이 파도처럼 한쪽 끝에서부터 다른 쪽 끝으로 진동하고 있었다. 태풍이 불어와도 꼼짝도 하지 않을 단단한 벽이 움직이고 있었다. 둔탁하게 길게. 짧게 세 번. 다시 낮게 한 번. 나는 눈을 떴다.

나는 길을 알고 있는 것처럼 뛰기 시작했다. 패치도 무엇인가를 느꼈는지, 내가 가려는 방향을 보며 연신 입을 벌려대었다. 발을 옮길수록 진동은 더 커져 갔다.

나는 다 쓰러져 가는 허름한 건물 앞에 멈춰 섰다. 오랫동안 문을 닫은 가게 같았다. 지붕을 기와로 댄 오래된 집이었는데, 간판에 좀이 슬어 있었고 벽은 칠이 벗겨져 나가 여기저기 먼지투성이였다.

나는 무엇에 이끌리듯이, 아무 거리낌도 없이 문을 열었다. 어둠 속에 희미하게 누군가 움직이는 것이 보였다. 나는 패치를 팔에 안은 채 그를 쳐다보았다. 그는 예상하고 있었던 것처럼, 놀라지도 않고 내게 걸어왔다.

우리는 한참 동안 말없이 서 있었다. 그는 약간 숨을 몰아쉬고 있었고, 나는 아무 말도 없이 고개를 숙인 채 겁먹은 얼굴로 서 있었다.

〈역시 왔군요.〉

그가 한참 만에 손을 움직였다. 그 말 한마디가 기폭제가 되어 나는 울음을 터트리며 그대로 주저앉아 버렸다.

8

윤성은 주저앉아 있는 내게 물이 담긴 컵을 건네주었다. 어두워서 그의 말이 잘 보이지 않았다. 물 표면이 컵 안에서 부들부들 움직였다. 나는 몇 모금 마시다가, 도저히 들고 있을 수가 없어 옆에 내려놓았다.

〈불을 켜요.〉

내가 말했다. 그는 내 손에 눈을 가까이 대어보고는, 고개를 저었다.

〈불을 켜요. 당신이야 어둠 속에서도 뭐가 보이겠지만…….〉

그는 한숨을 쉬며, 주머니에서 손전등을 꺼내 바닥에 놓았다. 손전등이 켜지자, 어둠 속에서 희미하게 주위의 모습이 눈에 들어왔다. 벽에는 오래된 포스터가 붙어 있었고, 반쯤 붙어 있는 벽지는 여름 장마 때 비가 샜는지 곰팡이가 퍼렇게 피어오르고 있었다.

그가 가까이 다가오자, 나는 후다닥 뒤로 물러났다. 패치가 내 품에서 빠져나가 내 주위를 맴돌았다. 온몸이 부들부들 떨리고 있었다. 나는 간신히 손가락을 움직이며 말했다.

〈내게…….〉

손가락이 부들거려 제대로 말을 할 수가 없었다.

〈대체…… 무슨 짓을 한 거예요?〉

〈아무 짓도 하지 않았어요.〉

나는 이를 악물었다.

〈내가 미치지 않았다고 말해 봐요. 문을 열지도 않았는데 밖에 서 있는 사람들이 보였어요. 창문을 열고 미친년처럼 2층에서 뛰어내리고……. 그래, 그건 그렇다 쳐요, 난 도시가 진동하고 있는 걸 봤어요. 당신이 공기를 통해서 내 머리에다 직접 명령을 내리는 걸 느꼈어요. 대체, 내게 무슨 일이 일어난 거죠?〉

〈아무래도 그냥 갈 수가 없었어요. 느낌이 안 좋아서요.〉

그래. 느낌.

〈당신 집에 갔다가 놈들이 집을 에워싸고 있는 걸 봤어요. 하지만 분위기를 보고 아직 연주 씨를 잡지 못했다는 걸 알았죠. 연주 씨를 찾을 수가 없어서, 내 쪽에서 연주 씨를 부른 거예요.〉

그래, 그렇겠지. 언제, 어디에 있든 넌 내 머리에 명령을 내릴 수 있겠지.

〈날 조종하고 있는 건가요?〉

나는 부들부들 떨며 말했다. 그는 손을 내저었다.

〈그렇지 않아요.〉

〈이제, 날 어떻게 할 셈이죠?〉

그는 잠시 손가락을 멈추고, 기분이 상한 표정으로 나를 쳐다보더니, 포기한 듯이 대답했다.

〈여긴 비상 연락소예요. 크고 시끄러운 소리를 내는 기계가 있어요. 우리끼리는 '사이렌'이라고 부르죠. 옛 신화에 나오는 생물의 이름을 딴 거죠. 그 생물은 아름다운 '소리'로 바다를 항해하는 여행자들을 유혹했다고 하죠.〉

'초능력 증폭기……' 나는 머릿속으로 중얼거렸다.

〈우리 동료들은 이 소리가 무슨 뜻인지 아니까 오지 않았겠지만, 당신이라면 소리를 듣고 찾아 올 거라고 생각했어요.〉

나는 숨을 몰아쉬며, 이 남자가 하는 말을 이해하려고 애를 썼다.

〈무슨 뜻인데요?〉

〈'위험하니 오지 마라.'〉

이해하는 것을 포기했다.

〈대체 무슨 일이 일어난 거예요? ㄱ 사람들은 누구죠? 왜 날 습격한 거죠? 남의 집 문을 부수고…… 어떻게 이런 일이 있을 수가 있어요? 민주사회에서, 선량한 시민을 영장도 없이,〉

〈이 나라는 당신을 선량한 시민이라고 생각하지 않아요.〉

윤성은 내가 진정하기를 기다렸다가 말했다.

〈어째서요?〉

〈당신은 들을 수 있는 사람이니까.〉

〈그렇지 않아요.〉

나는 필사적으로 저항했다.

〈그렇다면, 이곳을 찾아낼 수 없어요.〉

나는 정신을 차릴 수가 없었다.

〈대체 왜 내게 이런 일이 일어나는 거예요? 그저께까지만 해도, 평화로운 일상을 보내고 있었는데, 행복하고 평범한 나날들이었는데, 당신들이 모든 걸 망쳐 놨어요! 당신들만 만나지 않았더라면!〉

한참 혼자서 떠들다가 고개를 들었을 때, 가만히 나를 내려다보고 있는 그의 눈과 마주쳤다. 갑자기 그가 입을 움직이기 시작했다. 그는 입의 움직임에 맞춰 손가락을 움직였다. 나는 그의 입술이 만들어내는 기묘한 형태를 겁을 내며 쳐다보았다.

〈만약 당신이 좀 더 일찍 들을 수 있었다면.〉

귀가 이상하게 울렸다. 이상한 것이 머릿속으로 파고들고 있었다.

〈이 도시의 평화라는 것이 얼마나 거짓된 것인지. 얼마나 많은 사람들이 이유도 없이 잡혀가고, 또 이유도 없이 사라지고 있는지 알았을 텐데요. 어둠 속에서 들려오는 비명소리, 살려 달라고 애원하며 문을 두드리는 소리. 군화발소리, 통금시간이 지난 밤, 어둠 속에서 무슨 일이 일어나고 있는지…….〉

나는 공포에 사로잡혔다.

〈하지만 사람들의 귀는 막혀 있고, 잠이 든 사람들은 벽 너머에서 무슨 일이 일어나는지 알지 못해요.〉

〈당신은 미쳤어요.〉

나는 두 손을 부딪치며 말하고는, 먹을 것을 찾아 바닥을 핥고 있는 패치를 발등으로 차며 뒤로 물러났다.

〈정말로 미쳤어요.〉

나는 문에 바짝 몸을 붙였다.

〈집에 돌아가겠어요!〉

갑자기 그의 표정이 변했다. 그는 내가 돌아서려는 순간, 달려와서 내 손을 붙잡았다. 나는 무의식중에 입을 벌렸다. 목구멍 속에서 불꽃 같은 것이 미친 듯이 솟구쳐 터져 올라왔다. 그는 내 얼굴을 돌려 자신을 쳐다보게 하고는, 무서운 눈으로 나를 노려보았다.

〈들리지 않는다고요.〉

그가 내 눈앞에 손가락을 갖다 대며 말했다. 손이 등 뒤에 깔려 있는 바람에 제대로 말할 수가 없었다.

〈지금 자기가 내뱉고 있는 소리도 들리지 않는다고 말하고 싶은 겁니까? 언제까지 내 앞에서 보통 사람인 척 할 거예요!〉

〈난 보통 사람이에요, 날 내버려둬요! 난 당신 같은 괴물이 아냐!〉

나는 무의식중에 말해 버렸고, 말을 마치자마자 덜컥 겁이 났다. 그가 초능력을 써서 내 영혼이든 심장이든 뭐든 빼앗아 버릴 거라는 생각이 들었다. 내가 두려움에 떨며 눈을 감자, 나를 붙잡고 있던 손에서 힘이 빠져나가는 것이 느껴졌다. 다시 눈을 뜨고 보니, 그가 슬픈 얼굴로 나를 내려다보고 있었다.

〈일단, 안전한 곳으로 피해야 해요.〉

맞는 말이었다. 그리고 나는 그 '괴물'과 함께 가야 한다는 사실을 인정할 수밖에 없었다.

〈좀 쉬어요. 밤새 뛰어다녀야 할 테니까.〉

그의 시선이 천장으로 향했다. 나는 그가 천장을 보고 있는 것이 아니라는 것을 깨달았다. 천장 너머에 있는 뭔가를 보고 있는 것이었다.

여기까지 생각하고는 드디어 나도 미쳤구나 하는 생각이 들었다.

〈비가 오겠군요.〉

나는 그가 너무도 담담하게 자신의 예지능력을 드러내는 것에 놀라고 말았다.

〈어떻게 알죠?〉

〈천둥소리★가 들려요.〉

괜히 물었다는 생각이 들었다.

그의 말대로 비가 내리기 시작했다. 그는 빗발이 거세질 거라고 말했고, 말씀대로 비는 폭포처럼 쏟아 붓기 시작했다. 반짝이는 작은 송곳들이 안개를 피우며 무수히 바닥에 꽂혔다.

우리는 밤새 빗발이 가늘어지기를 기다렸다. 그는 마을을 빠져나가기엔 좋은 날이라고 말했고 나 역시 동의할 수밖에 없었다. 달빛도 없는 이런 밤에 밖으로 나오는 사람은 없다. 학교에서도 그런 날에는 꼼짝 말고 집안에 있으라고 가르친다. 비는 몇 시간이 지나자 멈췄고(윤성은 창밖을 내다보지 않고도 그 사실을 알아내었다.), 우리는 조심스럽게 건물을 나섰다. 나는 옷을 찢어 신발을 만들었고, 윤성은 패치를 가방 안에 넣고 어깨에 멨다. 그는 가끔 가방 뚜껑을 열어 주었는데, 그때마다 패치가 얼굴을 내밀고 숨을 내쉬었다. 나는 그가 언니처럼 패치와 대화를 나누고 있다는 것을 알 수 있었다.

우리는 미로처럼 이어져 있는 어두운 골목을 걸어갔다. 가끔씩 윤성은 내 머리를 지그시 누르며 몸을 숨기라는 신호를 보냈고, 그 때마다 차가 우리 앞을 지나가거나, 순찰중인 야경꾼이 곤봉을 손에 두드

리면서 나타나곤 했다. 이젠 그가 갑자기 두 팔을 뻗치고 하늘로 날아
올라도 별로 놀라지 않을 것 같았다.

〈잡히면 어떻게 되죠?〉

나는 각오를 해 둘 요량으로 물었다.

〈보통은 정신병원으로 간다고 하더군요.〉

〈그런 뒤에는요?〉

〈청각이 모두 환상이고, 자신이 들을 수 없다는 확신을 갖도록 교
육시킨다더군요. ‘정상인’으로 돌아온 게 확실하면 풀려나기도 한다
고 들었어요. 보통 그 과정에서 다들 미치고 말죠.〉

〈나로서는 다행이군요. 난 정말로 들을 수 없으니까.〉

〈실험실로 간다는 소문도 있어요.〉

〈실험실로?〉

〈조금은 진보적인 기관에서 데려가는 거죠. 이를테면…… 청각이
있다고 생각하는 기관이죠.〉

〈실험실로 가면 어떻게 되죠?〉

〈별로 생각하고 싶지 않군요.〉

윤성은 쓸쓸하게 웃었다.

우리는 마을을 빠져나와 갈대숲으로 들어섰다. 짙은 어둠 때문에
방향을 알 수 없었지만, 윤성은 ‘강물소리’인지 뭔지가 나는 곳으로
나를 끌고 가고 있었다. 강가에서 동료들이 기다리고 있을 거라고 했
다. 이런 상황이 아니었으면 이런 날 가로등빛도 없는 이런 길을 걸을
생각은 꿈에도 하지 못했을 것이다.

한참 가던 윤성이 걸음을 멈췄다. 그는 잠시 허공을 응시했고, 내가 어리둥절해 하고 있는 사이에 그가 내 손을 단단히 잡았다. 그의 손가락이 속삭였다.

〈뛰어요.〉

미처 상황을 파악하기도 전에, 윤성은 달리기 시작했다. 순간 천지가 진동했다. 나는 황급히 뒤를 돌아보았고, 멀리서 쫓아오는 검은 양복을 입은 사내들을 보았다. 윤성은 돌아보지 말라는 듯이 나를 더 강하게 끌어당겼다. 지진이 난 것처럼 세상이 여러 번 더 흔들렸다. 새들이 숲에서 까맣게 날아올랐고, 나뭇가지들이 스산하게 움직였다. 윤성과 같은 초능력이 없다고 해도, 그들이 총을 쏘고 있다는 것을 알 수 있었다. 비현실감과 현실감이 동시에 엄습해 왔다. 그들은 정말로 날 죽이려 하고 있었다. 내가 문 너머★로 보았던 모든 환상이 현실이었다는 사실을 그 때서야 인식할 수 있었다.

불어난 강물이 게걸스럽게 땅을 삼키며 우리의 앞을 가로막았다. 윤성은 주위를 돌아보았고, 다리가 있는 곳으로 뛰었다. 우리는 반쯤 물에 잠긴 나무다리로 올라섰다.

출렁거리는 강물이 아가리를 벌리며 덮쳐 왔다. 내가 중심을 잡기 위해 난간 밧줄을 잡자, 윤성은 내 손을 잡아떼어 다른 쪽 밧줄을 붙잡게 했다. 그 바람에 나는 거의 강물 속으로 빠질 뻔했다. 무슨 짓을 하느냐고 따지고 싶었지만, 균형을 잡고 있어야 했기에 남는 손이 없었다.

그때 나는 윤성의 표정이 변하는 것을 보았다. 그는 발을 멈추고 뒤를 돌아보았다. 나도 같이 뒤를 돌아보았지만, 사내들이 뒤쫓아 오고 있을 뿐이었다. 나는 당황해서 윤성을 잡아끌었지만, 윤성은 무슨 생각을 하는지 움직이지 않았다. 쫓아오던 사람들은 우리가 포기했다고 생각했는지 걸음을 늦췄다. 윤성이 미적거렸기 때문에, 우리는 그들이 다리에 다 올라섰을 때에나 반대쪽에 내려설 수 있었다. 나는 이미 늦었다고 생각하고 포기하려고 했다…….

다리가 무너지는 것을 본 것은 그때였다.

그들은 몸이 반 이상 물에 빠졌을 때에야 사태를 알아차렸고, 놀라 밧줄과 다리를 붙잡았지만 다음 순간에는 이미 강물이 그들의 머리까지 삼켜 버리고 말았다. 몇몇은 기어올랐지만 공포 때문에 제대로 균형을 유지하지 못했다. 마지막 남은 사람이 입을 크게 벌린 채 물속으로 사라졌다. 나는 꼿꼿이 선 채로 그 모든 장면을 눈에 담고 말았다. 나는 기계처럼 끼긱거리며 윤성을 돌아보았다. 그의 얼굴은 조금 창백해져 있었지만, 동시에 침착하고 담담한 표정이 떠올라 있었다.

소름이 쫙 끼쳤다. 참을 수 없는 혐오감이 전신을 훑었다. 나는 있는 힘을 다해 그의 손을 뿌리치고 뒤로 물러났다.

〈왜 그래요?〉

그가 뻔뻔스럽게도 물었다. 나는 부들부들 떨며 말했다.

〈당신이 한 일이죠?〉

그는 잠시 말이 없다가 고개를 저었다.

〈그렇지 않아요.〉

〈거짓말, 알고 있었어요. 그렇죠? 다리가 무너질 줄 알고 있었어.〉

〈소리를 들었어요.〉

나는 한참동안 멍한 얼굴로 그를 쳐다보았다.

〈소리라고요, 아하, 소리라고요!〉

나는 한 발짝 물러났다. 그가 내게 다가왔고, 나는 다시 물러났다.

〈다리가 심하게 삐걱★거리고 있었어요. 아까 연주 씨가 난간을 잡았을 때 벌써 밧줄이 끊어지는 소리가 났어요. 나무가 반쯤 썩어 있었어요. 사람들이 많이 올라서면 무너질 것 같……〉

〈당신이 죽였어.〉

심장이 정신없이 뛰었다. 내 목 안에서 뜨거운 것이 끓어오르고 있었다.

〈내가 한 게 아녜요. 연주 씨. 난 그런 능력이 없어요.〉

〈당신이 죽였어!〉

형체가 없는 것이 내 목구멍을 강하게 치고 터져 나왔다. 그는 무엇에 얻어맞은 것 같은 얼굴을 했고, 동시에 표정이 파리하게 바뀌었다. 내 손이 말한 것보다 내 목에서 터져 나온 '무엇인가' 때문에 더 상처를 받은 것 같았다. 그는 귀에 손을 얹었다가 떼며 힘없이 말했다.

〈그 사람들이 죽는 것을 방관한 건 사실이에요. 하지만 어쩔 수가 없었어요.〉

우리는 계속 갈대밭을 걷고 있었다. 나는 말없이(그가 앞에서 걷고 있어서 말을 할 수도 없었지만) 그의 뒤를 따라가고 있었다. 머리까지 자란 갈대 잎이 연신 팔에 걸리고 쓸렸고, 반응할 기력도 없는 몸에 생채기를 내고 있었다. 무거워진 발이 몸에 눌릴 때마다 젤리처럼 찐득거렸다. 나는 왜 일이 이렇게 되어버렸는지 생각하기 위해 애썼지

만, 왜 이 길을 걷고 있는 것인지, 어디로 가고 있는 것인지 차츰 생각
해 낼 수가 없었다.

윤성이 앞을 걸어가면서 손을 들어 말했다.

〈조금만 더 가면 접선장소예요. 조금만 참아요.〉

나는 걸음을 멈췄다. 나는 한참동안 그 괴물을, 그 초능력자를, 그 살
인마를 부들부들 떨며 쳐다보았다. 그는 한참을 더 가다가, 뒤에 달린
눈으로 내가 멈춰 있다는 것을 깨닫고는 걸음을 멈추고 돌아보았다.

〈왜 그래요?〉

나는 뒷걸음질 쳤다.

〈집에 돌아가겠어요.〉

〈연주 씨.〉

〈난 당신과 같이 갈 수 없어요.〉

나는 뒤돌아서 달리기 시작했지만, 몇 걸음 못가 다시 잡히고 말았
다. 나는 몸부림쳤고, 그는 나를 붙잡아 자신을 보게 했다.

〈그 상황에서 내가 뭘 할 수 있었다고 생각해요?〉

윤성이 입을 움직였다. 그의 입에서 나오는 것이 다시 귀로 몰려 들
어오고 있었다. 뇌가 울려 왔다.

〈내가 당신 말대로 진짜 초능력자라면, 배짱 튀기면서, 적선이라도
베풀듯이 놈들을 구할 수도 있었겠지요! 하지만 내가 어떻게 했으면
좋았겠어요? 살고 싶으면 피하라고 경고라도 했어야 할까요? 내가 대
체 뭐라고 생각하는 거예요?〉

나는 이미 그의 말을 보고 있지 않았다. 그는 이를 악물고 그를 쏘
아보았다.

<또 뭘 할 수 있죠?>

윤성은 동작을 멈췄다.

<사람을 살리거나, 죽게 할 수도 있어요?>

그는 한참동안 나를 내려다보았다.

<이전에는 얼마나 죽였어요?>

윤성은 말없이 내 어깨에서 손을 떼고 몸을 일으켰다.

갑자기 그의 눈이 커졌다. 내가 무슨 일이 일어났는지 파악하기도 전에, 윤성이 나를 감싸 안고 뒹굴었다. 뭔가가 머릿속에서 폭발했다. 진동이 땅을 타고 퍼져 나갔다. 나는 한참동안 그의 몸 아래에 눌려 있었다. 무슨 일이냐고 묻고 싶었지만 움직일 수가 없었다. 나는 간신히 손을 빼어 말했다.

<그 사람들이죠? 어디 있어요?>

팔 위로 물이 떨어졌다. 나는 물을 닦으려고 몸을 움직였지만, 그가 내 몸을 꾹 눌렀다. 한참 뒤에야 그는 느릿느릿 내 등에 글씨를 썼다.

가까운 곳이에요. 한 명…… 움직이지 말…….

나는 한참 동안 꼼짝도 할 수 없었고, 그도 움직이지 않았다. 뭔가 상황을 알려주었으면 좋으련만, 윤성은 무엇에 집중하고 있는지 아무 말도 하지 않았다.

<아직 있어요?>

그는 여전히 말이 없었다.

<이봐요, 대답 좀…….>

그가 뭔가 말을 하려다가 손가락을 멈췄다. 아니, 멈췄다기보다는 손가락이 내 어깨에서 미끄러져 내린 것 같았다. 나는 계속 팔 위로

떨어지는 물을 닦아내려고 손을 빼내었다. 무심코 손바닥을 내려다본 나는, 손이 피로 물들어 있는 것을 보고 깜짝 놀라 손을 문질러 닦았다. 상처가 없었다. 내 피가 아니었다. 나는 돌아누웠다.

그는 나를 내려다보는 자세로 엎드린 채 간신히 고통을 참고 있었다. 그의 팔과 옆구리는 찢겨나가 있었고, 내 얼굴 위로 피가 빗방울처럼 떨어져 내리고 있었다.

〈왜…… 어째서…… 피하지 못했어요?〉

그는 웃고 말았고, 뭐라고 말하려다가 그만두었다.

〈도망칠 수 있죠, 그렇죠? 여기서, 사라져 버릴 수 있죠?〉

그는 미소를 지으며 피 묻은 손가락을 느릿느릿 움직였다.

〈잘됐군요. 드디어……〉

그는 반쯤 원망하는 눈으로 나를 보면서 말했다.

〈내가 초능력자가 아니라는 걸…… 밝힐 수 있게 되었으니…….〉

나는 손가락을 멈췄다. 차가운 바람이 풀숲을 휘젓고 지나갔다.

윤성은 풀숲 저쪽을, 칠흑 같은 어둠의 장막이 드리워져 있는 저쪽을 보고 있었다. 몇 초가 지났는지, 아니면 몇 분이 지났는지, 아니면 몇 시간이 지났는지도 알 수 없었다. 그는 내게서 몸을 떼고 바닥에 앉았다. 피투성이가 된 팔을 움직이더니, 천천히 손가락을 움직였다.

〈……가요.〉

〈네?〉

나는 이해하지 못하고 되물었다.

〈어서 가요. 이쪽으로 오고 있어요……. 난 움직일 수 없……〉

다시 한 번 무엇인가 때문에 머릿속이 정신이 나갈 정도로 흔들렸다. 풀숲이 소스라치게 놀라며 몸을 떨었다.

나는 멍하니 윤성을 쳐다보았다. 그는 난처한 얼굴을 했다. 팔을 다쳤기 때문에 충분히 설명할 수가 없었다. 나는 그에게 매달렸다.

〈괜찮은 거죠? 뭐든 할 수 있잖아요? 저 사람을 쫓아낼 수 있죠, 그렇죠?〉

그는 잠시 생각하더니, 손가락을 움직였다.

〈……그래요.〉

그가 말했다.

〈……난 안전해요……. 그러니까 가요.〉

나는 그때, 그가 처음으로 거짓말을 했다는 것을 알았다.

우리 옆으로 강이 흘러가고 있었다. 어째서 이럴 때에 강 따위를 떠올렸는지 모를 일이었다. 물살이 잦아들어 있었다. 왜 또 그런 생각이 들었는지 알 수가 없었다. 그는 바닥에 누워 발버둥치고 있는 가방을 내 어깨에 걸쳤다. 패치는 계속 무엇엔가 놀라 펄쩍펄쩍 뛰고 있었다. 패치는 누군가가 우리를 향해 접근하고 있다는 사실을 알고 있었다. 가방 안에 들어가 있어서 보이지도 않는데 또 왜 그런 생각이 들었는지 알 수가 없었다.

〈해 봐요, 뭐든 해요! 날아 보라고요, 여기서 사라져 버려요! 왜 가만히 있는 거예요!〉

그는 내 어깨를 붙잡았다. 그는 웃었고 다시 얼굴을 찡그렸다. 그는 몇 마디 단어로 수천 개의 문장을 전하려고 온 힘을 다하고 있었다.

〈가요……. 죽지 말아요.〉

〈세연 씨처럼.〉

내 눈이 크게 떠졌다.

'세연 씨처럼.'

머릿속이 하얗게 되었다. 나는 반쯤 무의식중에 몸을 일으켰다.

그는 체념한 얼굴로 어둠 속을 보고 있었다. 나는 가방을 옆구리에 끼고 기어가기 시작했다. 주위를 돌아보았다. 별빛도 없는 검은 하늘이 강가에 내려앉아 있었다. 바람에 갈대 잎이 강물처럼 쏠렸다가 일어났다. 보이지 않는데도 윤성이 어디에 있는지 느낄 수가 있었다. 그의 숨이 거칠어진 것을 알 수 있었다. 갈대 잎을 헤치며 누군가가 이쪽으로 걸어오고 있었다. 그 환상이 어찌나 생생했는지, 그의 발걸음을 하나하나 셀 수 있을 정도였다.

나는 몇 걸음 가지 못하고 멈추고 말았다. 다리에서 힘이 풀려 나갔다.

'언니는 왜 입을 오물거리는 거지?'

내가 언니가 해 준 밥을 먹고 있노라면, 언니는 젓가락을 톡톡 두드리며 눈을 지그시 감은 채 입을 움직였다. 사람들이 볼을 긁거나 코를 만지거나, 발가락을 만지작거리듯이, 언니는 버릇처럼 입을 움직였다. 이상한 일이었지만, 나는 언니가 입을 움직이는 것을 좋아했다. 심장이 들뜨고, 머릿속이 멍해지면서, 가끔 나도 모르게 슬프거나 기쁜 감정 때문에 눈물이 날 것 같은…….

나는 고개를 들었다. 한치 앞도 보이지 않는 깊은 어둠이 장막처럼 내 앞을 가로막고 있었다. 한 걸음만 걸어도 벽에 부딪칠 것 같은 어둠이 눈앞에 깔려 있었다.

　그런데도 윤성이 어디에 앉아 있는지, 우리를 쫓아온 남자가 어디에 서 있는지 알 수 있었다. 갈대 잎이 그가 움직일 때마다 한쪽으로 기울어졌다가 다시 일어났다. 그는 신중히 주위를 살피며 접근했다. 그 역시 우리와 마찬가지로 겁에 질려 있었다. 패치가 무엇에 얻어맞은 것처럼 다시 펄쩍 뛰었다. 무엇인가가 다시 갈대숲 사이로 폭풍처럼 휩쓸고 지나갔다. 나는 귀를 막고 입을 벌렸다.

　그때, 언니는 마지막 힘을 다해서 입을 움직이고 있었다.

　나는 그때 힘없이 주저앉아, 언니의 입에서 흘러나오는 소리를 듣★고 있었다. 언니가 밥을 먹을 때, 길을 걸을 때, 바느질할 때, TV를 볼 때 늘 부르던 그 소리★였다. 나는 그것이 무엇인지 알고 있었다. 나는 귀를 막았다. 소리가 귀로 흘러들어오지 못하도록 귀를 막고 비명을 질렀다…….

　나는 입을 움직이기 시작했다. 무엇인가를 말해야만 했다. 그만두라고 말해야 했다. 손이 아니라, 입으로. 손이 아니라, 입으로.

　나는 울기 시작했다. 평상시와는 다른 방법으로, 내가 한 번도 해보지 못했던 방법으로.

　얼마나 시간이 지났는지 알 수 없었다.

　격해진 감정이 진정되자, 주위에서 일어나는 일들이 내 머릿속으로 여과 없이 들어왔다. 공기가 멈춰 있었다. 그 사내가 사라졌다는 것을 알 수 있었다. 강물이 속삭이며 내 옆을 흘러갔다. 바람이 갈대숲을 쓸고 지나갔다. 새 한 마리가 날아올랐고 멀리 있는 도로에서 차가 한 대 빠른 속도로 지나갔다. 눈을 감고 있는데도 이 모든 것을 느낄 수가 있었다. 감각이 땅바닥을 타고 밖으로 확장되고 있었다. 나는 너무 무서워서 어깨를 감싸 안았다.

누군가가 내 앞으로 걸어오고 있었다. 고개를 들지 않아도, 그가 어디에서 걸어오는지, 어느 지점에서 발을 멈추는지 알 수 있었다. 그가 가만히 서 있자, 나는 눈물범벅이 된 얼굴로 고개를 들었다. 윤성이 멍한 얼굴로 나를 내려다보고 있었다. 주위에는 아무도 없었다. 윤성과 나뿐이었다.

〈그 사람…… 갔군요.〉

그가 고개를 끄덕였다.

〈내가 무슨 짓을 한 거죠?〉

그가 멍하니 나를 내려다보다가, 파리해진 입가에 미소를 띠었다.

〈사람을 해쳤어요. 그렇죠……?〉

나는 부들부들 떨며 말했다.

〈사람을 해치고 말았어.〉

윤성은 계속 고개만 젓고 있었다.

9

나와 윤성은 그날 밤, 강을 따라 마을을 떠났다. 강에서 우리를 기다리고 있던 사람들은, 나를 보더니 언니의 이름을 말했다. 그 후에도 몇 사람을 만났는데, 모두 나를 잘 안다는 느낌을 받았다.

일주일쯤 지나 나는 다시 윤성과 재회할 수 있었다. 윤성은 팔과 허리에 붕대를 하고 있었지만 건강해 보였다. 한 손을 쓸 수 없었기 때문에, 그는 흑판에 적어서 그때의 이야기를 해 주었다.

소리를 내었어요.

윤성은 간단하게 설명했다. 나는 침을 꿀꺽 삼키고 물었다.

〈무서웠나요?〉

예?

〈얼마나 무서웠죠?〉

나는 각오를 단단히 하고 물었다. 윤성은 잠시 나를 쳐다보다가 써 내려갔다.

무섭지 않았어요.

〈거짓말하지 말아요. 그럼 그 사람은 왜 도망갔죠?〉

무슨 일이 일어나는지 알 수 없었던 거예요. 머릿속이 진동하는 것을 느꼈고, 감정이 움직이는 것을 느꼈지만 그게 뭔지는 이해하지 못했죠. 그는 연주 씨가 초능력을 쓰고 있다고 생각하고 겁을 먹었어요. 우리가 초능력자라고 믿고 있으니까요.〉

〈하지만 난 초능력자예요.〉

그는 내 절망적인 얼굴표정을 보더니 뭐가 우스운지 한참을 웃었다.

그들이 생각하는 의미로는 아니지요.

〈내가 대체 무슨 짓을 한 거죠?〉

나는 반쯤 겁에 질린 얼굴로 물었다. 그는 잠시 내 얼굴을 들여다보더니 이상한 단어를 썼다.

★★를 불렀어요.

나는 언젠가 본 적이 있는 그 단어를 가만히 읽어보았다. '언니는 여기서 뭘 했지요?' ★★를 불렀어요.

　　노래.

나는 그 단어를 손가락으로 음미했다. 그는 고개를 끄덕였다.

〈그게 뭐죠? 그것도 음악★인가요?〉

그는 다시 고개를 끄덕였다.

우리가 입을 움직이는 건 노래를 부르기 때문이죠. 사람의 혀와, 입술과, 목과, 폐가 만들어내는 음악을 말해요. 악기도 도구도 필요 없는 음악이죠.

〈에……〉

나는 억지로 이해하며 건성으로 대답했다.

연주 씨는 뭔가를 말하고 싶었을 거고, 입으로 말이죠. 아마 그게 가장 처음 떠오른 말이었을 거예요.

〈어떻게 내가 노래(인지 뭔지)를 할 수 있었죠? 난 노래를 부를 줄 몰라요.〉

세연 씨는 늘 노래하고 있었고, 연주 씨는 듣고 있었을 테니까요. 무의식중에 알게 되었을 거예요. 그 지하실에서도, 기억나지 않아요? 연주 씨는 분명히 우리의 언어로 말했어요.

나는 소스라치게 놀랐다.

〈내가요? 언제요?〉

분명히 말했어요. '싫어!'라고요.

〈'싫어?'〉

내가 가지 말라고 앞을 막아섰을 때 그렇게 말했어요. 상황에 딱히 맞는 단어는 아니었지만, 틀림없이 우리의 언어였어요.

도저히 믿을 수가 없는 이야기였지만, 따지고 싶은 기분도 아니었다.

〈하지만, 그 사람은 어떻게 내 노래를 들을 수 있었던 거죠? 사람들은 들을 수 없잖아요.〉

들을 수 있는 사람은 많아요. 잘 들을 수 있는 사람에서부터 희미하게 들을 수 있는 사람까지. 하지만, 그것이 소리라는 것을 인식하지 못하고 사는 거죠. 연주 씨처럼요. 아마, 그는 어느 정도 들을 수 있는 사람이었을 거예요. 그러니까 우리를 찾아낼 수 있었던 거고요.

나는 점점 더 겁에 질렸다.

그 사람은 나중에 자기 나름대로 이유를 붙여 생각할 거예요. 귀신이라도 보았다든가. 우리가 자신의 정신을 조종했다든가. 그는 슬픈 느낌에 사로잡혔지만 그 이유를 알 수 없었어요. 그래서 도망쳐버린 거예요.

〈그렇게까지 끔찍한 소리였나요?〉

내 말을 보더니 윤성은 고개를 젖히고 웃었다. 그는 종이에 빠른 속도로 써내려갔다.

제발 그렇게 겁먹은 얼굴로 쳐다보지 말아요. 웃겨서 죽을 것 같으니까.

글자가 계속 이어졌다.

들을 수 없는 사람도, 때로는 소리를 느낄 수 있어요. 공기의 진동을 느끼는 거죠. 뭔가 일어나고 있다는 것을 알 수 있어요. 연주 씨는 잠자고 있던 그 사람의 귀를 두들겨 깨웠어요. 그렇게 크고 멋지고, 아름다운 목소리였던 거예요. 자신감을 가져도 돼요. 세연 씨만큼이나 멋진 목소리였어요.

언니의 이름이 나오자, 얼굴이 붉게 달아올랐다.

〈언니에 대해 말해 주겠어요?〉

세연 씨 말인가요?

〈어떤 사람이었죠? 언니는?〉

우스운 질문이라고 생각하며 나는 물었다. 일생을 같이 살아온 사람에 대해 다른 사람에게 묻다니. 윤성은 한동안 말이 없었다.

세연 씨는……

글자가 천천히 찍혔다.

우리 모두의 연인이었어요.

순간, 나는 내가 뭔가 잘못 읽었나 싶었다.

〈네?〉

세연 씨를 사랑하지 않는 사람은 없었어요. 그리고 우리들 중에 세연 씨를 모르는 사람도 없어요. 세연 씨가 죽었을 때, 우리는 추모 콘서트★를 열었어요. 정말 많은 사람들이 모여들었죠. 연주 씨도 보았다면 좋았을 거예요.

이 사람이 나를 놀리고 있던가, 생각나는 대로 쓰고 있거나, 아니면 우린 뭔가 다른 사람의 이야기를 하고 있는 것일 터였다. 나는 어이없는 웃음을 지으며 고개를 저었다.

〈이해가 안 가요. 우리 언니지만, 언니는……〉

내성적이고 말도 잘 못했죠. 덜렁이에다가, 건망증도 심했어요.

윤성은 입 끝을 올리며 웃었다.

하지만, 세연 씨는 누구도 알지 못하는 재능을 갖고 있었어요.

윤성은 다시 손을 내려다보다가 글을 이었다.

누구든 사랑하지 않을 수가 없었을 거예요. 그 노래★를 들으면.

노래.

그는 눈을 감았다.

아직도 귀에 생생하게 들리는 것 같아요. 세연 씨가 무대에 서면 가장 뒤에 있는 사람에게까지 쩌렁쩌렁하도록 울리죠. 심장이 두근거리고, 정신을 차릴 수가 없게 돼요. 눈물이 앞을 가리고, 머리가 멍해지죠. 노래가 끝난 뒤에도 자리를 떠날 수가 없어요.

아직도 귀에 생생하게 들린다. 내가 그 기분이 어떤 것인지 상상해 보려 애쓰는 동안, 윤성이 눈을 뜨고 나를 쳐다보았다.

연주 씨도 마찬가지예요.

〈예?〉

그때, 세연 씨가 다시 돌아온 줄 알고 깜짝 놀랐어요. 정말 똑같았어요.

〈똑같았다고요? 뭐가요?〉

연주 씨의 목소리는 세연 씨와 같았어요. 정말로 아름다웠어요. 내 귀를 믿을 수가 없었죠. 그리고 생각했어요. 연주 씨를 구해서 정말 다행이라고.

그는 환하게 웃었다.

아주 먼 옛날에는 모든 사람들이 청각을 갖고 있었다고 해요.

〈200살까지 살았고, 하늘도 날아다니고, 마법도 썼지요.〉

나는 조금 빈정거리며 대꾸했다.

그래요, 그건 신화죠. 오랜 옛날에는, 모든 사람이 들을 수 있었다는 신화. 아마, 물의 수위가 높아져 해안 도시가 대부분 물에 잠겨 버린 그 전쟁 때, 인간의 유전자에 어떤 변형이 와서, 청각을 잃어버리게 되었다고 하죠. 그리고 사람들은 청각에 대한 역사를 지워 나갔죠. 다른 역사와 기록은 복구했지만, 청각에 관한 것은 계속 어둠 속에 묻어 두었어요.

하지만 들을 수 있는 사람은 살아남았지요. 청각을 회복한 사람들도 생겨났어요. 하지만 교육과 사회적인 압력 때문에, 또 다른 감각을 깨닫지 못하고 살고 있어요. 사람들은 누구나 '들을 수 있어요.' 당신이나 나처럼.

나는 피식 웃었다.

〈정말로 사이비 종교 같은 이야기군요.〉

나는 그런 꿈을 꾸어요.

그는 계속 써 내려 갔다.

모든 사람들이 일상처럼 노래를 부르고, 춤을 추고, 어디에서나 자신이 원하는 음악을 들을 수 있는 세상. 모여 앉기만 하면 노래를 부르며 즐길 수 있는 세상. 숨어서 노래를 부르지 않아도 되고, 경찰에 쫓기거나 잡혀가는 일도 없는, '소리'가 온 세상에 가득하게 되는 세상을요.

나는 잠깐 그 만화 같은 상상을 해 보다가 조심스레 물었다.

〈그렇게 되면 어떻게 될까요?〉

글쎄요…….

윤성은 턱을 괴고 잠시 고민했다.

노래를 할 때 집 앞을 지키고 앉아 있지 않아도 되겠지요.

나는 웃고 말았다.

운전을 하면서도 대화를 할 수 있겠지요. 그림을 그리거나, 담배를 피면서도, 청소를 하면서도, 양 손에 물건을 들고도, 노를 저으면서도, 밭을 갈면서도, 일을 하면서도…….

〈양 손에 물건을 들고 대화를 한다고요?〉

나는 그 우스꽝스러운 모습을 상상하며 배를 잡고 웃었다.

눈을 감고도 이야기할 수 있어요. 장님이나 팔이 없는 사람도 서로 대화할 수 있겠지요. 음악방송이 생길지도 모르고, 음…….

그의 말이 모두 너무나 우스꽝스러웠기 때문에, 계속 웃지 않을 수 없었다.

〈밥을 먹을 때에는 그래도 못하겠지요? 입과 손을 모두 쓰니까?〉

그건 생각 못해 봤는데요.

그는 웃었다.

나는……

그는 진지하게 써 나갔다.

사람들이 좀 더 행복해질 거라고 생각해요.

〈난 내가 불행하다고 생각해 본 적은 없어요.〉

그럼 앞으로는 더 행복해지겠지요.

〈모든 사람이 청각을 갖게 된다…….〉

나는 종이를 내려다보며 생각에 잠겼다. 그는 이상향의 꿈을 꾸고 있다. 모든 사람들이 평범하지 않은 세계.

〈하지만〉

문득 어떤 생각이 떠올랐기에, 묻지 않을 수 없었다.

〈만약 모든 사람이 청각을 갖게 된다면, 누구나, 보지 않고도 서로

가 말하는 것을 알 수 있겠지요?〉

그래요.

〈길을 가면서도 자신과 전혀 관계없는 사람들이 이야기하는 것을 들을 수 있겠지요. 자고 있는 동안에도, 집 안에 앉아 있을 때도, 밖에서 일어나는 소리가 끊임없이 우리의 사생활로 침범할 거예요. 사람들이 많이 모여 있는 곳에서는, 시끄러워서 정신을 차릴 수 없을 지경이 될 거예요. 이 모든 것이 아무것도 변화시키지 않을까요? 프라이버시는 어떻게 되죠? 원하지 않는 사람이 내 이야기를 듣게 되면 어떻게 하죠? 만약에……〉

나는 조금 불안함을 느끼며 그를 쳐다보았다.

〈당신 말대로, 우리가 소리를 통해 대화할 수 있게 되고, 모든 사람들이 귀로 들을 수 있게 되었을 때, 끝까지 청각을 회복하지 못한 사람들은 어떻게 하지요? 그 사람들은 다른 사람과 의사소통을 할 수 없게 될 거예요. 지금까지 정상인이었던 사람들이 장애인이 되어 버리는 거예요. 그 사람들은 어떻게 되는 거죠? 당신들이 그 사람들을 차별하지 않을까요?〉

그건 너무나 앞선 걱정이군요.

윤성은 한참동안 말이 없다가 대답했다.

나는 옛날 사람들이 불행했다고 생각하지 않아요. 옛날 사람들은, 청각이 가져오는 문제를 해결하는 방법을 알고 있었을 거예요. 아마, 우리도 알아낼 수 있으리라고 생각해요.

〈그럴까요?〉

사실, 나는 집마다 방음장치가 있었으면 하고 바랄 때가 많아요. 가끔은 너무 시끄럽거든요.

〈방음장치라고요?〉

나는 다시 배를 잡고 웃었고, 윤성도 웃고 말았다.

연주 씨는 이제 뭘 할 거죠?

〈우선, 청소원을 구하는 곳이 있나 알아봐야죠.〉

그러고는요?

〈당신 밴드에 들어갈까 해요.〉

그가 조금 놀란 눈으로 내 손에서 내 얼굴로 시선을 옮겼다. 나는 얼굴을 붉히며 다시 물었다.

〈나도 그…… '노래'를 배울 수 있을까요?〉

물론이죠.

그가 기쁜 얼굴로 웃었다.

〈난 못해요〉

나는 어깨에 힘을 잔뜩 쥐고 고개를 설레설레 저었다.

〈할 수 있어요.〉

윤성이 땀을 뻘뻘 흘리며 말했다.

〈난 못해요.〉

나는 열심히 저항하고 있었고, 윤성은 열심히 애원하고 있었다.

방 안에는 사람들이 가득 앉아 있었다. 우리는 새 도시에서, 새 아지트를 만들고 화요일마다 모임을 열었다. 처음에는 세 명이었는데, 사람들이 계속 부추기는 바람에 몇 번 입을 움직였었다. 그런데 갑자기 오늘 삼십 명으로 불어나 버린 것이다. 거실은 사람들로 발 디딜 틈 없이 가득 차 있었다. 모두가 선생님을 쳐다보는 학생들처럼 기대에 가득 찬 눈을 빛내며 앉아 나를 바라보고 있었다.

〈난 노래를 못해요. 그게 뭔지도 모른다고요.〉

〈하지만, 저번에는 했잖아요.〉

〈기억나지 않아요. 어떻게 했는지도 모르겠다고요!〉

〈모두 연주 씨의 목소리를 듣고 싶어서 온 거예요.〉

〈난 내 목소리가 어떤지도 몰라요.〉

나는 있는 힘을 다해 고개를 저었다. 윤성은 난감해하기 시작했다.

사람들은 눈짓하며 서로를 돌아보았다. 몇 명은 입을 움직였고, 몇 명은 손가락으로 속삭였다. 그때 한 여자가 손짓으로 윤성을 부르더니, 일어서서 제안을 했다.

〈모두 같이 불러요. 그러면 되겠죠? 그럼, 우리 아가씨가 좀 편하게 부를 수 있잖겠어요.〉

사람들은 모두 좋아하며 동의했다. 뒤에 있어서 여자의 말을 보지 못한 사람들은 '뭐?' '뭐?' 하며 옆 사람에게 묻다가, 좋아라고 손을 부딪쳤다. 나는 사람들이 왜 좋아하는지도 알 수 없었지만, 이 많은 사람들 앞에서는 절대 입을 열지 않을 거라고 몇 번이고 다짐했다.

누군가가 먼저 입을 움직였고, 사람들이 따라 입을 움직이기 시작했다. 한참 동안 눈을 감고 있던 나는, 놀라 고개를 들었다. 믿을 수가 없었다. 사람들의 감정이 손에 잡힐 듯이 전해져왔다. 한 번도 본 적이 없는 사람들인데도, 나는 그들과 공명하고 있었다. 내 심장이 그들의 심장 박동과 함께 흥분하고 있었다.

갑자기 생각이 났다. 나는 그 가락을 알고 있었다. 언니가 언제, 어느 때에 그 가락을 불렀는지 알고 있었다. 높고, 낮게, 부드럽게, 강하게, 오르내리며, 내 목 안에서, 내 뱃속에서, 내 폐 속에서, 살아있는 무엇인가가 입을 통해 흘러나오기 시작했다.

노래를 마쳤을 때, 나는 태어나 처음으로,

'정적을'

느꼈다. 소리가 정지한 것을 느낄 수 있었다. 아무도 움직이지 않고 있었다. 나는 천천히 눈을 떴다. 꼼짝도 않고 멈춰 앉아 있던 사람들이 하나 둘 움직이기 시작했다. 그들의 움직임을 따라 귀가 천천히 열리기 시작했다.

나는 주위에 가득 차 있는 모든 소리를 구별할 수 있었다. 사람들의 웃음소리와, 손뼉을 치는 소리, 환호성 소리, 그들이 일어날 때 옷깃이 부스럭거리는 소리, 발이 바닥에 닿는 소리. 사람들의 각기 다른 목소리. 윤성이 기쁜 얼굴로 나를 껴안을 때 그의 목에서 들리는 소리, 그의 옷에 달린 단추가 짤랑거리는 소리를 들을 수 있었다. 내 발 아래 앉아 있던 패치가 고개를 들며 입을 열었을 때, 나는 그의 작고 귀여운 울음소리를 들을 수 있었다. 나는 그제야 알 수 있었다. 세상은 음악으로 가득 차 있고, 소리로 가득 차 있다는 사실을.

매뉴얼

/ 배명훈

2004년에 대학문학상에 국제 테러리스트로 블랙리스트에 올라 있는 첫사랑 여인과의 추억과 미스터리를 쓴 「테러리스트」로 단편 부문 우수상을, 제2회 과학기술 창작문예에서 고도로 발달한 저작권이 어떻게 세계를 장악하는지를 SF다운 상상력으로 풀어낸 「Smart D」로 단편 부문을 수상했다. 과학소설 전문무크 〈Happy SF〉 제2호에 「스윙 바이」를, 『2006 과학소설 창작문예 수상작품집』에 「모」를, 월간 〈판타스틱〉 제3호에 「우주로 날아간 마도로스」를, 12월호에 「인섹트 플라이트」를, 4월호에 「인섹트 플라이트」를 수록했다. 공동단편집 『한국 환상 문학 단편선』, 『누군가를 만났어』, 『앱솔루트 바디』, 『잃어버린 개념을 찾아서』 등이 있다.

1

　미성이의 육아방법에 관한 한 나는 언니의 생각에 반대였다. 가끔씩 놀러 갈 때마다 집안에서 장난감을 가지고 놀고 있는 미성이를 보면 나는 이 아이가 이 시간에 이렇게 집구석에서 노닥거리고 있어도 되는 건가 하는 생각이 들곤 했다. 그것은 그냥 단순한 생각에서 그치는 것이 아니라 곧 걱정으로 이어졌다.

"언니, 얘는 누구랑 놀아? 동네에 친구들 많아?"

"혼자 그러고 놀아. 토요일이나 일요일에는 애 아빠가 놀아주고."

"애들은 애들끼리 놀아야 되는데."

"아파트 사는 게 다 그래. 애들이라고 별 수 있겠니. 어느 집에 누가 사는지 서로 잘 몰라."

"유치원에 보내. 요즘은 미성이 나이 되면 다 다니잖아."

"맞벌이 부부들이나 그렇지. 애들 맡겨 놓고 돈 벌려고. 나는 집에 있으니까 괜찮아. 애도 그런 거 싫어하고."

"그렇다고 언니가 집에서 애하고 잘 놀아주기나 하냐. 애가 오죽했으면 내가 집에 놀러오면 이렇게 좋아할까. 애도 사람이 그리운 거야. 어디 미술학원이라도 보내. 그래야 친구도 생기고 그러지. 요즘은 콩알만 한 것들도 다 스케줄이 복잡해서 놀이터 같은 데 잘 나오지도 않는다던데. 애 백수야. 애 백수. 집에서 뒹굴거리고 동네 어슬렁거리는 거."

"너 모르는구나. 내가 얼마나 자상한 엄마인지. 네가 뭐 알겠냐. 아직도 애면서. 나중에 결혼해서 애 낳아 봐."

"그래도 남들 하는 건 대충 흉내나 좀 내라. 안 불안하냐? 남들은 애들 조기 교육 시킨다고 동화책도 세트로 샀다가 가정불화 생기고 그러더만. 내가 영어 그림책 같은 거 사다 줄까?"

"아서라. 그게 얼마나 비싼데. 너 그거 사 주고 몇 주 굶을 일 있니? 그리고 미성이 동화책 읽지도 못해."

그런 소리를 태연하게 해 대는 언니를 보면 내가 극성인 건가, 하고 의아해질 지경이다. 그러나 아무리 생각해도 내 문제는 아니었다. 요즘 세상에 어떤 엄마가 저렇게 태연하게 남의 자식 이야기하듯 한단 말인가. 나는 갑자기 화가 치밀어 오르는 것을 느꼈다. 6살이나 된 애가 아직도 한글도 못 깨치고 있다니. 부모 없는 자식도 아니고, 친척이 없는 것도 아닌데. 나는 버럭 소리를 질렀다.

"그럼 읽어주기라도 해! 그림책이라도 갖다 놓고 보든 안 보든 갖고 놀게 하던가!"

그 소리에 언니뿐만 아니라 미성이도 하던 것을 멈추고 내 쪽으로 고개를 돌렸다. 그러나 이내 두 사람 다 원래 하던 일로 돌아가고, 내 말은 기억 저편으로 사라져버렸다. 저래서 모녀간인가 싶었다. 그 무안함을 느꼈는지 언니가 대꾸해 주었다.

"쟤는 어떻게 된 애가 내 배 아파 낳은 애가 닮기는 널 닮았는지, 책만 펴 놓으면 온몸을 비비 꼬면서 하품하고 졸고 난리도 아니야. 역시 애들은 놀아야 돼. 저렇게 놀면서 배우는 거야."

언니는 그렇게 말하면서 마우스를 까딱까딱했다. 또 무슨 온라인 게임 같은 데 열중하고 있는 게 분명했다.

미성이는 종이컵을 가지고 놀고 있었다. 다행히 이 아이는 부모의 무관심한 교육열에도 불구하고 지능이 떨어지는 흔적은 보이지 않았다. 그런 걸 가지고 뭘 하고 놀 수 있는 건지 모르겠지만 저 또래의 아이들은 그런 사소한 것에도 놀라운 집중력을 보이면서 놀곤 한다. 그리고 어찌나 말을 잘 하는지. 계속해서 뭐라고 뭐라고 중얼거리며 노는 모습을 보고 있노라면 시간 가는 줄을 모를 지경이었다. 언니는 미성이 노는 것을 뚫어져라 바라보며 흐뭇해하는 나를 보고는,

"그렇게 좋아?"

하고 묻곤 한다. 좋다. 정말 좋다. 나는 이 아이가 정말 좋아서, 애가 나 닮아서 공부하기를 싫어한다는 언니의 험담을 들을 때도 기분이 좋다. 형부는, 그 사람은, 내가 먼저 발견했는데 결국에는 언니와 결혼해 버린 그 사람은, 내 속내 같은 것은 생각도 안 해 보고 그런 소리를 한다.

"우리 미성이는 이모 딸이지?"

정말로 생각 없는 사람이다. 그런 생각 없는 양친을 두고도 미성이
는 잘 자란다. 그 생각 없는 가족을 남겨두고 언니 집을 나설 때쯤, 나
의 생각 없는 언니가 게임에 열중해 있는 그 컴퓨터 옆에 서서 모니
터를 뚫어져라 쳐다보고 있다가, 제 엄마가 내지르는 안타까운 탄식
을 듣고는 고 이쁜 것이 이렇게 묻는다.

"엄마, 또 쌌어?"

나는 알 수 없는 외로움이 가슴 한편에 자리 잡는 것을 느끼면서 집
을 나섰다. 내가 뭐가 답답해서 그 한심한 광경이 부러웠는지 모르겠
다. 잘 나가는 스물일곱에, 직장도 있고 미래도 밝다. 남보다 많이 가
지지는 않았어도 남이 가진 것을 부러워할 정도는 아니었다. 일찍 결
혼해서 애 낳고 자기일은 일단 언제까지나 접어 두고 있는 언니의 소
소한 행복이 부러웠던 게 아닐까? 아니다. 그건 아니다. 전혀 그렇지
가 않다. 나를 혼란스럽게 하는 것은 내 조카다. 그런 면에서 보면 역
시 언니가 현명한 것인지도 모른다. 아이를 대하는 그 무던함. 나라면
미성이에게 벌써 한글뿐만이 아니라 영어까지 가르치고, 어쩌면 구구
단까지 외우게 해 놓고는 이 아이야말로 천재가 아닐까 하고 조급해
하고 있었을 것이니까. 언니는 그러지 않았다. 그렇다고 해서 언니가
특별히 사려 깊은 여성이었다고 말하고 싶은 것은 아니다. 그랬을 리
가 없다. 하다 보니 어쩌다 그렇게 된 거면 또 몰라도.

다음번에 내가 언니네를 찾은 것은 한 달쯤 지난 뒤의 어느 주말이
었다. 그리고 그 일이 시작된 것도 바로 그 무렵이었다. 저녁을 먹은
후에 먹은 것을 치우고 나서 언니가 과일을 깎는 동안에 나는 미성이

가 뭘 하고 놀고 있는지가 궁금해졌다. 아이는 자기 방구석에 엎드려 앉아서 무언가를 소리 내어 읽고 있는 모양이었다.

"미성아. 뭐하니? 언니! 얘 책 보는 거야?"

미성이는 무언가를 열심히 읽고 있었다. 드디어 이 아이의 숨겨진 천재성이 언니의 특이한 양육 방법을 맞아 꽃을 피우는 것인가 하고 성질 급하게 넘겨짚으려는 순간, 언니가 무덤덤한 목소리로 말했다.

"걔 책 읽는 흉내 내는 거야. 아무 말이나 막 지어서 하는 거야."

언니가 말한 그대로였다. 아이가 하는 말은 알아들을 수 있는 부분도 있고 그렇지 않는 부분도 있었다. 그렇건 말건, 그 아이의 책 읽는 소리가 어찌나 또박또박 똑똑하게 들렸던지 나도 모르게 미소를 지었다.

"재미있는 책 읽고 있니? 이모한테도 읽어 줘야지."

"그래. 이모, 여기 옆에 앉아. 미성이가 책 읽어 줄게."

미성이는 나를 옆에다 앉혀 놓고는 다시 책 읽기에 열중했다.

"하쇼탉다 스죠홈난."

어느 나라 말인지 알아들을 수 없는 말도 있고, 우리말인 듯한 말도 섞여 있었지만 아무튼 말은 안 되는 소리였다. 나는 아이의 얼굴을 가만히 들여다보다가 아이의 손에 있는 것에 눈이 갔다. 그러고는 언니에게 잔소리를 해 댔다.

"언니. 나는 또 애 그림책이라도 사준 줄 알았네. 이게 뭐냐? 애 책 사줄 여유가 없어서 콩만 한 애한테 핸드폰 매뉴얼 던져주는 엄마는 살다 살다 처음 봤다. 우리 엄마보다 더 해. 형부! 어떻게 좀 해 봐요. 이게 제대로 된 집안인지."

"애가 좋아해. 그림도 많고, 책도 쪼끄맣고 해서."

형부가 어딘가에서 그렇게 대꾸했다. 아무려면 어떨까. 책을 읽는 흉내를 내기 시작했다는 게 중요하지. 저러고 있다가 보면 그 안에 씌어 있는 게 뭔지 읽고 싶어지겠지. 그러다 한 자 한 자 배우게 되고, 큰 애들처럼 학교도 다니고 싶어지겠지. 그러면 내가 가끔씩 와서 구구단도 좀 가르치고 영어도 기본적인 것만이라도 가르쳐야지. 에이 귀찮은데, 어쩔 수 없지 뭐. 하고 생각하다가 스스로 흠칫 놀랐다.

그만 해야지. 학부모 같은 생각을 멈추고 나는 아이가 노는 것을 물끄러미 바라보았다. 아이가 책 읽는 흉내를 내는 소리가 또박또박 기분 좋게 이어졌다.

마로하가 악마에게 물었습니다.

"세상을 파멸시키는 문은 언제 열리나요?"

악마가 말했습니다.

"벌써 열렸어. 너의 뒤에서 다가오고 있단다."

다섯 개의 이름을 가진 악마는 그렇게 말하면서 마로하에게 달려들었습니다.

옆에서 듣고 있던 나는 미성이의 놀라운 창작 능력에 감탄했다. 요즘 만화는 애들이 보기에는 지나치게 심오하고 어려웠다. 다섯 개의 이름을 가진 악마도 그렇고, 세상의 종말도 그렇고 애들 입에 담기 적당한 말은 아니었다. 하지만 그런 것은 상관없었다.

"미성이는 책도 잘 읽네. 누가 가르쳐 줬어? 엄마가 가르쳐 줬어?

아빠가?"

내 물음에 아이 대신 언니가 대답했다.

"요 밑에 집에 사는 애들이랑 친해졌거든. 걔들이 만날 그림책 보는 거 보고 따라 하는 거야. 걔들하고 있을 때는 별로 재미없는 척 해놓고 집에 와서 혼자 저러고 있는 것 좀 봐. 애들이라고 다 애가 아니라니까."

"거 봐. 애들은 애들끼리 놀아야 공부도 저절로 재미가 붙지."

나는 그렇게 대답하고는 다시 미성이를 바라보았다. 그런 나를 보고는 언니가 말했다.

"어이구, 그렇게 좋아? 너 미성이 데려가서 같이 살아라. 네가 엄마하고, 내가 이모 하자."

그 말에 나는 언니를 바라보았다. 그 표정이 너무 진지했던지, 언니는 이상하다는 표정을 떠올렸다. 나도 기분이 이상해졌다.

형부와 둘이서만 동해안으로 여행을 가겠다며 언니가 아이를 우리 집에 맡기러 왔을 때에도, 미성이는 손에 핸드폰 매뉴얼을 들고 있었다. 나는 여섯 살 난 애를 두고 가는 여행이 얼마나 마음 편하고 낭만적인 여행이 될 수 있을지 의심스러웠다. 이번에는 엄마도 언니를 나무랐다.

"아이고, 인간아. 인간아."

그런 경우에 언니의 대답은 언제나 이런 식이었다.

"애가 가기 싫어해."

그래서 며칠 동안 아이는 내 차지가 되었다. 미성이는 낮잠을 자고,

TV를 보고, 간식을 먹고, 집 안을 여기저기 어지럽히면서 시간을 보냈다. 낮에는 외할머니와 놀고 밤에는 이모와 노는 생활이 철없는 부모와의 여행보다 훨씬 낫다고 생각했는지 아이는 별로 울지도 않았다. 그러고 보니 미성이는 멀미가 심해서 원래부터 여행을 좋아하지 않았다. 하루 종일 옆집 고양이를 괴롭히다가 돌아온 아이의 손을 씻기고, 팔에 난 작은 상처에는 연고를 발라 주었다. 아이는 엄마가 보고싶다고 울지도 않고 하루종일 신나게 동네를 뛰어다녔다. 그러다가 가끔씩 핸드폰 매뉴얼을 꺼내서, 있지도 않은 이야기를 지어내서 읽었다.

마로하가 외팔이 마다에게 말했습니다.

"파멸의 신전이 열려 있대요. 우리가 사는 별이 태양을 한 바퀴 돌아서 파멸의 신전의 열린 입 속으로 들어가고 있대요."

외팔이 마다가 물었습니다.

"그게 언제죠?"

"이 별이 태양을 한 바퀴 돌 때까지. 1년이래요."

외팔이 마다가 다시 묻습니다.

"그러면 이제 우리는 어떻게 해야 하나요?"

"이 세상이 파멸의 신전 속으로 빨려 들어갈 때 내가 그 파멸의 신전의 문을 지나 우주 반대편 저쪽 세상으로 넘어가겠어요."

"가서 어쩌시려고요?"

마로하가 외팔이 마다의 물음에 대답했습니다.

"그 세상을 먼저 멸망시켜야죠."

아이가 들려준 이야기였다. 아이의 두 손에는 핸드폰 매뉴얼의 '문자 메시지 보내는 법'이 펴져 있었다. 나는 유창하게 이야기를 지어내는 아이의 표정을 가만히 들여다보았다. TV를 보고 있을 때처럼 한껏 집중해 있는 얼굴이 보기 좋았다. 미성이는 다른 아이들에 비해 집중력이 떨어지는 편이었다. 그러나 날이 갈수록 아이는 무언가에 집중해 있는 모습을 보이는 일이 많아졌다. 그런 집중의 시간 동안 아이들은 무엇인가를 배운다. 그런 집중의 시간이 충분히 쌓인 뒤에, 아이는 어른이 되어 있는 것이다.

나는 그런 생각을 하면서 아이가 손에 든 것을 다시 한번 바라보았다. '답장 보내기.' 상대로부터 먼저 문자 메시지를 받은 다음에 '메뉴'를 눌러서 답장을 보내는 방법이 나와 있었다. 순간적으로 무슨 생각인가가 머릿속을 스치고 지나갔지만 정확하게 무슨 생각이었는지는 이내 기억이 나지 않았다. 아마도 일단 받은 다음에 되돌려준다는 말이 '마로하'라는 사람이 한 말과 어쩐지 비슷하다는 느낌이었을 것이다. 마로하가 누구였더라. 들어 본 적이 없는데. 만화 주인공인가. 무슨 동화에 나온 적이 있던가. 만화에 나왔겠지. 미성이가 알고 있는 이름이라면 책에서 보지는 않았겠지.

아이는 다른 책을 가지고는 책 읽기 놀이를 하지 않았다. 그림이 예쁜 동화책을 주어도, 종이 질이 훨씬 좋은 잡지를 주어도 미성이는 전혀 흥미를 보이지 않았다. 그래서 글자를 가르쳐 보려던 나의 노력은 여섯 살밖에 안 된 불량학생의 노골적인 하품 앞에 여지없이 무너지고 말았다. 엄마는 그 광경을 보고는 혼자 한참을 웃어 댔다.

"어쩜 그렇게 똑같으냐. 너도 저만할 때 엄마가 공부 시키려고 하

면 딱 저랬어. 공부하자 이야기만 꺼내면 아프다면서 콜록콜록 기침
하는 흉내나 내고. 어쩜 저러냐. 재도 커서 뭐가 되려고 저러는지.”

나는 그저 미성이를 바라보면서 피식 웃었다.

“그래. 말자. 원래 천재는 누가 시키면 더 안 하는 거지. 그지? 이쁜
우리 딸.”

그러자 아이가 환하게 웃으며 내 품에 안겼다. 이해할 수 있었다.
저 안도감, 저 포옹의 의미. 아주 어렸을 때 나도 그런 적이 있었다.
무슨 일이 있어도 나에게 한글을 가르치고야 말겠다며 완강하게 버
티던 엄마를 마침내 굴복시켰던 승리의 순간에, 나도 저렇게 엄마를
끌어안고 화해와 화합의 시대를 약속했었다. 멀리서 지켜보고 있던
엄마가 웃음을 터뜨렸다. 그리고 그 웃음은 한참이나 계속되었다.

그 웃음이 그렇게 오랫동안 기억에서 사라지지 않은 것은 그 일이
언니가 여행에서 돌아오기로 한 날에 일어났기 때문이다. 그리고 언
니는 영영 돌아오지 않았다. 두 사람이 영영 돌아올 수 없게 되었다는
사실을 알게 된 것은 그 다음날이었다. 아이에게 그 사실을 어떻게 이
야기해야 할까. 아무 생각도 떠오르지 않았다. 사실 나나 우리 부모님
들에게도 그 일을 어떻게 받아들여야 할지는 쉬운 문제가 아니었다.
아이는, 왜 엄마가 데리러 오지 않느냐고 물었다. 나는 아무 말도 하
지 못했다.

한동안 집 안에서 웃음소리를 듣기가 힘들었다. 단지 아이만이 무
슨 일이 일어났는지도 모른 채 신나게 떠들고 웃곤 했다. 상중에는 아
이를 다른 곳으로 빼돌려 놓기까지 했었다. 그러나 언제까지나 아이
를 속일 수는 없었다.

"엄마는 왜 안 와?"

미성이의 질문은 점점 잦아졌다. 그러더니 결국은 하루 종일 그 이야기밖에 하지 않았다. 마침내 아이를 불러다 놓고 언니와 형부의 죽음에 대해 이야기해 주었을 때, 아이는 그럴 줄 알았다는 듯, 마치 나이 70 먹은 노인네처럼 짧게 한숨을 내쉬었다. 그리고 그 후로는 단 한 번도 부모의 죽음에 대해 묻는 법이 없었다. 나는 아이의 그런 태도를 이해할 수가 없었다.

아이의 양육 문제에 관한 형부네 가족들의 생각은 평소에 언니가 하던 말과 크게 다르지 않았다.

"애가 싫어하니까요."

미성이가 자기 고모네를 싫어했기 때문에 결국은 우리가 아이를 맡아야 했다. 그 결정에 대한 내 남자친구의 걱정은 우리 부모님의 걱정과 크게 다르지 않았다. 그는 아이를 귀여워했고 누구보다 자상하게 미성이를 대했지만, 그렇다고 그 아이의 아빠가 되려는 생각까지는 아직 해 본 적이 없는 것 같았다.

"다 이해하는데, 그럼 이제 니가 저 애 엄마가 될 생각이니?"

나는 잠시 멍한 얼굴로 그의 눈을 마주보았다. 그럴 생각이었다. 아니, 생각 이전의 그 무언가였다. 다른 식으로 생각해 본 적은 한 번도 없었다. 갑자기, 미성이가 내 딸이 되기를 예전부터 간절하게 바라왔던 것은 아닐까 하는 생각이 들었다. 그런 바람이 저주가 되어 아이의 엄마에게 불행을 가져다 준 것이 아니냐고 누군가가 말도 안 되는 시비를 걸더라도, 나는 자신 있게 그 말을 부인할 수가 없었다. 그래도 상관없었다. 변명하지 않아도 좋았다.

그러나 세상 모든 문제가 내 마음대로 되는 것은 아니었다. 엄마는 그 점을 정확하게 짚어 주었다.

"네 남자 친구는 미성이 아빠가 돼 준다니?"

모르겠다. 사실 그런 생각은 별로 해 본 적도 없었다. 엄마는 미성이를 나에게서 떼어 놓았다. 이모 이상으로는 가까워지지 말아야 한다고 신신당부를 했다. 나를 위한 배려였다.

하지만 어른들이 그런 어른스러운 생각을 하고 있는 사이에 아이는 아이대로 부모를 잃은 충격을 받아들여야만 했다. 나는 미안하고 안타까운 마음으로 아이의 등을 토닥거렸다. 그래도 그 생각 없는 부모들이 너를 떼어 놓고 놀러 가서 참 다행이다 싶었다. 다행이다. 너는 따라가지 않아서.

아이는 여전히 핸드폰 매뉴얼을 가지고 책 읽기 놀이를 했다. 그날도 미성이는 그 조그만 책을 펴 놓고 무언가 알 수 없는 이야기들을 중얼거리고 있었다. 나는 아이에게로 다가갔다.

"우리 미성이 공부도 열심히 하네."

"응."

"어디, 얼마나 열심히 하는지 볼까? 자, 여기에 뭐라고 씌어 있니? 이모한테 읽어 줄래?"

나는 손으로 핸드폰 취급 주의사항이 적혀 있는 페이지를 가리켰다.

'비행기 탑승시에는 휴대폰을 끄세요. ― 휴대폰의 전자파가 비행기의 전자 운항기기에 영향을 주어 위험을 초래할 수 있습니다.' 라고 적힌 부분이었다. 미성이는 그 문구 앞에 그려진 비행기 표시를 손가락으로 가리키면서 물었다.

"이거 읽어 줄까? 이거?"

"그래. 그거 읽어 줘."

그러자 아이가 그 부분을 소리 내어 읽기 시작했다.

"어린이는 바닷가에 가지 마세요. 바닷가에 여행을 가면 위험하니까 절대 부모님을 따라가지 마세요."

아이가 갑자기 울음을 터뜨렸다. 나는 순간적으로, 무슨 생각을 해야 정상적인 사고가 이루어지는지 전혀 알 수 없는 상태가 되어 버렸다.

그 뒤로 내 귀에는 아이가 글 읽기 놀이를 하는 소리가 그냥 놀이 같지가 않다. 물론 미성이가 예전보다 더 많이 핸드폰 매뉴얼을 가지고 노는 것은 아니었다. 아주 가끔씩 있는 일이었지만, 그때마다 내 온 신경은 아이의 입으로 전해지는 이야기에 쏠렸다. 자세히 듣다 보니 미성이의 이야기에도 꽤 일관성이 있었다. 그 중에서도 가장 자주 내 귀에 걸리는 것은 '마로하'라는 이름의 주인공이었다.

200마리의 늑대가 마로하를 둘러쌌습니다. 위대한 늑대 츄이학이 마로하에게 달려들었지만 마로하가 츄이학을 물리쳤습니다. 족장인 워 츄 키슈가 명령을 내리자 200마리의 늑대들이 한꺼번에 마로하를 공격했습니다. 그러자 마로하가 마법의 마디들을 구부렸습니다. 갑자기 새하얀 눈밭 위에 절대 파멸의 표지가 어두운 그림자를 드리우더니 늑대들을 모두 다 삼켜 버렸습니다.

그런 식이었다. 아마도 마로하라는 사람은 무슨 마법사 정도 되는 인물 같았다. 나는 미성이가 어느 부분을 보고 그렇게 읽었는지를 잘 봐 두었다가 나중에 그 페이지를 다시 펴 보았다. 그 페이지의 내용은 이랬다.

　··· 전체 용량 확인 → 각 프로그램에 저장된 내역을 상세히 보려면 항목 선택 후 '확인' 누름 → '종료' 누름
　다운 받은 항목 삭제하기
　프로그램 관리자 실행 → 해당 프로그램 선택 후 '확인' 누름 → 삭제하려는 항목 선택 후 '메뉴' 누름 → '삭제' 또는 '전체 삭제' 선택 → '예' 선택 후 '확인' 누름 → '종료' 누름

이것 역시 매뉴얼의 내용과 미성이의 이야기 사이에 유사성이 있었다. 물론 미성이는 글을 읽은 후에 그것을 다시 고쳐서 지어내는 것이 아니었다. 매뉴얼에 나오는 낱말들을 다른 데다 적어서 읽어 보라고 하면, 아이는 그저 내가 공부를 시키려는 줄 알고 빠져나갈 궁리를 시작할 따름이었다. 미성이는 어쩌면 자기가 이야기하는 '마로하 이야기'의 내용조차 이해하지 못하는 것 같았다. 도대체 어디에서 그런 이야기를 주워들은 것일까. '절대 파멸'이니, '마법의 마디'이니 하는 어려운 말들을. 나는 아이에게 물었다.

"마로하가 누구야? 만화에 나오는 애니?"

그렇지는 않은 모양이었다. 인터넷을 검색해 봐도 그런 이름의 마법사 캐릭터가 등장하는 만화는 없었다. 우리말 어원사전 속에 포함

되어 있는 어원 설명이 다였다.

　'마로하'는 '마로 + 하'의 구성임. '마로'는 '頭'의 '마리'의 합성어기 '마라'의 전운임. '하'는 '님'이란 존칭사임.

　'마누라'는 '마루하'가 변한 말이다. '마루'와 '하'가 합쳐 이루어진 이 말은 자기의 아내를 아주 높여 부르던 옛말이었다. '마루'는 '꼭대기'를 뜻하고 있어 '높은 사람'이란 뜻을 지닌다. '마루'는 옛날에는 '마로'라고도 했는데, 신라 시대엔 이 말이 지체가 높은 이들의 이름 뒤에 붙는 말로 많이 사용되었다. 거칠부, 이사부 같은 인명도 '거츨마로', '이사마로' 같은 순 우리말 이름에서 나왔다. '마로'는 높음의 뜻이기 때문에 이것을 한자로 옮길 때는 부(夫)자나 종(宗)자가 주로 사용되었다. 부(夫)자는 하늘천(天)자에 점(丶)이 위에 올라간 글자이다. 즉, 하늘보다 높다는 뜻으로 '마로'를 이 부(夫)자로 썼다. 따라서, '이사마로'가 이사부(異斯夫)식으로 표기되었던 것. 종(宗)자는 그 뜻 그대로 '마루'(으뜸, 꼭대기)를 뜻하기 때문에 '마로'를 한자로 옮길 때 많이 사용되었다. 법흥왕, 진흥왕을 각각 원종(原宗, 찰마로＝첫마로) 심맥종(深麥宗, 싯마로)이라고도 한 것은 그 예가 된다.

　'마르하'에서 '하'는 높임부름토(존칭호격조사)이다. '선혈하, 이 나라를 보소서.'('삼일절' 노래의 가사 일부) '선혈하'는 '선혈이시여'의 뜻을 갖는다. 이 땅의 독립을 위해 피를 흘린 선혈들을 함부로 '선혈아'라고 부를 수 없기에 '선혈하'로 겸손히 부른 것. '마루하'도 '마루(높은 사람)이시여.'의 뜻을 갖는다. 오랜 옛날에 노비가 상전을 부를 때 이 '마루하'가 사용되었다. 궁중에서는 임금이나 왕비를 높여 부를 때 '상감마노라', '곤전마노라'식으로 '마로하'와 같은 '마노라'를 썼다.

결국 마로하라는 사람이 누구인지는 더 알 수 없게 되어 버렸다. 미성이는 도대체 어디에서 그런 이야기들을 갖다가 쓰는 것일까. 아이는 아무리 들여다봐도 평범하고 어리기만 했다. 그리고 이야기 속의 마로하는 점점 더 알 수 없게 되어 버렸다.

아이가 일곱 살이 되자 나는 아이를 유치원에 보냈다. 아이의 유치원 생활은 심히 걱정스러웠다. ABC고 가나다고 거의 한 번도 들여다본 적이 없는 열등생은 우리 아이밖에 없었다. 심지어 어떤 아이들은 한자도 조금씩 읽고 쓰는 모양이었다. 그렇다고 내가 무슨 명문 사립 유치원을 고른 것도 아닌데 말이다. 말하자면 아이에게는 과외 교습이 필요했다. 이제부터 시작될 기나긴 공부의 길을 체계적으로 이끌어 줄, 일종의 경영자 마인드를 가진 엄마의 역할도 절실했다. 언니가 있었더라면 부리지 않았을 욕심일까. 아무튼 나는 그 역할을 맡을 수가 없었다. 이제 나도 결혼을 해야 했기 때문이다.

내 걱정에도 불구하고 아이는 유치원 생활에 적응하는 데 아무 문제가 없었다. 생각 없이 애를 키우려고 했던 부모의 영향인지, 가만 보면 아이도 별 생각이 없었다. 엄마 아빠가 없다느니 그런 이야기 때문에 더러는 애들끼리 싸우기도 했지만 그래도 아이는 무난하게 잘 컸다. 어깨 너머로 한글도 조금씩 배워 읽기 시작했다. 역시 이 아이는 언어적인 재능이 탁월한 천재가 아니었을까. 그런 생각이 다시 고개를 들었다. 괴테가 프랑스어로 소네트를 지어서 프랑스어 선생님을 놀라게 했다는 것도 바로 저 또래쯤이었던가.

얼마 지나지 않아 아이의 유치원 선생님도 핸드폰 매뉴얼에 대해서 알게 된 것 같았다. 아무렇게나 막 읽는 흉내를 낸다는 것도, 이야기를 창작하고 있다는 것도 다 알게 된 모양이었다. 무엇보다도 아이의 그런 능력에 열광하는 것은 또래 아이들이었다.

"미성이 이야기가 제일 재미있어요."라는 게 아이들의 반응이었다. 핸드폰 매뉴얼을 가지고 다니는 게 유행처럼 퍼지기도 했다. 다행히 선생님은 아이가 마음대로 읽는 것을 '교정'하려 들지 않았다. 그래서 미성이는, 글자를 얼마 정도는 읽을 줄 알게 되었어도 계속해서 핸드폰 매뉴얼을 자기 마음대로 읽었다. 어딘가 논리적으로 빠진 듯도 했지만 아무튼 그 이야기의 흐름은 이런 식이었다.

나중에 알았지만 마로하는 여자 이름이었다. 부족의 무당 아니면 예언자, 혹은 마법사쯤 되는 모양이었다. 아무튼 마로하는 다섯 개의 이름을 가진 악마를 만나서 파멸의 신전이 언제 열리는지를 묻는다. 파멸의 신전은 세상과 다른 세상을 연결하는 통로였다. 악마는 그 파멸의 신전이 이미 열려 있고, 곧 세상을 덮칠 것이라고 대답한다. 아마도 세상의 종말을 의미하는 모양이었다. 그 이야기를 듣고 난 마로하의 계획은 이랬다. 파멸의 신전이 세상을 덮치는 때에, 그 파멸의 신전을 지나 반대편의 세상으로 넘어가서 그 세상을 먼저 멸망시켜 버리는 것. 그러면 자기 세상을 구할 수가 있을 것이라고 마로하는 믿었다.

그런데 그 반대편의 세상에도 예언자가 살고 있어서, 마로하의 계획을 미리 알고 그것을 막으려고 한다. 이것은 또 다른 역설을 낳는다. 마로하는 바로 그 '예언자'의 존재를 따라가야만 이 넓은 우주 속에서 반대편 세상의 위치를 정확하게 찾아낼 수 있다. 미성이는 GPS 기능이 설명된 부분을 그런 식으로 읽었다. 그 이야기를 들으면서 그런 생각이 들었다. 그게 바로 사랑이 아닐까. 우주 반대편에서도 서로 느낄 수 있는 것. 그리고 서로의 세계를 파괴하는 것.

유치원 선생님은 나를 미성이 엄마로 알고는 이렇게 말하곤 했다.

"미성이가 엄마를 쏙 빼 닮았네요."

"네? 네. 그런데 혹시 애가 그런 이야기 안 하던가요? 애들끼리는 알던데. 애 엄마는 사고로 작년에 죽었고요. 저는 미성이 이모예요. 미리 말씀을 못 드렸네요. 죄송합니다."

그렇게 말하고 나니까 정말로 미안해지기 시작했다. 미성이 엄마가 아니라서 미안합니다. 미성이 이모라서 미안합니다. 애 엄마인 것처럼 이렇게 찾아와서 미안합니다. 아직 그만한 애를 두기에는 너무 어린 스물여덟 살 여자라서 미안합니다. 스물 몇 해 동안, 분명하지는 않아도 나름 꿈꿔 온 미래가 하도 구구절절해서 미련 없이 탁 접어 버리지 못해서 죄송해요. 우주 반대편이 아니라 집 근처 유치원에만 가 있어도 금세 아이가 있었다는 걸 잊어버리고 내 하고 싶은 일들이 끝없이 떠올라서 너무나 너무나 죄송합니다.

혹시 그렇더라도 제가 아이의 보호자가 되면 안 될까요? 그게 정말로 그렇게나 말도 안 되는 소리인가요? 용서 받을 수 없을까요? 허락 받을 수 없을까요? 누구에게 미안해해야 되나요? 누구에게 말해 보면 될까요?

글쎄. 몰라. 나 지금 무슨 생각을 하고 있는 걸까.

2

메모 확인하기

전자 다이어리 ▶ 메모장 실행 ▶ 확인할 메모 선택 후 '확인' 누름 ▶ 작성된
메모가 열리면 확인 ▶ 수정하거나 삭제하려면 '메뉴' 눌러 연결 메뉴 실행 후
'1' 누름: 수정 상태로 전환
'2' 누름: 선택한 메모 삭제됨
▶ '종료' 누름
("옛날 사람들이 알고 있던 예언이 다시 발견되지만 사람들은 그것
을 대수롭지 않게 생각합니다.")

비행기로 타슈켄트에 도착하고 나서도 페르가나 주까지는 꽤 먼 거
리였다. 최신지는 길가에서 볼 수 있는 사람들의 얼굴을 유심히 살폈
다. 우즈벡 사람들은 유목민계 인종의 얼굴을 하고 있으면서도 어딘
지 모르게 유럽적이었다. 마르길란은 페르가나 주에 있는 작은 도시
였다. 이 지역의 도시들은 동서 교역로에 위치하여 번영을 구가했던
역사의 흔적을 지니고 있었다. 그러나 그 역사는 사람들의 관심으로
부터 멀어진 지 오래였다. 가끔씩 과거의 흔적을 간직한 이국적인 설
화들이 이 지역의 존재를 상기시킬 뿐, 새로운 사건이 일어나는 경우
는 드물었다.

　그런 마르길란에서 그동안 알려지지 않았던 새로운 이야기가 발견되었다. 마로하와 관련된 설화 하나가 오래 전부터 이 지역에 전해지고 있었다는 사실이 알려진 것이다. 이야기는 오래된 양가죽 두루마리에 기록된 문헌에서부터 시작되었다. 언제부터 전해 내려온 것인지 알 수는 없었지만, 이 작은 도시에는 이상한 문자로 씌어진 기록이 전해 내려오고 있었다. 예전에는 아무리 학식이 뛰어난 학자도, 어떤 견문 넓은 상인도, 그 글자를 읽을 수 있는 사람은 없었다. 그러나 단 한 사람, 곧은 영혼을 가진 한 사람의 예언자만이 그 글을 읽을 수 있었다고 한다. 물론 그 예언자도 그 문자가 어느 지역에서 쓰이는 문자인지는 알지 못했다. 단지 어느 순간 갑자기 텍스트의 의미가 머릿속에 선명하게 떠오르는 것뿐이었다. 그래서 사람들은 그 신비한 두루마리를 신의 징표로 생각하고 있었다.

　두루마리를 읽을 수 있는 예언자가 어느 시대에나 존재하는 것은 아니었다. 한 예언자가 죽고, 다음 사람이 나타나기까지 백 년 혹은 그보다 더 오랜 시간이 걸리기도 했다. 현재는 예언자가 없는 시기이지만, 언젠가 그 글을 읽을 수 있는 예언자가 반드시 세상에 다시 나타나리라는 것이 그 지역 사람들의 오랜 믿음이었다.

　그런데 문제는 예언자들이 읽어 냈다는 텍스트의 내용이었다. 모든 예언자가 똑같은 내용을 후대에 남긴 것이 아니었다. 즉 그중 일부는 적당히 읽는 시늉만 하고도 예언자 취급을 받았다는 뜻이다. 그런데 중요한 것은 가장 최근인 30년 전의 예언자가 읽은 텍스트의 내용 중에 '마로하'의 이름이 등장한다는 점이었다. 선발대가 작성한 보고서에 따르면, 이 예언자가 해석한 텍스트는 종말의 날에 마로하가 세상에 나타난다는 내용으로 이루어져 있었다.

그 소식을 접하자마자 최신지는 두루마리가 보관된 현장으로 달려갔다. 현장을 통제하고 있던 요원 하나가 신분을 묻자 최신지는 영어로 짧게 대답했다.

"UES 문헌 조사관입니다."

두루마리는 최소한 몇 백 년은 돼 보였다. 사람들에 둘러싸여 있는데다가 글씨가 희미해져 있어서 텍스트 자체는 잘 알아볼 수가 없었다. 마침 고고학자 한 명이 탄소 연대 측정 결과를 가지고 왔다.

"1500년 전에 만든 문건입니다."

예상보다 더 오래된 물건이었다. 최신지는 호기심이 강하게 일었지만, 직접 나서지 않고 한 발 떨어져서, 구경하듯이 조사 과정을 지켜보았다. 그러다가 갑자기 무슨 생각이 떠올랐는지, 조금 전에 연대 측정 결과를 알려 주었던 현지 연구원을 붙들고 이렇게 물었다.

"1500년 전의 것이라면, 조작 가능성은 없다는 건가요? 적어도, 조작을 했어도 1500년은 최소한 넘었다는 이야기죠?"

"정확하게 말하자면 이 두루마리의 재료가 된 양이 살았던 게 1500년 전이고, 그 위에 글자가 씌어진 게 언제였는지는 뭐라 말할 수 없겠죠."

이해할 만했다. 가끔은 아무것도 기록되지 않은 수백 년 전의 두루마리나 동물 가죽 같은 것들이 놀라운 가격에 거래되는 일이 있었다. 물론 그 위에 수백 년 묵은 것처럼 보이는 글씨를 쓰는 일은 또 다른 전문가를 필요로 하는 작업이었다. 아무튼 마음만 먹으면 조작도 가능하다는 의미였다. 그래서 확실하게 해 두려면 내용을 검증할 필요가 있었다. 여러 가지 방법이 있겠지만, 당시에는 존재하지도 않았던 개념이나 용어에 관한 언급이 등장하는 문서라면 위조한 문서일 가능성이 높았다. 예를 들어 1500년 전 문헌에 전화를 거는 장면이 들어가 있는 경우 그 문헌은 결코 진짜가 될 수 없었다.

그런데 이번 경우는 내용 자체에 대한 접근이 대단히 어려운 모양이었다. 그녀는 두루마리 주변이 한산해진 틈을 타 그쪽으로 성큼 다가섰다. 옆에 서 있던 현지 연구자가, 아직은 어느 시대 어느 문화권의 언어인지 밝혀지지 않았지만 몇 군데 짐작 가는 곳은 있다고 말해주었다. 최신지는 그의 말을 귀담아 듣지 않았다. 그러자 그는 이내 조용해졌다.

최신지는 흐릿하게만 보이는 그 글자들을 보다 자세히 관찰하기 위해 허리를 숙였다. 그러고는 잠시 뒤에 입을 열었다.

"알 수 있을 것 같은데요."

그 말에 사람들이 모여들었다. 사람들의 시선을 한몸에 받으며, 그녀는 텍스트의 내용을 천천히 소리 내어 읽어 내려갔다. 물론 그 말을 알아듣는 사람은 아무도 없었다. 그중에는 전설의 예언자가 바로 저 여자였냐며 웅성거리는 사람들도 있었다.

"아니에요. 내가 예언자라서 읽을 수 있는 게 아니라."

그녀는 하던 말을 끊고 텍스트에 좀 더 바짝 다가섰다. 그러고는 한참동안 두루마리를 뚫어져라 들여다보였다. 그리고 마침내 입을 열었다.

"내가 특별해서 읽는 게 아니라, 나라면 당연히 읽을 수 있는 글인데요. 내 모국어로 되어 있으니까. 한국어를 아는 사람이 여기에는 나밖에 없으니까요. 그런데 이 글씨를 쓴 잉크도 탄소 연대 측정 결과가 나왔나요? 아까 이 가죽은 1500년 됐다고 들었는데. 그런데 여기에 들어 있는 내용은 확실히 마로하나 종말에 관한 것이라기보다는……"

그녀는 고개를 들고는 생각보다 많은 사람들이 자신의 말에 귀를 기울이고 있다는 사실을 깨달았다. 그래서 좀 더 조심스럽게 말을 이었다.

"확실히 이건 휴대전화 매뉴얼이군요."

3

알람 사용하기

특정 시각에 알람(최대 2개)이 울리게 설정할 수 있습니다.

알람 시각이 되면 약 3분 정도 울립니다. 정지시키려면 △/▽를 누르거나 덮개를 열고 아무 버튼을 누르세요.

("종말의 때가 되어 마로하가 나타나기 전에 징후들이 나타납니다. 누구나 알 수 있는 징후가 2번 나타나지만 아무도 알아채지 못합니다.")

"너 미쳤어. 나는 너 절대 이해할 수 없어."
남자친구의 말이었다.
"안 돼. 절대 안 돼."

엄마는 그렇게 말했다. 모든 사람이 반대하리라는 것은 이미 예상하고 있었다. 그래도 나는 미성이를 돌보고 싶었다. 아니 키우고 싶었다. 미쳤다는 말이 딱 맞는 말인지도 모르겠다. 나도 알고 있었다. 그게 제대로 된 생각은 아니라는 것을. 그 일로 인해 남자친구와는 남남처럼 멀어졌다. 그 사람도 알고 나도 아는 사실이었지만, 아이를 맡겠다는 것은 그 사람과는 헤어질 수도 있다는 것을 의미했다.

그 결정의 파장은 결코 잔잔하지가 않았다. 결국 엄마는 미성이를 일단 아이의 친할머니네로 보내 버렸다. 그쯤 되자 나는 항복하지 않을 수가 없었다. 남자친구와의 관계는 서서히 수습이 되어 갔지만 시간이 가도 아이에 대한 생각은 끊이지가 않았다. 남자친구가 너무나 대단한 나머지 그를 놓칠 수 없어서 결국 아이를 포기한다는 식의 이야기는 물론 아니었다. 그보다는 내 인생이 어디로 흘러가는가가 훨씬 더 중요했다. 바로 그 문제에 대한 나의 생각은 한결같았다. 미성이의 엄마가 되는 것만이 내 인생에서 유일하게 의미 있는 일이었다. 왜냐고 물을 필요도 없었다. 이유가 존재하고 생각이 존재하기 이전부터 원래 그렇게 되도록 되어 있었기 때문이다.

"우리 미성이, 이모 딸 할래?" 하고 물었을 때, 아이는 나를 그저 물끄러미 바라만 볼 뿐이었다. 곧장 울음을 터뜨릴 것만 같았다. 바라지 않는다는 뜻이었다.

아이를 두고 돌아오는데 쓸쓸한 생각이 들었다. 미성이에게 할머니네 집은 나쁘지 않은 환경이었다. 큰아버지 내외에다 나보다 조금 어린 고모도 같이 사는 떠들썩한 집이고, 같은 나이 또래의 사촌이 둘이나 있었다. 우리 집보다 못할 게 전혀 없었다. 내가 느끼는 쓸쓸함은

그저 철없는 20대의 앞 뒤 못 가리는 욕심에서 생겨난 순간적인 감정
뿐이었다. 언니라면 부리지 않았을 욕심. 어쩌면 그 욕심 때문에 아이
를 망치게 될지도 몰랐다.

울음을 터뜨릴 것만 같았던 아이의 얼굴이 떠올랐다. 싫다는 뜻이
겠지. 싫은 게 아니라 무서워서 터뜨린 울음이라고 해도 결과는 마찬
가지였다. 어른이 되기 전까지는, 울어버릴 만큼 두렵다는 것은 더할
나위 없이 분명한 거절의 표시이다. 물론 그 두려움은 나에 대한 두려
움이 아니라 엄마가 없어졌다는 사실에 대한 두려움이다. 그래도 달
라질 것은 없었다. 결국 나는 언니가 늘 하던 것과 똑같은 결론에 이
르렀다.

"애가 싫어하니까."

집으로 돌아오는 지하철 안에서 나는 그 말을 서른 번쯤 입 속으로
오물거렸다. 강을 건너기 위해서 열차가 땅 위로 올라왔을 때 햇빛이
어깨에 올라가 앉았다. 고개를 돌리자 강물이 흘러가는 모습이 보였다.

"애가 싫어하니까."하고 조용히 소리 내어 말을 하고 나자 갑자기
참았던 눈물이 글썽이기 시작했다. 충분히 어른이 되지 못한 어른에
게, 울고 싶을 만큼 싫다는 것은 앞으로 받아들여야 할 상황에 대한
분명한 거절이다. 열차가 다시 땅속으로 들어가면서 유리창에 내 얼
굴이 보였다. 언니가 죽기 전에는 울 일도 없었다. 어른이 되어가는
동안 내내, 어른스럽게 우는 법을 연습할 기회라고는 단 한 번도 없었
다. 나는 아이마냥 서럽게 엉엉 울었다.

그때 갑자기 전등이 꺼지면서 열차가 서서히 느려졌다. 그러더니
결국 땅 속 어딘가에서 완전히 멈춰 섰다. 정확하게 재지는 않았지만

대략 3분쯤 뒤에, 내 눈물이 거의 끝나 갈 무렵에 다시 전기가 들어오면서 열차가 앞으로 나가기 시작했다. 열차는 내가 목적지에 도착하기 전에 다시 한 번 멈춰 섰다. 또다시 약 3분 정도 계속된 암흑 속에서 나는 다시 한 번 조용히 눈물을 흘렸다.

친구를 만나고, 영화를 보고, 책을 사서 읽었다. 아이가 있다가 나간 뒤의 집 안은 허전하기가 이루 말할 데가 없었다. 언니가 가고 나자 엄마와 나는 언니의 빈자리에 아이를 대신 채워 넣었더랬다. 아빠도 마찬가지였다. 그래서 아이가 가고 나자 남은 우리 세 식구에게는 두 사람의 빈 자리가 한꺼번에 느껴졌다. 며칠 동안은 일부러 바쁜 척을 했다. 그러나 그것도 이내 시들해져 버렸다. 차라리 그냥 우울해하기로 마음을 먹자 마음이 오히려 편안해졌다. 그러나 집으로 돌아가는 발걸음만은 좀처럼 가벼워지지 않았다.

그날따라 좁은 골목길에 나가는 차와 들어가는 차가 앞뒤로 막혀서 우울한 마음에 짜증이 겹쳤다. 갑자기 소리라도 지르고 싶었다. 골목을 빠져 나와 우리 집으로 가는 모퉁이까지, 은행잎이 노란색으로 물들어 있었다. 더러는 떨어져서 길가에 날리고, 더러는 공중에서 배회하는 노란 은행잎 위로 차가운 바람이 가볍게 불고 지나갔다. 엎어진 아이가 소리 내어 울었다. 오토바이가 인도를 성가시게 지나쳐 가고, 차 한 대가 골목으로 접어들면서 빵빵거렸다. 조금 앞에서 걸어가던 남자가 내뿜은 담배 연기가 구름처럼 지나갔다.

전화벨이 울렸지만 받지 않았다. 지나가는 사람들이 가끔 쳐다봤지만 신경쓰지 않았다. 엎어진 아이는 관심을 더 가져 달라는 듯 목소리의 톤을 한껏 높여 울고, 동네 구멍가게 호빵 기계가 따뜻한 김을 뿜어 올릴 때, 뚱뚱한 고양이 한 마리가 슬금슬금 눈치를 보다가 후다닥 도망쳤다.

집에 들어가자마자 소파에 털썩 주저앉았다. 현관에 벗어 놓은 신발 모양마저도 쓸쓸해 보였다.

엄마는 외출 준비를 하고 있다가, 반쯤 널브러져 있는 나를 보더니 이렇게 말했다.

"누가 누구 좋아하는 건 막는 게 아니지. 언니가 너한테 고마워할 거다."

엄마는 아이를 다시 데리러 가는 길인데 같이 갈 생각이 있느냐고 물었다. 칠칠맞게 또 눈물이 글썽거렸다. 그러면 안 되는 것 아니냐고 물으려고 했지만 말이 제대로 나오지가 않았다.

"사돈댁에서 전화 왔더라. 미성이가 이모 집에 가고 싶어서 운다고. 애가 너한테 아무리 전화를 해도 안 받는다면서."

나는 전화기를 꺼내 보았다. 정말로 그랬다.

4.

종료하기

길게 누르면 꺼짐

("그날이 마지막 날인 줄은 아무도 몰랐습니다.")

엄마와 둘이서 집을 나왔다. 토요일 오후의 바깥은 조금 전보다 훨

씬 더 한가해 보였다. 나는 저 멀리서 횡단보도 신호가 바뀌는 것을
보고는 다섯 걸음쯤 뛰어 가다가, 뒤따라오는 엄마를 보고는 걸음을
멈추었다. 다음 번 신호에 건너기로 하고는 조금 느긋하게 횡단보도
앞에 서서 주위를 둘러보았다. 책가방을 메고 교복을 입은 학생들의
표정들이 아까보다 훨씬 더 여유롭고 밝아 보였다. 택시 한 대가 스르
르 다가오더니 횡단보도 한쪽 끝자락을 걸치고 서서 손님을 기다렸
다. 택시 기사가 무심하게 주위를 한번 슥 훑어보더니 멀리서 손을 흔
드는 여자를 발견하고는 스르르 미끄러져갔다. 맞은편에서 짧은 치마
를 입은 여자가, 신호가 바뀌면 달리기라도 할 것처럼 발을 동동 구르
며 시계를 몇 번이나 들여다보았다. 그 뒤에서 귀에 이어폰을 꽂은 남
자가 그 여자의 뒷모습을 흘끔 쳐다보았다.

"그렇게 좋아?"

"몰라."

"열심히 키워 놔 봐야 반항이나 하고, 구닥다리라고 흉이나 보고.
딸년들 키워 봐야 별 거 없어."

"몰라. 그런 거."

나는 길게 대답을 할 수가 없었다. 신호를 기다리는 동안 내 마음
속에는 조금만 흔들려도 갑자기 날아가 버릴 것만 같은 작은 새 한
마리가 날아와 앉아 있었다. 내내 머리 위를 맴돌면서 은행잎 같은 것
을 물어다 내 머리 위에 떨어뜨리며 앉을 듯 말 듯 사람을 놀리던 그
새가 그 순간에는 내 머리 위에 내려와 편안하게 앉아 있었다. 고개를
심하게 흔들거나, 혼란스러워하거나, 아니면 너무 기뻐하거나 하기만
해도 금세 날아가서 다시는 돌아오지 않을 것 같은 새가.

신호가 바뀌고, 길을 건너는 동안 머릿속이 벌써 텅텅 비어 버렸다. 버스에 올라 창 쪽 자리에 앉아서 지나가는 사람들을 바라보았다. 토요일 오후였다. 사람들의 얼굴은 바쁜 듯하면서도 여유로운 맛이 있었다. 몇 칸 앞자리에서 회색 모자를 쓴 여자가 뒤로 돌아 앉아 열심히 수다를 떨며 깔깔깔 웃었다. 내 바로 앞자리에 앉은 남자가 창문을 열자, 버스가 달릴 때마다 가을바람이 들어 왔다. 네 살쯤 되어 보이는 여자아이가 아빠를 따라서, 내리는 문 앞에 있는 기둥을 두 손으로 꼭 잡고 있었다.

근사해 보이는 남자 하나가 버스에 올랐다. 눈짓으로 그 남자를 가리키면서 엄마에게 말했다.

"저런 남자도 애 딸린 여자를 좋아할까?"

엄마가 내 다리를 아플 정도로 세게 탁 쳤다. 엄마 얼굴은 보지 않으려고 했는데, 깜짝 놀라서 무심코 고개를 돌렸다. 내가 뭘. 어쨌다고. 서글프고 미안하고 억울하고 반가운 마음이 한데 뒤섞였다.

"그럴 때는 말이야. 일단 저질러 놓고 집에 데리고 와. 그 다음은 엄마가 다 알아서 처리해 줄게. 마음에 드는 놈으로 골라만 와. 괜히 먼저 숙이고 들어가지 말고."

"엄마! 저지르긴 뭘 저질러! 뭘 처리해 준다는 거야!"

순간, 놀란 새가 날개를 들었다가 다시 편하게 내려앉았다. 새의 무게가 순간적으로 가벼워졌다가 다시 무거워지면서 생긴 긴장감 때문에 그만 웃음이 새어 나왔다. 조금 전, 버스에 오른 남자가 내 쪽을 흘깃 쳐다보았다.

그리고 그때 사람들이 하나둘 창 밖 하늘 위로 고개를 돌렸다. 그러자 이내 버스 안에 있던 사람 거의 모두가 창가 쪽으로 몸을 기울여 하늘을 바라보았다. 나는 무슨 영문인가 하고 창문 밖으로 고개를 내밀었다. 가을 하늘이 산산이 쪼개지고 있었다.

U, ROBOT 유, 로봇 한국 SF 단편 10선

1판 1쇄 펴냄 2009년 2월 27일
1판 3쇄 펴냄 2016년 11월 8일

지은이 | 듀나, 김보영, 배명훈, 김주영, 박애진, 곽재식, 정소연, 정희자, 박성환, 임태운
편집인 | 김준혁
발행인 | 김세희
펴낸곳 | 황금가지

출판등록 | 2009. 10. 8 (제2009-000273호)
주소 | 06027 서울 강남구 도산대로 1길 62 강남출판문화센터 5층
전화 | **영업부** 515-2000 **편집부** 3446-8774 **팩시밀리** 515-2007
홈페이지 | www.goldenbough.co.kr

도서 파본 등의 이유로 반송이 필요할 경우에는 구매처에서 교환하시고
출판사 교환이 필요할 경우에는 아래 주소로 반송 사유를 적어 도서와 함께 보내주세요.
06027 서울 강남구 도산대로 1길 62 강남출판문화센터 6층 민음인 마케팅부

© 황금가지, 2009. Printed in Seoul, Korea
ISBN 978-89-6017-192-3 03810

㈜민음인은 민음사 출판 그룹의 자회사입니다.
황금가지는 ㈜민음인의 픽션 전문 출간 브랜드입니다.